나파룬전사 (상)

나파륜전사 (상)

: 난세의 영웅 나폴레옹 전쟁기

노노무라 긴코로 저
유문상 역
유석환 옮김

보고사
BOGOSA

발간사

    숭실대학교 한국기독교문화연구원은 1967년 설립된, 명실공히 숭실대학교를 대표하는 인문학 연구원으로 발전하여 오늘에 이르렀다. 반세기가 넘는 역사 동안 다양한 학술행사 개최, 학술지 『기독교와 문화』(구 『한국기독문화연구』)와 '불휘총서' 30권 발간, 한국기독교박물관 소장 자료의 연구에 주력하면서, 인문학 연구원으로서의 내실을 다져왔다. 2018년에는 한국연구재단의 인문한국플러스(HK+) 사업 수행기관으로 선정되어 또 다른 도약의 발판을 마련하였다.

    본 HK+사업단은 "근대 전환공간의 인문학, 문화의 메타모포시스"라는 아젠다로 문학과 역사와 철학을 아우르는 다양한 인문학 연구자들이 학제간 연구를 진행하고 있다. 개항 이래 식민화와 분단이라는 역사적 격변 속에서 한국의 근대(성)가 형성되어온 과정을 문화의 층위에서 살펴보는 것이 본 사업단의 목표이다. '문화의 메타모포시스'란 한국의 근대(성)가 외래문화의 일방적 수용으로도, 순수한 고유문화의 내재적 발현으로도 환원되지 않는, 이문화들의 접촉과 충돌, 융합과 절합, 굴절과 변용의 역동적 상호작용을 통해 형성되었음을 강조하려는 연구 시각이다.

    본 HK+사업단은 아젠다 연구 성과를 집적하고 대외적 확산과 소통을 도모하기 위해 총 네 분야의 총서를 발간하고 있다. 〈메타모포시스 인문학총서〉는 아젠다와 관련된 연구 성과를 종합한 저서나 단독 저서로 이뤄진다. 〈메타모포시스 번역총서〉는 아젠다와 관련하여 자료적 가치를 지닌 외국어 문헌이나 이론서들을 번역하여 소개한다. 〈메타모포시스 자료총서〉는 숭실대 한국기독교박물관에 소장된 한국 근대 관련 귀중 자료들을 영인하고, 해제나 현대어 번역을 덧붙여 출간한다. 〈메타모포시스 교양문고〉는 아젠다 연구 성과의 대중적 확산을 위해 기획한 것으로 대중 독자들을 위한 인문학 교양서이다.

본 사업단의 연구가 진행되는 가운데 새로운 총서 시리즈인 〈근대계몽기 서양영웅전기 번역총서〉를 기획하였다. 1907년부터 1911년까지 집중적으로 출간된 서양 영웅전기를 현대어로 번역하여 학계에 내놓음으로써 해당 분야의 연구 자료로 제공하자는 것이 기획 의도이다.

총 17권으로 간행되는 본 시리즈의 영웅전기는 알렉산더, 콜럼버스, 워싱턴, 넬슨, 표트르, 비스마르크, 빌헬름 텔, 롤랑 부인, 잔다르크, 가필드, 프리드리히, 마치니, 가리발디, 카보우르, 코슈트, 나폴레옹, 프랭클린 등 서양 각국을 대표하는 인물이다. 1900년대 출간 당시 개별 인물 전기로 출간된 것도 있고 복수의 인물들의 약전으로 출간된 것도 있다. 이 영웅전기는 국문이나 국한문으로 표기되어 있는데, 국문본이어도 출간 당시의 언어로 표기되어 있으므로 지금 독자가 읽기에는 다소 어려울 것으로 예상된다. 이에 원문을 현대어로 번역하고, 원자료를 영인하여 첨부함으로써 일반 독자는 물론 전문 연구자에게도 연구 자료로 제공하고자 했다. 현대어 번역은 해당 분야 전문가의 도움을 받았다. 본 시리즈가 많은 독자와 만날 수 있도록 애써 주신 연구자들께 감사드린다.

동양과 서양, 전통과 근대, 아카데미즘 안팎의 장벽을 횡단하는 다채로운 자료와 연구 성과를 집약한 메타모포시스 총서가 인문학의 지평을 넓히고 사유의 폭을 확장하는 데 기여할 수 있기를 기대한다.

2025년 3월
숭실대학교 한국기독교문화연구원 HK+사업단장
장경남

차례

일러두기

01. 번역은 현대어로 평이하게 읽힐 수 있는 것을 원칙으로 하였다.

02. 인명과 지명은 본문에서 해당 국가의 발음을 한글로 표기하고 각주에서 원문의 표기법과 원어 표기법을 아울러 밝혔다. 역사적 실존 인물인 경우 가급적 생몰연대도 함께 밝혔다.

    예) 루돌프(羅德福/ Rudolf Ⅰ, 1218~1291)

03. 한자는 꼭 필요한 경우 괄호 안에 병기하였다.

04. 단락 구분은 원본을 기준으로 삼되, 문맥과 가독성을 위해 필요한 경우 번역자가 추가로 분절하였다.

05. 문장이 지나치게 길면 필요에 따라 분절하였고, 국한문 문장의 특성상 주어나 목적어 등 필수성분이 생략되어 어색한 경우 문맥에 따라 보충하여 번역하였다.

06. 원문의 지나친 생략이나 오역 등으로 인해 그대로 번역했을 때 의미가 잘 전달되지 않는 경우 번역자가 [ ] 안에 내용을 보충하여 번역하였다.

07. 대사는 현대의 용법에 따라 " "로 표기하였고, 원문에 삽입된 인용문은 인용 단락으로 표기하였다.

08. 총서 번호는 근대계몽기 영웅 전기가 출간된 순서를 따랐다.

09. 책 제목은 근대계몽기에 출간된 원서 제목을 그대로 두되 표기 방식만 현대어로 바꾸고, 책 내용을 간결하게 풀이한 부제를 함께 붙였다.

10. 표지의 저자 정보에는 원저자, 근대계몽기 한국의 번역자, 현대어 번역자를 함께 실었다. 여러 층위의 중역을 거친 텍스트의 특성상 번역 연쇄의 어떤 지점을 원저로 정할 것인지가 문제였다. 일단 근대계몽기 한국의 번역자가 직접 참조한 판본부터 거슬러 올라가면서 번역 과정에서 많은 개작이 이뤄진 가장 근거리의 판본을 원저로 간주하고, 번역 연쇄의 상세한 내용은 각 권 말미의 해설에 보충하였다.

머리말

하늘은 18세기의 인심이 시들고 약해져 일어나지 못함을 내려다보시고, 고금에 대단히 위대한 영웅을 보내셨다. 벼락이 한 번 치자 19세기에 드높은 푸른 하늘과 천 리를 비추는 밝은 달의 별세계가 나타났다. 아! 하늘이 나폴레옹[1]을 보내심이 어찌 우연이겠는가.

비상한 일을 행하고자 하면 비상한 영웅이 필요하다. 비상한 영웅은 비상한 일을 일으킴으로써 하늘이 명한 바를 완전하게 한다. 나폴레옹은 실로 '하늘이 만든 전투아(戰鬪兒)'로 출세했다.

북미합중국[2]은 현란한 혁명의 문자가 뚜렷하게 나타난 때였다. 유럽[3] 일각(서북의 일각)에는 혁명의 어두운 기운이 무성히 치솟아서 루이왕[4]은 형장의 넋이 되었다. 동맹군은 그 사변이 쉽지 않음을 간파하고 이를 진압하기 위해 구름같이 프랑스[5] 국경을 핍박했다. 그러자 프랑스인은 안으로는 경악스러운 사나운 파도가 몰아쳐 그 사태에 곤란했고, 밖으로는 외적이 요란스럽게 침범해 순식간에 위기일발에 처했다.

---

1) 나폴레옹(拿破崙, Napoleon Bonaparte, 1769~1821)
2) 북미합중국(北米合衆國, United States of America)
3) 유럽(歐州, Europe)
4) 루이(路易, Louis XVI, 1754~1793): 1774년부터 프랑스의 왕으로 재위, 프랑스혁명이 발발한 후 1793년 1월 21일에 단두대에서 처형되었다.
5) 프랑스(佛蘭西/佛國, France)

그때 저 '하늘이 만든 전투아'가 오연히 그 풍운을 움켜쥐었다.

손자[6]가 이르길, "달릴 때는 바람처럼 달리고, 머물 때는 숲처럼 고요하며, 침략은 불같이 하고, 움직이지 않는 것은 산처럼 해야 한다"고 했다.[7] 아! 이는 저 나폴레옹을 위하여 예언한 것이었다. 갑자기 알프스[8]의 가파른 고개에서 이탈리아[9] 평원으로 곧장 내려갔으므로 오스트리아군이 비록 정예라 하나 어찌 당하겠는가. 저 '전투아'의 예봉은 질풍이 숲의 나무를 휘감는 것과 같았다. 이탈리아와 이집트[10]를 정복하고 돌아와 프랑스의 내정을 개혁하자 만 1년이 못 되어 약함이 변하여 강함을 이루었다. 그 숙연함이 고요한 대지에 한 마리의 새 소리도 없는 거대한 숲과 같았다. 카이로[11]를 함락시켰고, 마드리드[12]를 빼앗으며, 로마[13]를 약탈해 적이 '물과 땅'을 바치도록 하게 했다. 누가 저 '전투아'가 불같이 침탈하는 화에서 벗어나겠는가. 워털루 전투[14]에 임하여 적의 대군을 개의치 않았고, 신비로운 기운이 막히자 적의 노장 웰링턴[15]을 가리켜 세계 제2의 대장이라고 불렀

---

6) 손자(孫子, BC 545(?)~BC 470): 중국 춘추시대의 전략가로, 자는 장경(長卿)이다. 손자(孫子)는 경칭이다. 『손자병법』을 지었다.

7) "疾如風 徐如林 侵掠如火 不動如山"(「전쟁」, 『손자병법』.)

8) 알프스(아루부스/알부/알쓴/알브/阿爾伯, Alps)

9) 이탈리아(伊太利, Italy)

10) 이집트(埃及, Egypt)

11) 카이로(가이로, Cairo)

12) 마드리드(마도릿트, Madrid)

13) 로마(로-마/羅馬, Rome)

14) 워털루 전투(오-다-루戰, Battle of Waterloo): 1815년 워털루에서 영국·프로이센 군대가 백일천하를 수립한 나폴레옹의 프랑스 군대를 격파한 전투이다. 이로써 나폴레옹은 세인트헬레나섬으로 유배되어 그곳에서 죽었다.

다. 늠름하고 씩씩한 기세로 우주를 자기 것으로 하고자 하면, 평범한 호걸과 준걸은 할 수 없는 일이다. 하지만 오직 저 '전투아'는 위험한 곳에 임해도 두려워함이 없었고, 하늘을 믿어 의심하지 않았으며, 그 풍채는 당당해 부동함이 산과 같았다.

역사가 중에 사리에 밝고 아는 것이 많은 자가 적지 않으나 나폴레옹을 평가함에 있어서는 저의 천직을 간파하지 못하고, '전투아'의 일거수일투족의 영향을 한갓 참극으로 알아서 그를 잔혹하고 사납고 거만하다고 했다. 우리도 유럽에서 나폴레옹 전쟁으로 인해 수십 년간 수천만의 혼령이 아득한 벌판의 푸른 풀로 변하게 된 일을 알고 있으므로 인의에 따른 것이라고 부르기 어렵다. 그러나 저 '전투아'가 이 세상에 태어난 시세를 일별해 보라. 저 '전투아'가 부담한 천직을 생각하면 그 처절하고 참혹한 활극 또한 19세기의 신천지를 드러나게 한 데서 생긴 것이었다.

저 '전투아'가 우주의 큰 뜻을 품고 안개가 자욱한 남명[16]의 깊은 곳으로 간 이래 17년여 동안 유럽 천지가 아주 달라졌다. 유럽의 국가는 과학과 경제와 철갑함의 힘으로 인해 그 구획을 정하고 비로소 19세기의 무력적인 평화를 보였고, 문물로 인해 찬연함을 이루었으며, 학술과 기예로 인해 무성히 크게 일어났다. 아! 어찌 '전투아' 나폴레옹이 한꺼번에 쓸어버린 것 때문이라고 말하지 않을 수 있겠는가. 왜냐하면, 진정한 평화와 찬연한 문물은 철화(鐵火)로 나타나기 때문이다.

---

15) 웰리턴(외린돈, Arthur Wellesley, 1st Duke of Wellington, 1769~1852): 워털루 전투를 승리로 이끈 영국의 군사 지도자이다. 이후 영국의 총리로도 재임하며, 정치와 군사에서 큰 영향력을 행사했다.
16) 남명(南溟): 남쪽에 있다고 하는 큰 바다를 뜻한다(「소요유」(逍遙遊), 『장자』).

제1장

이탈리아 전투 전의 나폴레옹(1769~1796)

1. 유럽 대 전란의 발단

권력 평균, 이 네 글자로 유럽 천지를 관리하는 일이 극히 미약했다. 하지만 겉보기에 안정된 평화를 장식한 때 급작스레 그 중간에서 일대 사변이 일어났다(즉 '부르봉' 왕가[1]의 전복이었다). 프랑스 황제 루이 16세가 혁명당에게 해를 입은 사실로 급변한 현실은 실로 유럽 천지를 뒤흔들며 한데 섞었다. 그러므로 열국의 군주는 이 일이 자국에 지대한 관계가 있다고 하며 군주에게 통렬한 영향이 크게 미칠까 두려워했다. 공화정의 근저가 견고하지 못한 때 진멸하고자 계획하여 오스트리아[2], 프로이센[3], 네덜란드[4], 스페인[5], 영국[6] 여러 나라가 동맹을 맺었고, 프랑스 공화정부를 향하여 개전을 선포했다. 저 유럽 전역을 진탕할 일대 전란의 발단이 여기에서 일어났다.

---

1) 부르봉 왕가(푸루폰王家, House of Bourbon): 16세기 말부터 19세기 초에 걸쳐 부르봉가가 통치한 프랑스의 왕조이다.
2) 오스트리아(墺太利/墺, Austria)
3) 프로이센(普魯西, Prussia/Preussen)
4) 네덜란드(荷蘭/和蘭/포루란트, Netherlands/Holland)
5) 스페인(西班牙, Spain)
6) 영국(英吉利, United Kingdom)

이번에 동맹한 여러 나라는 육·해군을 일으켜 프랑스로 침입하고자 했다. 국내에서도 과격한 혁명은 안 된다고 하는 무리가 몹시 많던 가운데 특히 툴롱[7] 시민은 그 안 된다고 주창하는 일이 매우 심했다. 동맹군 중 영국군을 끌어들여 시내에 들어온 후에 육·해군으로 수비를 엄중히 하며 혁명군과 대적하고자 했다. 툴롱시는 지중해에 접한 요항(要港)이었다. 이 땅이 일단 동맹군에게 점령된 바 되자 혁명군의 곤란함은 말할 수 없을 만큼 어려워졌다. 그러므로 혁명정부는 카르토[8]를 툴롱 정벌군 총독에 임명했고, 서둘러 함락시키라고 명령하여 시행케 했다.

세계의 위인 나폴레옹은 절세의 지략과 용기가 있는 사람이었지만 풍운을 탈 기회를 얻지 못해 마음이 답답한 채 한갓 작은 땅에 틀어박혀 있었다. 이때 카르토에게 선택되어서 툴롱 정벌군을 따라서 약간의 포병을 이끌고 출전했다. 그의 나이 26세였다.

2. 나폴레옹의 첫 배치

1769년 8월 15일에 지중해[9]의 어느 작은 섬 코르시카[10] 아작시오[11]의 귀족 찰스 보나파르트[12]와 그의 아내 레티치아 라몰리노[13] 사

---

7) 툴롱(쓰-론, Toulon)

8) 카르토(가루도-/칼-트-, Jean Baptiste François Carteaux, 1751~1813): 로렌 출신으로, 프랑스 혁명군에서 활동하며, 군사 지도자로서 혁명적 전투에서 기여했다. 하지만 결국 실패해 군에서 물러나게 되었다.

9) 지중해(地中海, Mediterranean Sea)

10) 코르시카(고루시가, Corsica)

11) 아작시오(아삭시오, Ajaccio)

12) 찰스 보나파르트(쟈-스 표나발트, Charles-Marie Bonaparte, 1746~1785): 나

이에 뛰어난 아이 한 명이 태어났는데, 나폴레옹이 그 사람이었다.

그는 7세 때 아버지를 따라서 프랑스 수도 파리[14]에 갔다가 돌아온 후에 브리엔군사학교[15]에 들어갔다(그의 나이 10세). 학업이 빠르게 나아갔고, 특히 교사의 신용을 널리 얻었다. 추천을 받고 파리군사학교[16]에 들어가서(그의 나이 14세) 형설의 공[17]을 쌓음이 3년이었다. 1785년 8월(그의 나이 16세)에 포병 소위에 임명되었고, 1787년에 중위로 승진하여 발랑스[18]의 부대에 있다가 1792년에 대위로 다시 승진했다. 다음 해 여름에 휴가를 얻어 코르시카섬에 돌아와 어머니를 뵈었다. 코르시카섬의 노장 파올리[19]는 이 섬이 프랑스에 병탄된

폴레옹 보나파르트의 아버지로, 코르시카 출신의 귀족이다. 코르시카의 정치적 상황에 영향을 미쳤고, 프랑스 왕국에 대한 충성으로 활동했으며, 나폴레옹의 가문이 후에 중요한 정치적, 군사적 영향을 미치는 데 기초를 마련했다.

13) 레티치아 라몰리노(레지시아 라모리니, Maria Letizia Ramolino, 1749/1750~1836): 나폴레옹 보나파르트의 어머니로, 코르시카 출신의 귀족 여성이다. 자녀들에게 엄격하고 철저한 교육을 시켰으며, 특히 나폴레옹의 성장과 성공에 중요한 영향을 미친 인물로 알려져 있다.

14) 파리(巴里, Paris)

15) 브리엔군사학교(푸리엔누兵學校/푸리에누兵學校, Military Academy at Brienne-le-Château)

16) 파리군사학교(巴里帝國兵學校, École militaire in Paris)

17) 형설지공(螢雪之功): 반딧불·눈과 함께 하는 노력이라는 뜻으로, 고생하면서 부지런하고 꾸준하게 공부하는 자세를 이르는 말이다. 중국 『진서』(晉書)의 「차윤전」(車胤傳)·「손강전」(孫康傳)에 나오는 말로 진나라 차윤이 반딧불을 모아 그 불빛으로 글을 읽고, 손강이 가난하여 겨울밤에는 눈빛에 비추어 글을 읽었다는 고사에서 유래한다.

18) 발랑스(위아란스, Valence)

19) 파올리(바오리-, Filippo Antonio Pasquale de' Paoli, 1725~1807): 코르시카의 군사 지도자이자 정치가로, 코르시카의 독립을 위해 싸운 인물이다. 코르시카 민족주의 운동의 중요한 지도자로, 1755년부터 1769년까지 코르시카 공화국의 지도자로 활동했으며, 후에 프랑스와의 전쟁에서 패배한 뒤 망명 생활을 했다.

것을 깊이 한탄해 독립을 계획했다가 이루지 못한 일을 분히 여겨 무리하게 코르시카섬을 영국에 바치고자 했다. 나폴레옹도 항상 코르시카의 독립을 간절히 바라다가 이루어지지 않음을 보고, 이 섬을 영국에 헌납하는 것보다는 전과 같이 프랑스에 붙어 있는 것이 옳다고 생각해 단호히 파올리에게 반대하고 프랑스 병영을 원조하고자 했다. 프랑스의 대장 살리체티[20]가 임시로 나폴레옹을 의용군 포대의 지휘관으로 임명하여 투르 드 카피텔로[21]를 공략하게 했다. 대체로 이 요충지는 수도 아작시오 부근에 있었다. 노장 파올리가 섬 주민을 선동해 대군을 일으켜 방어했다. 나폴레옹이 힘을 다해 격렬히 싸워 한 번의 전투로 이를 함락시켰다. 그러나 만일 적군이 겹겹이 포위하고, 지원도 도착하지 않고 식량이 끊어지면 결국 버티기 어렵다는 것을 알고 해로를 통해 프랑스에 돌아갔다. 이는 실로 '하늘이 만든 전투아' 나폴레옹의 첫 번째 종군이었다. 그 후에 영국이 원군을 파올리에게 보내서 나폴레옹의 집안을 다 섬 밖으로 축출했다. 이에 집안 전체가 프랑스 마르세유[22]에 당도해 머물렀다. 이때부터 나폴레옹은 코르시카를 사모하는 마음을 끊고 프랑스를 고향처럼 생각하게 되었다.

---

20) 살리체티(셰리솃디, Antoine Christophe Saliceti, 1757~1809): 코르시카 출신으로 프랑스 혁명 동안 활동한 정치가이자 군인이다. 혁명 정부의 중요한 인물로, 프랑스 혁명 전쟁에서 군사적 역할을 했으며, 특히 코르시카에서 나폴레옹 보나파르트와 협력하며 중요한 정치적 영향을 미쳤다.
21) 투르 드 카피텔로(도레 지 가피데로, Tour de Capitello/Torra di Capiteddu)
22) 마르세유(마루세-유, Marseille)

3. 툴롱의 함락

나폴레옹이 정벌군에 종군함에 따라 카르토 진영에 부임했다. 카르토는 본성이 교만하고 병사(兵事)를 알지 못해서 나폴레옹을 대우하는 것이 몹시 차가웠고, 도움은 필요 없다고 큰소리쳤다. 나폴레옹이 군영을 순시하며 양쪽 군대의 배치를 자세히 관찰해 보니까 프랑스군의 배치가 맞지 않았다. 적은 요새 2개를 시의 한쪽에 세우고, 다른 한쪽에는 멀그레이브[23]라 부르는 취약한 작은 요새 하나를 세웠다. 프랑스군의 요새를 보니까 대포는 다 적 요새의 근거리 지역에 있었다. 대개 그것들은 예로부터 내려오는 법을 굳게 따른 것으로서 적 탄환의 공격을 받는 근거리에서 적을 사격하고자 함이었다. 이는 실로 목적 없이 탄환만 허비할 뿐이었다. 이에 나폴레옹은 친히 여러 장교를 소집해서 그들을 깨우쳐 각 구역의 대포를 모아서 모두 진열을 새롭게 고쳤다. 그는 200문의 대포를 한 번의 호령 아래 운전·발사하게 하는 위엄을 보였다. 하지만 그의 큰 목적은 이에 있지 않았다. 더 나아가 카르토를 설득해서 포위 공격에 관한 방침을 바꾸고자 하는 데 있었다.

나폴레옹의 계획은 과연 어떠한 것이었을까? 그 계획을 오늘날에 관찰하면 극히 간명하여 한 점의 과실도 없다. 그때 이로써 저 어리석은 장군 카르토를 설득하는 일은 쉬운 일이 아니었다. 그가 카르토에게 말했다.

"각하의 목적은 영국군이 툴롱시에서 철수하는 데 있습니다. 그러나 적병을 성내에서 격파하는 것은 쉬운 일이 아닙니다. 방침을

---

23) 멀그레이브(마루포스구/말포스구, Mulgrave)

바꿔서 항만을 향해 요새를 세워서 적함이 정박한 곳을 사격하면 영국 군함은 반드시 물러날 것입니다. 그러면 영국 육군 또한 물러날 것임은 명백합니다."

또 손을 들어서 툴롱시와 마주 보고 있는 해각[24] 한 곳을 가리켜 말했다.

"저 라그라스[25]의 곳을 취하십시오. 그러면 불과 이틀 만에 툴롱시는 함락될 것입니다."

라그라스의 해각은 툴롱시와 지중해 사이의 왕래를 연결한 협로가 한눈에 내려다보이는 높고 메마른 요해(要害)로서 사람들은 작은 지브롤터[26]라고 불렀는데, 그곳이 요충지임을 알 수 있을 것이다. 그러나 슬기롭고 재빠른 영국군이 먼저 그 해각이 극히 중요함을 인식하고 요새를 힘써 건축했다.

나폴레옹은 적의 의지가 이처럼 엄중한 것을 보자 일거에 빼앗을 수 없다고 생각했다. 적의 요새와 충분히 대항할 만한 요새를 건축하고자 결심하고 병사를 독려해서 라그라스 뒤쪽에 요새를 건축하게 했다. 직접 감독했는데, 의대를 풀지 않고 수면과 음식을 전혀 생각하지 않고 공사를 서둘러 끝내는 데만 전념했다. 점점 완성할 시기에 이르자 그는 멀그레이브 요새 뒤쪽 올리브나무 숲이 울창한 곳에도 대항할 요새를 쌓았다. 은밀히 빠르게 완성해 적이 알 수 없게 했다. 대체로 나폴레옹이 그곳에 요새를 쌓은 바는 나중에 그가 라그라스

---

24) 해각(海角): 육지가 바다 가운데로 뿔처럼 뻗어 나간 부분을 뜻한다.
25) 라그라스(라, 쑤라스, Lagrasse)
26) 작은 지브롤터(小 디부라루다루, Little Gibraltar)

의 해각을 습격할 때 먼저 그곳에서 멀그레이브 요새를 집중 사격해 적을 견제함으로써 라그라스와 서로 도울 수 없게 하려는 것이었다. 그러나 불행히도 그 계획은 어느 어리석은 장군의 제재로 인하여 실행할 수 없었다. 하루는 여러 명의 어리석은 장군들이 각처를 순찰하고 이곳에 이르자 한 요새가 새로 만들어졌고, 여러 문의 대포가 정렬된 것을 보고 크게 의아해했다. 보초병에게 이 요새가 완성된 후 며칠이 지났는지를 묻자 8일 전에 완성되었다고 답했다. 그들이 듣고 서로 말했다.

"이와 같은 다수의 대포를 정렬하고 오늘까지 한 번도 발포가 없다는 것은 이 날카로운 병기를 한갓 폐물로 돌아가게 하는 것이다."

이렇게 나폴레옹이 멀리 내다보는 깊은 생각을 가지고 있다는 것을 헤아리지 못하고 병사를 명하여 즉시 사격하게 했다. 영국군의 한 부대가 그 사격에 대응하여 갑자기 소리치며 질풍처럼 침입해 왔다. 나폴레옹은 수하의 병사를 이끌고 죽을힘을 다해 구원하고자 질주했지만, 시기가 이미 늦었다. 수풀 속의 대포를 모두 적에게 빼앗겨 그 포문에 못이 박혀 다시 사용할 수 없게 되었다. 나폴레옹이 이를 보고 분개해 마지않았지만, 시기가 이미 늦었으니 어찌하겠는가.

나폴레옹이 높은 곳에 올라서 적군의 위치를 자세히 관찰했다. 그 진지 부근의 도랑이 매우 길고 또한 깊으며 수목이 무성하여 엄폐할 수 있다는 것을 인식하고 즉시 수하의 병사를 명하여 그 도랑 아래로 몰래 갔다. 적군에 접근하자 영국군의 대장 오하라[27] 장군은 자기 병사가 오는 것으로 알았다. 점점 접근해 와서 프랑스군이 갑자기

27) 오하라(오, 하라, Charles O'Hara, 1740~1802): 아일랜드 출신의 영국 군인이다.

습격해 적장 오하라를 생포했다. 이렇게 영국군은 장수를 잃고 허둥지둥하여 이리저리 뛰어다니다가 대오를 잃고 도망했다. 이때 나폴레옹이 정강이에 창상을 입었던 때 누군가 그 위험함을 무릅쓰고 업고 갔다. 그 사람은 후에 나폴레옹 부하의 효장(驍將)으로 후세에 저명한 뮈롱[28]이었다. 이때 프랑스군은 재차 요새의 준비에 착수했다. 그때 총독 카르토는 파직당하고, 뒤고미에[29] 장군이 대신했다. 뒤고미에 장군은 담대했고, 지략과 기량이 있어서 나폴레옹의 재능을 알아 보고 완전히 종사하게 하고 무익한 간섭을 하지 않았다. 그러자 나폴레옹은 더욱더 힘써 군비를 정돈하는 데 전념했다. 툴롱을 포위 공격한 지 4개월이 되어서 영내에 식량이 떨어졌음을 알리자 병사는 점차로 불평의 빛을 보였다. 게다가 그들은 나폴레옹의 진의를 이해하지도 못했다. 그래서 나폴레옹이 툴롱시와 다소 멀리 떨어진 작은 지브롤터에 대한 준비에 애쓰는 것은 무용한 일이자 앞길을 위급하게 하는 것이므로 차라리 이 포위 공격을 철회하는 것만 못하다고 생각하고 결국엔 이 뜻을 정부에 알렸다. 그러나 이 편지가 정부에 도착하기 전에 툴롱시를 함락했다. 정부는 병사의 진정서를 받아봤으나 누군가의 가짜로 믿었다. 병사 또한 자기들이 군사 전략에 재빠르지 못함을 탄식했다.

좋은 기회를 얻어서 나폴레옹은 전력을 다해 작은 지브롤터를 사

---

28) 뮈롱(무-론, Jean-Baptiste Muiron, 1774~1796): 프랑스 혁명 전쟁 중의 프랑스 군인으로, 이탈리아 전투에서 활약했다. 나폴레옹 보나파르트의 부하로서 중요한 역할을 했으며, 마렝고 전투에서 전사했다.
29) 뒤고미에(쥬-소미에-, Jacques François Dugommier, 1738~1794): 프랑스 혁명 전쟁 동안 활약한 프랑스 군인이다.

격했고, 뮈롱은 한 부대를 이끌고 성벽을 뛰어올라가 수비병을 모조리 죽였다. 기세를 타서 즉시 진영을 세우며 항만을 경계하는 데 착수했다. 과연 헤아린 대로 다음날 아침에 영국 함대는 마침내 툴롱시를 방어할 수 없다고 생각해 병사를 태우고 출항했다. 이렇게 프랑스군은 피도 흘리지 않을 만큼 쉽게 툴롱시의 요새를 함락시켰다.

이 전투에서 나폴레옹은 포연 속에서 편지 한 통을 쓰고자 했다. 필기하는 사람을 부르자 한 젊은 하사관이 와서 펜을 들고 나폴레옹의 말을 받아적었다. 바로 그때 적의 포환이 날아와 젊은 하사관의 옆에 떨어졌고, 흙모래가 솟구쳐 그의 신변을 덮었다. 젊은 하사관이 빙그레 웃으며 말했다.

"아름답구나, 흙모래여! 내 몸을 덮음은 프랑스를 위함이다."

나폴레옹이 그의 담대함과 침착함을 칭찬하며 항상 그의 행위에 주목했다. 당시에 누가 미리 알았겠는가. 후일 나폴레옹 휘하의 효장 쥐노[30]가 바로 그 사람이었다.

4. 사오르지오[31]의 함락

나폴레옹은 전공(戰功) 덕분에 포병 지휘관으로 승진했고, 니스[32]의 이탈리아 출정군에 부임하라는 명령을 받았다. 즉시 부임해 이탈리아로 침입할 방략을 아뢰었다. 그 의견이 채용되어 사르데냐[33] 군대를 콜 드 탕드[34]에서 퇴각하게 했고, 사오르지오를 함락시켰다. 이

---

30) 쥐노(쥬-노, Jean-Andoche Junot, 1771~1813)
31) 사오르지오(사오루찌오, Saorgio)
32) 니스(니-스, Nice)
33) 사르데냐(사루디니아, Sardinia/Sardegna)

는 프랑스군이 이탈리아 내지로 진입할 중요한 길을 연 것이었다.

그때 그는 1794년 7월 28일의 사변과 조우했다. 로베스피에르[35] 등 산악당[36] 무리가 이룰 수 없는 꿈을 계획했다가 마침내 포박을 당해 사형에 처해졌다. 나폴레옹은 평소부터 산악당과 좋은 관계를 맺었을 뿐 아니라 그의 형이 그 당과 결탁했기 때문에 감금당했다. 관계가 적지 않은 것을 변명했고, 수일 후에 간신히 해방되었다. 그러나 그 이후 잠시 지위를 얻지 못하고 공연히 시간을 헛되게 보내는 것을 한탄했다. 이는 그에게 불행한 일대 차질 같았지만 전화위복의 기연을 만났다. 나폴레옹은 이제 본국에서 채용되지 않는 것에 분노하여 콘스탄티노플[37]로 가서 튀르키예[38] 정부를 위해 일할 것을 결심하고 그 친구에게 말했다.

"신기하구나! '코르시카'의 한 졸병으로 언젠가 예루살렘[39] 국왕

---

34) 콜 드 탕드(고루, 디, 덴트, Col de Tende/Colle di Tenda)

35) 로베스피에르(로베스빌-, Maximilien Robespierre, 1758~1794): 프랑스 혁명의 주요 지도자이자 공포정치의 상징적인 인물이다. 혁명 정부에서 중요한 역할을 하며, 자코뱅당을 이끌었고, 대중의 정치적 지지를 통해 프랑스의 정치적 변화에 큰 영향을 미쳤다.

36) 산악당(山嶽黨, the Mountain/La Montagne): 프랑스혁명이 일어났을 무렵, 1792~1795년에 열린 국민공회의 좌익 세력이자 파리의 혁명적 민주 세력으로 자코뱅당 의원이 그 중핵을 이루었다. 1793년 지롱드당을 타도하고 공포정치를 실시해 혁명을 극도로 추진했으나 1794년 7월의 테르미도르의 반동에 의해 몰락했다. 회의장의 맨 윗부분 의석을 차지한 데서 그 이름이 유래되었다.

37) 콘스탄티노플(곤스란디노-풀, Constantinople): 이스탄불(Istanbul)의 옛 이름이다. 비잔틴 제국, 오스만 제국의 수도였다.

38) 튀르키예(土耳其, Ottoman Empire/Türkiye): 1922년에 현재의 튀르키예 공화국이 건국되기 전까지 '토이기(土耳其)'는 1299년에 세워진 오스만 제국을 가리킨다.

39) 예루살렘(제-루-사렘, Jerusalem)

에 오르는 것이 어찌 옳지 않겠는가."

아! 뱀은 짧은 몸으로도 기상이 사람을 삼킨다. 그가 이번에 실망하고 낙담한 일이 이러했는데도 그 의지가 오히려 그와 같았다. 나중에 행운을 만난 것이 어찌 우연이라고 하겠는가.

그가 그 계획을 실행하기 전에 갑자기 네덜란드 주둔군의 포병 지휘관으로 임명되었다. 그가 기뻐하여 명을 받들었다. 교룡이 구름과 비를 만나면 어찌 연못 속의 생물이겠는가. 풍운을 만나는 것이 멀지 않은 것이었다.

5. 파리 폭동

바야흐로 프랑스는 밖으로는 전쟁에 따른 이득을 얻은 것이 많았고, 안으로는 국내가 점점 평온해졌다. 그러므로 혁명 정부(국민의회)는 내정 개혁을 단행하고자 했다. 그러나 인민 중 불복하는 자가 매우 많아서 소요가 몹시 심각한 가운데 있었다. 왕당파의 무리는 이 기회를 틈타 혁명 정부를 전복시키고자 격문을 사방에 선포하여 폭동을 선동했다. 이때 국내의 불평하는 무리가 그 움직임에 호응했는데, 불과 한순간에 모여든 자가 40,000이었다. 노장 다니캉[40]을 우두머리로 뽑았고, 그 기세가 매우 창궐했다. 당시에 혁명 정부는 파리 부근에 5,000의 상비군과 수백의 포병이 있을 뿐이었다. 이처럼 과소한 병사로 그 기세가 매우 맹렬한 40,000의 폭도를 진압하는

---

40) 다니캉(싸니간, Louis Michel Auguste Thévenet/Danican, 1764~1848): 프랑스 혁명 전쟁 중의 군인으로, 프랑스 혁명군에서 중요한 역할을 했다. 1794년에 로베스피에르를 제거하는 데 일조했다.

것은 아주 위험했다. 하지만 한가롭게 머뭇거릴 때가 아니었기 때문에 어쩔 수 없이 장군 므누[41]를 사령관으로 삼아 진압하게 했다. 폭도와 므누의 병사가 르 펠르티에[42]에서 대치했다. 군율이 엄숙하고, 군의 형세가 가지런함을 므누 장군이 보고 겁을 먹었다. 어떤 국민 대표자의 간섭을 따라 폭도와 화친을 청하며 전투 한 번 하지 않고 퇴각했다. 이 때문에 폭도는 세력을 더욱 얻어 단숨에 튈르리 궁전[43]을 습격하고 정권을 빼앗고자 했다. 무릇 튈르리 궁전은 당시 혁명 정부(국민의회)가 있던 궁이었다. 이때 정부는 므누 장군이 사리에 어두워 그 임무에 맞지 않는다는 것을 알고 후임자를 얻고자 하여 의회를 열어 상의했다. 의원 중 유력자인 바라스[44]는 예전에 툴롱시에서 나폴레옹의 됨됨이를 직접 자세히 살폈다. 그 후 서로 만날 때마다 그 소년의 재주와 슬기를 깊이 사랑했다. 이번에 이 중대한 임무에 최선을 다할 자는 나폴레옹 이외에 적임자가 없다고 생각하고 동료 탈리앵[45]과 카르노[46]와 협의한 후 일반 의원에게 고했다.

---

41) 므누(메누-, Jacques-François Menou, 1750~1810): 프랑스 혁명 전쟁과 나폴레옹 전쟁에서 활동한 프랑스의 군인이다.
42) 르 펠르티에(루-위에레누, Le Pelletier)
43) 튈르리 궁전(쥬-이레리-宮, Tuileries Palace)
44) 바라스(바라-/바리-가, Paul François Jean Nicolas, Vicomte de Barras, 1755~1829): 프랑스 혁명 시기의 군인 및 정치가로, 총재정부의 중요한 지도자 중 한 명이었다. 혁명 초기에는 군에서 활동했고, 나중에 나폴레옹 보나파르트의 정치적 후원자가 되었다.
45) 탈리앵(다리엔, Jean-Lambert Tallien, 1767~1820): 프랑스 혁명 중의 정치가로, 초기에는 자코뱅당의 주요 인물이었으나 후에 로베스피에르의 공포정치에 반대했다.
46) 카르노(갈노/가루노-, Lazare Carnot, 1753~1823): 프랑스 혁명 동안 중요한 군사 지도자이자 정치가로, 공포정치와 프랑스 혁명군의 조직에 기여했다.

"나는 여러 동료가 얻고자 하는 적임자를 추천한다. 이 사람은 추호도 격식에 구애받지 않는 코르시카의 한 소년 사관이다."

이 한마디 말은 곧 나폴레옹의 운명을 단번에 결정한 것이 아니라 곧 프랑스의 운명을 단번에 결정한 것이었다. 나폴레옹은 이날 페도 극장[47]에 있었다. 폭동이 크게 일어난 것을 듣고 달려와서 친히 그 실황을 목격하고, 의회 자리에서 결의 여하를 속히 알고자 하여 의회 자리에서 방청하고 있었다. 이때 나폴레옹을 영접하고 므누 장군의 퇴각에 관한 일을 물었다. 나폴레옹이 거침없는 언변으로 그 실황과 장래에 취할 계획을 진술함으로써 의회원 여러 사람의 마음을 만족하게 했다. 이렇게 나폴레옹으로써 므누의 군대를 대신 통솔하게 했다.

나폴레옹은 명을 받드는 동시에 요청하며 말했다.

"므누 장군의 행진은 어떤 국민 대표자의 방해로 인함입니다. 제게 이 중임을 명하면 재차 이들의 간섭이 없을 것을 희망합니다."

의원들이 조용히 듣고 바라스를 총사령관으로 삼았고, 나폴레옹을 부사령관으로 임명했다. 군에 관한 모든 일은 나폴레옹에게 전임하고, 따로 간섭과 억제를 하지 않기로 결정했다. 때는 1795년 10월 3일 밤중이었다. 전하는 말에 그들 폭도가 천명을 기다리며 튈르리 궁전을 습격한다고 했다. 이처럼 위급함을 맞아 잠시도 지체하지 못했다. 나폴레옹은 기병대장 뮈라[48]에게 신속히 명령을 내려 파리에서 5마일[49] 떨어진 곳인 사블롱 평야 떨어진 곳인 사블롱 평야[50]로

---

47) 페도 극장(오데온 劇場, Feydeau Theatre)
48) 뮈라(무라-/마라-, Joachim Murat, 1767~1815); 프랑스의 군인 및 정치가로, 나폴레옹의 군대에서 중요한 지휘관으로 활약했다. 후에 나폴리 왕국의 왕으로 즉위했으나, 1815년 워털루 전투 이후 처형되었다.

달려가게 했다. 병기고에 모아둔 대포 50문을 끌어온 지 얼마 안 되어 폭동군의 한 부대가 벌써 도착했다. 그러나 대포는 이미 나폴레옹의 수중에 들어간 뒤였다. 위기가 순간마다 있었으므로 정말로 위태로웠다! 나폴레옹은 5,000의 상비병을 나누어 시내 요지를 점령하게 했고, 모든 교차로에는 여러 문의 대포를 준비해 적의 행로를 가로막았다. 튈르리 궁전 주위의 다리 위에도 여러 문의 대포를 배열해 강가를 굳게 지켰고, 궁정에 요새를 쌓아 대포를 정렬해 적의 습격을 엄숙히 대비했다.

4일 새벽 무렵 폭도는 구름안개처럼 파리의 좁은 길로 침입하여 생토노레 거리[51]에 도달했다. 나폴레옹은 한 부대를 직접 이끌고 이곳에 전선을 펼쳤다. 당시에 폭도들은 1문의 대포도 없었다. 개전 즉시 나폴레옹은 여러 문의 대포를 계속 싸서 침입하는 폭도의 집결지를 사격했다. 동시에 각처의 요새에서도 적병을 향해 사격했다. 이렇게 폭도는 손쓸 여유도 없어 감히 저항하지 못하고 마침내 사분오열 흩어졌다. 나폴레옹은 병사를 나누어 추격했는데, 해가 지기 전에 폭도를 완전히 진압했다.

이제 혁명 정부는 국내의 적수를 쓰러뜨리고, 기초를 점점 공고하게 하고자 했다. 이에 조직을 변경하기로 결정했다. 10월 26일에

---

49) 5마일: 원문에는 "五里"(5리)라고 기술되어 있다. 그러나 그것을 제외하면, 원문 전체에서 거리 단위는 "哩"(마일)나 "야-트"(야드) 등으로 기술되어 있다. 또한 이 책의 저본인 노노무라 긴코로(野野村金五郎)의 『나파륜전사 전』(拿破崙戰史全)에서도 "五哩"(5마일)라고 기술되어 있다. 이에 근거해 본문에서는 '5마일'로 수정했다.
50) 사블롱 평야(사푸론原野, Plain of Sablons)
51) 생토노레 거리(사니트노-루街, Saint-Honoré Street)

혁명 정부(즉 국민의회)는 정권을 분해한 후 행정총관 5명을 두기로 결정했다. 바라스에게 그 장관을 추천하게 하여 시에예스[52]와 카르노 등이 함께 정사를 맡도록 했다. 나폴레옹은 공훈이 위대함으로 인해 특별히 국내군 총사령관의 부사령관으로 승진했다. 며칠이 못 되어 총사령관 바라스는 군사상 익숙하지 못하다 하여 국내군 총사령관의 관직 징표를 사양했으므로 그 중대한 책임이 '코르시카의 소년 사관'에게 돌아갔다.

바야흐로 기아의 악마가 파리 거리에 횡행해 공업과 제조가 모두 전폐했다. 가난한 자는 도로에서 쓰러졌고, 부유한 자는 나라를 버리고 나갔다. 법률제도가 무엇을 위하여 이 세상에 있는 것인지, 그저 나폴레옹 휘하의 군대만 더욱더 우렁찬 포성으로써 만사를 지휘하고 인도해 갈 뿐이었다.

나폴레옹은 항상 도시의 각처를 순찰하고 경계하며 군율을 엄히 실시했다. 동시에 인민을 정성껏 위로하며 동정을 표하는 데 게으르지 않았다. 어느 공작부인이 늘 말했다.

"나폴레옹 한 사람의 힘 덕분에 죽음에서 구제된 가족이 실로 일백 이상에 달했다."

그는 천금 같은 몸을 스스로 굽혀 가난한 사람과 병자를 위문하고, 땔나무와 숯, 식료품을 나누어 주며, 자신의 안일과 쾌락을 돌아보지 않았다.

---

52) 시에예스(시-에-, Emmanuel Joseph Sieyès, 1748~1836): 프랑스 혁명 동안 중요한 정치 이론가이자 혁명 지도자였다. 나폴레옹 보나파르트와 함께 총재정부를 전복시킨 뒤 중요한 정치적 역할을 했다.

나폴레옹은 이처럼 뼈를 깎는 노력으로 전력을 다해 국내의 안녕을 도모했다. 하지만 당시에 전쟁의 후유증이 남아 있어 곳곳에서 배고프다는 아우성이 하늘을 찔렀다. 유민[53]의 작은 폭동이 항상 끊이지 않아 병력이 아니면 쉽게 진압하기가 어려웠다. 나폴레옹은 병력을 사용하지 않고 설득하여 진압하는 데 전력했다. 이제 무리가 해산하고자 할 무렵, 비대하여 몇 발짝도 움직이기 어려운 생선 파는 아낙네가 있었다. 빈번히 무리를 선동해 나폴레옹에게 저항하고자 하며 큰 소리로 말했다.

"그들은 의기양양하지만 우리를 불쌍히 여기지 않고, 그들은 아름다운 옷과 좋은 음식에 살찌고 편안히 잠을 자지만, 우리는 춥고 배고픔을 견디지 못해 죽을 지경에 이르렀다."

나폴레옹이 즉시 말했다.

"사랑스러운 여자여, 먼저 나를 봐라. 나와 너 중 누가 비대한지 말하라. 무릇 내 신체는 매우 수척해 풍채가 애처롭다."

그 아낙네가 이 말을 듣고 갑자기 배꼽을 잡고 웃었다. 한곳에 모인 무리도 그 재치에 기꺼이 복종해 무사히 해산시킬 수 있었다.

이렇게 하여 역사상 유명한 파리의 폭동은 나폴레옹의 절대적인 기력과 절대적인 민첩과 절대적인 자비로써 진정되어 이제 평온해졌다. 그렇다면 밖에서의 어려움은 과연 어떠했을까. 당시 프랑스에 적의를 표한 곳은 오직 영국, 오스트리아, 이탈리아 등의 여러 지역뿐이었다. 이에 총재정부[54]는 이 기회를 틈타 큰 힘을 다하고자 했다.

---

53) 유민(遊民): 직업이 없이 놀며 지내는 사람을 뜻한다.
54) 총재정부(써－례구도리－政府/떼레구도리－政府/데이레구트리政府/쎼이레구트

먼저 이탈리아 출정군의 장수를 보충하고자 했다. 이전에 정부는 세 대군을 조직했다. 하나는 주르당[55] 장군이 통솔했는데, 삼브레[56], 뫼 즈[57] 두 강변에 배치했다. 하나는 모로[58] 장군이 이끌고 라인,[59] 모젤[60] 두 강변으로 향했다. 이탈리아 출정군이라 불리는 집단의 총사령관 은 셰레[61] 장군이었다. 이탈리아 방면으로 침입하고자 하는 오스트리 아, 사르데냐 동맹군을 타파하기 위해 나아가려는 것이었다. 셰레 장군은 담대하여 싸움에 능했지만 안타깝게도 지략이 부족해 쓸데없 이 알프스산맥 니스의 벽지에 숨죽인 채 주둔했다. 1차 로아노[62] 전투 에서 승리를 얻었지만 그 기회를 틈타 이익을 도모할 수 없어 그저 본국 정부에 군비와 군마를 자주 요청했다. 만일 이것들을 보내지 않으면 다시 회군해 제노바[63] 해안을 포기하겠다고 큰소리쳤다. 이에 바라스가 크게 놀라 말했다.

리-政府, Directory)

55) 주르당(쥬-루단/쥬-루짜/쥴-탄, Jean-Baptiste Jourdan, 1762~1833): 프랑 스 혁명 전쟁 중의 군인으로, 프랑스 혁명군의 장군으로 활약했다.

56) 삼브레강(삼풀河, Sambre River)

57) 뫼즈강(메-스河, Meuse/Maas River)

58) 모로(모로-, Jean Victor Marie Moreau, 1763~1813): 프랑스 혁명 전쟁 동안 중요한 군사 지도자로, 프랑스 혁명군의 장군으로 활약했다. 후에 나폴레옹 보나파르 트와의 갈등으로 인해 군에서 물러나게 되었고, 1813년 러시아 전쟁에서 전사했다.

59) 라인강(라인河, Rhine River)

60) 모젤강(모세루河, Moselle River)

61) 셰레(시에레-, Barthélemy Louis Joseph Schérer, 1747~1804): 프랑스 혁명 전쟁 중의 군인으로, 프랑스 혁명군의 장군으로 활약했다. 마렝고 전투에서 패배한 후 군에서 물러났다.

62) 로아노(로아노, Loano)

63) 제노바(디에노아/제-노아/쩨-노아/쩨네위-/쩨-노아, Genoa/Genova)

"저 수척하고 몹시 지친 이탈리아 출정군은 나폴레옹이 아니면 이를 운용하고 인도할 수 없다."

또 논의하며 말했다.

"나폴레옹에게 이탈리아 출정군의 중대한 임무를 완전히 맡기고자 한다. 나폴레옹은 나의 지휘를 기다리지 말고 나아가라."

제2장

이탈리아 전투(1796~1797)

1. 이탈리아 출정군의 총사령관으로 명함

이제 이탈리아 출정군 총사령관의 중대한 임무를 받들었는데, 이때 나이 26세였다. 정부에서 나폴레옹에게 말했다.

"이와 같은 중책을 떠맡고 다수의 노련한 장교를 지휘·감독하기에는 연소하고 연약함으로 인한 우려가 없지 않다."

나폴레옹이 답하여 말했다.

"1년 이내에 저는 노성한 장교를 다스리겠습니다. 그렇지 않으면 죽음뿐입니다."

카르노 또한 말했다.

"우리는 다만 병사의 지휘를 네게 맡길 뿐이다. 어찌할 것인가? 우리 군은 전혀 준비가 안 돼 있을 뿐 아니라 그 준비를 갖추기 위한 군자금도 제공할 수 없다."

나폴레옹이 옷깃을 바로잡고 대답하여 말했다.

"저는 병사를 얻는 것만으로 충분하고 다른 건 필요하지 않습니다. 그 결과는 제가 책임을 완전히 질 것입니다."

나폴레옹은 군대를 지휘하여 파리에서 출발했다. 때는 1796년 봄 3월 27일이었다. 피폐하고 궁핍해 도울 것이 적지 않은 이탈리아 출정군 진영에 도착했다. 이전에 이 군대는 풍요로운 지역에 의거했다가 적에게 쫓겨났다. 이제 알프스산맥의 거칠고 적막한 불모지에서 숨죽인 채 있으며 사방으로 적의 엄습을 받았고, 추위와 배고픔의 막심함이 더할 나위 없이 위급한 지경에 다다랐다. 이와 반대로 적군(즉 오스트리아군)은 부유하고 풍부한 도시에 진을 치거나 따뜻하고 비옥한 산기슭에 진을 쳤다. 요충지를 차지하고 험난한 지형을 의지하는 동시에 식량의 풍요함이 산과 같아서 그 기세가 자못 강성했다.

나폴레옹은 니스의 이탈리아 출정군 진영에 도착하여 병사를 점검했다. 그 수가 30,000에 불과했다. 30,000의 병사는 결코 적은 수라고 말할 수 없지만, 이로써 적국의 동맹군 80,000과 대적할 수는 없었다. 게다가 사기는 떨어졌고, 군마는 추운 날씨에 피폐했으며, 병기 중의 왕이라 이르는 대포는 전무하다고 할 수 있는 참상을 드러냈다. 젊은 총사령관은 이를 보고도 기색이 변하지 않았다. 점잖게 각 장교를 소집해 군사 회의를 열었다. 각 장교는 모두 천군만마의 공로를 쌓아 군공(軍功)이 혁혁한 용사뿐이었다. 이제 한 젊은이가 자기들을 거느리고 감독할 것을 듣고 마음속으로 경멸함이 자못 깊었다. 처음 서로 모였을 때는 결코 경멸할 수 없다는 것을 인식했고, 마침내는 허다한 노련한 장수들이 경탄하며 기꺼이 복종하게 되었다. 베르티에[1], 마세나[2], 오주로[3], 세뤼리에[4], 란[5] 등 무훈이 혁

---

1) 베르티에(베루제-/페루제-/벨제-/벤루제-, Louis Alexandre Berthier, 1753~1815): 나폴레옹 보나파르트의 주요 군사 참모이자 장군, 나폴레옹 군대의 참모총장으로 중요한 역할을 했다. 프랑스 혁명 전쟁과 나폴레옹 전쟁 동안 뛰어난 전략과 조직 능력을 발휘했으며, 나폴레옹의 승리를 도왔다. 1815년 워털루 전투 이후 나폴레옹이 몰락한 후 자살했다.

혁한 사람 또한 회의석에서 정렬했다가 흩어질 때 한 장교가 기뻐하며 말했다.

"총사령관은 실로 우리를 인도해 명예롭고 운이 좋은 땅에 도달하게 할 장수다."

데크레[6]는 파리에 있을 때 나폴레옹을 알고 나서 가장 친밀하게 정을 나누었다. 나폴레옹이 이탈리아 출정군 총사령관으로 임명되었을 때 마침 그는 툴롱시에 있었다. 나중에 그가 당시 모습을 기록하며 말했다.

"나는 신임 총사령관이 툴롱시를 통과해 임지로 부임하는 걸 알고 곧 나의 동료를 신임 총사령관에게 소개하고, 또 옛정을 나누고자 환영했다. 여관으로 들어간 후에 다시 방문했는데, 여관 문이 열려 있었다. 친밀한 정이 매우 두터운 친구였다. 즉시 방에 들어가 악수하고 회포를 풀고자 했다. 하지만 그 늠름하고 다가갈 수 없는 위엄은

2) 마세나(맛세나, André Masséna, 1758~1817): 프랑스 혁명 전쟁과 나폴레옹 전쟁에서 중요한 군인으로, 나폴레옹 보나파르트의 신뢰를 받으며 주요 전투에서 활약했다. 마렝고 전투와 아우스터리츠 전투에서 중요한 승리를 거두었으며, 나폴레옹의 12명의 원수 중 하나로 불릴 만큼 뛰어난 전략적 능력을 발휘했다.
3) 오주로(오-제로, Charles Pierre François Augereau, 1757~1816): 프랑스 혁명 전쟁과 나폴레옹 전쟁에서 중요한 군인으로, 나폴레옹 보나파르트의 주요 지휘관 중 하나였다. 아우스터리츠 전투와 프로이센과의 전쟁 등에서 중요한 역할을 했으며, 나폴레옹의 군에서 높은 직위에 올랐다.
4) 세뤼리에(셰루-리에/세루-리에, Jean Mathieu Philibert Sérurier, 1742~1819): 프랑스 혁명 전쟁과 나폴레옹 전쟁에서 중요한 군인으로, 프랑스 혁명군에서 장군으로 활동했다.
5) 란(란누, Jean Lannes, 1769~1809); 혁명 전쟁과 나폴레옹 전쟁에서 중요한 군인으로, 나폴레옹 보나파르트의 신뢰를 받는 전략적 천재로 알려져 있다.
6) 데크레(데구레-, Denis Decrès, 1761~1820): 프랑스의 군인 및 해군 장교로, 프랑스 혁명 전쟁과 나폴레옹 전쟁 동안 중요한 역할을 했다.

나로 하여금 몸을 움츠리게 해 감히 가까이 다가가지 못했다."

수염도 없는 젊은 총사령관과 자신이 앞으로 지휘하고 감독하고자 하는 노 장교와 가진 최초의 회견은 기이한 광경을 보였을 것이다. 온갖 고생에 허다한 생사를 넘겼고, 그 기념으로 흉터가 얼룩진 노병들이 생사가 달린 위급한 순간을 맞이했다. 본국 총재정부에서 자기들을 거느리고 감독할 중임을 맡기고 보낸 장군을 보고 다 경탄했다. 랑퐁[7]이 소년 총사령관을 권고로 시험하자 나폴레옹이 벌컥 성을 내며 배척하고, 큰 소리로 외치며 말했다.

"제군이여, 전투의 전술이 아직도 유치하다. 생각해 봐라. 두 적이 서로 전투할 장소를 약속하고 진군한 후 탈모하고 경례하면서 '제군이여, 이제부터 발포하자'고 말하는 시대는 이미 지나갔다. 우리는 적의 군대를 갈기갈기 찢고, 파도와 같이 대군을 눌러서 그들을 분쇄케 할 수 있다. 적의 장수는 경험이 있는 자라고 하는데, 본 총사령관의 행운이다. 그들을 이롭게 할 것은 그들의 경험이 아니라는 나의 말을 기억하라. 그들은 곧 병서를 다 태우고, 어찌할 바를 모르게 될 일이 멀지 않았다. 제군이여, 이탈리아 출정군의 첫 번째 움직임은 군사상 신기원을 열 것이다. 우리는 벽력과 같이 떨어져 내려 벽력과 같이 적군을 격파할 것이다. 적군은 우리의 전법에 교란되어 방책을 시행할 수 없을 것이다. 달아나서 숨는 일은 아침 해를 맞이하는 밤의 어둠과 비슷해질 뿐이다."

그는 경험이 없는데도 경험이 있는 자를 상대하고자 했고, 자기의

---

7) 랑퐁(람포, Antoine-Guillaume Rampon, 1759~1842): 프랑스 혁명 전쟁과 나폴레옹 전쟁에서 활약한 군인이다.

전투법으로 군사상 신기원을 열겠다고 큰소리쳤다. 무슨 배짱인지.

이 전투에서 나폴레옹이 계산한 바는, (첫째) 사르데냐 왕이 오스트리아와의 동맹을 깨뜨리게 할 일, (둘째) 오스트리아군을 모두 무찔러서 오스트리아군이 라인강 군대에 도움을 구하게 함으로써 프랑스 공화국을 향해 진군하는 병력을 멸살하게 할 일, (셋째) 왕정의 회복을 위하는 척하며 부르봉 가문을 원조함으로써 세속의 권력을 크게 떨치는 교황을 굴복하게 할 일 등이었다.

2. 나폴레옹의 첫 번째 훈령

나폴레옹이 첫 번째 훈령을 내릴 때 각 연대의 병사를 소집해 늠름하게 그 훈령을 낭독하며 말했다.

"병사여, 너희는 식량도 없고 의복도 없다. 정부는 너희에게 줄 책임이 중대함을 알고도 아무것도 너희에게 보상할 수 없다. 이렇게 으슥하고 습한 산간에 갇혀 있는데, 너희의 용기를 칭찬하는 것을 마지않는다. 이러한 벽지는 너희의 무기에 영광을 비춰주지 않지만 우려함을 버려라. 나는 지구상 가장 부요한 도시로 너희를 인도하기 위해 여기에 왔다. 풍요로운 고을과 화려한 도시도 얼마 못 되어 너희가 머무를 곳이 될 것이다. 그러니까 부귀와 명예와 영광은 다 너희에게 있을 것이다. 이탈리아 출정군 병사여, 너희는 나아갈 용기가 없는가!"

기이하다고 말하지 말아야 할 것이다. 지극한 정성이 닿으면 적이 없어지기 때문이다. 이처럼 대적할 자 없이 용감하고 단호한 훈령은 나팔 소리처럼 귓불을 때렸다. 그들은 자신을 잊은 채 떨쳐 일어나 평생의 희망과 신뢰를 다해 총사령관의 군마 앞에서 죽는 영광을 얻고자 했다. 이탈리아 출정군의 깃발 색이 새로워졌다. 이전에는 수척하고 근심하던 병사가 이제 용감한 장군의 들끓는 창자에서 터져 나온 격려에 감동해 싸우려는 마음이 솟구쳤다. 이때가 되자 나폴레옹은 자기의 전군을 거느리고 오스트리아군의 부대를 습격했다. 그 승세를 타고 적을 분쇄할 전략을 취했다. 적수는 80,000이었고, 휘하의 병력은 30,000을 넘지 않았다.

전군이 정렬한 후 곧 진군을 시작했다. 각 장교도 이제 과감히 나아가는 불굴의 젊은 총사령관의 용기와 지혜를 인식하고 그의 정신을 자기의 정신으로 알았고, 그의 열심과 인내를 자기의 열심과 인내로 알게 되었다. 나폴레옹은 절대적인 신속과 인내로 아주 빠르게 달려갔다. 말안장에서 내리지 않은 채 몇 주야 동안 수면은 물론이고 식사도 잊었다. 쉴 틈이 있으면 각 병사를 몸소 찾아가 그 바쁘게 달리는 고생에 진심으로 동정을 표하며 자신의 계획을 자세히 그들에게 설명했다. 때는 바야흐로 초봄을 맞이해 알프스산맥 정상의 흰 눈과 하얀 산맥은 엄연히 나폴레옹과 오스트리아군 중간에 서 있었다. 나폴레옹은 이 산 뒤쪽에서 병사를 점검하고 움직이기 시작했다. 승패의 결정이 순간에 있었기에 모험적 진군이 불가피했다. 동시에 그 움직임은 가장 신속하고 민첩할 것을 요구했다. 이로 인한 막대한 손실은 원래 정해진 바였고, 어떠한 장애라도 배제하지 않으면 안 되었다. 예정한 시각에 각 부대가 각자의 길을 취해 예정한 장소에 도착했다. 실행하지 못하면 쾌락과 인명의 손실이 막대할 것을 예상했기 때문에 보행에 미숙해 짧은 거리도 나아갈 수 없는 자는 어쩔 수 없이 뒤로 쳐졌다. 군수품을 나르는 수레를 도중에 포기하고 대포를 포기한 것도 돌아보지 않았다. 세차게 쏟아지는 폭우와 어지럽게 휘날리는 적설을 무릅쓰고, 산악과 늪지를 가리지 않으며, 주야를 막론하고, 식사와 수면을 잊은 채 혹한을 인내하고, 열심으로 대오를 정렬하며, 늠름한 용기로 나아갔다. 신묘하구나! 젊은 총사령관이 이와 같은 신뢰와 위엄을 전군에 행사하는 것은 물론이고 그 슬기롭고 민첩한 기지와 초월적인 능력과 타고난 인내력이 있는 것은 사람이 아니라 귀신이라고 할 만했다. 또한 알프스산맥의 가파른 절벽을 넘고자 할 때 나귀와 말이 없었다. 구매하고자 해도 자금이 없었다. 이에 어쩔 수 없이 지중해 연안의 산으로 우회해서 평탄한 땅으로 나갈 것을 결심했는데, 운수를 만나고 기회를 얻게 되었다. 붕새가 날개를 한 번 떨치듯 오스트리아군에 일격을 가하고자 했다. 오스트리아군의 전략과 방어의 전술은 과연 어떠했을까.

3. 몬테노테[8]·데고[9]·밀레시모[10] 전투

오스트리아군 대장 볼리외[11]는 군대를 세 부대로 나누어서 중군(中軍)을 직접 이끌고 몬테노테 작은 마을에 진을 쳤다. 병사 수는 실로 10,000 이상에 달했다. 때는 4월 11일 밤이었다. 먹구름이 짙

---

8) 몬테노테(몬데놋트, Montenotte)
9) 데고(쎄소-, Dego)
10) 밀레시모(미레시모, Millesimo)
11) 볼리외(퓨-류-, Johann Peter de Beaulieu or Jean Pierre de Beaulieu, 1725~1819): 벨기에 반군과 싸워서 장군으로 진급했다. 프랑스 혁명 전쟁 동안 높은 지휘권을 소유했고, 오스트리아 보병 부대를 지휘했다.

어서 지척을 분간하지 못했다. 질풍이 크게 일고 폭우가 쏟아져 비좁고 험악한 도로에 진창이 깊어 행군하기가 몹시 어려웠다. 하지만 나폴레옹은 이를 개의치 않고 독려하며 군대를 고무시켜 이 어두운 밤에 질풍과 폭우를 무릅쓰고, 험악한 산길을 헤치며, 범람한 하천을 건넜다. 오스트리아군이 봄철의 노곤한 잠에 푹 빠져 고향을 꿈꾸는 사이에 진군했다. 때는 4월 12일이었다. 동쪽 하늘이 옅은 붉은빛을 점차 띠며 밝아올 무렵에 오직 보이는 것은 몬테노테 뒤편 진영과 가장 가까이 있는 높은 지대뿐이었다. 그 위에 갑자기 서서 이제 일대 타격을 주고자 적의 대군을 내려다보는 젊은 장군은 다름 아닌 영웅의 기운이 당당해 하늘을 찌를 듯한 총사령관 나폴레옹이었다.

그 신속함이 섬광보다 빠른 나폴레옹은 적의 정찰을 피하고 이제 적군을 완전히 포위했다.

이처럼 피곤함이 매우 심한 군대에 잠깐의 휴식도 주지 않고 곧바로 회오리바람이 마른 잎을 휘감는 기세로 동맹군을 기습해 전후좌우로 일제히 공격했다. 고함이 하늘을 찔렀고, 고통의 절규는 땅을 흔들었다. 들판 곳곳에 널린 시체는 추격하는 말발굽에 유린되었고, 커다란 쇠뇌 바퀴가 지나간 곳에는 부상자의 뼈와 살이 부스러졌다. 실로 참담함이 아비지옥[12]과 다름없었다. 오스트리아군은 불시에 일대 습격을 받아 전군이 마침내 버틸 수 없게 되었다. 어쩌지 못하는 급작스러운 순간에 3,000의 사상자와 여러 문의 대포와 여러 개의

---

12) 아비지옥(阿鼻地獄): 팔열 지옥(八熱地獄)의 하나로서 오역죄를 짓거나 절이나 탑을 헐거나 시주한 재물을 축내거나 한 사람이 가는데, 한 겁(劫) 동안 끊임없이 고통을 받는다는 지옥이다.

군기를 내버리고 사방으로 도망감으로써 치욕스러운 흔적을 피에몬테[13] 들판에 남겼다. 이는 실로 나폴레옹이 총사령관으로 부임한 이후 첫 번째 전투이자 미증유의 명예를 갖게 된 첫 번째 개선이었다. 후일 오스트리아 황제에게 스스로 대단하다고 자부하며 말했다.

"나의 명성은 몬테노테 전투에서 시작되었다."

오스트리아의 패잔군은 원군과 서로 만나 사르데냐의 도시 밀라노[14]를 방어하기 위해 데고를 향해 도망쳐 달아났다. 사르데냐군 또한 동맹한 오스트리아의 패배를 듣고 그 도시 밀라노로 들어가기 위해 밀레시모로 퇴각했다. 적군이 각각 분리된 것은 나폴레옹의 희망에 합한 일이었다. 뛰어난 기상이 충천한 나폴레옹은 수척하고 부상당한 군대에 겨우 한두 시간의 휴식을 주었다. 뛰어난 기상이 꺾이지 않은 것을 이용해 사기가 떨어지려는 적군을 추격하기로 결심했다. 이미 결심이 이와 같은데 잠시를 주저했겠는가. 곧 맹렬히 나아가 돌격할 마음이 밀려들었다. 4월 13, 14일 이틀간의 전투가 특히 격렬했다. 처음에 패배해 달아난 오스트리아군과 사르데냐군이 원군과 서로 만나서 하나는 데고에 진을 쳤고, 하나는 밀레시모에 진을 쳤다. 함께 견고한 진을 의지하고, 험준한 곳을 지키며, 용기를 북돋아 프랑스군과 격돌했다. 그 기세는 매우 맹렬하여 큰 돌이 굴러떨어지는 것과 같았기 때문에 감히 접근할 자가 없었다. 오직 우렛소리가 땅에서 솟구치고, 불을 뿜는 연기가 하늘에 가득하고, 고함과 부르짖는 소리가 잠시도 끊이지 않았다. 하지만 나폴레옹은 화약 연기와

---

13) 피에몬테(피-르몬트/피-트몬트/피트몬트, Piedmont/Piemonte)
14) 밀라노(미란, Milano)

유혈 사이로 말을 몰아서 휘하 병사에게 모범을 보였고, 칼을 휘두르며 고무하고 격려했다. 총사령관이 이와 같았는데 전군이 어찌 분발하지 않았겠는가. 그러므로 두 번째 전투에서도 승리는 다시금 프랑스군에게 돌아갔다. 데고에 진을 친 오스트리아군은 대포를 던지고, 군수품을 버리며, 3,000의 포로를 프랑스군에게 붙여주고, 대오를 흩트리며 도망쳐 달려갔다. 밀레시모에 진을 친 사르데냐군 또한 패배해 마침내 1,500명은 창을 넘기고 프랑스군 편에 투항했다. 나폴레옹은 실로 하늘이 만든 전투아였다. 항상 적은 무리로 많은 무리에게 이겼고, 무경험으로 유경험에 맞섰다. 사흘간의 혈전고투가 대체로 3차례 있었다. 그러나 3전 3승을 얻어 파죽지세로 적군을 소탕하자 인근에는 적의 그림자도 보이지 않았다.

나폴레옹은 이미 첫 번째 전투에서 승리를 얻었다. 두 번째 데고 전투와 세 번째 밀레시모 전투에서도 승리를 얻었다. 그러나 그 처지는 가장 위급했다. 자신의 병력보다 가장 우세한 적군에게 둘러싸여 며칠 안으로 공격을 당하게 될 터였다. 따라서 나아가고 물러나는 속도가 아주 신비로운 변화처럼 불가사의한 섬광의 속도로 적군의 집결을 방해해 그 수가 다 차기 전에 전군을 움직여서 그 부대를 격파하는 일이 필요했다. 그렇지 않으면 자신의 멸망은 당연했다. 하루라도 느릿느릿하거나 한시라도 주저하면 전군을 건질 수 없게 되었다.

나폴레옹이 진군해 몬테제몰로[15]에 다다랐다. 이때 오스트리아군과 사르데냐군은 또 다른 날에 다시 서로 만나 사력을 다해 프랑스군

---

15) 몬테제몰로(쩨모로山, Montezemolo)

에 대항하자고 하고, 지금은 서로 헤어져 각자 준비할 곳으로 향했다. 이는 실로 나폴레옹에게는 천재일우의 기회였다. 망설이다가 한 순간이라도 지체하는 일이 있어서는 안 되었기 때문에 전군을 둘로 나누어 산길로 내려갔다. 한 부대는 오주로를 보내 오스트리아군을 추격하게 했고, 한 부대는 직접 이끌고 수도 토리노[16]로 향하는 사르데냐군을 뒤쫓아 체바[17]에 이르렀다. 사르데냐군은 보루를 높게 쌓고, 참호를 깊게 파며 정병 8,000으로 프랑스군이 공격해 오는 것을 대비했다. 때는 4월 18일이었다. 양쪽 군대가 즉시 포격을 개시했다. 종일 포성이 끊이지 않았고, 포연이 자욱해 햇빛이 보이지 않았다. 그날 밤 프랑스군은 칼과 창으로 베개를 삼아 잠을 잔 후 다음날 새벽에 다시 전투를 개시하려고 했다. 그러나 사르데냐군은 두려움이 크게 일어나 야간에 도망쳐 달아나 코르사길리아강[18] 부근으로 퇴각해서 거침없이 흐르는 큰 강으로 앞쪽 방벽을 삼았다. 프랑스군이 다시 추격해 다음날 저녁에 코르사길리아에 도달했는데, 오직 교량 1개만 있었을 뿐이었다. 그러나 사르데냐군은 그 진지를 사수할 형세가 뚜렷했다. 동시에 지원군이 급히 당도할 모양이었다. 그러므로 이제 프랑스군의 처지가 크게 위급해졌다. 그날 밤 장교가 서로 만나 전략을 논의했다. 수십 분의 토론 끝에 다음날 이른 아침에 병사의 손실 여부를 돌아보지 않고 진격하기로 결정했다. 동쪽이 아직 밝지 않았을 때 전투부대를 편성하고 교량으로 진군해 일대 결전을

16) 토리노(쓰-린, Turin/Torino)
17) 체바(세위아, Ceva/Ceba)
18) 코르사길리아강(가루사쭈리아河, Corsaglia River)

치르고자 했다. 천만뜻밖에 사르데냐군은 바람 소리나 학 울음소리에도 공포에 질려 전날 밤에 이미 도망쳤다. 이곳은 실로 나폴레옹이 심사숙고하던 곳이었는데, 적이 이미 도망쳤으므로 그 군대의 행운에 기뻐하고 즐거워했다. 유유히 교량을 건너서 햇빛이 서쪽 하늘에 걸렸을 때 몬도비[19]에서 다시 패잔병을 쫓아가서 공격했다. 사르데냐군은 죽기를 각오하고 분투했지만 승리는 마침내 프랑스군에 돌아갔다. 사르데냐군은 군사 2,000과 대포 8문과 군기 11개를 버려두고 달아나 숨었다. 나폴레옹이 추적해 체라스코[20]를 점령했는데, 사르데냐 왕국의 수도 토리노와 20마일 떨어진 곳이었다.

4. 사르데냐 왕이 강화를 나폴레옹에게 청함

이때 시내의 소요와 혼잡함이 극심했다. 또한 제왕의 포학한 정치에 크게 분노한 인민들은 나폴레옹을 환영해 새로운 공화정부를 조직하려고 했다. 영국 공사와 오스트리아 공사가 어찌 수수방관했겠는가. 어쩔 수 없이 두 공사가 국왕에게 나폴레옹은 결코 현재의 세력을 오랫동안 지속할 수 없으므로 잠시 왕도를 옮겨 죽기를 각오하고 굳세게 대항하며 결전을 도모하는 것이 득책이라고 권고했다. 왕은 도저히 젊은 총사령관의 맹렬한 기세에 저항할 수 없다는 것을 알고 사절을 나폴레옹에게 보내 강화를 청했다.

나폴레옹은 강화를 청하는 사절이 찾아왔다는 말을 듣고 마음속으로 몰래 기뻐했다. 왜냐하면, 나폴레옹은 지금 가장 위험한 위치

---

19) 몬도비(몬트위-, Mondovi)
20) 체라스코(제-라스쏘-, Cherasco)

에 진입한 것을 알았기 때문이었다. 동맹군이 한 차례 패했지만 병사 수는 아직도 자신의 군대보다 여러 배가 되었다. 또한 수도와 기타 요충지에 배치하는 데 충분한 대포와 군수품도 준비되지 않았고, 만 리나 떨어진 먼 곳에서 본국의 지원군을 얻을 수 없어 소규모 군대의 준비도 불완전했다. 이에 반해 동맹군은 군자금이 충분했고, 사기는 날로 증가했으며, 식량은 무진장했다. 형세가 다른 점이 이와 같았 으므로 사르데냐 왕의 평화 요청을 얻는 일은 실로 지대한 행복이었 다. 후일에 나폴레옹이 말했다.

"사르데냐 왕이 화의를 나에게 요청할 때 그는 오히려 견고한 요 새와 높은 보루가 허다하게 있었다. 만일 내가 연전연승하는 데 만족 하지 않고 오히려 나아가서 그들의 성벽을 점령하고자 하는 욕심이 일어났으면 모든 일이 여기에서 끝났다."

그러나 나폴레옹은 사르데냐 왕의 사절을 접견할 때 위엄이 늠름 해 대담하게 청구하며 말했다.

"사르데냐 왕이 화의를 청구하는 증거로 '알프스의 열쇠'라 불리는 코니[21], 토르토나[22], 알레산드리아[23] 세 곳을 프랑스군에게 넘겨라."

강화를 청하는 사절이 혼잣말했다.

"그 청구에 응하면 사르데냐 왕국의 국력을 전부 다 남에게 맡기 는 것과 다름없다."

그가 우물쭈물하고 머뭇거리며 결정하지 못하자 나폴레옹이 화

---

21) 코니(고니, Coni/Cuneo)
22) 토르토나(트루트나, Tortona)
23) 알레산드리아(아레기산쏘리아/아레사트리아, Alessandria)

를 내며 말했다.

"너는 본뜻을 오해했다. 조건을 다는 것은 나를 위해 하는 것이지 너희 나라를 위한 것이 아니다. 너는 마땅히 내가 본국 정부의 명의로 너에게 명하는 법률을 청종해야 한다. 그렇지 않으면 내가 포대를 건축하는 날 토리노시는 홀연히 맹렬하게 불타버릴 것이다."

강화를 청하는 사절은 두려워해 조약을 즉시 체결했다. 사르데냐 왕은 마침내 오스트리아와의 동맹에서 이탈하고, 세 곳을 넘기기로 약속했다. 사르데냐 왕국을 오스트리아 동맹에서 이탈하게 하는 일은 앞서 나폴레옹이 계산한 것이었다. 피에몬테 전투 전에 나폴레옹이 첫 번째 희망하던 것을 성취했으면 두 번째 희망을 이루는 것이 맞았다. 오스트리아군을 추적해 모조리 무찔러 죽일 계획을 강구하고, 사기를 진작시키는 일이 필요했기 때문에 다음과 같이 훈령을 병사에게 반포했다.

"병사여, 너희는 15일 동안 6번의 개선을 노래했고, 21개의 군기와 55문의 커다란 쇠뇌와 여러 개의 요충지를 얻었으며, 가장 풍요로운 지역 피에몬테를 정복했고, 너희가 획득한 포로는 그 수가 실로 15,000이고, 기타 사상자가 10,000인 것에 감사한다. 오늘까지 너희는 험준하고 험악한 산간에서 있는 힘을 다해 싸워서 각자 용기를 드러내 보였다. 하지만 이 위대한 공적에 대해 어떠한 보상도 얻지 못하고 이제 너희는 네덜란드와 라인 군대와 대항해야 하므로 너희는 모든 일에 결핍을 느낄 것이다. 너희는 자신의 필요를 자신이 공급했고, 너희는 전투에 가장 긴요한 대포가 없는데도 전투에서 승리했으며, 교량을 가설하지 않고 하천을 건넜고, 신발 없이 행진을 명 받았으며, 빵을 얻지 못했고, 광대한 평야에서 야영했다. 그 고초는 말하지 않아도 충분히 짐작할 수 있다. 공화정의 굳센 병사와 자유의 용맹한 기병으로 이와 같은 위업을 이룰 수 있었다. 그러나 해야 할 일이 여전히 남아 있으므로 일을 다 성취했다고 말할 수 없을 것이다. 병사여, 토리노도 아직 너희의 손안에 들어오지 않았고, 밀라노 역시 그렇다. 그러나 몰래 들어보니 너희 중에 용기가 이미 다해 알프스, 아펜니노 산맥[24]으로 돌아가고 싶어 하는 자가 있다고 한다. 그러나 나는 이를 믿지 않는다. 몬테노테, 밀레시모, 데고, 몬도비 전투에서 이긴 자는 오히려 나아가서 프랑스의 명예를 높이고 드러내는 데 열성이 있다는 것을 확신한다. 그러나 내가 다시 너희를 싸움터로 인도하기 전에 너희가 한마음으로 받들기를 간절히 바라는 조건이 하나 있다. 다름 아니라 너희가 구제한 인민을 보호하고 불법 행위를 진압하는 것이다. 이와 같이 하지 않으면 너희는 인민을 구제하는 자가 아니라 반대로 인민을 도적으로 만드는 것이다. 나라의 위엄을 짊어지고 법률을 받들어 지키는 나는 도덕과 명예를 위해 힘써 행하는 데 감히 주저할 바가 없다. 나는 또한 위대한 공훈이 있는 너희의 명예가 도적의 이름으로 더럽혀지고 손상되는 것을 허락하지 않는다. 남을 협박해서 빼앗는 행위가 있는 자를 사살하는 데 안타까워하지 않을 것이므로 너희는 이를 행해야 할 것이다."

---

24) 아펜니노산맥(아베나인山嶺/아페나인山, Apennine Mountains)

아! 젊은 용장의 말은 실로 천고의 향기다.

나폴레옹은 사르데냐 왕국과 유리한 조약을 체결해 사기가 더욱더 올라간 일을 이용해 곧 오스트리아군이 정비하지 못한 패잔병을 추적했다. 오스트리아군은 볼리외 사령관이 이끌고 포강[25]을 건넜다. 진지를 뒤로 물려서 보루를 쌓고, 호를 파며 지원군이 오기를 기다리는 중이었다.

나폴레옹은 먼저 파르마[26]로 들어갔다. 파르마 공국[27]은 동맹군에 참여해 함께 프랑스의 적이었다. 인구가 50만을 넘지 않는 소국이었다. 프랑스가 습격해 온다는 말을 듣고 크게 놀라 평화를 나폴레옹에게 요청했다. 나폴레옹은 기꺼이 승낙하고 은화 500,000불과 군마 1,600필과 미곡 등 여러 가지를 많이 공급하게 했다.

5. 총사령관이 오스트리아군을 추적해 포강을 건넘

오스트리아군은 점차 본국의 원군을 얻어서 총 병사 수가 40,000이 되었다. 세차게 흐르는 포강의 급류에서 떨어져 프랑스군을 상대했다. 병사 수가 자기의 병사 수보다 갑절이나 많은 적의 대군이 눈앞에 있고, 물의 흐름이 맹렬한 큰 강을 건너고자 하는 프랑스군은 실로 아주 어렵고 또 어려운 상황이었다. 용감하고 과감해서 오직 나아가는 것만 알고 후퇴하지 않는 나폴레옹은 힘차게 피아첸차[28]로 행진했다. 오스트리아군의 최고 요충지로 건너가려는 움직임을 보

25) 포강(포-河, Po River)
26) 파르마(파루마/바루마, Parma)
27) 파르마 공국(파루마公國/바루마公國, Duchy of Parma and Piacenza)
28) 피아첸차(위아렌샤/위아렌시, Piacenza)

이자 오스트리아군이 이를 보고 병력을 중군에 집결시켜 프랑스군이 습격해 오는 것을 늦추길 고대했다. 하지만 나폴레옹이 희망한 바는 결코 이곳으로 건너려는 것이 아니었다. 다만 그 형세를 적군에게 보여서 세력을 중군에 집결시키게 해 그 틈을 타서 다른 곳으로 건너려는 것이었다. 대개 나폴레옹은 어두운 밤을 틈타 놀랄 만큼 신속하게 강을 돌아서 36시간에 80마일을 진행하는 강 위의 선박을 다 탈취해 건넜다. 이전에 전군을 나누어 행진하고자 할 때 나폴레옹이 각 부대에 엄명을 내려 예정한 시각에 예정한 장소로 전군이 반드시 모일 것을 명령했다. 그 처소에 다다라서 병사를 살폈는데, 한 사람도 이르지 못한 자가 없었다. 쾌재, 쾌재였다!

"지금 너희는 이탈리아 에덴동산[29]으로 유명한 부요한 롬바르디아 평원[30]에 모여라."

오스트리아 장군 볼리외는 피아첸차에서 성벽을 보수하며 준비에 경황이 없었다. 나폴레옹이 어두운 밤을 틈타 강을 건너서 기습해 온다는 말을 듣고 분노와 번민을 이기지 못했다. 곧 전군을 나아가게 해서 나폴레옹을 상대하고자 했다. 얼마 후 양쪽 군대의 선봉이 폼비오[31]에서 서로 만났다. 습격해 오는 프랑스군을 향해 사격하며 사령관은 대군을 이끌고 적군이 가까이 온 것을 이용해 돌격했다. 그 기세가 맹렬한 프랑스군의 고함을 듣고 버틸 수 없다는 것을 알고 도망쳤다. 이 작은 전투에서 오스트리아군의 포로가 2,000 이상에 달했다.

29) 에덴동상(이-덴花園, Garden of Eden)
30) 롬바르디아 평원(론바-데-廣原, Plain of Lombardy)
31) 폼비오(홈-피오, Fombio)

6. 아다강[32] 근처 작은 마을 로디[33] 혈전

프랑스군은 적은 병사로 서둘러 오스트리아군을 추격했고, 포대는 고지에서 오스트리아의 후군을 저격했다. 황혼 무렵에 부상을 입은 오스트리아군의 선봉이 아다 강가의 작은 마을 로디에 당도했다. 곧장 아다강을 건너서 볼리외의 본대와 서로 만나 사격했다. 프랑스군은 이를 쫓아서 즉시 마을 안으로 침입해 빗발치는 오스트리아군의 포격을 집의 벽 뒤에서 피하며 총사령관의 명령이 어떠할지를 기다렸다. 나폴레옹은 자신감이 넘치는 사람이어서 일신의 위험은 전혀 개의치 않는 사람이었다. 포환, 총탄이 빗발치던 가운데 서서 의연히 강기슭의 형세를 정찰했다. (이때가 프랑스군의 위치가 가장 위험한 순간이었다. 왜 그러했는가? 오스트리아군은 그 수가 실로 16,000으로 12,000의 보병과 4,000의 기병으로 구성되었다. 또한 거포 30문을 나누어 늘어놓으며 강기슭에 전선을 펼쳤다. 그 전면에 정렬한 대포는 모두 교량을 향해 사격하기가 수월했고, 위아래로 건축한 포대는 협로 측면을 사격하기에 수월했다. 또 총을 다루는 데 솜씨가 좋은 수천 명이 각 요충지에 은닉해 교량에 접근하는 자를 향해 철환을 폭우처럼 쏘는 일이 수월했다. 맨 처음에 볼리외가 말했다. "이 험로를 사수해야 한다." 교량을 절단하는 일이 용이했지만, 일부러 끊지 않았다. 그 다리는 폭이 30척이었고, 길이가 200야드에 달했다. 따라서 프랑스군이 이 다리로 통과하는 것을 오스트리아군은 희망했다. 만일 프랑스군이 이 다리로 통과하면 멸망은 필연적이라고 믿었다.) 나폴레옹은 오스트리아군과 마주하자마자 즉시 대포를 전부 정렬했다. 탄환이 빗발치듯 날

---

32) 아다강(아쓰따河, Adda River)
33) 로디(로디, Lodi)

아다니던 한복판으로 말을 타고 왕래하며 병사와 함께 대포를 운전해서 교량을 훼손하던 오스트리아 병사를 사격하게 했다. 장교를 소집해 곧바로 교량을 습격할 결심을 전했다. 각 장교가 모두 그 위험을 무릅쓰는 일이 매우 심각한 것에 경악했다. 장교 중 아주 굳세고, 용감한 자도 이 계획을 두려워했다. 모두 실천할 수 없다고 했다.

한 장교가 말했다.

"이처럼 맹렬한 발사를 무릅쓰고 저 좁은 다리를 통과하는 것은 불가능한 일입니다."

나폴레옹이 크게 소리치며 말했다.

"무슨 일을 하지 못하겠는가. 이와 같은 말은 프랑스 말에 없다."

그 자신감이 다른 사람의 말과 행동으로 쉽게 바뀌지 않는 사람이었다. 각 장교의 동의를 얻지 못했는데도 불구하고 6,000의 정병을 뽑았다. 그들에게 엄격한 군대 기강의 말솜씨로 설득해서 그들의 자신감과 열심을 고무시켰고, 사지에 임하고자 하는 용기를 일어나게 했다. 또한 그들에게 이 계획에 따르는 위험을 설명했고, 그 공로가 어떠한지에 따라 반드시 찾아올 영광을 밝힘으로써 격려했다. 나폴레옹은 이 무렵 수천의 사상자가 있다는 것을 알았다. 하지만 원래 자기 생명도 깃털보다 가볍게 보는데 하물며 다른 사람의 생명이었겠는가. 이제 장차 획득하고자 하는 목표물은 아무리 값비싸더라도 사려는 사람이었다. 언뜻 봐도 이렇게 위험을 무릅쓴 무모한 계획을 시도하고자 하는 사람은 양쪽 중에 나폴레옹 한 사람 외에 다른 사람은 없었다고 생각한다. 나폴레옹은 은밀히 기병 한 부대에 명령했다.

"상류로 3마일 되는 곳에 가서 오스트리아군의 수비가 불완전한 것을 탐지하고 강을 건너서 곧장 오스트리아군의 후진을 습격하라."

동시에 나폴레옹은 휘하 부대를 공격 지점에서 가장 가까운 거리에 매복하게 한 후 좋은 기회가 찾아오기만을 기다리게 했다. 때는 5월 10일 저녁이었다. 태양은 티롤[34] 서쪽으로 져서 사방이 적막했고, 시골집은 그윽한 풍경으로 둘러싸였으며, 강물에는 물결도 일어나지 않았다. 아무 소리 없이 아주 고요했다.

오스트리아군을 멀리서 바라보니 깃발과 대오가 동요했다. 앞서 명령해 파견한 기병이 공격을 시작한 것이었다.

나폴레옹은 원래 전쟁의 흐름에서 싸울 때와 움직일 때를 잘 아는 기회 포착의 달인이었다. 지금 오스트리아군의 깃발과 대오가 동요하는 것을 멀리서 보고 생각했는데, 이는 자신이 파견한 기병이 습격을 개시한 것이라고 인식했다. 서둘러 나팔수에게 명령해 행군 나팔을 불게 하자 나팔 소리에 응해 전군이 구름안개가 일어나듯 용기를 내어 교량으로 돌진했다. 고대하던 오스트리아군은 이를 보고 크고 작은 총포를 일제히 발사했다. 프랑스군의 선봉이 몰사해서 쌓인 시체가 언덕처럼 되어 후군의 진격에 방해가 되었다. 하지만 용진불퇴(勇進不退) 하는 프랑스군은 싸라기눈같이 떨어지는 포탄과 총알을 두려워해 피하는 일이 전혀 없었다. 맹렬히 나아가 다리 중간에 간신히 이르렀다. 이때 아주 격렬한 사격을 받아 용진불퇴 하는 프랑스군도 잠시 행진을 정지했다. 나폴레옹이 이를 보고 곧 군기를 직접 흔들며 란, 마세나, 베르티에 등 여러 장군을 데리고 진 앞쪽으로 뛰어나가 서서 크게 소리치며 말했다.

"너희는 나를 따르라."

---

34) 티롤(디로루/다로루, Tyrol/Tirol/Tirolo)

포연이 하늘을 가득 덮어서 밤낮을 분간하지 못하는 위험을 무릅쓰고 말을 달려 나아갔다. 대장이 그 위험에도 불구하고 이렇게 맹렬히 나아가는데 전군이 어찌 용기가 없겠는가. 다시 용기를 내어서 돌진했다. 한편으로는 기병이 오스트리아의 후군을 쳤다. 전군이 세차게 흘러가는 급류처럼 교량을 통과하여 맞은편 기슭 평지에 도달했다. 용기가 더욱더 크게 일어나 돌진하자 오스트리아군이 죽기를 각오하고 방어했다. 하지만 프랑스군은 용맹하게 나아갔는데, 포탄을 어린아이가 장난삼아 던지는 눈덩이처럼 여겼다. 우렛소리가 땅을 울리고 섬광이 하늘을 가르는 대포 전투가 한창일 때 적의 유격대가 갑자기 요새에서 프랑스군을 포격했다. 한 장교가 급작스럽게 찾아와서 나폴레옹에게 고하며 말했다.

"적이 다시 포격을 시작했습니다. 그것을 침묵하게 할 필요가 있습니다."

나폴레옹이 말했다.

"침묵하게 하겠다."

곧바로 휘하의 기병 한 부대를 불러서 말했다.

"너희는 장수를 따라서 와라."

기병이 성대한 연회에 뛰어가듯 기꺼이 명령을 따라 포연과 빗발같이 쏟아지는 총알을 무릅쓰고 검을 휘두르며 적의 요새 안에 돌입했다. 순식간에 총을 쏘는 병사를 베고, 총포를 빼앗으며 적군에게 반격했다.

처음에 가장 큰 위험을 무릅쓰고 교량을 통과하여 첫 번째로 올라간 자는 란 장군이었고, 그다음에는 나폴레옹이었다. 란은 혼자 말을 타고 맹렬히 오스트리아군 진영 안으로 돌입하여 거침없이 누비며 적병을 무수히 베어 죽였고, 군기 한 개를 빼앗았다. 이때 적의 탄환이 날아와서 타고 있던 말에 상처를 입혔고, 여러 개의 흰 칼이 머리 위에 번쩍였다. 하지만 그는 두려워하거나 겁먹지 않았다. 한 번 번쩍이는 섬광에 적의 기병 장군 여러 명을 베었고, 유유히 본진으로 돌아왔다.

오스트리아군이 프랑스군의 이와 같은 혈전에 응해 죽음을 각오하고 지켰지만, 그 기세가 몹시 맹렬해 능히 버틸 수가 없었다. 포로 2,000과 포 20문을 적에게 넘겼고, 2,500의 인명과 400필의 말을 잃고 패배하여 달아났다. 프랑스군의 사상자도 대략 비슷했지만, 나폴레옹의 보고에는 사상자가 400에 불과하다(오스트리아인의 말로는 프랑스군이 승리한 일은 4,000의 인명을 잃고 얻은 것이다)고 했다. 대개 자기 병사가 모두 죽음을 당해도 그렇지 않다고 보고하는 것은 전투에서 이긴 자의 전략이다.

이 전투에 종사한 한 노장이 말했다.

"이날 나폴레옹의 모습은 실로 기묘했다. 탄환이 빗발같이 쏟아지는 중에도 당당하게 다리 위에 우뚝 서서 정병과 뒤섞인 모습은 어린아이 하나와 비슷했다."

어느 오스트리아 장군은 팔을 움켜잡고 욕하며 말했다.

"저 수염도 없는 놈은 누구냐? 저놈은 타격에 타격을 가해야 한다. 왜 그런가? 누가 일찍이 그와 같은 병법을 사용했는가? 그는 전투의 법규를 알지 못한다. 오늘은 우리의 후방 부대를 습격하고, 내일은 측면에서 출현하며, 다음날은 우리의 면전에 나타나는데 이렇게 전쟁 규범을 어긴 자는 절대 용서할 수 없다."

오스트리아 장군은 모르는 게 많았다. 나폴레옹은 전투법도 몰랐고 경험도 없었지만, 군사상의 신기원을 열겠다고 말한 사람이었다. 기러기와 고니가 하늘 높이 날아오르는데 제비와 참새의 날갯짓으로 어찌 따라갈 수 있겠는가. 이제 롬바르디아[35]는 나폴레옹이 점령하게 되었다. 패한 군대는 흩어져 티롤로 도망쳐 달아났다. 롬바르디아 공작 페르디난트[36]는 웅장하고 화려한 수도를 적에게 넘겨주고 부인과 함께 도망쳤다. 때는 5월 15일이었다. 피에몬테의 첫 번째 전투(즉 몬테노테 전투 이후 1개월)였다.

7. 프랑스군이 롬바르디아 평원을 빼앗음

프랑스군의 깃발이 향하는 곳의 앞뒤에는 적이 없었다. 아다 강가의 혈전도 무사히 프랑스군의 승리로 돌아갔다. 풍요로운 롬바르디아 평원도 이제 나폴레옹의 수중으로 돌아갔다. (그러면 총사령관은 여기에서 평온함을 얻었을까? 그렇지 않았다. 더욱 오스트리아군을 추적함으로써 이탈리아 전국을 소탕할 막중한 책임이 있었다.) 나폴레옹은 이에 사기를 더욱 진작시켰다. 또한 이탈리아인의 희망을 견고하게 할 필요를 계산했다. 이에 훈령을 병사에게 발표했다. 그 글에서 말했다.

---

35) 롬바르디아(론바-데-/롬바-테-, Lombardy)
36) 페르디난도(화-디난트, Ferdinand Karl, Archduke of Austria-Este, 1754~1806): 오스트리아의 왕족이자 군사 지도자로, 프랑스 혁명 전쟁과 나폴레옹 전쟁에서 오스트리아군의 지휘관으로 활동하며, 여러 전투에서 싸웠다. 1806년에 오스트리아-에스테 공국의 공작으로서 중요한 정치적 지위에 있었다.

"병사여, 너희가 급류와 같이 아펜니노산맥을 내려가 너희의 행위를 방해하는 자를 모두 압도했다. 피에몬테를 오스트리아의 폭정에서 건져냈고, 밀라노는 지금 너희의 수중에 있다. 프랑스군의 깃발은 롬바르디아 평원에 펄럭이고, 파르마, 모데나[37] 두 공작이 너희에게 애걸했다. 지난번에는 오만하게 너희를 위협하던 적군도 이제 너희의 예봉을 방어할 보루가 하나도 없다. 넘실대는 포, 세시아[38], 아다 등의 큰 강도 너희를 하루도 방어할 수 없었다. 이탈리아의 허다한 금성철벽(金城鐵壁)도 너희에게는 알프스산맥처럼 유연하고 무력했다. 이와 같이 연전연승의 기쁜 소식이 환희와 함께 본국에 전해지면 정부는 전국에 명하여 너희의 위대한 공훈을 축하하라고 명령할 것이다. 그러면 너희의 양친과 아내와 자매와 친구는 너희의 공적을 기뻐하며 너희의 명예를 찬탄할 것이다. 그러므로 병사여, 이미 행한 일이 심대하지만 그러나 앞으로 행할 일도 더욱 크다는 것을 알아야 할 것이다. 만일 우리가 여기서 멈춘다면, 우리 자손은 우리를 보고 전쟁에서 이기는 기술은 알지만 승리를 개량하는 법은 모른다고 할 것이다. 우리는 진군하여 적을 복종하게 함으로써 큰 명예를 널리 얻고, 기왕의 손해를 보충해야 한다. 프랑스 내란에서 단검을 갈던 자와 우리의 대신을 찌른 자와 툴롱에서 우리의 전함을 불태운 자가 전율하게 해야 할 것이다. 보복의 때가 이미 찾아왔지만 인민이 공포에 떨도록 하는 것은 옳지 않다. 우리는 만방 인민의 벗이며 특히 브루투스[39]의 무리와

---

37) 모데나(몬데니/모데나, Modena)
38) 세시아강(디시아河, Sesia River)

스키피오[40]의 무리는 우리가 귀감으로 삼을 대인군자의 벗이다. 로마의 대성당을 재건하여 영웅의 초상을 장식하고, 수백 년간 노예의 땅에서 몰락한 로마인을 진흥하게 한 것은 실로 우리 승전자가 기대한 결과였다. 이처럼 그들 로마인은 그 자손과 함께 신기원을 이룰 것이다. 그러면 유럽에서 지극히 아름다운 지역의 체면을 혁신한, 영원한 불멸의 영광은 너희가 차지한 바가 될 것이다. 더구나 자유로 전 세계의 존경을 널리 얻을 우리 프랑스 인민은 영광이 있는 평화를 줄 것이다. 이와 같이 너희가 귀국하면 너희의 동포는 너희를 가리켜 말하길 '그들은 이탈리아 출정군의 위대한 공훈을 세운 사람이다.'라고 할 것이다."

나폴레옹은 군사 업무를 처리하는 데 경황이 없을 무렵 상상하기 어려운 신속으로 훈령을 작성했다. 그 후 20년이 지나 외딴 세인트헬레나섬[41]에 우거할 때 이 훈령의 웅대한 문장을 일독하고 큰 소리로 말했다.

"이렇더라도 사람들이 오히려 나에게 배우지 못해 아는 것이 없다고 말할 것인가?"

그러나 누군가는 나폴레옹이 무식하다고 말했지만, 실은 그렇지

---

39) 브루투스(부르-다스, Lucius Junius Brutus, BC 545~BC 509): 고대 로마의 초기 정치적 지도자로, 로마 왕정을 전복시키고 로마 공화국을 창설한 인물로 유명하다. 로마 공화국의 두 명의 집정관 중 한 명이었다.

40) 스키피오(시피오, Scipio Africanus, BC 236/235~BC 183): 로마의 유명한 군인으로, 제2차 포에니 전쟁에서 로마를 승리로 이끌었다.

41) 세인트헬레나섬(센트, 헤레나島/쎈트, 헤레나島, Saint Helena Island)

않았다. 숙련되고 완성된 학자로서 지력과 기능은 실로 가장 고등한 인물군에 속했다. 또한 그 심력은 실로 굳셌고, 엄정한 기율을 따라 교련을 받은 사람이었다. 나폴레옹이 세인트헬레나섬에 있을 때 하루는 그의 서기에게 말했다.

"너는 정서로 베껴 쓸 수 있는가? 공무에 매우 바쁜 자는 정서법에 구애받지 않기 마련이다. 왜냐하면, 나의 사상은 펜으로 쓰기보다는 신속히 베껴 쓰는 것을 위주로 하기 때문이다. 오직 단락을 표기할 틈만 있을 뿐 신속히 베껴 쓴 후에 서기에게 교정·정서하게 한다."

나폴레옹은 실로 속기로 쓰는 사람이었다. 그러므로 그 필적은 읽기 매우 어려워서 다른 사람은 물론이고 자기도 간혹 읽기 어려운 구절이 꽤 많았다.

롬바르디아는 이탈리아의 정원으로서 알프스산맥에서 아펜니노산맥까지 아득한 평원이 모두 개척되었다. 우거진 포도원, 무성한 과수원, 푸르른 들판, 즐겁게 모여서 노는 가축 떼는 실로 언뜻 봐도 사랑스럽고 소중한 옥토임을 표시했다. 밀라노는 수도로서 부호와 거상이 극히 번성했고, 220,000의 인구가 있었다. 그 부유함을 비교할 수 없는 낙원이 지금 나폴레옹의 수중에 들어갔다. 이렇게 나폴레옹은 예부터 한 번도 있어 본 적 없는 노동으로 피곤한 병사에게 6일간의 휴식을 주었다. 인민은 무한한 열의와 기쁨으로 나폴레옹을 환영했다. 또 나폴레옹을, 이탈리아를 구원하고 보호한 자로서 로마의 융성과 도덕이 쇠퇴하여 무너진 것을 다시 일으키기 위하여 인간 세상의 권력을 밀어낸 젊은 영웅으로 인식하게 되었다. 온갖 고생을 다 하고 여기에 이른 프랑스군은 이제 주지육림[42]과 같은 세상을 거닐며 주린 배를 채웠다. 그들은 한 달 전에 알프스산맥에 쌓인 눈을 밟은 이래 여러 곳에서 혈전고투를 치를 때 비바람을 맞고 포탄에 상처 입은 더러운 흔적들로 차마 눈 뜨고 볼 수 없는 복장을 지금까지 입고 있었다가 청결한 새 옷으로 바꿔입었다. 화기애애함은 프랑스군 전체에 가득했다. 나폴레옹은 군수품을 충실히 하고, 병원을 세우며, 무기고를 만드는 등 제반 일을 견고히 할 계획을 세웠다.

나폴레옹은 군대 전체로부터 큰 신뢰를 얻었다. 노련한 병사를 자기 수족처럼 다루는 일이 여유로웠던 것은 원래 그 천품으로 얻은 민첩함과 슬기로움 때문이었다. 하지만 실은 나폴레옹이 참되고 성실한 마음과 뜻으로 병사를 사랑하고 소중히 여기는 극진한 정이 그들을 감동시켰기 때문이었다. 언젠가 한 병사가 아주 급하고 중요한 편지를 나폴레옹에게 바쳤다. 나폴레옹이 그 편지를 읽어보고 구두로써 답하며 속히 복명하라고 하자 그 병사가 고하며 말했다.

"제가 탄 말은 질주를 견디지 못하고 각하의 진영 앞에서 쓰러졌습니다."

그때 나폴레옹이 마침 말 위에 있다가 즉시 말에서 내리며 말했다.

"그러면 내 말을 타라."

그 말은 총사령관이 타는 명마였다. 병사가 주저하자 나폴레옹이 말했다.

"너는 이 말이 수려하고, 말안장은 아름답다고 생각하는데, 개의

---

42) 주지육림(酒池肉林): 술로 연못을 이루고 고기로 숲을 이룬다는 뜻으로, 호사스러운 술잔치를 이르는 말이다. 중국 은나라 주왕이 못을 파 술을 채우고 숲의 나뭇가지에 고기를 걸어 잔치를 즐겼던 일에서 유래한다.

치 마라. 친애하는 친구여, 프랑스 병사에게는 지나치게 화려한 것이 하나도 없다."

이런 아름다운 일화는 이때뿐이 아니었다. 누누이 있었기 때문에 사람들은 서로 화목했고, 전군은 젊은 총사령관을 더욱 숭배하고 존경했다. 나폴레옹을 위해서는 죽음도 아깝지 않다고 생각하게 되었다.

8. 롬바르디아 폭동

5월 22일에 나폴레옹은 밀라노에서 출발해 오스트리아군을 추적했다. 앞서 오스트리아 장군 볼리외가 티롤로 퇴각했을 때 15,000의 정병을 만토바[43] 요새에 머무르게 해 프랑스군의 진군을 막도록 했다. 그러자 나폴레옹은 이 요새를 빼앗지 않으면 행군해서 적을 쫓을 수 없다고 했다. 오스트리아군은 날로 지원군을 더욱 얻어서 그 기세가 정말로 강대했고, 그 막대한 세력으로 프랑스군을 역습하고자 했다. 이때 나폴레옹이 밀라노를 출발한 지 하루 만에 일대 폭동이 일어났다. 이는 프랑스 왕의 명을 받든 사제들이 농민을 선도한 것이었다. 사제들이 무지한 농민을 타이르며 말했다.

"오스트리아는 대군이 이미 출발해 도중에 있고, 이탈리아는 앞으로 떨쳐 일어나고자 하며, 영국 또한 강대한 함대를 몰고 사르데냐 해안으로 대군을 상륙하게 하고 있다. 하나님과 힘센 천사들은 하늘의 창문을 열고 신자가 종파의 적을 소탕하는 공훈을 살펴볼 것이다. 나폴레옹의 멸망은 확실하다."

---

43) 만토바(만쥬-아, Mantua/Mantova)

그러자 그들이 세차게 타오르는 불처럼 각 촌락에 흩어져서 경종을 울리자 따르는 수가 30,000 정도였다. 농민들이 하루 안에 달려와서 손에 검과 창을 가지고 이제 프랑스군을 습격하고자 했다. 대개 프랑스군을 숭배하고 존경하는 자의 다수는 도시에 거주했고, 지방에 사는 농민은 모두 프랑스 왕의 교회를 받들어 숭배하는 자였기 때문에 결국 이렇게 되고 말았다. 아! 한 차례 정복한 롬바르디아의 대부분은 이제 완고하고 무지한 사제들의 선동으로 인해 다시 궐기했다. 지금 오스트리아군을 추적하는 도중에 있던 프랑스군의 뒤를 불시에 돌격하고자 했다. 프랑스군에 위기가 순식간에 찾아왔다.

나폴레옹은 밀라노에서 출발한 후 하루가 지나 롬바르디아 폭동의 보고를 접하고, 한시도 지체하지 않았다. 정병 1,200과 대포 6문을 돌려서 비나스코[44]에 당도했다. 원주민 800 정도가 호를 파고, 보루를 쌓고 있었다. 프랑스군이 곧장 돌격해 순식간에 가루로 만들었고, 불을 질러 촌락을 불태웠으며, 선혈이 흥건한 검과 창을 닦지도 않고 회오리바람처럼 파비아[45] 성문에 들이닥쳤다. 이 도시는 폭도의 본진으로 시의 인구가 30,000에 달했다. 앞서 나폴레옹은 병사 300을 이곳에 머무르게 하여 비상사태를 경계하게 했다. 하지만 폭도 8,000이 그 병사를 쫓아내고 시내를 점령했으며, 군비를 정돈해 죽기를 각오하고 지키고자 했다. 나폴레옹은 밀라노의 대주교를 보내 폭도를 설득했다.

"곧바로 검과 창을 버리는 자는 죄를 묻지 않겠다. 또 두렵건대

---

44) 비나스코(바니스고/바나스고, Binasco)
45) 파비아(바위-아/파뷔-아, Pavia)

비나스코의 전례를 보고 미몽에서 깨어나라. 반역을 멈추지 않는 도시도 그 운명이 모두 동일할 것이다."

그러자 폭도가 사납게 대답하며 말했다.

"파비아의 성벽이 존재할 때까지 우리는 절대 항복하지 않겠다."

나폴레옹이 곧 대포를 연발하여 보루를 파괴하게 했고, 도끼를 휘둘러 목책을 잘라 쓰러뜨렸다. 동시에 전군은 홍수가 범람한 듯 맹렬한 기세로 시내에 침입했다. 고함이 하늘을 놀라게 하고 땅을 뒤흔들었다. 폭도들은 창틈과 옥상에서 빗발같이 사격하며 잠시 버텼다. 하지만 어찌 프랑스의 정예 병력을 대적하겠는가. 잠시 후 사방으로 흩어져 달아났다. 사망자는 그 수를 헤아릴 수 없었고, 시장을 사로잡아 총살에 처했다. 도시가 함락되자 폭도에게 쫓겨난 프랑스 수비병이 돌아왔다. 나폴레옹이 수비대의 귀환을 보고 대노하여 말했다.

"겁쟁이들아, 나는 군대의 안전과 관련해 가장 중요한 땅을 너희에게 맡겼는데, 너희는 무력한 농민의 봉기를 두려워하여 전투 한 번 해보지 않고 포기했다. 그 죄가 결코 가볍지 않다."

부대의 우두머리를 군법회의에 부쳐 결국 총살형에 처했다. 그 두려운 본보기는 곧 폭동을 진압했고, 롬바르디아는 다시 안녕과 질서를 지키게 되었다.

이제 폭동을 진압해 뒤탈이 없게 되었다. 나폴레옹이 다시 오스트리아군을 추적하기 위하여 출발한 지 며칠이 안 되어 따라잡았다. 이때 오스트리아군의 한 부대가 민치오강[46] 부근에 요새를 쌓고 프

---

46) 민치오강(미레시오河, Mincio River)

랑스군이 습격해 올 것에 대비했다. 병사 수는 대략 15,000으로 편성했다. 교량을 반으로 잘라 방어가 아주 견고했다. 하지만 결국 프랑스군의 예봉에 대항한 지 1시간도 지나지 않아 흩어져 달아났다. 이날 나폴레옹은 두통이 극심했다. 그래서 강을 건너 추격하는 전략을 확정해 전군으로 추격하게 하고 나폴레옹은 두통을 치료하고자 강가의 옛 성에 들어가 발을 씻고자 했다. 당시에 나폴레옹을 따르는 병사는 극소수였다. 나폴레옹이 따뜻한 물에 발을 담근 후 씻으려고 할 때 갑자기 말발굽 소리가 귓가에 들렸다. 이는 오스트리아군의 기병 한 부대가 요새 안으로 들어온 것이었다. 성문을 지키는 병사가 급히 보고하며 말했다.

"조심하십시오. 오스트리아 병사가 왔습니다."

나폴레옹은 편안히 발을 씻고, 후문으로 가서 말을 타고 마세나의 부대로 향했다. 그때 평범한 사람이었다면 위급함에 몹시 놀라 얼굴빛이 하얗게 질려 발 씻을 경황도 없었을 것이다. 하지만 태연히 발을 씻고 피신한 일은 실로 평범한 사내가 존경하고 우러러볼 만한 일이었다. 그 후 나폴레옹은 호위병의 필요를 느끼고 10년간 군대에 복무한 노련한 병사 500을 뽑아 자신의 호위병으로 편성해 호위하게 했다. 이는 실로 나중에 무용을 세계에 선양한 저 나폴레옹의 근위대[47]라고 부르는 기원이었다.

민치오 강가에서 패배한 오스트리아군은 만토바 요새에 머물렀다. 대략 20,000의 대군으로 굳게 지키며 나오지 않았다. 나폴레옹이 오스트리아군을 추적하여 요새 아래에 이르러서 요새를 바라보

---

47) 근위대(近衛兵, Garde Impériale)

고 진을 쳤다. 그 요새는 본래부터 험악한 곳으로 그 견고함은 한 명이 방어하면 만 명이 공격하지 못하는 곳이었다. 보통의 습격은 물론이고 적은 병력으로 갑자기 공격하는 습관을 가진 나폴레옹도 어쩔 수 없이 승부를 길게 끌며 포위하는 계책을 취했다.

9. 오스트리아가 제2군을 일으킴

오스트리아 정부는 볼리외 총사령관이 연전연패한 보도를 듣고 그 직책을 감당할 수 없다고 하며 뷔름저[48] 장군으로 총사령관을 대신했고, 정병 60,000을 일으켜 출정시켰다. 이는 오스트리아의 제2군이었다. 나폴레옹 또한 본국에서 보내온 원군을 얻어 병사 수가 모두 30,000이 되었다. 하지만 이로써 어찌 적의 총군대 80,000을 대항하겠는가. 아울러 이탈리아 남부는 오스트리아군과 동맹을 유지해 때때로 지원군을 오스트리아군에 보내고자 했다. 그러나 뷔름저 장군이 만토바에 도착하려면 가장 빨라도 한 달은 필요했다. 그러므로 나폴레옹은 이 기회를 틈타 이탈리아 남부의 적국을 평정함으로써 오스트리아군의 지원을 줄일 것을 결심했다. 정병 약간으로 만토바를 포위하게 하고 친히 휘하 병력을 이끌고 로마, 나폴리[49] 등의 여러 나라를 진압함으로써 뒤탈의 우려를 끊어내고자 했다.

만토바에서 북쪽으로 60마일 정도에 트렌토시[50]가 있었고, 그 중간에 가르다[51]라 부르는 큰 호수가 있었다. 산악이 첩첩이 사면을

---

48) 뷔름저(우룸세루, Dagobert Sigmund von Wurmser, 1724~1797): 오스트리아의 군인으로, 프랑스 혁명 전쟁과 나폴레옹 전쟁에서 활동한 장군이다.
49) 나폴리(네-불스/데-풀스/네-풀스, naples/Napoli)
50) 트렌토시(도렌트/트렌트/트레트/도레트市, Trento city)

둘러싸서 수심을 측량하기 어려웠고, 유리처럼 맑고 투명했다. 너비는 약 30마일이었고, 폭은 4마일 내지 12마일에 달했다. 뷔름저 장군은 이 호수의 북쪽에서 약 15마일 떨어진 트렌토시에 진을 치고 60,000의 용맹한 병사로 프랑스군을 대대적으로 공격하고자 했다. 나폴레옹은 호수 남쪽으로 15마일 떨어진 곳에 있었다. 두 용이 여의주를 두고 싸우는 보기 드문 일대 광경을 보였는데, 구름이 이를 위해 날아올랐고 바람은 이를 위해 세차게 불려고 했다.

오스트리아군의 신임 총사령관 뷔름저 장군은 나이 80에 용맹하고 도량이 큰 노장이었다. 떠오르는 아침 해와 같은 기세를 가진 대군을 점검하며 미소 지은 채 말했다.

"나에게 이처럼 용맹한 정병이 있으므로 풋내기 나폴레옹을 생포하는 것은 매우 쉬울 것이다."

나폴레옹이 자신과 대적하는 일이 몹시 어려울 것임을 깨닫고 교전 한 번 하기도 전에 도망쳐 달아날 것을 우려했다. 그래서 그는 군사를 세 부대로 나누었다. 한 부대는 콰스다노비히[52] 장군에게 줘서 호수 서쪽 연안으로 나아가게 해 프랑스군의 퇴로를 끊게 했다. 한 부대는 직접 이끌고 동쪽 연안을 따라 만토바의 지원을 맡았다. 한 부대는 멜라스[53] 장군에게 줘서 아디제강[54]으로 내려가 직진하게

---

51) 가르다호(싸루타湖, Lake Garda)

52) 콰스다노비히(과스짜노위-, Peter Vitus Freiherr von Quosdanovich, 1738~1802): 오스트리아의 군인으로, 프랑스 혁명 전쟁 동안 오스트리아군을 이끌었다. 특히 마렝고 전투에서 활약했다.

53) 멜라스(메라스/메네스, Michael von Melas, 1729~1806): 오스트리아의 군인으로, 프랑스 혁명 전쟁과 나폴레옹 전쟁에서 활약했다.

54) 아디제강(아디쎄山谿, Adige River)

했다. 그 강은 호수 연안과 나란히 흘렀는데, 중간에 직경 2마일의 산맥이 가로막고 있어서 수면을 볼 수 없었다. 이렇게 세 부대로 나누어 행진했지만, 멀고 가까운 곳에 상관없이 다시 모일 수가 있었다. 실은 편의상 잠시 길을 나누어 행진할 것에 불과했기 때문이다.

슬기롭고 민첩한 나폴레옹은 적의 동정을 샅샅이 살피는 데 잠시도 게으르지 않았다. 이제 우연히 이 좋은 기회를 만났다. 때는 7월 31일 밤이었다. 척후병이 돌아와 보고했다.

"적은 병사를 세 부대로 나누어 장차 우리 군대를 습격하고자 합니다."

나폴레옹이 이 보고를 접하자마자 즉시 전략을 정했다. 결연히 여러 겹으로 둘러싼 만토바의 포위를 풀고 전군을 일으켜 행군 준비를 명령했다. 아! 이미 2개월간 힘을 다해 여러 겹으로 포위했으므로 노력과 거액의 자금이 소모되었고, 포대와 무기고도 만들었었다. 요새를 방어하고 공격하는 데 지친 요새 안의 병사들은 식량이 떨어졌고 힘이 다해서 항복할 날이 앞으로 얼마 남지 않았었다. 이러한 형세에도 불구하고 이제 프랑스군은 포위를 풀고자 했다. 대사(大事)는 이렇게 끝나버렸다. 왜냐하면, 도시의 세력을 회복하고자 하여 다시 포위하려고 하면 모든 것을 새롭게 준비해야 했기 때문이다. 그러나 심대한 손실에도 불구하고 과감하게 결단하는 일은 평범한 자들이 실로 할 수 없는 바였다. 이는 나폴레옹이 나폴레옹임을 증명하기에 충분한 것이었다. 그 밤에 시커먼 구름이 가득해 지척도 알아볼 수 없었다. 이는 하늘이 프랑스군을 위해 좋은 기회를 준 것이었다. 잠시도 지체할 수 없었으므로 포좌[5]와 총받침을 모두 불태워버렸고, 여러 톤의 화약은 물속에 던져버렸으며, 대포를 두드려 쳐서 포문을 막았다. 총알과 탄피 또한 도랑 안에 던져버렸다. 때는 자정 무렵이었다. 준비를 마치고 전군이 늠름하게 가르다호의 서쪽 연안을 향해 진군했다. 이는 콰스다노비히의 부대를 불시에 습격하고자 한 것이었다.

　다음날 새벽이 되어 저들의 군대가 프랑스군의 진영을 멀리서 바라봤다. 어제저녁까지 창칼과 총포가 석양과 함께 찬란하게 빛나던 프랑스군이 모두 물러나서 그림자도 보이지 않았다. 날로 기갈에 몰려 항복할 때가 다가오는 것에 탄식하던 요새 안의 병사들은 높은 탑에서 내려다보고 한 사람도 없이 적막한 것에 놀라며 의아해했다. 자기 눈을 의심하던 자도 아주 많았다.

10. 프랑스군이 오스트리아의 부대를 대파함

　앞서 기술했듯 오스트리아군 총사령관 뷔름저는 나폴레옹이 자기를 두려워해 한 번도 교전하지 않고 도망쳐 달아날까 우려해 퇴로를 막고자 콰스다노비히 장군으로 한 부대를 거느리고 가르다호 서쪽 연안을 따라 행진하게 했다. 하지만 나폴레옹이 지금 전군을 일으켜 벼락이 한 차례 내리치는 것처럼 진격하고자 한 곳은 그 오스트리아 부대가 있는 곳이었다. 하늘이 점점 밝아왔다. 때는 8월 1일 오전 10시였다. 프랑스군은 갑자기 회오리바람처럼 맹렬한 기세로 오스트리아 부대의 중심을 돌격했다. 이런 일이 있을 것이라고는 꿈에도 생각하지 못하고 행진하던 저 콰스다노비히 장군의 부대는 불의의 공격을 받았다. 당황해서 어찌할 바를 모른 채 응전하자마자 대항하

---

55) 포좌(砲座): 대포를 올려놓는 장치를 뜻한다.

지 못하고 티롤 요새를 향해 달아났다. 사상자의 수를 헤아릴 수 없었고, 포로도 매우 많았다. 호수의 동쪽 연안을 따라서 행진하던 오스트리아군의 두 번째 부대는 호수에서 떨어져 있었다. 저 멀리서 포성이 은은하게 마치 멀리서 치는 천둥과 같이 들렸다. 이에 비로소 교전하는 줄 알았다. 하지만 형세가 어떠한지를 몰랐다. 또 서쪽 연안의 부대와 교전하던 적의 군대가 과연 어느 곳으로 향할지를 그들은 결코 추측할 수 없었다. 왜냐하면, 나폴레옹은 이렇게나 씩씩하고 위대한 대장이어서 전력을 들이고 거액의 자금을 사용해 경영한 만토바의 병영을 버리고 가르다 서쪽 연안으로 향한 것을 그들은 꿈에도 생각할 수 없었기 때문이다. 그들은 두 번째 부대를 호수의 아래쪽(남단)에서 만날 목적으로 서둘러 나아갔다. 나폴레옹은 잠시도 지체하지 않고 추격하는 데 전념했다. 지나왔던 옛길로 회군해서 군사를 독려하며 질주했다. 당시 프랑스군의 승패 결과는 오로지 그 행군의 느리고 빠름에 달려 있었다. 자세히 말하면, 두 부대가 호수 남쪽에서 서로 만나기 전에 부대를 각각 공격하는 것이 가장 좋았다. (대체로 적의 전군을 삼분한 부대를 대할 때는 프랑스군의 군세가 오히려 컸다.) 무릇 나폴레옹은 콰스다노비히 장군이 이끄는 부대를 격파하고 그 맹렬한 기세를 타서 적의 두 부대가 서로 만나기 전에 빠르게 질주해 공격하고자 했으므로 다급히 크게 소리쳐 말했다.

"병사여, 전투에서 승리를 얻는 것은 너희의 건강한 다리에 달려 있다. 두려워하지 마라. 사흘 이내에 적군은 기어코 도망쳐 흩어질 것이다. 승전의 공훈이 있는 나의 부하 병사여, 나를 믿어라. 나는 항상 식언하지 않는다. 너희는 이미 내가 식언하지 않는다는 것을 안다."

프랑스군은 굶주림과 잠을 못 자는 것과 피곤함을 개의치 않았다. 군수품과 물품을 버리고 쉬지 않고 질주했다. 깊은 밤이 되자 나폴레옹은 병사에게 땅바닥에서 1시간의 수면을 허락했다. 자기는 한순간도 휴식하지 않았다.

때는 8월 3일, 날이 밝지 않은 때였다. 오스트리아군의 분대장 멜라스 장군은 수 시간 전에 맞은 편 연안의 산을 넘어서 포성이 은은히 들려오는 것을 들었을 뿐이었다. 뜻밖에 프랑스군이 어느 곳에서 왔는지, 습격해 오는 것을 보고 몹시 놀래서 그저 겁먹을 뿐이었다. 이때 뷔름저 총사령관의 선봉대 5,000명은 이미 도착했기 때문에 오스트리아군은 대략 25,000의 새로운 병사로 전선을 펼치고 프랑스군에 대항하고자 했다. 아! 선봉대가 이미 도착했으므로 뷔름저 장군이 전 군대를 이끌고 합류하는 것은 몇 시간 남지 않았다. 적의 전군이 한 번 합류하면, 저 나폴레옹이 당시에 이끄는 병사 22,000으로 적군의 40,000 대병을 당할 수 없었다. 따라서 뷔름저 장군의 부대와 합류하기 전에 적군을 격파하지 않으면 완전히 쳐부술 수가 없었다. 실로 나폴레옹의 번뜩이는 수단이 필요한 때였다.

이곳은 로나토[56]라고 불렸다. 나폴레옹은 가장 간단하고 분명한 말로 병사를 향해 위험과 전력을 다할 필요와 전투에서 일어날 일을 설명했다. 병사는 원래 젊은 총사령관을 믿고 받드는 정도가 컸다. 가령 어떤 위험한 곳이라도 그가 인도하면 기꺼이 따르길 자원했다. 전투가 시작되었다. 싸움 소리는 하늘을 흔들었고, 포성은 땅을 진동시켰다. 이 전투는 실로 평범하지 않은 격전이었다. 오스트리아군

56) 로나토(로나트, Lonato)

이 사력을 다해 혈전했다. 나폴레옹은 전투 중 말을 동서남북으로 몰아서 태연히 전황을 시찰했다. 마치 바둑에서 나아가고 물러나고, 밀고 당기는 것을 보는 것과 비슷했다. 그 빛나는 눈빛은 항상 각처의 약점을 간파해 이를 돌격하거나 돕는 신출귀몰함은 평범한 사람이 감히 헤아리지 못할 정도였다. 마침내 버티지 못하고 무수한 사상자와 5,000의 포로와 20문의 대포를 버려두고 대오가 흐트러져 도망쳐 달아났다. 프랑스의 대장 쥐노는 기병 한 부대를 몰고 패잔병을 추격했다. 칼끝에 찔린 자와 말발굽에 유린당한 자의 수가 수천에 이르렀다고 전해졌다.

날이 저물 무렵 무수한 사상자와 마필이 널려 있었고, 피비린내 나는 바람에 신음 소리와 부르짖는 소리, 울음소리가 멀리까지 들렸다. 프랑스군은 완전히 지쳐서 시체 사이에서 창칼을 베고 차가운 땅바닥에 드러누워 노숙하는 것도 마다하지 않았다. 하지만 나폴레옹은 한숨도 자지 않고 주변을 살피며 생각했다. '만일 오스트리아의 대군이 습격해 오면 오늘의 승리는 내일의 패배를 크게 불러들이는 것이다.' 그러면서 밤새도록 말 위에서 각 진영을 순찰했다. 늘 부지런해서 다음날 결전 준비하는 데도 게으르지 않았다.

11. 카스틸리오네[57] 전투

로나토에서 45마일 떨어진 곳에 한 작은 마을이 있었는데, 카스틸리오네였다. 오스트리아군의 총사령관 뷔름저 대장은 멜라스의 패잔병과 해후하여 전선을 펼치며 프랑스군이 습격해 오는 것을 대

---

57) 카스틸리오네(갸-스디쿠리온, Castiglione delle Stiviere)

비했다. 그날 밤 2시 무렵 프랑스군은 다시 행동을 시작했다. 나폴레옹은 이미 오스트리아군과 콰스다노비히를 격파하고 멜라스를 쫓았다. 하지만 그들은 사실 오스트리아군의 부장(副將)에 불과했으므로 호적수로서 나폴레옹이 지목한 자는 뷔름저 총사령관이었다. 이제 전투 준비를 마치고 공격해 오기만을 몹시 기다리는 뷔름저와의 첫 번째 교전이었다. 나폴레옹에게는 가장 주의해야 하는 극히 중대한 전투였다. 따라서 나폴레옹은 극히 중대한 명령을 잠시라도 다른 사람에게 부탁할 수가 없었다. 며칠 밤낮 동안 한숨도 자지 않았는데도 불구하고 말을 사방으로 달리며 모든 것을 직접 감독했다. 이로 인해 날래기로 유명한 나폴레옹의 말이 분주히 돌아다니는 것을 감당하지 못했다. 그날 총사령관의 말안장 아래에서 쓰러진 말이 5필이나 되었다고 한다. 전군은 젊은 총사령관의 용기에 고무되었고, 늠름한 기세는 가히 당할 수 없었다. 양쪽 군대가 서로 바라볼 수 있는 데에 점점 다다랐다. 하늘이 아직 밝지 않아서 새벽 공기는 무거웠고, 차가운 바람은 사납게 불었다.

혈전이 시작되었다. 이것이 바로 카스틸리오네 전투로 세상에 널리 알려진 전쟁이었다. 혈전고투한 결과 오스트리아군이 전패해 도망쳐 달아났다. 프랑스군은 패해서 달아나는 자를 추격했다. 사상자의 수를 헤아릴 수 없었다. 격전은 밤이 되어서 그쳤다. 슬프게도 이전의 60,000 대군이 늠름한 위풍으로 개가를 부르며 행진했는데, 지금은 한숨도 자지 못한 채 겨우 6일 동안 죽거나 사로잡혀서 이미 40,000의 대군을 잃어버렸고, 남은 병사 20,000도 피로와 낙담에 사방으로 흩어져 달아났다. 이 전투에서 적의 60,000 대군을 30,000의 병사로 공격해 40,000의 적병을 죽이거나 사로잡았다. 자기 병사의 사상자는

7,000에 불과했다. 이처럼 미증유한 대 승전은 오로지 장수 그 사람의 지략 덕분이었다. 그 공훈은 고금에 없었다. 프랑스군은 이 전투를 '6일 야전'이라고 했다.

이 전투에서 나폴레옹은 위급한 운명을 만나서 오스트리아군에 생포되는 것을 벗어나기가 매우 어려웠다. 하지만 침착함과 강인함, 탁월함으로써 극히 위급한 재앙에서 벗어나 전화위복의 행운을 얻었다. 그 불운이란 나폴레옹이 적을 추격하는 군대를 감독하면서 움직이다가 한 작은 마을에 들어갔다가 그때 길을 잃어서 본대와 서로 떨어져 밤새도록 방황하던 4,000의 적군과 나폴레옹의 소군이 서로 만난 일이었다. 이때 오스트리아군이 만일 굳게 마음먹고 대항했으면 나폴레옹의 멸망은 실로 오스트리아군 수중에 있었다. 하지만 하늘이 이렇게 위인을 도왔다. 오스트리아군은 그 적은 병사 수를 오인하여 프랑스의 대군을 감히 대적하면 패망이 틀림없다고 예상하고, 곧 깃발을 휘날리며 휴전을 알렸다. 동시에 장교 한 명을 프랑스군에 보내 항복을 청했다. 나폴레옹은 태연스럽게 아무 말 없이 곧장 여러 개의 군기를 자기 말 앞에 세웠다. 휘하의 병사를 모아 자기 신변을 지키게 하고 적장에게 따라오라고 명했다. 이는 실로 나폴레옹의 대담함과 침착함, 강인함에서 나온 계책이었다. 만일 이때 오스트리아군이 프랑스군의 적은 병사 수를 인식하고 굳게 마음먹고 죽을 각오로 싸웠다면 나폴레옹의 위급함은 실로 이에 있었을 것이다. 그러므로 철두철미한 오스트리아의 장교로 하여금 이 적은 병사 수를 프랑스의 대군으로 잘못 알게 한 것이었다. 오스트리아의 장교는 군법에 따라 두 눈을 가리고 인도자를 따라서 나폴레옹의 진지에 이르러 수건을 풀고, 빛나는 비단 깃발 가운데 옹립한 프랑스군 총사령관 면전에 섰다. 나폴레옹이 성을 벌컥 내며 소리 질러 말했다.

"어찌 무례함이 이와 같은가! 이곳이 실로 프랑스의 신성한 본대임을 모르는가. 너는 항복을 청구하러 온 오스트리아군의 장교로 감히 본대에 들어와 프랑스군 총사령관의 면전을 범하려 하느냐. 속히 가서 너를 보낸 자에게 말하라. 5분 이내에 칼을 넘기지 않으면 한 사람도 살아 돌아올 수 없을 것이라고 해라."

이를 들은 오스트리아의 장교는 몹시 놀라 얼굴빛이 하얗게 질린 채 낮은 소리로 무언가를 변명하고자 했다. 나폴레옹은 듣지 않고 엄히 말했다.

"가거라. 너희는 약속 조건을 내밀 필요가 없다. 곧바로 항복하지 않으면 나는 이 모욕을 알리기 위해 사격할 것이고, 한 사람도 살아 돌아올 수 없을 것이다."

오스트리아의 장교가 재빨리 돌아가 보고했다. 초췌함과 피곤함으로 인해 정신없었던 오스트리아 병사들은 위엄이 늠름한 나폴레옹의 풍채를 일견하고 마침내 칼을 버리고 항복했다. 그 후에 그들이 이 일을 알고, 자신의 병사 수에 비하면 4분의 1 되는 소군에 속아서 무훈이 혁혁한 승전자를 생포하지 못하고 도리어 교전 한 번 하지 못했을 뿐 아니라 비겁하게 이같이 적은 인원에 항복한 것을 후회했지만 어찌하겠는가. 오스트리아의 치욕을 역사상에 남겼다.

어느 날 밤 나폴레옹은 군대의 근태(勤怠)를 시찰하기 위해 옷을 바꿔 입고 각 진영을 순찰했다. 큰길과 작은 길이 교차하는 곳에 가만히 서 있던 한 초병이 그 사람이 전군 총사령관인 나폴레옹인지를 전혀 알아보지 못하고 총검을 휘두르며 큰소리로 "속히 퇴각하라"고 명령했다. 나폴레옹이 실상을 알리며 말했다.

"나는 총사령관이다. 순찰하기 위해 왔다."

초병이 듣지 않고 말했다.

"나는 어떤 사람도 불문하고 한 사람이라도 이곳으로 통과하는 것을 금지하라는 장군의 명령을 받았습니다. 당신 비록 총사령관이라도 결코 통과를 허락할 수 없습니다."

그러자 나폴레옹도 어쩔 수 없이 그곳을 통과하지 못하고 물러나 돌아왔다. 다음날 나폴레옹은 그때 초병이 누구인지를 알아보고, 면전에 불러 세웠다. 성실히 그 직무에 복역한 것을 칭찬하며 곧바로 사관으로 승진시켰다고 한다.

승전을 자랑하는 프랑스군은 다시 만토바로 돌아왔다. 과연 우리가 예상한 바대로 요새 안의 병사들은 앞서 프랑스군이 경영한 모든 것들을 다 파괴하고, 150문의 대포를 정렬해 보루를 새로 쌓았고, 여러 달에 걸쳐 농성을 감당할 수 있는 식량을 저장했다. 게다가 15,000의 새로운 지원군도 얻어 완전히 그 세력을 회복했다. 또한 일단 패배한 오스트리아군이 먼젓번의 치욕을 설욕하고자 다시금 대군을 소집해 언제 습격해 올지 실로 헤아리기 어려웠다. 이렇게 나폴레옹은 피곤한 병사와 말을 잠시 휴양하게 해서 나중에 권토중래[58]하고자 했다. 격전을 준비하는 동시에 만토바 요새를 멀리서 포위하여 지구전의 대책을 취했다. 아! 오스트리아군이 병사와 말을 휴양하고 다시 원기를 크게 떨칠 때와 오스트리아군의 패잔병이 본

---

58) 권토중래(捲土重來): 땅을 말아 일으킬 것 같은 기세로 다시 온다는 뜻으로, 한 번 실패했으나 힘을 회복하여 다시 쳐들어옴을 이르는 말. 중국 당나라 두목의 「오강정시」(烏江亭詩)에 나오는 말로, 항우가 유방과의 결전에서 패하여 오강 근처에서 자결한 것을 탄식한 말에서 유래한다.

국의 원군을 얻을 때는 다시금 교룡이 높은 하늘로 뛰어오르고 사자가 무성한 수풀에서 울부짖는 때일 것이다.

12. 오스트리아 제3군이 일어나 10일 야전

오스트리아는 이제 세 번째 대군을 일으켜 일거에 프랑스군을 좌절시키고자 했다. 불과 3주 만에 모인 자가 55,000이었다. 만토바 농성의 병사를 더하면 실로 75,000의 대군이었다. 나폴레옹도 본국에서 온 원군을 얻었지만, 겨우 손실을 보충한 것에 불과했다. 그 총수는 30,000이었다. 그 2배 이상 되는 오스트리아의 대군과 대항하는 것이 몹시 어려웠다. 나아가면 만토바에 있던 정병이 이제 지원군을 얻고 장차 진격할 기회를 엿봤고, 물러나면 뷔름저 대장이 요새의 병사와 서로 호응해 구름안개처럼 프랑스군을[59] 압박하고자 했다. 나폴레옹의 상태는 실로 위급했다.

때는 9월의 첫 시작이었다. 구름안개 같은 오스트리아의 대군은 움직이기 시작했다. 만토바 요새를 구원하기 위해 티롤에서 내려왔다. 총사령관 뷔름저 장군은 부하 대장 다비도비치[60]에게 병사 25,000을 주어 트렌토시와 대략 10마일 거리 되는 로베레토[61]의 요충지를 막아서 프랑스군이[62] 티롤로 난입하는 것을 방어하게 했고,

---

59) 프랑스군: 원문에는 "奧軍"(오스트리아군)으로 표기되어 있다. 문맥상 '프랑스군'이 자연스러워 수정했다.

60) 다비도비치(싸윗-트윗디, Paul Davidovich, 1737~1814): 오스트리아의 군인으로, 프랑스 혁명 전쟁과 나폴레옹 전쟁에서 오스트리아군을 이끌었다.

61) 로베레토(로위에레트, Rovereto)

62) 프랑스군: 원문에는 "奧軍"(오스트리아군)으로 표기되어 있다. 문맥상 '프랑스군'이 자연스러워 수정했다.

친히 30,000명을 인솔하여 브렌타[63] 계곡으로 나가 그 지름길로 내려가 만토바를 건지고자 했다. 만토바 요새에는 20,000의 강병이 있던 가운데 장군이 30,000의 대군을 직접 이끌고 만토바로 향했다. 이제 오스트리아군은 50,000의 대군으로 20,000의 프랑스군을 협공하게 되었다.

나폴레옹은 신속함과 기민함으로써 조금도 망설이지 않고 항상 적의 틈을 노릴 기회를 바랐다. 이제 오스트리아군이 앞선 실패를 뉘우치지 않고 다시금 군대를 나누어 진격하는 것을 탐지하고 크게 기뻐했다. 곧 군대를 정돈하고 먼저 로베레토를 수비하던 다비도비치의 부대를 습격하고자 했다. 하지만 뷔름저 총사령관의 본대가 구해 낼 경우 그 형세는 협공을 자초하는 것이었다. 겨우 20,000의 소수로 55,000의 대군에 협공당하는 것은 사지에 스스로 빠지는 것과 다름없었다. 그래서 나폴레옹은 뷔름저가 직접 이끄는 병사가 그 부대의 위급함을 듣고도 즉시 구해 낼 수 없는 경우에 이를 때까지 기다려 전략을 실행하는 것이 옳다고 여겼다. 이때 프랑스군은 뷔름저가 직접 이끄는 병사가 로베레토와 대략 60마일 떨어진 바사노[64]에 도달할 때를 계산하고 행진을 시작했다. 최고 속력으로 음식과 휴식에 한순간도 사용하지 않았다. 9월 4일, 떠오르던 태양이 동쪽 산을 점점 떠날 무렵에 예정한 장소에 도달했다. 벼락이 내리치듯 오스트리아군을 타격했다. 오스트리아군은 불의의 습격을 당해 어찌할 바를 몰라 대오가 흩어졌다. 하지만 그들도 날쌔고 용맹하기로

63) 브렌타(부렌타, Brenta)
64) 바사노(바쓰나노/밧사―노, Bassano del Grappa)

유명한 새로운 병사였다. 잠시 격렬하게 싸우다가 마침내 프랑스군을 대항할 수 없어 대패하여 사방으로 도망쳐 달아났다. 프랑스군의 기병이 창과 칼을 크게 휘두르며 혼란스러운 군대를 돌격하자 시체가 언덕같이 쌓였고, 선혈이 낭자하여 들판 멀리까지 물들였다. 7,000의 포로와 20문의 거포를 프랑스군이 얻은 바 되었다. 세상에서는 이를 로베레토 전투라 했다. 다음날 아침 나폴레옹은 개선가를 연주하며 트렌토시에 들어가서 훈시를 인민에게 반포했다.

"너희가 반항하는 행위가 없으면 프랑스군은 침범하지 않고 도리어 힘을 다해 보호할 것이다. 너희는 잘 살펴서 평안히 거하라."

그날 밤 미명에 나폴레옹이 진두에 서서 전군을 지휘하고 브렌타 계곡 길로 서둘러 내려가 불시에 뷔름저의 본대를 습격하고자 했다. 이때 오스트리아군이 친히 이끄는 병사 수는 30,000이었다. 나폴레옹 휘하의 병사는 20,000에 불과했다. 하지만 예부터 미증유한 신속함으로써 60마일을 진행해 질풍노도와 같은 맹렬한 기세로 오스트리아군을 타격하고자 했다.

뷔름저 장군은 6일 황혼에 다비도비치의 패전 소식을 접하고 놀라움과 번민을 이기지 못했다. 하지만 이미 실패한 일이었다. 앞으로의 일을 힘을 다해 설계해 이전의 치욕을 설욕하겠다고 하며 그날 밤은 편안히 잠을 잤다. 다음날 새벽 미명에 그는 몹시 요란한 포성으로 인해 잠에서 깨었다. 그 요란한 포성은 나폴레옹이 오스트리아군 진지의 뒤를 갑자기 돌격했기 때문이었다. 용감하고 호탕한 것으로 유명한 노장 뷔름저도 이처럼 신출귀몰해 이전에 들어보지 못한 전투법에 경탄하며 백방으로 힘을 다해 군사를 소집했다. 바사노에 진을 치고 프랑스군을 대항하고자 했다. 그러나 신속함이 비길 데

없는 프랑스군은 촌각도 그에게 주지 않았다. 대오가 정돈되지 않은 오스트리아군을 창과 칼로 돌격했다. 이 전황이 어떠했는지에 대해서는 많은 말이 필요 없었다. 바사노 전투는 로베레토 전투를 재연한 것에 불과했고, 오스트리아군은 전패했다. 사람과 말의 사체가 첩첩이 쌓여 산을 이루었고, 선혈은 낭자하여 강을 이루었다. 그 참혹한 광경은 말로 옮기기가 참으로 어려웠다. 부상자의 신음 소리는 멀리서 시끄럽게 울리는 대포 소리와 같았고, 전사자의 넋이 사람들을 덮쳤다. 이에 분초도 잃어버릴 수 없을 만큼 시급했다. 시체도 돌아보지 못하고, 부상자에게 한 잔의 물을 줄 여유도 없었다. 곧장 파괴할 때였지 구호할 때가 아니었다. 총칼의 세계에서도 이러한 참상은 없었을 것이다. 슬프게도 어제는 55,000의 새로운 병사를 인솔하며 의기양양하던 뷔름저 총사령관이 이제 그 대부분의 병사를 잃고 겨우 패잔병 16,000을 데리고 만토바 요새로 도망쳐 달아나 앞으로의 일을 헤아려 보고자 했다. 프랑스군은 기세를 타고 추격했다. 총포를 잇달아 발사해 그 후방 부대를 덮쳤다. 만토바 요새에 점점 가까이 가자 요새 안의 병사가 갑자기 나와서 프랑스군을 맹렬히 공격했다. 프랑스군이 고군분투하여 다시금 오스트리아군을 대파해 요새 안으로 쫓아버렸다. 세상에서는 이를 '산 조르지오 전투'[65]라고 불렀다. 나폴레옹은 다시금 만토바 요새를 포위했다. 노장 뷔름저는 초췌하고 피로한 패잔병과 함께 요새 안에 갇혀서 그저 본국에서 원군이 오기만을 기다릴 뿐이었다. 그 상태는 죄수로 갇혀 있는 것과 비슷했다. '10일 야전'도 여기서 끝났다.

65) 산 조르지오 전투(센트,죠-디의 血戰, Battle of San Giorgio)

13. 오스트리아 총사령관이 글을 올려 원군을 본국에 청함

이제 오스트리아는 전력을 움직여 네 번째 군대를 일으키고자 했다. 제4군은 라인강 부근에 주둔한 부대와 티롤 근처의 강성한 농민을 혼합해 편성했다. 만토바 요새 안의 갇힌 뷔름저 총사령관의 패잔병을 합하면 총수가 100,000이었다. 그 세력의 융성함이 아침 해가 동쪽에서 솟는 것과 비슷했다. 이때 적개심과 용맹함의 기운이 오스트리아 전반에 흘러넘치는 것이 실로 평범하지 않았다. 빈시[66] 한 곳에서만 세 대대의 병력을 보냈고, 황후 폐하는 직접 군기를 짜서 군대에 하사했으며, 귀부인의 딸들은 모두 꽃 같은 얼굴을 움직여 이 대업을 고무·진작시켰다. 이제 75,000의 대군이 북방 티롤 협로에 군집해 북방에서 나폴레옹에게 충격을 주고자 했다. 뷔름저 장군은 만토바 요새 안의 병사 25,000으로써 군호를 알리는 포성과 함께 적의 후방 부대를 격파하고자 했다. 3주일이 지나면 씩씩한 100,000 대군이 파도처럼 나폴레옹의 머리 위를 압박하고자 할 것이다. 그 위급함이 바로 알이 쌓여 있는 것[67]과 같았다. 나폴레옹은 본국에서 원군을 얻었다. 하지만 간신히 사상자와 부상자로 인한 부족을 보충해 총수가 겨우 30,000에 불과했다. 자금력은 모두 소비해 여력이 없었다. 식량 또한 며칠을 버티기가 매우 어려웠다. 병사는 이미 허다한 전승을 얻었는데도 불구하고 한 차례도 안식을 갖지 못했다. 동시에 준비가 항상 부족해서 마음에 절로 불평이 생겼다. 나폴레옹

---

66) 빈시(維也納市/위-엔나市, Vienna/Wien City)
67) 알이 쌓여 있는 것: 누란지세(累卵之勢)를 이르는 말로 층층이 쌓아 놓은 알의 형세를 뜻한다. 몹시 위태로운 형세를 비유적으로 이르는 말이다.

이 크게 소리쳐 말했다.

"어찌하여 우리는 본국에서 지원군을 얻을 수 없는가! 우리 혼자 힘으로 전 유럽을 대항할 수 없다. 우리는 이미 세 차례 대군을 격파했다. 하지만 또다시 비교할 수 없이 강대한 제4군이 우리를 향하고자 한다. 아! 이 전투는 필경 끝이 없을 것이다."

실로 나폴레옹은 존망이 위급한 때였다. 이때 나폴레옹은 병사에게 2, 3주의 휴식을 허락하며 장차 눈앞에 닥쳐오려고 하는 일대 결전의 준비에 전념했다.

당시에 적과 부하 모두 나폴레옹의 형세에 소망이 전혀 없다고 생각했다. 담대함이 뛰어난 저 나폴레옹 또한 안심할 수 없었다. 오스트리아군은 여러 번의 실패를 돌아보고 그 병사를 나누는 것이 불리하다는 것을 알았다. 75,000의 대군으로 하나의 집단을 만들어 나폴레옹을 전면 공격하고, 이와 동시에 뷔름저 장군이 그 뒤를 치는 전략을 취했다. 대개 그들이 이같이 하면 전쟁에서 승리하는 것을 의심하지 않아도 된다고 확신했다. 나폴레옹이 부하를 신뢰하는 면이 있었지만 마음속으로는 저 대군에게 탐지될까 우려했다. 그러나 초췌하고 곤비하여 준비가 불완전한 30,000의 소군으로 당당한 100,000 대군을 대항하고자 했으므로 우려하는 것은 당연했다.

이 당시 나폴레옹은 서한을 써서 본국 정부에 보내 원군의 필요를 설명했다. 그 글은 이러했다.

"저의 탁월한 사관 전부와 저의 훌륭한 장교 전부는 죽거나 다쳐서 이제 한 줌의 수로 감소한 우리 이탈리아 출정군은 초췌하고 곤비해 그 형세가 결딴날 때가 찾아왔습니다. 밀레시모, 로디,

카스틸리오네, 바사노의 여러 전투에서 영웅들은 나라를 위해 목숨을 잃었거나 부상을 입어 병원에 있습니다. 지금 남아 있는 군대는 오직 명예와 용기만 있을 뿐입니다. 간신히 생존한 용사들도 지금 승패의 변천을 헤아리기 어려운 전황과 병력의 준비가 열악한 것으로 인해 오직 죽음을 각오할 뿐입니다. 대저 담대한 오주로와 같은 자와 용감한 마세나와 같은 자를 잃어버릴 날이 정말로 닥쳐왔습니다. 이를 살피고, 이를 생각하면 어찌 가엾고 딱하지 않겠습니까. 저는 오늘날까지 항상 사랑하고 소중히 여기는 병사의 사망을 불러올까 두려워해 감히 죽음을 무릅쓰는 일이 진실로 없었습니다. 군대는 의무를 다했고, 저 역시 그러했습니다. 제 양심은 평안하고, 제 정신은 맹렬할 뿐입니다. 저는 지난번에 육군 원수가 엽서에 표시한 병사 수 중 4분의 1의 원군도 접할 수 없었습니다. 지금 저는 건강이 완전히 상해서 오직 말안장에 엎드리려고 노력할 뿐입니다. 우리 병사가 적은 것을 헤아리며 제게 남은 것은 다만 용기뿐입니다. 그 용기로는 제 지위를 지키기가 매우 어렵습니다. 원군이 없으면 이탈리를 잃어버릴 뿐입니다."

나폴레옹은 이같이 본국 정부를 향해 그 속마음을 토로했다. 그러나 부하 병사에 대해서는 그 보고와 크게 다르지 않았다. 우려는 숨기고 용기를 고무시키는 것을 노력하며 말했다.

"우리는 한 가지 일을 행하는 것뿐이다. 그러면 이탈리아는 우리가 점유하게 될 것이다. 적은 원래 그 수가 우리보다 많았다. 하지만 절반 이상은 새로 모집한 병사다. 도저히 노련한 프랑스 장수를 대항할 수 없다. 앞으로 다가올 오스트리아군 알빈치[68]를 격파하고, 만토바 요새를 빼앗으면 우리의 수고는 종국을 고할 것이다. 만토바를 탈취하는 것은 특별히 이탈리아를 평정하는 것일 뿐 아니라 천하가 이로 인해 태평해질 것이다."

그 용기와 담력, 호기, 전략이 신출귀몰한 나폴레옹도 수의 많고 적음과 강하고 약함의 형세가 이 같은 데 이르러 그 마음속이 번민하고 동요하는 것은 당연한 일이었다.

14. 이탈리아 여러 나라와 약속을 체결함

되돌아보면 오스트리아 정부는 이제 제4의 대군으로 신병을 징집했다. 프랑스군은 만토바 요새 밖에서 말안장을 내리고 기운을 함양했다. 위험한 큰 전쟁의 시기는 3주일 안으로 다가왔다. 그 사이에 나폴레옹은 특히 경영이 참담했다. 이탈리에서 자신의 지위를 견고하게 하고자 계획함과 동시에 적의를 품은 여러 나라를 프랑스에 다시 굴복하게 하는 데 노력했다. 이 사이에 그가 정치가와 또 외교가에게 수완을 크게 발휘한 일은 천세 후에도 실로 사람을 놀라게 할 것이다. 식사와 휴식할 때를 정하지 못하고 밤낮으로 말안장에서 내려오지 않은 채 주선하는 일을 잠시도 쉬지 않았다. 이로 인해 나폴레옹이 탄 말이 빨리 달리는 것을 견디지 못하고 말안장 아래에서 죽은 수가 서너 필에 이르렀다. 이 당시 나폴레옹은 본국의 총재정부에 통첩해 로마, 나폴리, 베네치아[69], 제노바 등 여러 나라와 평화조

---

68) 알빈치(아루윈디/알윈-디, József Alvinczi, 1735~1810); 합스부르크 군대의 군인이자 오스트리아 제국의 야전 사령관이다.

약을 체결하라고 권고했다. 정부는 우물쭈물하며 결정하지 않았다. 그러므로 나폴레옹이 다시 서한을 써서 힘써 권했다. 이 일을 따르지 않으면 정부는 필경 더 이상 손 쓸 수 없이 무너져 버리는 일을 피할 수 없을 것이라고 절실히 논했다. 그 서한은 이러했다.

　　"저를 이탈리아 전권의 중심으로 삼지 않으면 만사가 도저히 그 길을 찾지 못할 것입니다. 큰 야망이 있다고 해 저를 꾸짖는 것은 쉬운 일입니다. 하지만 저는 명예를 얻어야 만족합니다. 이 때문에 분주하고 일신이 피곤할 뿐입니다. 나폴리와 평화를 다시 회복해야 하고, 제노바 및 베네치아와 평화조약을 체결해야 합니다. 로마의 세력은 한 번 생각할 필요가 있는데, 어찌 경시할 수 있겠습니까. 프랑스가 예전에 이 강대국과 분리된 것은 실로 천추의 한입니다. 우리는 군주와 인민을 불문하고 이탈리아 출정군을 위해 이들 여러 나라를 친구로 만드는 데 전념하고 있습니다. 이탈리아 출정군의 장수는 특별히 병마의 권한을 장악하는 데 그치지 않고 실로 외교 사무의 원천도 만들려고 합니다."

　　아! 저 26세 되는 젊은이에게 담대함과 꺾이지 않는 희망이 있는 것이 실로 이와 같았다. 하지만 본국 정부는 머뭇거리고 망설이며 결정하지 못했다. 이때 나폴레옹이 본국 정부의 의견이 어떠한지에 상관없이 다만 바란 것은 프랑스의 국위를 선양해 자국민의 행복과 이익을 증진하게 하고, 이탈리아 백성을 도탄 중에서 구출하며, 자신

---

69) 베네치아(외-니스/위-니스/뷔에니스, Venice/Venezia)

의 명예를 충만하게 하는 일이었다. 이를 위해 간신히 3주일간 각 나라와 교섭해 평화조약을 체결함으로써 뒷날의 염려를 줄여 없앴다.

15. 오스트리아가 제4군을 일으킴

구름안개처럼 오스트리아의 제4군이 정비되어 행진을 시작했다. 용장 알빈치가 그 군대의 총사령관이었다. 때는 11월 초였다. 매서운 찬바람이 티롤의 산골짜기를 스쳐 지나갔고, 휘날리는 하얀 눈은 행로를 덮었다. 실로 행군하기가 상당히 곤란했다. 하지만 오스트리아 군은 잠시도 주저할 수 없었다. 왜냐하면, 신속하게 만토바 요새의 시급함을 돕지 못하면 그 요새의 함락은 시간문제였고, 하루아침에 그 요새를 잃으면 이탈리에 대한 오스트리아의 권위는 완전히 사라질 것이기 때문이었다. 당시 요새 안에 있던 병사들의 고생은 가히 말로 표현하기가 어려웠다. 그들은 오랫동안 프랑스군에 의해 겹겹이 포위당한 동시에 보급로가 막히고 끊어졌다. 말을 잡아먹으며 굶주림을 겨우 면했는데, 이 또한 다해갔다. 이때 뷔름저 장군은 급히 사람을 알빈치 장군의 본영에 보내 서둘러 원군을 얻지 못하면 이후 농성은 6주 이상을 버티지 못할 것임을 알렸다. 6주는 실로 만토바 요새 안에 있던 병사들의 생명과 관계있었다. 이는 머리카락 한 올로 30,000근을 매다는 일과 비슷했다.

나폴레옹은 오스트리아의 네 번째 군대가 행진한다는 것을 듣고 곧 달려가서 베로나[70] 본영에 이르렀다. 적군을 대적할 준비에 힘썼다. 이에 앞서 나폴레옹은 부하 대장 보부아[71]에게 12,000의 병사를

---

70) 베로나(외-로나/뷔에로나, Verona)

쥐서 트렌토 북쪽으로 수 마일 떨어진 골짜기에 진을 치고 오스트리아군의 움직임을 자세히 살펴보게 했다. 오스트리아군의 선봉대를 차단했지만, 오스트리아군의 구름안개 같은 기세를 대항할 수 없었고, 싸움에서 이득을 챙기지 못한 채 후퇴했다. 오스트리아군은 개전 초기에 승리를 얻어 사기가 배로 상승했다. 아침 해가 동쪽 하늘에 떠오르는 기세로 행진했다.

　나폴레옹이 이 불행한 급보를 접하고 벌떡 일어나 크게 화를 냈다. 병사를 집결시켜 서둘러 행진했다. 후퇴하던 장군을 질풍 같은 기세로 구원하고, 적군의 행로를 차단하고자 했다. 사실 적은 후퇴하던 상황을 보지 못했다. 하지만 프랑스군이 한 차례 퇴각하면 조금이지만 적의 기세를 성대케 하고, 프랑스군의 사기는 이로 인해 다소 좌절할 수밖에 없었다. 이를 구원하는 일은 스스로를 높이고 소중히 여기게 하는 생각인 동시에 싸움에서 승리하지 못하면 죽어서도 돌아가지 않겠다는 결심을 머릿속에 집어넣는 책략이었다. 나폴레옹은 임기응변에 뛰어나서 사람의 복잡한 마음을 조종·제어하는 지혜를 가진 대장이었다. 능히 병사의 성정을 통찰해 운용하거나 나아가고 물러나는 기술을 뛰어나게 선보였다. 혼잣말로 "이때는 평범한 방법을 운용하는 것이 맞지 않다. 온갖 고생에도 위엄 있고 씩씩하게 행동했던 일을 활용하는 것이 필요하다."라고 했다. 회오리바람같이 말을 타고 진영을 돌며 명령을 전했고, 병사를 자기 주변으로 소집했

71) 보부아(위오-포아/뷔-보아/포-포아, Claude-Henri Belgrand de Vaubois, 1748~1839): 프랑스의 군인으로, 프랑스군의 지휘관으로 활약했다. 전술적으로 능숙한 군인으로 평가받았고, 여러 전투에서 중요한 전략적 기여를 했다.

다. 퇴각한 부대를 말 위에서 한 번 노려보며 앞으로의 일을 말하고자 했다. 전군은 숙연해져 다만 바람 소리만 날 뿐이었다. 병사의 시선은 일제히 그들이 경애하는 젊은 장군의 얼굴에 쏠렸고, 무슨 말이 나올지를 기다렸다. 나폴레옹이 위엄차면서도 처연한 목소리로 말했다.

"병사들이여, 나는 너희를 기뻐하지 않는다. 너희는 용기를 떨치지 못하고, 용맹함을 보이지 않았다. 빛나는 영예를 가진 프랑스군의 깃발을 더럽혔다. 죽음을 각오한 병사로서 이 임무를 맡아 적은 숫자로 수비해야 할 요충지를 적에게 넘겨주고 퇴각했다. 너희는 결코 프랑스의 병사가 아니고, 결코 나폴레옹의 휘하에 속한 이탈리아 출정군의 병사가 아니다. 깃발을 맡은 자여, 이후로 이들 병사의 군기에 그들은 이탈리 출정군이 아니라고 써라."

벼락이 맹렬히 치듯 병사의 가슴에 내리꽂혔다. 과거에 향하던 곳마다 무적의 위세로 혁혁한 무용을 자랑하던 나이 많은 병사들이 이제 경애하는 젊은 총사령관의 열정이 샘솟는 말을 듣고 그 감개가 과연 어떠했겠는가. 오직 뜨거운 눈물이 비 오듯 흐르거나 크게 울부짖을 뿐이었다. 모두 규율을 잃고, 행렬의 순서를 무시한 채 총사령관 주변에 모여들어 눈물을 닦으며 큰 소리로 말했다.
"우리는 직무를 다하지 못한 것이 아닙니다. 하지만 실로 적은 우리 중 하나에 대해 셋입니다. 청컨대 우리를 다시 시험해서 지극히 위험한 전장에 둔 후 우리가 과연 이탈리아 출정군에 속할 수 있는지를 검토해 주십시오."

나폴레옹은 다정한 말로 나중에 좋은 기회를 만나면 너희의 수치를 설욕하고 명예를 회복할 것이라고 약속하며 용맹한 병사들을 위로했다. 그 후의 전투에서 그 용맹한 병사들은 무리를 밀어내고 진지 앞에 나타나서 선봉의 죽음에도 불구하고 나아갔고, 후방 부대를 습격해도 돌아보지 않았다. 다리가 찔리면 포복해서 나가고, 오른팔이 잘리면 왼팔로 총과 칼을 잡으며, 죽기를 각오하고 맹렬히 싸웠다. 공전절후의 큰 승리를 얻어 완전히 패배한 죄를 만회했다. 완전한 승리를 얻고 돌아왔을 때 그들은 나폴레옹의 면전에 서서 말했다.

"이와 같아도 각하의 부하 병사가 될 수 없습니까?"

나폴레옹이 병사를 꾸짖는 일은 실로 이러했다. 채찍질을 하지 않고 다만 신뢰와 애정으로 그들이 기꺼이 복종하도록 했다. 저 제국은 병사의 정신 속에 있었다. 나폴레옹은 일찍이 말했다.

"나의 병사는 나의 사랑스러운 아이다."

나폴레옹에게 이런 마음이 늘 있었기 때문에 그의 말 한마디 한마디가 모두 친절하고 엄정해 은혜와 위엄이 함께 있었다. 그래서 한 번 호령하면 전군에 경외하고 복종하는 마음이 치솟았다. 하늘을 찌를 듯한 기세가 이전보다 백배나 더했다.

16. 아르콜[72] 격전

오스트리아의 총사령관 알빈치는 뷔름저 장군에게 통보해야 하는 일이 생겨 밀서를 한 농부에게 줘서 만토바 요새에 몰래 들어가게 했다. 그 밀서의 중요한 용건은 멀지 않아 원군을 보낼 테니 죽음을

---

[72] 아르콜(아-고라, Arcole)

각오하고 방어에 힘쓸 것을 알리는 것이었다. 얇은 종이에 잔글씨로 쓴 것을 구슬처럼 둥글게 만들어 밀납으로 감쌌는데, 완두콩 한 알과 다름없었다. 그때 프랑스의 전초병이 그 밀사를 잡아서 심문했다. 그가 무엇인가를 삼키는 것을 보고 어쩔 수 없이 그의 복부를 갈라서 밀서를 얻었다. 멀지 않아 알빈치 총사령관이 만토바를 구하기 위해 오고자 하는 계획을 비로소 알게 되었다. 이때 나폴레옹은 적이 만토 바에 가까이 오기 전에 결전을 치르고자 했다. 병사 10,000을 진영 에 머물러 있게 해 만토바 요새를 포위하게 하고, 직접 베로나 부근 에 병사를 집결시켜 15,000의 적은 군사를 이끌고 출발했다. 당시에 오스트리아군은 이미 아디제 계곡에 은밀히 와서 장차 40,000의 대 군으로 프랑스의 소군을 포위하고자 했다.

오스트리아군은 이전에 연패한 것을 징계하고, 이번에는 적군이 불시에 습격하는 것을 피하기 위해 경계를 늦추지 않았다. 또한 적군 을 쉽게 내려다볼 수 있는 곳에 진을 쳐서 적을 자세히 살피는 데 힘썼다. 나폴레옹은 한숨도 자지 못한 채 동분서주하며 적의 동정을 살피는 데 조금도 게으르지 않았다. 하지만 오스트리아군의 마음가 짐이 주도면밀해 돌격할 기회를 엿보는 일이 매우 어려웠다. 자신의 세력을 돌아보면, 항상 아주 적은 병사로 몇 배씩 되는 대군을 격파 하던 병사들도 지금은 승리를 얻을 수 없다는 것을 인식했다. 점점 낙담하고 실망하는 기색이 보였다. 이는 확실히 프랑스군의 승패와 존망을 결정하는 일로 그 위급함이 한순간에 있었다. 이때 부상자와 병자가 병원에 있었는데, 여유롭게 치료할 시기가 아니라고 하며 밀 라노, 파비아, 로디 등지의 병원에서 박차고 일어났다. 상처를 감싸 고, 고통을 참으며 총과 칼을 지팡이 삼아 씩씩하게 종군했다. 큰 세력을 한 번 떨쳐서 오스트리아군을 격파하고자 했다. 이 같은 모습을 보이게 되자 위태로움이 닥쳐오는 것을 아는 동시에 동료가 이같이 군대의 안위를 걱정하는 것이 헤아리기 어려울 만큼 깊다는 것을 느끼고 있는 힘을 다해 싸웠다. 사기를 더욱 크게 떨치자 나폴레옹은 이 기회를 붙잡아 적의 병사 수가 증가하기 이전에 격파하기로 결심했다.

호령이 떨어지자 행군 나팔이 울렸다. 전군은 그 소리에 맞춰 행군을 정비하고 씩씩하게 전진했다. 그때 동쪽 하늘은 밝아오고 있었고, 소나기가 쏟아져 옷소매를 적셨으며, 매서운 찬바람은 얼굴을 때렸다. 프랑스군은 15,000의 소군으로 오스트리아의 40,000 대군을 공격하고자 했다. 아! 만 리나 떨어진 먼 곳이어서 원군이 이어지지 못했다. 초췌하고 피로한 15,000의 소군으로 앞에 있는 만토바 요새 안의 25,000의 병사와 뒤에 있는 35,000의 대군을 달려가 공격하고자 했다. 이 움직임은 그동안 없었던 모험이었다. 비록 호기롭고 굳센 나폴레옹일지라도 이런저런 생각을 하면 어찌 가엽고 딱하지 않겠는가.

혈전이 시작되었다. 포성과 함성, 부상자의 신음이 깊은 밤의 매서운 바람과 소나기 소리와 어우러졌고, 처참함이 극에 달했다. 도로는 진흙이 깊이 파여 보행이 매우 어려웠기 때문에 대포를 운전할 수 없었다. 프랑스군의 피로는 쉽게 상상할 수 있을 것이다. 하늘은 점차 밝아왔지만 짙은 먹구름이 하늘을 덮어서 밤낮을 분간하기가 어려웠다. 또 눈과 비가 교대로 내리며 프랑스군의 얼굴을 때려서 눈뜰 수도 없었다. 이날의 전투는 끊이지 않았다. 처참한 가운데 사나운 바람과 세찬 비 사이로 상당히 많은 눈이 더해지자 그 광경은 점점 더 비참해질 수밖에 없었다. 격전 상황은 보지 않아도 알 수 있을 것이다. 자정 무렵의 밤이 되자 전투를 잠시 쉬었다. 피곤한 병사들은 한기가 찔러 살을 에는 것도 잊고, 의복이 젖은 것도 개의치 않고 유혈이 낭자한 진흙땅 위에 흩어져 누워 사상자와 함께 한숨 자고자 했다. 이날 양쪽 군대의 맹렬한 기세 때문에 결전이 몹시 격렬했지만, 승부를 내지는 못했다.

프랑스는 이 전투에서 병사 2,000을 잃었고, 오스트리아군은 그것에 배나 되는 사상자를 냈다. 하지만 병사 수는 점점 증대해 사기가 떨어지지 않았다. 이때 나폴레옹은 격전 다음날 병사를 이끌고 베로나의 본영으로 퇴각했다. 아! 연전연승해 적에게 조금의 땅도 양보하지 않았던 저 나폴레옹이 이제 적에게 그 등을 보이게 되었다. 병사들이 이를 보고 일제히 낙담했다. 프랑스군은 이제 본국으로 돌아가 이전에 혁혁하던 무용을 대신해 가히 설욕하지 못할 불명예를 천추에도 불멸하는 역사에 남기거나, 그렇지 않으면 나아가서 오스트리아의 병영 입구에 꿇어앉아 영원한 치욕을 이탈리아 들판에서 드러내야 했다. 프랑스군이 앞으로 취할 바는 이 두 가지밖에 없었다. 아! 나폴레옹의 민첩한 솜씨와 신묘한 지혜로도 이에 이르자 어찌할 바를 알지 못하던 가운데 햇빛이 서쪽 하늘에 떨어졌다. 그날 밤 구름이 흩어지고 비가 그쳤다. 조각구름도 없어 달빛[73]이 진영을 환히 비출 때 훈령이 각 진영에 전해졌다. 전군은 신속히 행진을 시작했다. 전군이 고요해 소리가 전혀 없었다. 다만 얼굴에 슬프고 근심스러운 빛을 띠었을 뿐이었다. 그들은 조용히 본국 프랑스를 향한

---

73) 달빛: 원문은 "日光"(햇빛)으로 되어 있지만, 맥락상 '달빛'이 자연스러워 수정했다.

성문으로 나가서 내를 건너 행진했다. 사기가 이같이 죽은 것을 따라 대포를 운반하는 수레 소리와 발자국 소리 역시 무력했다. 심야의 정적으로 인해 그 소리만 들릴 뿐이었다. 그들은 문을 통과했고, 해자를 건너 모닥불 주변에서 잠을 잤다. 고향을 꿈꾸며 적을 뒤로한 채 본국 프랑스 방면을 향해 행진했다.

병사들이 서로 말했다.

"우리 총사령관은 결국 전군을 본국으로 인도하려는 것이다."

포연과 빗발치는 총알도 전혀 신경 쓰지 않던 용맹한 병사들도 이에 이르자 낙담했고, 기운을 잃었다. 과거 이탈리아 출정군의 용기가 사라졌다. 행진한 지 얼마 후에 나폴레옹이 갑자기 전군에 명을 내렸다. 방향을 돌려 아디제 계곡으로 서둘러 나아가게 했다. 이때 전군의 놀람은 이제까지 한 번도 없었던 것이었다. 괴이하고 의아스러움은 점점 더해 한 사람도 어디로 향하는지를 상상할 수 없었다. 나폴레옹은 진두에 서서 전군을 인도하며 다시금 내를 건너 전면의 기슭으로 나아갔다. 급히 움직여 대략 14마일을 간 다음 다시금 내를 건너 맞은편 기슭에 다다랐다. 이곳은 실로 오스트리아군이 뒤편 방비를 하지 않은 곳이었다. 때는 정확히 한밤중으로 아주 고요했다. 전면을 멀리서 바라보자 큰 호수가 아득해 수 마일을 가렸고, 여러 갈래의 좁은 길이 이리저리 나 있었다. 이곳에서 병사를 움직이고자 하면 오직 소규모 병력의 접전만이 적합했다. 수만의 대군은 이용하기가 몹시 어려웠다. 지혜롭고 민첩한 프랑스군도 이 지형을 보고 총사령관의 속셈을 알지 못했다. 나폴레옹의 계획이 이제 생생히 그들의 가슴속을 비췄다. 총사령관이 이처럼 교묘하게 점령할 땅의 이점을 인식한 것에 갑자기 환호성이 전군에 울려 퍼졌다. 동시에 죽어가고 낙담하던 빛이 변해 득의양양한 빛을 띠었다.

　오스트리아군의 진영을 멀리서 바라봤다. 모닥불 빛이 먼 거리에 걸쳐 빛나는 것으로 보아 대군임을 알 수 있었다. 나폴레옹은 조용히 깊이 생각하며 높은 언덕에 올라가서 적군의 위치를 살피고, 그 병력을 헤아리는 등 계획을 세우는 일에 여념이 없었다. 당시에 그가 이끄는 병사는 13,000에 불과한 소군이었고, 적은 실로 40,000의 대군으로 주변 멀리까지의 산과 들에 두루 퍼져 있었다. 그 위세는 가히 당하지 못할 것이었다. 그러나 프랑스 병사들 모두가 말했다.

　"신속하고 기민한 젊은 총사령관이 우리를 이곳으로 인도했으므로 다시 승리를 얻는 것을 의심할 필요가 없다."

　그들은 이미 승전을 자신의 것으로 믿었다.

　저 아득히 넓고 큰 호수 중앙에 작을 마을이 하나 있었는데, 아르콜이라고 불렀다. 작은 도랑이 둘러싸인 가운데 다리 하나가 있었다. 오스트리아의 정병 한 부대가 그 마을을 지키고 있었는데, 수비가 매우 엄밀했다. 이는 지형 및 전략상 프랑스군이 가장 먼저 그 마을을 빼앗는 일이 필요했기 때문이었다. 이때 하늘이 아직 밝지 않은 것을 틈타 좁은 길로 급히 움직여 다리 위로 돌진했다. 오스트리아군이 연발하는 총포에 프랑스군의 선봉이 전멸했다. 나폴레옹이 이를 보고 말에서 내렸다. 흰빛이 한 번 번쩍이며 크게 소리쳐 말했다.

　"로디의 승전자여, 너희는 너희의 장수를 따르라!"

　그러면서 앞서 나아갔다. 소나기와 같은 포환을 피하지 않고 종횡무진하며 다리 가운데에 도달하자 오스트리아군의 포성이 점점 맹렬해져 초연이 다리 위를 덮었다. 여명이 깊은 밤과 같았다. 용맹한 프랑스군도 이를 감당할 수 없었다. 시체와 부상자를 밟고 넘으며 대오를 이루지 못한 채 패배하고 달아났다. 그때 신장이 거대한 프랑스 병사가 비와 싸라기눈처럼 쏟아지는 포환, 총탄을 무릅쓰고 돌입해 어린아이를 희롱하듯 젊은 총사령관을 움켜잡고 호랑이 굴 입구와 같은 장소에서 탈주했다.

그러나 나폴레옹은 푹푹 들어가는 늪 속에 빠졌다. 나오고자 애를 썼지만 쉽게 나올 수 없었다. 점점 빠져들어 진흙이 코와 입으로 들어가 질식하게 되었다. 뿐만 아니라 이때 오스트리아군은 이미 프랑스군이 패배해 돌아갔기 때문에 돌아와서 나폴레옹과 프랑스군 중간에 서 있었다. 이때 나폴레옹이 늪 속에 빠진 것을 오스트리아군이 인지했다면 그의 생명은 오스트리아군의 수중에 있었을 것이다. 프랑스군은 도망쳐 달아난 지 얼마 되지 않아 믿고 사랑하는 총사령관이 없다는 것을 깨닫기 시작했다. 모두 놀랍고 두려워서 어수선한 가운데 그 사랑하는 장군을 수색했지만, 결국 찾아낼 수 없었다. 갑자기 큰 소리가 프랑스군 가운데 울려 퍼졌다.

"나가서 너희 장수를 구하라!"

"나가서 너희 장수를 구하라!"

이 외침은 일종의 전기 작용처럼 프랑스군 전체를 감동시켜 쇠같이 굳센 마음을 가진 병사를 순식간에 용맹히 나아가게 했다. 생사에 대한 생각은 전혀 하지 않은 채 오직 사랑하는 장군을 사모하는 열성이 들끓어 오스트리아군의 진지 속으로 돌입했다. 열성이 이른 곳에서는 금강석도 깰 수 있었다. 마침내 오스트리아군을 격파하고 사랑하는 장군 나폴레옹을 죽을 지경에서 건져냈다. 그 여세를 몰아 돌진해 아르콜의 요충지를 점령했다.

오스트리아군 총사령관 알빈치는 새벽 무렵 멀리서 크게 울리는 포성이 큰 늪을 넘어 들려 오자 비로소 나폴레옹이 신속하게 베로나의 본진에서 출발해 불시에 아르콜의 후방 부대를 습격한 것을 알았다. 즉시 전군에 명령해 행진하게 했다. 양쪽 군대의 선봉이 각각 협로에서 충돌했고, 마침내 격렬한 전투가 시작되었다. 양쪽 군대의 선봉이 혈전한 결과 시체가 산을 이루었는데도 승패를 쉽게 결정할 수 없었다. 앞서 나폴레옹이 저 보부아의 부대에 가한 통렬한 비난의 소리가 아직까지 귓가에 남아 있어 잊을 수 없었기 때문에 장교와 병사를 불문하고 모두 용감히 나가서 분투하며 말했다.

"이탈리아 출정군에 속한 자다운 실상을 보여줘라."

날쌔고 용감한 오주로가 이제 자진해서 포연과 탄환이 빗발치는 분화구로 돌입하려고 했을 때 크게 소리 질러 말했다.

"나폴레옹이 혹 나의 시체 위에서 내 칼을 부러뜨리게 되면, 그는 내 군대의 면전에서 나를 비난할 수 없을 것이다."

죽음을 각오한 것이 이러했는데, 어찌 용장의 휘하에 약한 병사가 있었겠는가. 이탈리아 출정군의 우익에서 좌익까지, 전방 부대에서 후방 부대까지 전군에 원기가 구름 끼듯 가득 찬 일은 우연이 아니었다.

나폴레옹은 전투가 가장 격렬하고, 위험이 가장 심한 장소에 나타났는데, 메뚜기와 같은 포탄을 꺼리는 일이 전혀 없었다. 보행으로 시체와 부상자 사이에 왕래하거나 말을 타고 해자를 뛰어넘으며 공격을 독려했다. 실로 그의 목소리를 듣고, 그의 눈빛을 발하는 곳에서 쓰러진 병사의 용기를 분발하게 하는 그 모습은 한마디로 말하기가 어려웠다. 맹장 란은 전날 격전으로 중상을 입었는데도 불구하고 밀라노병원에서 벌떡 일어나 이 전투에 따라왔다가 세 곳에 창상을 또 입었다. 하지만 기력이 점점 더 격앙해 나폴레옹을 보호하며 전쟁이 끝날 때까지 나폴레옹의 좌우에서 잠시도 떨어지지 않았다. 뮈롱 또한 프랑스의 효장이었다. 그는 나폴레옹의 불가사의한 감화를 받고 사랑스러운 감정이 진심에서 나왔다. 나폴레옹을 위해 물불을 가리지 않게 되었다. 그가 이 격전에서 적이 던진 폭탄이 나폴레옹의 주변에 떨어져 그 생명을 빼앗으려는 것을 보고 훌쩍 뛰어올라 몸으로 나폴레옹을 덮었다. 결국 그 생명을 바쳐 사랑하는 장군을 위기에서 구원했다. 그날 밤 어두움으로 지적을 분간하지 못해 전투가 꽤 불편했기 때문에 어쩔 수 없이 잠시 휴전을 명령했다. 다음날 미명에 격전을 시작해 종일토록 정신없이 죽였다. 프랑스군의 날샌 병사는 총과 창을 가지고 오스트리아군을 공격했다. 늪 가운데에서 추격해 무찔러 죽인 자가 부지기수였다. 다음날 새벽에 프랑스군이 다시 짙은 연기와 안개를 무릅쓰고 나가서 오스트리아군을 공격했다. 이날 격전이 점점 무르익어갔을 때 갑자기 포탄이 날아와 나폴레옹이 탄 말을 상처입혔다. 비록 좋은 말이었지만, 고통과 공포를 견디지 못해 미쳐 날뛰어서 고삐로 제어할 수가 없었다. 질풍처럼 오스트리아군의 중앙을 돌다가 결국 늪 속에 빠져 죽었다. 나폴레옹도 다시금 말과 함께 늪 속에 빠졌다. 힘껏 뛰어올라 나오려고 몸을 움직일수록 점점 빠져들어 갈 뿐이었다. 구해달라고 외치려 했지만, 주위에는 모두 적군이었다. 어찌할 것인가? 아! 이제 가슴 속에 가득 찬 커다란 경륜을 하찮은 늪 속에 묻거나, 그렇지 않으면 오스트리아 군에게 발견되어 천추의 한을 품은 채 머리를 천한 졸병의 손에 맡기거나, 혹은 빗나간 탄환이 날아와 그의 머리를 부숴 경천동지의 계책이 하찮은 데 떨어지든지 그의 운명은 오직 이 세 가지밖에 없었다.

그러나 하늘은 이 위인을 버리지 않았다. 나폴레옹이 아주 짙은 안개에 둘러싸여 운 좋게도 적에게 발견되지 않았다. 마침내 부하 병사의 구조를 얻어 천금 같은 몸을 보전했다. 이때 그는 다만 약간의 경미한 상처를 입는 데 그쳤다. 완전히 하늘의 도움으로 빠져나온 것이었다. 이날도 격전이 계속 이어졌다. 험악한 협로에서도 칼과 창을 주고받았고, 포연이 흩날리는 일도 자주 있었다. 전투가 점차 잦아들자 나폴레옹은 휘하의 사상자와 포로의 수를 자세히 계산하고 몰래 말했다. '적군의 손실은 우리 휘하군의 손실보다 4분의 3 이상을 넘지 않는다.' 그의 용감함이 어찌 이에 그쳤겠는가. 다시금 일대 결전을 시도하고자 결심했다.

한순간도 쉬지 않고 격전을 치른 지 여러 날이 되었다. 혈전고투 중 나폴레옹이 죽을지도 모르는 위기에 빠진 일이 세 차례였다. 오스트리아의 제4군을 분쇄할 수 없었지만 첫 번째 접전 후 아르콜의 요충지를 빼앗아 점령했다. 다시 나아가 알빈치의 본대와 격전을 치러 여러 번의 승리를 만들었다. 하지만 호기로움을 주체하지 못하는 나폴레옹은 적군을 무찔러 죽이고 분쇄치 않으면 잠깐의 안일함도 누리지 않았다. 그러므로 그는 휘하의 열성과 신뢰를 의지해 오스트리아군이 다소 기운을 잃은 빛이 있는 것을 보고 습격하면, 반드시 공을 세울 것이라고 예상하고 일대 결전을 시도하고자 결심했다. 그러나 이곳은 광활한 늪이 전후좌우로 펼쳐져 있어 기병을 사용하기가 불편했기 때문에 어쩔 수 없이 들판으로 나갈 필요가 있었다. 요 며칠 동안의 혈전에 나폴레옹이 잃어버린 병사는 실로 8,000이었다. 오스트리아군의 사상자와 포로를 계산하면 모두 최소 20,000이었다. 양쪽 군대가 완전히 지쳐서 대부분이 전투가 끝나기만을 희망했다.

밤은 이미 3시가 되었지만, 나폴레옹은 한숨도 자지 않았고, 한 조각의 빵도 먹지 않았다. 하늘이 준 정기(精氣)와 쉼 없는 근면의 힘을 사용해 동분서주했다. 그 빠름이 섬광과 같았다. 말을 세우고 아픈 병사를 위로하거나, 기운 잃은 병사를 타일러서 고무시키고 격려하며 앞으로 진행할 결전 준비에 여념이 없었다. 시간은 4시 무렵이 되었다. 전군에 돌연 전선을 펼치라고 명령했다. 앞서 13,000의 용맹한 병사로 구성된 전군 중 이제 그 대부분을 잃고 혈혈단신의 소군으로 씩씩하게 전선을 구축했다. 그때 짙은 안개가 사방에서 일어나 밤의 어두움이 점점 심해졌다. 고요한 천지에서 한층 더 참담하고 처량했다. 나폴레옹이 이때 기발한 계책 하나를 냈다. 기병 50명을 뽑아 명령했다.

"너희는 저 커다란 늪을 가로질러 가서 적의 후방 진지에 잠복했다가 대포 신호에 따라 일제히 습격하라."

이 계책은 앞뒤로 적의 대군을 공격하려는 것이었다. 저 큰 늪은 앞서 두 차례나 나폴레옹의 생명을 위태롭게 한 늪이었다. 따라서 기병을 이곳으로 보내는 것은 실로 위험했다. 사람과 말이 함께 진흙에 빠질 수밖에 없었기 때문이다. 그렇지 않게 되면 하늘이 준 행운이었다. 이러한 어려움이 있는데도 불구하고 그들은 오히려 사랑하는 장군에 선발되어 이 큰 임무를 맡은 것에 크게 기뻐했다. 힘차게 일어나 출발할 때 총사령관의 명령에 따라 각각 한 개의 나팔을 휴대했다. 아! 5,000에 불과한, 초췌하고 피로한 소군으로 당당한 수만의 대군을 격파하고 진멸하고자 했다. 신묘한 계책이 아니면 성공할 수 없다는 것은 명백했다.

어떻게 할 것인지를 정한 후 나폴레옹은 전력을 다해 오스트리아 군의 전면을 돌격했다. 포성이 경천동지하며 격전을 치렀을 때 갑자기 대포 신호가 프랑스군 가운데서 울려 퍼졌다. 매복했던 그 기병들은 대포 신호에 응해 일제히 나팔을 힘껏 불며 말을 정돈하고 질풍처럼 오스트리아군의 후미를 돌격했다. 사방이 어두워 지척을 분간하지 못했기 때문에 적의 병사 수를 알 수가 없었다. 오스트리아군의 진 안에서 전군 모두가 혼란에 빠져서 서로 말했다.

"이는 프랑스의 맹장 뮈라가 기병 전체를 이끌고 우리 뒤를 습격하는 것이다. 그러면 반드시 앞에는 총사령관 나폴레옹의 정병이 침입해 공격할 것이다. 어찌 뮈라의 날쌘 기병과 결전할 수 있겠는가."

결국 대패해 대오를 잃고 도망쳐 달아났다. 프랑스군은 승리의 기세를 몰아 추격했다. 참살한 수를 헤아리지 못한 채 전투는 다음날 정오까지 계속되었다. 해가 저물 무렵 당당한 오스트리아의 제4군으로 오만무례했던 알빈치의 대군은 완전히 흩어져 달아났다. 30,000의 정병을 잃고, 칼과 총을 아무 데나 버리고, 흥건한 선혈을 길 위에 뿌리며 오스트리아 산간을 향해 도망쳐 달아났다. 그러자 나폴레옹은 추격을 멈추고 대장기를 찬 바람에 휘날리고 개선가를 울리며 위풍당당하게 베로나 본영으로 돌아왔다. 박수로 환영받으며 서쪽 북문으로 들어왔다.

무릇 이 문은 사흘 전에 총사령관의 심중이 어떤지를 헤아리지 못하고 통과한 문으로 본국을 향한 그 성문에 서게 되었다. 이때 프랑스군 병사의 심중이 과연 어떠했겠는가? 시민은 도시락과 물병을 가지고 총사령관을 환영하며 이구동성으로 승전을 경탄할 뿐이었다. 이 전투에서 나폴레옹의 절륜한 기량에 대해 부하는 물론이고 적군도 한마디의 비방 없이 모두 그 비범하고 뛰어난 지혜에 감탄할 뿐이었다.

이제 나폴레옹은 오스트리아의 제4군을 분쇄했다. 맨 처음 제1군을 격파하고 총사령관 볼리외를 본국으로 쫓아버렸다. 제2군과 제3군을 격파해 노장 뷔름저를 만토바 요새로 쫓아내 고립시켰다. 이제 제4군을 격파하고 효장 알빈치 총사령관을 오스트리아 산간으로 도망쳐 달아나게 했다. 그 네 개의 대군은 다 나폴레옹의 병사보다 2배 이상 혹은 3, 4배나 되었다. 이 오스트리아 대군을 적은 병사로 분쇄한 이 네 차례의 위대한 공훈을 8개월이 안 되는 기간에 이루었다. 우리가 말한바 하늘이 만든 전투아가 아니면 어찌 이러한 큰 공훈을 이루었겠는가. 그러나 나폴레옹은 이 승전을 본국 정부에 보고할 때 평소처럼 자기 공적에 관해서는 한마디도 쓰지 않고, 모두가 군대의 용기 덕분이었다고 썼다.

"아르콜 격전에서 군대의 공로는 실로 지금까지 한 번도 본 적이 없었던 것이었습니다. 장교는 거의 대부분 생존하지 못했습니다. 그들의 용기와 애국의 열성은 과거에도 들어본 적이 없던 것이었습니다."

이렇게 아르콜 격전의 처음과 끝을 모두 전했다. 나폴레옹의 기묘한 점은 젊은이의 몸으로 그처럼 날쌔고 용맹한 대군을 네 차례 분쇄하고도 오히려 여유만만하다는 것이었다. 이것이 원래 그가 천하를 다스릴 만한 탁월한 재능과 책략, 도량 때문임은 더 설명할 필요 없이 명백했다. 그러나 또한 그는 전군의 병사들에게 신임을 얻어 그들이 나폴레옹을 위해서는 싸움터에서 죽더라도 원망하지 않는 마음을 가지도록 했다. 세상에서 영웅호걸이라는 불리는 자를 우리가 자주 봤지만 그같이 한편으로 굳세고 흔들리지 않는 의지가 있는 것과 함께 다른 한편으로는 사람을 포용하는 온후한 성정이 있는 사람은 일찍이 들어본 적이 없다. 이제 그 한 사례를 들어보겠다. 나폴레옹이 아르콜 전투에서 군에 관한 일로 매우 바쁜 가운데 잠시 시간을 내서 한 통의 편지를 썼다. 저번에 자신을 대신해 폭탄 아래에서 죽은 용장 뮈롱의 미망인에게 줘서 동정을 표하는 동시에 위문했다. 그 편지에서 이렇게 말했다.

"귀하신 부인은 당신 편에서 보면 가장 친애하시는 부군을 잃어버렸고, 저는 존경하고 친밀한 친구 한 명과 헤어졌습니다. 그러나 우리나라에 불행은 이보다 훨씬 큽니다. 왜냐하면, 민첩한 지혜와 굳센 의지로써 국가에 유명한 자들 중 효장의 죽음이기 때문입니다. 제 힘으로 귀하고 사랑스러운 자를 위해 할 수 있는 일이 있다면 저는 바라건대 오직 귀하신 부인의 명대로 따르겠습니다. 이를 믿어주십시오."

아! 이 편지를 한 번 읽은 장교와 병사 중 누가 저 나폴레옹이 탄 말 앞에서 죽는 영광을 희망하지 않았겠는가. 이 외에도 그는 지극히 분주한 몸으로 급하게 펜을 들어 가장 사랑하는 부인 조세핀[74]에게 편지를 보냈다. 뿐만 아니라 일면식도 없는 사람에게 그 조카가

---

74) 조세핀(조셋흰/죠세쯔흰-, Joséphine de Beauharnais, 1763~1814): 나폴레옹 보나파르트의 첫 번째 아내이자, 프랑스의 황후이다. 프랑스 혁명에 따른 정치적 혼란 속에서 중요한 사회적 지위를 유지했으며, 나폴레옹과 결혼 후 황후로서 많은 영향력을 행사했다.

전사한 일을 알리는 등의 편지를 쓰는 일에도 마음을 다했다. 하지만 그 편지는 생략하겠다.

이때 오스트리아는 날쌔고 용맹한 군대로 유럽 일대에 유명했지만 그 날쌔고 용맹한 네 개의 대군이 모두 나폴레옹에게 분쇄를 당했다. 그 결과 혁혁한 무용을 가진 국가의 면목이 더럽혀지고 손상된 일이 매우 컸다. 이로 인해 나라 안이 시끄러웠고 여론이 들끓었다. 장수와 지사 등은 팔을 걷어붙이며 용감히 들고 일어났다. 불일간 제5군을 일으켜 다시금 알빈치 장군을 총사령관으로 삼아 단번에 나폴레옹과 자웅을 겨뤄 지난날의 오명을 설욕하고자 했다. 이 급보가 이탈리아에 처음 도달했을 때 이미 국내에 감돌던 귀족과 공화당의 알력이 더욱 심해져 그 기운이 고조되었다. 기회를 엿보는 데 민첩한 영국과 오스트리아의 두 정부는 이 기회를 이용해 온갖 계획을 세워 로마, 나폴리, 베네치아 등 여러 나라의 귀족정부를 선동해 나폴레옹의 뒤를 엿보며 틈이 생기기를 기다리게 했다. 이에 나폴레옹 또한 혼자 힘으로 어찌할 수 없는 형세여서 각 나라의 공화당과 결탁함으로써 자신의 안전을 도모했다.

당시 나폴레옹의 처지는 누구나 알 만 했다. 그는 고립된 군대를 만 리에 걸쳐 놓았고, 사방의 원수들 사이에서 하늘이 준 능력과 전군의 신임을 의지해 그들을 포로로 사로잡거나 놓아주었다. 이번에는 일이 진행되어 가는 형편이 급박해 잠시도 주저하거나 지체할 수 없었다. 그러나 본국 정부는 우유부단해서 국가의 백년대계를 빛나게 할 자가 한 사람도 없었다. 따라서 내외가 서로 어울려 하나 된 움직임을 결코 행할 수가 없었다. 그는 용단을 내려 이후로는 정부의 훈령을 기다리지 않고 완전히 독단적으로 행동할 것을 결심했다. 밝

은 달이 장차 빛나고자 하면 뜬구름이 그 빛을 가리듯 본국 정부에서
는 지금 나폴레옹의 명성이 혁혁해 아침 해가 동쪽 하늘에서 떠오르
는 것과 같은 형세가 있다는 것을 시기했다. 또 자기 뜻에 따라 제멋
대로 행동하는 일에 분노했다. 의견을 모아 클라크[75] 장군을 사절과
함께 나폴레옹의 본영에 파견해 오스트리아와의 교섭을 의논하게
했다. 장군이 나폴레옹 본영에 도착했는데, 대우가 매우 융성했다.
또한 나폴레옹도 진의를 오해할까 우려해 즉시 속마음을 드러내며
고했다.

"각하가 여기에 오셔서 제게 복종하고자 하면 저는 기꺼이 각하
를 대접할 것입니다. 만일 그렇지 않으면 오직 속히 돌아가는 것만이
좋을 것입니다."

클라크 장군은 즉시 나폴레옹을 희대의 영웅으로 인식했다. 뮈
롱, 란, 오주로 등처럼 그의 불가사의한 감화를 받고 이후로 둘도
없는 존경과 복종을 보였다. 이때 장군이 본국 정부에 보고했다.

"외교 사무는 총사령관에게 모두 맡기는 것이 맞습니다."

오스트리아 장군 알빈치는 이제 제5군을 편성하는 계획에 힘썼
다. 로마 교황과 낌새를 서로 나누며 안팎으로 서로 호응해 나폴레옹
을 좌절시키고자 했다. 아, 로마 교황이여! 그는 종교계의 우두머리
로서 천하 창생의 영혼을 관할한다고 하면서 그 행동과 말은 상반되
어 항상 잔인하고 경박한 데 따른 부덕을 돌아보지 않았다. 이제 속

---

75) 클라크(구라-구, Henri Jacques Guillaume Clarke, 1765~1818): 프랑스의 군
인 및 정치가로, 나폴레옹 보나파르트의 중요한 신뢰를 받는 인물이다. 나폴레옹
전쟁 동안 여러 전투에서 활약하며, 후에 프랑스의 내무 장관으로도 임명되어 정치적
역할을 했다.

세의 전란에 몸을 던져 경전을 칼과 창으로 대신하고자 했다. 인륜을 저버리고 도리를 어그러뜨리며 오만하고 무례한 저 교황을 하늘이 나폴레옹의 손을 빌려 토벌하고자 했다. 이때 나폴레옹은 교황이 알 빈치 총사령관과 서로 호응해 앞으로 자신과 맞서 싸우려는 것을 알고 즉시 대주교 마테이[76]를 보내 교황에게 전언했다.

"로마에서 전투를 원하면 제가 어찌 이를 사양하겠습니까. 그러나 제가 정의에 의거해 교황의 권위를 무너뜨리는 일은 손바닥을 뒤집는 것처럼 쉽습니다. 동시에 제 본국 정부는 제게 허락하길 '평화의 말을 듣고자 한다'라고 했습니다. 여러 번 생각하십시오. 전쟁은 잔인함과 혹독함이 지극합니다. 특히 패자의 어리석은 결과는 몹시 두려운 일로 이어진다는 것이 애석합니다. 저는 이를 피하고 평화로 이 끝맺기를 바랍니다. 전쟁은 제게 어떠한 위험이나 명예도 주지 못합니다."

교황은 고집 세고 아둔해 추세의 변화를 읽지 못했다. 오스트리아가 반드시 나폴레옹을 충분히 격파할 수 있다고 착각해 사절의 충고를 듣고도 고치지 않고 오히려 더 밀고 나아가 처음 뜻한 것을 이루고자 했다. 이때 나폴레옹도 언젠가 결국은 교황과 대항하게 될 것을 알았다. 하지만 지금 형세로는 즉시 로마를 정복해 교황의 미몽을 깨뜨려 부술 수 없다고 생각했다. 전력을 모아 오스트리아군이 공격해 오는 것을 대비하며 항상 남부 여러 나라의 동정을 살펴서 이를 복종케 하거나 저와 결탁함으로써 시기가 찾아오기를 기다렸다.

세월은 무정히도 빨리 흘러 벌써 4주일이 지나갔다. 만토바 요새

---

76) 마테이(아쓰데이, Alessandro Mattei, 1744~1820)

안의 병사는 배고픔과 목마름이 날로 심했다. 지금 그 형세는 며칠도 버틸 수 없는 것이었기 때문에 어쩔 수 없이 위험을 무릅쓰고 사람을 알빈치 장군의 본영에 보냈다. 속히 지원군을 보내 프랑스군의 포위를 풀지 않으면 천혜의 요새인 만토바도 프랑스군에게 점령될 수밖에 없는 정황을 호소했다.

17. 오스트리아가 제5군을 일으켜 3일 야전

때는 1797년 1월 초였다. 알빈치 장군은 다시 조수와 같은 기세로 대군을 인솔하고 오스트리아의 산간으로 말을 몰아 고립된 요새인 만토바를 향해 나아갔다. 프랑스 공화국의 군대를 분쇄하고 전날의 수치를 설욕하고자 했다. 군대가 중간쯤 갔을 때 뷔름저 장군이 급히 보낸 사절을 접견하고 먼저 고립된 요새 만토바를 구하고자 급속히 행진했다. 당시에 저 티롤 산지는 이미 프랑스군이 점령했지만 원주민이 완고해 그 뜻을 하나로 만들지는 못했다. 그래서 걸핏하면 틈을 타고 봉기하고자 하는 우려가 있었다. 이때 나폴레옹이 엄히 명령했다.

"티롤 주민 중 칼과 총을 들고 일어나는 자가 있으면 마땅히 도적의 죄로 엄벌할 것이다."

알빈치 장군 또한 이에 응하여 명했다.

"프랑스군이 만일 원주민을 대포로 죽이는 일이 생기면 나는 곧 프랑스군의 포로를 반드시 교수형에 처하겠다."

이를 듣고 크게 분노하여 말했다.

"오스트리아군이 만일 포로로 잡힌 우리 병사를 죽이면 나 또한 포로 중 알빈치의 조카를 시작으로 오스트리아의 장교를 모두 교수대 위에 둘 것이다."

그러나 그 후 양쪽 군대의 대장은 이런 무익한 살상을 저질러 전쟁의 해독을 더욱 심하게 하는 일이 잔인한 짓임을 깨닫고 마침내 실행하지 않았다. 이 역시 문명사회에 가까운 일이었다. 그때 나폴레옹은 만토바 부근으로 부하를 집결시켜 이리저리 오스트리아군의 동정을 자세히 살폈다.

눈비가 매서운 바람결에 어지럽게 휘날리고 계곡물은 범람해 빙판 위로 흘렀다. 그 소리가 종소리처럼 울려서 바위를 쪼개고 언덕을 부수는 것과 같았다. 때는 1797년 1월 13일이었다. 태양이 서쪽 산에 걸렸을 때 구름이 흩어진 맑은 하늘에 별빛이 빛나던 중 다만 보이는 것은 눈부시게 빛나는 여러 개의 비단 깃발 가운데 위엄찬 모습으로 의젓하게 앉아서 칼에 베인 상처로 얼룩지고 수많은 공로를 세운 나이 많은 장교와 마주 보고 무언가를 의논하던 한 명의 젊은 무사였다. 그 사람은 누구인가? 바로 프랑스군 총사령관 나폴레옹이었다. 그때 한 척후병이 와서 보고했다.

"지금 오스트리아의 대군이 구름안개처럼 리볼리[77] 평원 앞으로 나와서 바로 그곳에 진을 친 우리의 전방 부대를 습격하고자 합니다."

그때 또 한 명의 척후병이 와서 보고했다.

"오스트리아의 대규모 부대 하나가 행로를 바꿔 만토바를 구원하러 달려가고 있습니다."

척후병의 보고대로 현재 오스트리아군은 리볼리 평원 입구로 나왔다. 하나는 프랑스군 전방 부대로 돌격하고자 했고, 다른 하나는 고립된 요새 만토바를 구원하고자 움직였다. 이들 두 부대가 서로

77) 리볼리(리뷔오리, Rivoli)

합쳐 한 부대를 이루어 나폴레옹의 앞을 치고, 동시에 만토바 요새의 병사가 나폴레옹의 뒤를 습격하면, 이는 실로 큰일이 일어날 형세였다. 용단을 내려 전력을 다해 리볼리 평원의 적을 맞이하게 되면, 어쩔 수 없는 형세로 다른 길을 터서 오스트리아군이 만토바로 움직이는 것을 방관해야 했다. 천연적으로 험한 만토바는 이탈리아 최대의 요충지로서 오스트리아에는 목구멍처럼 중요한 길목이었다. 한 번 이곳을 뺏으면 이탈리아 전국을 소탕하는 것이었고, 또 오스트리아도 앞뒤로 충분히 압박할 수 있었다. 이 때문에 오스트리아는 사력을 다해 지키려 했고, 나폴레옹은 참담한 운영이 되더라도 그곳을 포위했다. 지금 고립된 요새의 황혼 같은 형세가 이윽고 닥쳐오게 되었다. 아무 일도 하지 못한 채 오스트리아군의 구원을 방관할 수밖에 없었다. 만토바의 형세가 회복되면, 오늘 고립된 보루가 내일 견고한 요새로 바뀔 터였다. 나폴레옹에게는 귀신같은 수완이 필요한 때였지만, 신묘한 계략은 이미 그의 가슴속에서 완성되었다. 즉시 행진 명령을 내렸다. 전군은 사람들이 상상할 수 없는 속력으로 한밤중인 2시 무렵에 하얗게 빛나는 어느 산 정상에 도착했다. 이 산 아래는 실로 오스트리아 병사가 막사 안에서 고향을 꿈꾸는 중이었다. 후일에 오스트리아 병사는 당시 프랑스군의 움직임을 평하며 말했다.

"그들은 행진한 것이 아니라 날아왔다."

이런 평가를 받은 일은 실로 신기하다고 할 것이다. 산 아래의 오스트리아군을 내려다보았는데, 그 형세가 바람에 따라 흐르는 조수와 같았다. 불빛은 수십 리에 걸쳐 빛났고, 질서정연했다. 실로 대적할 수가 없었다. 그날 밤하늘에는 조각구름이 없었고, 달빛은 대낮처럼 빛났다. 나폴레옹은 불타는 눈빛으로 적의 진영을 정찰했다. 병사 수가 무려 50,000이었다. 다섯 부대로 나누어 각각 10,000명으로 조직되었다. 이것이 힘차게 일어난 오스트리아의 제5군으로 편성된 정예 50,000의 대군이었다. 아울러 만토바 요새의 병사는 그 뒤에서 몰래 엿보는 중이었다. 저 나폴레옹은 겨우 30,000 미만의 휘하 병력으로 대항할 수밖에 없었다. 나폴레옹의 사정을 충분히 헤아릴 수 있을 것이다. 저 나폴레옹은 적군이 배치된 것을 관찰하며 추정했다. 포병 부대가 아직 도착하지 않았으므로 이 기회를 틈타 즉시 적군을 돌격하고자 결심했다. 나폴레옹의 신묘한 계략과 빛나는 통찰이 어떻게 여기까지 이르렀는지!

때는 4시 무렵이었다. 오스트리아군은 크게 울리는 포성으로 인해 잠에서 깨어났다. 세계에서 유명한 리볼리 혈전이 시작되었다. 유혈은 낭자하여 시내를 이루었고, 시체는 첩첩이 쌓여 언덕을 이루었다. 승패는 밀물과 썰물처럼 일진일퇴를 보였다. 종일토록 혈전고투를 벌였다. 그 사이에 나폴레옹의 소군은 거꾸로 소용돌이치는 물처럼 밀려드는 오스트리아의 대군에게 산산조각으로 분쇄당한 일이 한 번에 그치지 않았다. 이제 오스트리아군에게 완전히 포위되어 사방으로 적을 맞이하게 돼 자칫하면 전멸하게 되었다. 프랑스군의 위급함은 바람 앞의 등불과 같았다. 침착하고 굳센 호기로 유명한 저 젊은 총사령관의 마음이 어떠했겠는가. 상대방과 용감히 싸우며 적이 분쇄해 오는 것을 막다가 맥없이 전멸하든지, 오스트리아군의 군영 앞에서 항복을 구걸하든지, 당시에 프랑스군이 선택할 방법은 이 두 가지밖에 없었다. 그러나 총사령관은 원래 신비로운 변화가 불가사의한 사람이었다. 그 계책은 평범한 사람으로서는 짐작조차 할 수 없는 것이었다. 그는 찰나도 지체하지 않고 기수에게 명령해 휴전의 깃발을 세우게 했다. 동시에 사람을 알빈치 장군 진영에 보내어 말했다.

"편지가 지금 본국에서 도달했다. 이에 잠시 상의할 것이 있으므로 반 시간의 휴전을 요청한다."

아! 뜻밖에도 이번 휴전 요청은 오스트리아 장군의 입에서 나오지 않고 오히려 불굴의 기상으로 전진만 알 뿐 후퇴를 모르는 저 나폴레옹의 입에서 나왔다. 그 입에서 나온 말이 진짜인지, 거짓인지는 나도 독자와 함께 연기와 안개 속에서 방황하고 있어서 알 수가 없다. 알빈치는 즉시 휴전 요청을 기꺼이 받아들였다. 이렇게 포성은 잠시 조용해졌고, 양쪽 군대는 각자의 진지로 물러나 총칼을 의지한 채 잠시 휴식했다. 프랑스 장군 쥐노는 명을 받들고 오스트리아군 본진에 직접 가서 양쪽 군대 사이에 체결하고자 하는 조약에 대해 상의했다. 특히 변론하고 토론함으로써 시간을 벌며 알빈치 장군이 자리를 떠나지 않게 했다. 반 시간쯤이 흘렀다. 이 사이 나폴레옹은 섬광 같은 속도로 이미 흐트러진 대오를 정돈하고 오스트리아군을 다시 돌격할 것을 준비했다. 이때 일의 진상이 탄로 났다. 그는 애초부터 오스트리아군과 조약을 체결할 의사가 없었다. 다시 대오를 정돈함으로써 국면을 바꾸고자 했다. 이 시간은 실로 프랑스군의 존폐 흥망과 관계있었기 때문에 프랑스군이 요구하는 것은 매우 많았다. 오스트리아의 장군이 도저히 용납할 수 없다는 것은 원래 예상한 바였다. 마침내 상의가 틀어져 맹렬한 전투가 다시 시작되었다. 혈전 고투를 치른 지 몇 시간 후 적군이 버티지 못하고 대오가 흐트러지며 이곳저곳으로 도망쳤다. 프랑스의 기병이 이를 추격하는 게 아주 맹렬했다. 종횡무진하자 패잔군의 살상은 헤아릴 수 없었다. 또한 높은 언덕에서는 대포를 계속 쏴서 패배한 적의 후방 부대를 쓰러뜨렸다. 시체는 첩첩이 쌓여 몇 리에 걸친 들판을 덮었다. 이날 나폴레옹이 탄 말 중 적의 탄환 속에서 죽은 것이 3마리에 달했다. 당시에 전투가 얼마나 치열했는지를 알 수 있을 것이다. 당일 나폴레옹이 오스트리아군과 싸운 것을 평하며 말했다.

"전술에 능통하여 싸우는 일은 기묘하다. 하지만 오직 패배를 결정하는 것은 찰나의 가치를 계산할 수 없다는 데에 있을 뿐이다."

오스트리아군은 이번에 완전히 패멸했다. 기병, 보병, 포병, 보급차 등이 대오가 흩어진 채 좁은 길로 달아나던 때를 놓치지 않고 대포를 연발해 적의 본대를 분쇄했다. 또 큰 탄환이 적의 보급차를 분쇄한 장쾌한 모습은 글로 다 쓰기가 어려울 정도였다. 수 톤의 화약이 요란스럽게 폭발했는데, 그 소리는 수많은 분화구가 일시에 터지는 것과 비슷했다. 동시에 머리가 날아가고 손발이 절단돼 죽은 자가 있었다. 그 처참한 광경은 차마 기록할 수가 없었다. 나중에 나폴레옹이 그때를 회상하며 말했다.

"리볼리 전투는 내가 연파한 이래 가장 큰 격전이었고, 또한 가장 큰 승리였다."

이때 나폴레옹은 얼마 안 되는 병사를 보내 남은 패잔병을 추격하게 한 후 친히 전군을 이끌고 길을 돌려 저 만토바 요새를 구원하려는 오스트리아의 장군 프로베라[78]의 휘하 20,000으로 편성한 부대를 막아서 공격하고자 했다. 프랑스군은 전날 밤에 잠시도 쉬지 않고

---

78) 프로베라(부로와-라, Giovanni Marchese di Provera, 1736~1804): 오스트리아군의 장군으로 활약했다. 마렝고 전투에서 오스트리아군을 지휘했으나, 전투에서 패배한 후 전쟁에서 물러났다.

계속 전진했다. 다음날에도 중단없이 격전에 종사했다. 그렇기 때문에 지금 완전히 기진맥진했다. 그러나 나폴레옹은 겨우 2, 3시간의 수면을 병사에게 허락한 데 불과했고, 자기는 한숨도 자지 않고 홀로 말을 몰며 각 진영을 순찰해서 만일의 사태를 경계했다. 한밤중이 되자 전군이 다시 행진을 시작했다. 서둘러 질주하여 오스트리아군이 만토바 요새로 들어가기 이전에 막아서 공격하고자 결심했다. 벼락처럼 급속히 진군했고, 휴식은 전혀 없었다. 다음날 해 질 무렵 만토바에 점차 가까워졌을 때 요새 주변에서 요란한 포성이 멀리서 들렸다. 이는 분명히 오스트리아 장군 프로베라의 군대가 요새의 군대와 서로 어울려 그 근처 프랑스군의 분대를 공격한 것이었다. 한편으로는 새로운 대군이 바람처럼 맹렬한 기세로 다시 돌아왔고, 다른 한편으로는 노장 뷔름저가 요새 문을 열고 굶주린 호랑이처럼 죽기를 각오하고 달려 나온 것이었다. 이는 분명 위태로운 형세와 다름없었다. 나폴레옹 분대의 생명은 한 시간도 버틸 수가 없었다. 이 당시 나폴레옹은 전군을 맹렬히 이끌고 여울이 세차게 흘러내려 가는 기세로 불시에 적의 중심을 공격했다. 프로베라의 부대는 그 기세에 눌려 뒷걸음질 치며 추풍낙엽처럼 사방으로 달아났다. 또 뷔름저 장군도 혼자 힘으로 버틸 수 없어서 병사를 데리고 다시 만토바로 도망쳐 달아났다. 세계에 유명한 '3일 야전'이라 부르는 격전은 이렇게 끝났다. 이 3일간 오스트리아군이 잃은 포로는 25,000이었고, 군기가 25개, 대포가 60문, 사상자는 6,000에 달했다. 이처럼 나폴레옹은 구름안개처럼 오스트리아의 제5군을 분쇄했다. 이를 듣고 천하의 사람들은 나폴레옹을 알든지 모르든지 간에 이구동성으로 그의 뛰어난 재능과 지략을 칭찬했다.

18. 천혜의 요새 만토바의 함락

아! 노장 뷔름저는 제3군의 총사령관으로 출전한 명장이었다. 제3군이 분쇄·파멸됨으로써 도망쳐 천혜의 요새 만토바에 갇힌 이래 고립된 요새에서 간신히 버티며 제5군의 발흥을 학수고대할 뿐이었다. 다행히 한 차례 구원을 얻었지만, 이 군대 또한 나폴레옹에게 분쇄를 당해 그 흔적도 없어졌다. 그러므로 어쩔 수 없이 혼자 힘으로 그 진퇴를 결정하게 되었다. 대체로 요새 안의 병사 대부분은 병실에 누워서 신음 소리로 세월을 허비하는 중이었다. 동시에 말의 사료도 바닥나 위급함이 하루아침에 이르렀다. 며칠이 못 되어 요새 전체에 배고픔으로 말라 죽은 뼈를 매장한 분묘만 가득할 뿐이었다. 노장군의 용감함으로도 속수무책이었다. 오직 시행할 계책은 일찍 항복해 무고한 병사의 생명을 구원하는 것만 남았다고 결심, 사절을 프랑스 장군 세뤼리에의 진영에 보내서 항복의 조건을 교섭하게 했다. 이때 나폴레옹은 외투를 입고 그 장식을 바꾸어 막사 안 한쪽 구석에 앉아서 사절의 말을 들었다. 사절은 나폴레옹이 좌석에 앉아 있는 것을 알지 못했기 때문에 자세가 오만했다. 뷔름저 장군의 전투력은 지금도 강대하며 군량 보급도 부족함이 없다고 보고함으로써 프랑스 장군을 기만하며 가장 좋은 조건의 조약을 얻고자 했다. 이때 나폴레옹은 막사 한구석에 있으며 사절의 요청과 행동을 살피다가 갑자기 일어나 중앙에 마련된 탁자 근처로 와서 뷔름저 장군이 제출한 청구서를 가져가 그 끝에 글을 적었다. 이는 곧 적장이 청구한 조약에 대한 나폴레옹의 회답이었다. 그 후 사절에게 말했다.

"내가 너의 장군에게 허가하는 조건을 가지고 온 문서 여백에 썼다. 너의 장군이 2주일의 식량이 있고, 항복을 교섭하면 명예로운 조건을 얻을 것이다. 그러나 너의 장군이 지금 너를 파견한 실정을 살펴건대 그 처지가 위태로울 것이다. 나는 장군의 무용을 존중하며 불행한 운수를 비통히 여긴다. 그가 내가 허가한 조건을 따르게 하라. 그가 지금 이 조건을 허가하지 않으면 1개월 후나 반년 후라도 결코 이 조건에 비해 우열한 조건을 하나도 얻을 수 없을 것이다. 농성의 시일은 그가 하는 바에 따라 결정될 것이다."

사절이 이 말을 들은 후 비로소 나폴레옹이 눈앞에 있다는 것을 알고 경악했다. 나폴레옹이 허가한 조건을 봤는데, 그 너그러움이 실로 예상외였기 때문에 다시 한 번 몹시 놀랐다. 비로소 크게 깨달아 사실을 속이는 일이 무익함을 알고 곧 요새 안의 궁핍한 상태를 보고했다.

"식량은 앞으로 3일을 버틸 수 없습니다."

매우 조심스럽게 나폴레옹의 후의에 감사하고 급히 돌아가서 뷔름저 장군에게 명령에 따른 일을 자세히 보고했다. 뷔름저도 의외의 후한 관대함에 깊이 감동했고, 젊은 장군의 덕성과 신의를 칭찬할 수밖에 없었다. 이 또한 사유가 있었다. 저 뷔름저의 처지는 지극히 위태로웠고, 식량도 3일을 버틸 수 없는 지경에 이른 탓에 젊은 총사령관의 손안에서 벗어나기가 매우 어려웠다. 이 때문에 무조건 항복을 명해도 결코 항거할 여력이 없었다. 그러나 나폴레옹의 큰 도량은 능히 적장의 심정을 살펴 그 체면을 살리고 명예를 훼손하지 않는 조건을 허가했다. 뷔름저 장군이 어찌 나폴레옹의 후덕함에 감사하지 않았겠는가. 이제 그 허가한 조건을 간추려 말하면, 뷔름저 장군은 그 휘하 병사 500을 뽑아 200필의 말과 6문의 대포를 이끌고 군기를 세운 채 다소 위엄 있게 본국 오스트리아로 물러나게 하고, 그

나머지 병사 20,000은 포로로, 16개의 군기와 대략 500문의 대포는 프랑스군이 점령하는 것으로 하는 규정이었다.

다음날 아침 오스트리아 요새의 병사는 기운 없이 만토바 요새 문을 나와서 공훈이 혁혁한 프랑스군 앞에서 무기를 내려놓고자 했다. 오스트리아 병사의 속마음은 실로 애처로웠다. 아! 이전에 위풍당당하게 오스트리아의 대군을 통솔하던 용감한 장군들도 이제 소수의 패잔병을 이끌고 장차 조용히 본국으로 돌아가고자 했다. 질문해 보자. 초연이 자욱하고 탄환이 빗발치던 가운데 구사일생으로 곳곳에서 대승을 널리 얻은, 젊고 혈기 왕성한 장군이 지금 수척한 몸만 살아남은 적군이 낙담하고 움츠러들어 자기 진영 앞을 통과하는 것을 볼 때 누가 우쭐거리며 그 공명을 자랑하지 않겠는가. 그러나 나폴레옹은 원래 절세의 위인이었다. 그 행하는 바를 평범한 사람이 쉽게 헤아릴 수 없었다. 천성적인 용감함과 공훈의 절륜함이 비할 데 없는 큰 도량으로써 지금 그들 패잔병을 대우했다. 이날 이른 아침에 나폴레옹은 자기 휘하의 병사를 이끌고 교황이 다스리는 나라로 행진했다. 부하 장군 세뤼리에를 진영에 남겨둬 뷔름저 장군의 검을 받게 함으로써 패장의 가슴속 번민을 얼마간 누그러지게 하기로 계획했다. 그 유쾌한 행위는 실로 전 유럽의 주의를 끌었다. 나폴레옹의 원수도 이를 칭찬할 수밖에 없었다. 그러나 본국 정부의 얕은 견문과 좁은 지식은 그 행한 바를 칭찬하지 않고 오히려 나폴레옹이 적장에게 허가한 조건이 너무 관대하다는 불만의 뜻을 나타냈다. 나폴레옹은 정부의 이의 제기가 무리한 것을 비웃으며 간단히 답했다.

"내가 오스트리아 장군에게 허가한 조건은 하나는 존경하는 강적을 대우하기 위함이요, 또 하나는 프랑스 공화정부의 위엄을 선양하기 위함이다. 나 스스로 판단하여 가장 적당하다고 생각하는 바였다."

아! 이번에 이탈리아 천혜의 험지와 오스트리아에 대해서는 목구멍과 같은 곳도 모두 나폴레옹이 점령한 바가 되었다. 동시에 이탈리아 전 지역의 대권(大權)은 모두 나폴레옹에게 돌아갔고, 단숨에 오스트리아의 수도 빈을 압박해서 성하지맹[79]을 체결하는 일 또한 멀지 않았다. 그러나 이탈리아 국내 사정의 우려를 끊어내는 일이 필요했다. 무엇인가? 완고하여 사리에 어두운 저 교황을 징계함으로써 오스트리아와 호응한 그의 미몽을 깨뜨리는 일이 그것이었다.

19. 총사령관이 군대를 이끌고 로마 교황을 굴복시킴

당시에 완고하고 무지한 로마 교황은 오히려 오스트리아군이 강대해서 필연적으로 나폴레옹을 굴복하게 될 것이라고 망상했다. 그래서 격문을 사방에 보내 40,000 대군을 모집해 나폴레옹의 뒤를 치고자 했다. 나폴레옹이 비록 담대하고 민첩하다 하지만 이렇게 대군이 뒤에 있으면 어찌 진군해서 오스트리아의 수도를 침략할 수 있겠는가. 이때 나폴레옹은 먼저 교황의 대군을 단숨에 분쇄하여 후환을 끊어낸 후 오스트리아로 행진하기로 결심했다. 행진할 무렵에 사람들에게 경계하여 타이르는 그 글에서 말했다.

[79] 성하지맹(城下之盟): 성 밑까지 쳐들어온 적군과 맺는 맹약이라는 뜻으로, 항복한 나라가 적국과 맺는 굴욕적인 맹약을 이른다. 『춘추좌씨전』(春秋左氏傳)에 나오는 말이다.

"프랑스군은 지금 교황령으로 행진하고자 한다. 이는 원래 종교를 보호하고, 사람들을 위하는 것이다. 기억하라. 프랑스 병사는 한 손에 승리의 보호로 총과 창을 들고, 다른 한 손에는 평화를 상징하는 올리브 관을 들어 올렸다. 이 군대에 원한을 사는 사람에게는 큰 환난이 찾아올 것이다. 그러므로 도시와 마을마다 사람들은 평화와 보호를 담보할 수 없을 것이다."

교황의 교회는 나폴레옹을 매우 심하게 헐뜯고 미욱하고 무지한 어리석은 백성을 선동했다. 각처의 교회는 일시에 경종을 어지럽게 울려 어리석은 백성을 소집해 40시간의 기도를 행하고, 극락왕생을 윤허하며 종군을 권했다. 더구나 각종의 불가사의한 부적을 사용해 만민을 현혹하는 등 거짓과 속임수로 그들을 복종시켰다. 당시에 나폴레옹이 거느린 군대는 4,500의 프랑스군과 새로 모집한 4,000의 이탈리아인 병사로 편성돼 총수가 8,500이었다. 이제 가장 먼저 주교 부스카[80]의 수하 7,000명을 세니오강[81] 부근에서 격파하고자 했다. 늠름한 위세로 행진해 세니오 강가에 도달했을 때 봄날의 해가 바야흐로 서쪽 산에 지려고 했다. 주교 부스카는 강가에서 프랑스군이 근처에 도착한 것을 보고 휴전 깃발을 세우고 즉시 사절을 프랑스군에 보냈다. 대주교의 이름으로 가장 강경한 말을 전하며 말했다.
"프랑스군의 행진이 여기서 멈추지 않으면 결단코 화포로써 프랑스군과 만나겠다."

80) 부스카(푸스가, Ignazio Busca, 1731~1803)
81) 세니오강(쎄니오河, Senio River)

아, 협박이여! 그는 검과 창을 연습하지 않은 주교로 벌떼나 개미 떼처럼 모여든 제정신이 아닌 병사를 이끌고 이같이 오만하고 무례한 말을 늘어놓았다. 이를 들은 프랑스의 효장들과 사나운 병사들은 크게 웃었고, 일시에 전군이 소란스러워졌다. 나폴레옹은 천천히 사절에게 답하여 말했다.

"내가 지금 주교의 화포를 어쩔 수 없이 마주할 수밖에 없는 것은 마음속으로 크게 슬퍼하는 일이다. 내 군대는 먼 길을 행진한 것으로 인해 피로가 매우 심하다. 그러므로 주교의 허가를 얻어 지금 이곳에서 야영할 수 있으면 실로 뜻밖의 행운이 클 것이다."

나폴레옹은 부대를 보내 어두운 밤에 얕은 여울을 따라 강을 건너서 교황군의 퇴로를 끊었다. 다음날 새벽 전군이 정면으로 돌격했다. 이른바 오합지졸의 교황군이 어찌 프랑스군의 정예를 대적하겠는가. 교전한 지 1시간도 지나지 않아 거미 새끼들이 흩어지듯 좌우로 어지럽게 흩어졌다. 죽거나 사로잡혀서 도망친 자가 한 사람도 없었다. 프랑스군은 이 기세를 타고 빠르게 달려서 그 밤에 파엔차[82]에 당도했다. 시의 성문은 단단히 잠겼고, 요새 위에는 대포를 무수히 늘어놓았으며, 열광한 시민들은 요새 벽에 서서 욕하고 헐뜯는 말로 프랑스군을 꾸짖었다. 프랑스군이 어찌 이 치욕을 가만히 듣고 있었겠는가. 갑자기 땅을 울리는 함성과 번개도 미치지 못할 맹렬한 기세로 요새의 문을 빠르게 공격했고, 썩은 나무를 쌓아 놓은 것과 다름없는 요새 문을 부수고 시내에 난입했다. 당시에 노기가 마음속에 가득 찬 프랑스 군사들은 총사령관에게 노략질하며 마구 죽일 수

---

82) 파엔차(화엔사, Faenza)

있도록 허락해 달라고 시끄럽게 간청하며 큰 소리로 말했다.

"이 전투는 파비아 전투와 똑같습니다."

나폴레옹은 엄히 통제하며 말했다.

"아니다. 파비아의 시민은 처음에 복종을 맹세했다가 그다음에 우리에게 반역을 꾀했고, 빈객 되는 우리 병사를 죽이고자 계획했다. 하지만 이번에는 그렇지 않다. 이들 시민은 저 주교들에게 기만을 당한 것이다. 그러므로 결단코 친절하게 복종시키는 것이 옳다."

결국 잔학한 일을 허락하지 않았다.

나폴레옹은 곧장 파엔차시에서 폭동을 일으킨 사람들을 단번에 진압하고 사로잡은 무수한 시민을 세니오강 전투의 포로와 함께 널따란 시민광장에 모집해 직접 그들을 타일러야 한다고 했다. 하지만 어리석은 백성들은 이미 주교에게 속아서 나폴레옹을 그저 잔학무도한 악마로 믿었다. 그러므로 악마가 소집한다는 말을 듣고 오싹거렸다. 솥 안에 있는 물고기처럼 죽음이 눈앞에 닥쳐온 것으로 생각했다. 이 때문에 나폴레옹이 그들 무리 앞에 서자 어리석은 백성들이 앞다투어 땅에 엎드려 모두 이구동성으로 애걸했다. 나폴레옹이 이를 보며 불쌍히 여기는 마음을 견디지 못했다. 이탈리아어로 천천히 그들에게 타일러 말했다.

"나는 이탈리아인의 친구다. 이곳에 온 것은 오로지 너희만을 생각해서다. 너희의 몸은 오직 자유롭다. 우선 귀가하여 프랑스인은 종교와 평안의 친구일 뿐만 아니라 가난하고 천한 자의 벗임을 너희 가족에게 자세히 알려라."

이렇게 실상은 어리석은 백성들이 예상한 것과 정반대였다. 따뜻하고 아름다운 말로 가슴속에 가득 찬 애정을 드러내자 그들의 감상이 과연 어떠했겠는가. 마음속의 미몽을 깨닫지 못한들 어떻게 가만히 있었겠는가. 그들이 손을 모아 나폴레옹에게 절했고, 눈물을 흘리며 사죄했다. 나폴레옹은 즉시 그곳에서 물러나 포로로 잡은 장교를 모아놓은 곳으로 갔다. 친숙하고 오래된 친구를 대하는 것과 비슷하게 흉금을 터놓고 유쾌한 이야기를 몇 시간 동안 했다. 이탈리아의 자유를 설명하거나 교황 정치의 부패를 한탄하며 복음이 본의에서 매우 심하게 어그러진 것을 깨닫게 했다. 또한 그들이 따져보지 않고 단련된 정예군에 항거하고자 하는 일이 실로 망령된 짓임을 타이르며 깊이 깨닫고 마음을 돌릴 것을 권했다. 모두 귀가하게 해 그들에게 이 사면의 대가로 프랑스군의 진의를 세상 사람들에게 소개하고 전파하라고 요구했다. 아! 정성스러운 마음이 극에 달했는데, 누가 감복하지 않았겠는가. 나폴레옹을 증오하는 것이 뱀과 전갈보다도 심해 그 고기를 씹어도 오히려 싫어하지 않았던 그들도 이제 완전히 상반되어 똑같은 정도로 똑같은 사람을 흠모하고 감복하게 되었다. 또한 나폴레옹의 요구에 응해 각기 처소를 정하고 도시와 마을마다 돌아다니며 나폴레옹의 은덕을 칭송했다.

나폴레옹은 점점 진군해 안코나[83]에 다다랐다. 그곳에 모여 주둔한 교황군의 부대 하나를 탐지하고 즉시 수하 병사를 나누어 기발한 계책으로 그들을 포위했다. 한 사람도 부상당하지 않고 전군을 사로잡아 쾌활한 몇 마디 말로 그들을 감화시켰고, 각각 놓아 보내 프랑스군 총사령관의 인덕을 설명하게 했다.

예전에 프랑스 사제로 이단 혐의를 받고 본국에서 쫓겨나 교황령

83) 안코나(안고나, Ancona)

으로 달아나 교황에게 보호를 바란 자가 꽤 많았다. 이제 본국 정부에서 다시 나폴레옹에게 명해 이들 사제를 다시 로마 부근의 땅에서 쫓아내라고 했다. 아! 불쌍하게도 그들 사제는 지금 두려워 몸 둘바를 모른 채 6척의 체구를 둘 곳이 없게 되었다. 절망과 낙담은 실로 말할 수 없었고, 오직 죽음을 주야로 기다릴 뿐이었다. 그중 한 사제가 마음이 상하고 넋을 잃은 채 수년간 고생을 겪으며 지금까지이르렀는데, 갑자기 이러한 소식을 접하고 단연코 처신할 시기라 하며 나폴레옹과 면회했다. 자신의 경력과 불운을 늘어놓으며 곧 죽음에 처하게 해달라고 청구했다. 나폴레옹이 온화한 얼굴로 가슴 속에가득 찬 애정을 드러내며 그를 위로하며 말했다.

"본국 정부의 명령과 상관없이 맹세컨대 그와 그 친구들을 보호하고 구제하겠다."

그 사제는 이 말을 듣고 눈물을 흘리며 감격했고, 그 은덕을 찬양했다. 나폴레옹이 그날 훈령을 내려 병사를 경계시켰는데, 그 불행한 사람들을 보면 형제처럼 후히 대접하라고 엄명했다. 항상 아버지와 스승으로 경애하는 총사령관의 말과 행동은 곧 병사의 귀감이었다. 병사들은 이 훈령을 듣고 그 뜻을 받들어 사제를 극히 우대했다. 병사들 중에는 본국에 있을 때 가르침을 받고 교리를 듣던 사제를해후한 자도 있었다. 이들 병사의 정성은 특별했고, 사제들은 모두그 우대를 기뻐했다. 프랑스군 전체의 두터운 인정에 눈물을 머금고감사하게 되었다. 그러나 본국 정부는 나폴레옹의 이러한 관대한 조치가 너무 심하다고 하며 나폴레옹을 헐뜯고 꾸짖는 일이 아주 심했다. 이에 그 그릇됨을 본국 정부에 보고하며 말했다.

"인생 중 누가 이 불행에 처한 사람들을 불쌍히 여기지 않겠는가.

그들이 우리를 보고 울며 애걸하는데 어떻게 할 것인가."

이 외에도 본국을 떠나 이탈리아 곳곳에 흩어진 불행한 프랑스 사제들을 도왔다. 또한 안코나에 임시로 정착한 유대인이 곤경에 빠진 것을 보고 위로하고 도와주는 등 백방으로 은덕과 위엄을 함께 베풀었다. 오로지 분국의 국위를 선양하고, 출정군의 신묘한 목적을 천하에 널리 알리는 일에 게으르지 않았다.

이탈리아 남부의 여러 나라는 어리석고 미련해 천하의 형세가 일변한 것을 간파하지 못했다. 동시에 국정에 일정한 방침이 없이 쓸데없이 급급했고, 외교관의 강약을 억측하는 것을 일삼았다. 나아가고 물러나거나 모이고 흩어지는 일의 가벼움은 물 위의 수초와 흡사했다. 그중 나폴리 왕국[84]은 당당한 대국이었지만 우유부단한 인물이 구름처럼 모여 정부에 가득했고, 자리만 차지한 채 나라의 녹만 받아먹었다. 서로 책임을 미루는 것을 일삼아서 단칼에 잘라내는 듯한 명쾌한 계책을 아뢰는 자가 한 사람도 없었다. 이제 나폴레옹이 병사를 로마시로 나아가게 하는 것을 듣고 차단하고자 하는 자도 없었고, 정정당당히 군사력을 서로 견주고자 하는 기개 있는 자도 없었다. 쓸데없는 탁상공론으로 세월을 보내다가 마침내 사절을 프랑스 진영에 보냈다. 고육지책을 비웃으며 프랑스군을 위협하는 것이 맞다고 결의하고, 그 명을 피그나텔리[85] 친왕에게 주어 문서로 만들게 했다. 친왕은 프랑스 진영에 이르러 간절한 모습으로 꾸미고 나폴레옹에게 나폴리 왕국 여왕의 서한을 보였다. 대체로 이 서한은 여왕이 친히

---

84) 나폴리 왕국(네-풀스州/네-풀스國, Kingdom of Naples)
85) 피그나텔리(피쭈나델리, Francesco Pignatelli, 1774~1853)

전국에 조서를 내려 30,000 대군을 징집하고, 여러 친왕에게 받아서 나폴레옹을 대적하게 한 뜻을 선언한 것이었다. 슬기롭고 민첩한 영재인 나폴레옹이 어찌 이처럼 악착스럽고 보잘것없는 술수에 속았겠는가. 나폴레옹은 가만히 읽고 나서 조용히 친왕에게 말했다.

"경의 후의에 감사한다. 나도 마땅히 똑같은 사실로써 보답할 것이 있다."

작은 상자에서 한 장의 서한을 꺼내 친왕에게 보였다. 친왕이 받아서 보았다. 이것은 본국 나폴리에서 내란 계획이 무르익어 한 차례 기회를 얻으면 호령 한 번에 맞춰 25,000의 병사를 소집해 수도를 습격해서 왕족을 시칠리아섬[86] 밖으로 쫓아내고자 하는 음모를 보고해 온 서한이었다. 친왕이 이 서한을 보고 경악해 어찌할 바를 모른 채 황급히 나폴레옹에게 사례한 후 즉시 사절을 본국 정부에 급파했다. 일의 전말을 보고하여 경계를 크게 강화했다. 이후로 나폴레옹과 나폴리 사이에 각별히 기재할 교섭은 없었다.

프랑스군은 점점 진군해 로마시와 3일 정도의 거리가 떨어진 곳에 다다랐다. 이 소식이 먼저 교황에게 이르렀다. 바티칸 궁[87] 안이 혼란하고 착잡하여 실로 말로 표현하기가 어려웠다. 급히 사절을 나폴레옹의 본영에 보내 대해와 같은 큰 특전을 청구하게 했다. 교황이 친히 마차를 준비해 멀리 도망치고자 할 때 나폴레옹의 사절이 궁문에 당도했다. 나폴레옹은 전적으로 평화를 위주로 하고 전쟁에는 종사하지 않으려 했기 때문에 교황의 신상에 결코 위해를 끼칠 필요가

---

86) 시칠리아(시시리-島, Sicily Island)
87) 바티칸 궁(뷔아디간宮, Apostolic Palace/Papal Palace/Vatican Palace)

없었다. 이로써 교황은 의연히 그 위치에서 평안해졌다.

　프랑스 정부는 교황이 포학무도하여 천직에 어그러짐이 매우 크다는 것에 크게 분노했다. 그러므로 나폴레옹에게 엄명했다.

　"교황을 대하는 데 일말의 사정도 봐 주지 말고 곧바로 모든 속세의 권력을 빼앗아야 한다."

　프랑스 정부의 엄명처럼 교황에게 일대 타격을 가해 징벌할 이유가 있었으므로 속세의 권력을 빼앗는 일은 당연했다. 그러나 안타깝게도 천하에 안목을 갖춘 인물이 부족해 대개 교황이 어떤 사람인지를 알지 못하는 무지한 무리뿐이었다! 그러므로 교황의 권력은 속세와 종교 두 세계에서 은밀히 하나의 적대적인 국가를 이루었다. 이무렵에 만일 프랑스 정부의 욕망대로 급격히 혁명을 진행하면 인심이 떠나는 것을 자초해 예상하지 못한 재해가 생길 일은 이치에 당연했다. 나폴레옹의 영특한 지혜로 어찌 이를 몰랐겠는가. 이때 그는 본국 정부의 희망에도 불구하고 교황을 대할 때 속세와 종교 두 세계의 대왕에 정중한 예의를 다해 '톨렌티노 조약'[88]을 체결했다. 해당 조약이 요구하는 바는 꽤 관대했다. 매사가 교황이 예상하지 못한 대로 이루어지자 완고하고 무지한 교황도 이 무렵에는 나폴레옹의 후덕을 느끼고 그 은혜가 산과 바다 같음을 깊이 새기게 되었다.

　이제 나폴레옹은 연전연승한 형세를 타고 오만무례한 저 교황을 토벌함으로써 비할 데 없는 유쾌한 기세가 만장기염[89]을 토하듯 득

---

[88] 톨렌티노 조약(도렌디노의條約, Treaty of Tolentino): 1797년에 프랑스의 나폴레옹과 로마 교황청이 맺은 조약이다. 이 조약으로 교황청은 프랑스에 많은 배상금을 지불하고, 이탈리아 북부의 교황령을 양도했다. 또한 이때에 많은 바티칸의 예술품이 강탈되었다.

의양양한 때에 있었다. 대적을 이렇게 큰마음으로 대했는데, 그 의기의 높음이 알프스산맥도 평지처럼 보일 정도였다. 그러나 당시에 나폴레옹을 모르는 자도 상당히 많았다. 이들 원수는 빈번히 유언비어를 천하에 유포해 그를 향해 중상모략을 시도하고자 했다. 특히 가톨릭교 신자를 선동하기 위해 발행·배포한 문서에는 나폴레옹이 처음에 교황과 서로 만났을 때의 광경을 속였다. 나폴레옹이 교황의 백발을 움켜쥐고 실내를 빙빙 돌았다는 것이었다. 어느 날 나폴레옹이 이들 문서를 얻어 그것들을 읽었다. 자기를 욕하는데, 악마도 따르지 못할 괴물이라고 쓴 곳에 이르러서는 두 눈썹이 자연히 좁아지더니 순식간에 박장대소하고 다시 개의치 않았다. 곁에 있던 사람들이 보고 의아히 여기자 나폴레옹이 조용히 고백했다.

"사람으로 하여금 분노하고 번민하게 하는 것은 오로지 사실에 의한 것뿐이다. 내 성격은 제멋대로이고 무뢰한 일을 좋아하지 않을 뿐 아니라 업무가 점점 많아져 잠깐의 여유도 없다는 것은 사람들이 다 아는 바다. 그러나 광대한 세간에 이러한 헛소문을 사실로 믿는 자가 없지 않다. 비유해 말하면 만일 내가 전신에 기다란 털이 생기고 네 발로 엎드려 다닌다는 것을 의심치 않고 깊이 믿는 자가 한 사람이라도 있다면, 그는 이에 덧붙여 결국 옛적의 상제가 네부카드네자르[90]를 벌한 것처럼 나폴레옹 또한 오래지 않아 하늘이 벌하실

---

89) 만장기염(萬丈氣焰): 만 길이나 치솟는 불꽃 같다는 말로 아주 굉장한 기세를 뜻한다.
90) 네부카드네자르/느부갓네살(네푸가트네사, Nebuchadnezzar Ⅱ, BC 642(?)~ BC 562): 신바빌로니아 왕국의 왕으로, 바빌로니아 제국의 전성기를 이끈 지도자이다. 이스라엘 왕국을 정복하고, 예루살렘을 함락시켰다.

것이라고 하는 사람이 세계에 가득할 것이다. 이때 나는 어떻게 하면 좋겠는가? 이런 경우에는 이를 구원할 길이 전무할 것이다."

영웅의 큰 도량을 충분히 흠모할 수 있을 것이다.

천혜의 요새 만토바도 이미 함몰해 이탈리아 땅에는 오스트리아군이 단 한 사람도 없었다. 저 오만방자함으로 소문난 로마 교황도 이제 몸을 굽히고 머리를 수그려 나폴레옹에게 애걸하게 되었다. 이 기세의 융성함이 아침 해가 동쪽 하늘에서 떠오르는 것과 비슷했다. 오스트리아 정부는 지금까지도 강화의 뜻이 없었고, 국력을 다해 여섯 번째 대군을 일으켜 프랑스군을 대적하고자 했다. 대개 나폴레옹의 목적은 원래 평화에 있었고, 전쟁의 승리에 있지 않았다. 하지만 일의 형편이 이렇게 되어 병력이 아니고서는 평화를 유지할 길이 없었다. 나폴레옹은 전쟁하기로 한 번 결심하면 쓸데없이 팔짱만 낀 채 적의 공격을 기다리는 자가 아니었다. 그는 비록 담대함이 매우 크나 병사 수는 50,000에 불과했다. 하지만 적은 수로 오스트리아 국경에 깊이 들어가고자 결심했다. 아! 만 리나 떨어진 곳에 군대를 보낸 후로는 지원군 없이 홀로 50,000의 적은 병사만을 가지고 무려 2천만의 인구가 있고 세계 강국의 하나로 소문난 오스트리아를 분쇄하고자 했다. 이는 실로 비할 데 없이 장쾌했지만, 닥쳐올 앞날을 생각하면 극히 가엽고 딱한 일이었다고 할 것이다.

당시에 이탈리아 땅은 모두 나폴레옹과 강화했는데 유독 베네치아 공화국[91] 한 나라만 오스트리아와 호응하여 나폴레옹을 대적하고자 하는 기세가 있었다. 이때 나폴레옹이 병사를 오스트리아 국경으

---

91) 베네치아 공화국(뷔에니스州, Republic of Venice)

로 나아가게 했을 때 베네치아와 평화를 체결해 후환을 끊어내는 일이 필요해졌다. 그러므로 서한을 베네치아 정부에 보내 설득하여 말했다.

"혁명의 이념은 지금 귀국 전체에 침투했다. 내 말 한마디면 곧 귀국을 반란·폭동의 한복판에 두기에 충분한 추세가 이와 같다. 그러므로 귀국은 프랑스와 동맹하고 내정을 개혁하여 국익과 국민의 복지를 도모해야 할 것이다. 그러면 우리는 귀국을 위해 여론을 진정시키고, 귀국 정부의 권위를 옹호할 것이다."

당시에 베네치아 국내의 형세는 실로 나폴레옹의 말과 같았으므로 나폴레옹의 권고는 그 나라를 위하여 가장 친절한 것이었다. 그러나 완고하고 거만한 베네치아 귀족정부는 프랑스와 동맹하는 것을 바라지 않았다. 오히려 60,000의 대군을 징집해 기회를 엿보며 나폴레옹의 뒤를 공격하고자 했다. 그 교활한 얼굴로는 오직 대외적으로 중립임을 선언했다. 이때 나폴레옹은 다시금 서한을 베네치아 정부에 보내 경계하며 말했다.

"대외 중립은 좋은 일이다. 그러나 기억하라. 만일 하루아침에 그 중립을 파기해 내 군대를 곤란하게 하거나 내 보급로를 차단하는 등의 일이 생기면 나는 반드시 보복할 것이다. 나는 지금 병사를 빈으로 진군하게 하려고 한다. 너희의 움직임이 내가 오스트리아에 있을 때면 너그럽게 봐 줄 것이다. 하지만 만일 내가 일단 이탈리아 땅으로 나아간 후면 결코 관용함이 없을 것이다. 구체적으로 말하면 반역을 일으킬 때는 곧 베네치아 독립국이 멸망할 때로 알아야 할 것이다."

아! 여기에는 실로 사자가 맹위를 떨치며 교활한 여우의 무례함을 훈계하는 의지가 있었다.

이에 나폴레옹은 10,000명을 머무르게 해서 이탈리아 여러 나라의 중립을 감독하게 했다. 3월 초에 40,000명을 직접 이끌고 행군했다. 본영을 바사노 땅으로 옮기고자 하여 군령을 병사에게 반포해 프랑스군이 향할 곳을 알게 했다. 이는 실로 큰 종이 한 번 울리자 유럽의 여러 강국이 뒤흔들리고 전율하는 것이었다. 군령에서는 이렇게 말했다.

"병사들이여, 이미 답파한 전투는 불멸의 명예를 너희에게 주었다. 너희는 14회의 격전과 70회의 작은 전투에서 모두 승리를 얻었다. 너희는 100,000의 포로와 500문의 야포와 2,000의 총포와 4대의 수송차를 얻었다. 동시에 너희는 6백만 달러의 거액을 본국에 보냈다. 게다가 이탈리아가 예부터 3,000년간 오랜 세월을 들여 얻은 뛰어난 예술품 300점을 보내서 본국 박물관에 광채를 더했다. 너희는 유럽에서 가장 좋고, 가장 아름다운 여러 나라를 정복해 프랑스 국기가 이렇게 아드리아해[92]의 곳에서 펄럭이고, 저 알렉산더 대왕[93]의 고국 마케도니아[94]에 상대할 만한 것을 얻었다. 또 생각건대 장래에 이보다 더 큰 행운이 너희를 기다리

---

92) 아드리아해(아트리아딧구海/에트리아딧구海, Adriatic Sea)

93) 알렉산더 대왕(歷山王, Alexander the Great, BC 356~BC 323): 고대 마케도니아의 왕으로, 세계 역사상 가장 위대한 정복자 중 한 명으로 평가받는다. 그리스를 통합한 후 페르시아 제국, 이집트, 인도까지 정복하며 거대한 제국을 세웠다. 그의 정복 활동은 헬레니즘 문화의 확산을 이끌었고, 아시아와 유럽을 연결한 중요한 전환점을 만들었다.

94) 마케도니아(마세돈, Macedonia)

고 있다. 나는 너희가 이러한 행운에 맞지 않는 행위를 하지 않을 것을 안다. 지금 우리 프랑스 공화정의 발생을 박멸하고자 기도하는 원수를 모두 멸했고, 오직 오스트리아 국왕만 아직 남아 있다. 우리가 평화를 얻고자 한다면 어쩔 수 없이 그 왕국의 중심으로 돌진해야 할 것이다. 너희를 그곳에서 용감한 사람으로 볼 것이다. 너희는 힘써 너희의 종교와 관습을 존경해야 하고, 너희의 재산을 힘써 보호해 침범당하지 않게 해야 할 것이다. 너희는 자유를 가지고 헝가리안[95] 민족을 대해야 한다."

20. 오스트리아가 제6군을 일으켜 탈리아멘토강[96] 격전

이제 오스트리아에서는 제6군을 편성하는 데 급급해 왕의 동생 찰스[97] 친왕을 총사령관으로 임명했다. 아! 오스트리아의 상하층이 특히 믿던 다섯 번째 대군이 나폴레옹에게 분쇄를 당해 수습할 수 없게 되었으므로 이제 여섯 번째의 대군을 편성하고자 했다. 바라건대 프랑스군은 승승장구하여 장차 오스트리아 국경을 핍박해 수도로 돌진하고자 했다. 이때 오스트리아의 흥망성쇠는 실로 이 움직임에 달려 있었다. 오스트리아가 장수로 그 사람을 선택할 수밖에 없었던 데에는 말할 필요도 없이 찰스 친왕의 책임이 실로 중대했다. 친왕의 연령은 나폴레옹과 비슷했고 지난해 라인강 전투에서 혁혁한 무훈을 널리 얻은 젊은 장수였다. 그러나 그가 과연 신출귀몰하고

---

95) 헝가리안(한ㅅ리안, Hungarian)
96) 탈리아멘토강(따ㄱ리아멘트/다ㄱ리아멘트河, Tagliamento River)
97) 찰스(쟈-루스, Archduke Charles, Duke of Teschen, 1771~1847); 오스트리아의 군인 및 정치가로, 오스트리아군의 지휘관이자 뛰어난 전략가로 활약했다.

변화무쌍한 저 프랑스의 젊은 총사령관 나폴레옹의 호적수가 될 수 있을지는 아직 정해지지 않았다. 나폴레옹은 저 찰스의 됨됨이를 설명하며 말했다.

"찰스 친왕은 그 품행이 바르고 점잖아 사람들의 헐뜯는 말을 자초하는 일이 없다. 그의 정신은 영웅시대에 속할 것이다."

이 평가는 친왕에 대해 말할 바를 모두 포괄하기에 충분하다. 찰스 친왕의 됨됨이를 충분히 상상할 수 있을 것이다.

3월 초에 오스트리아군 총사령관 찰스 친왕은 50,000의 대군을 이끌고 피아베강[98] 부근에 주둔했다. 아울러 40,000의 지원군은 며칠 내로 제국 각처에서 모여들 터였다. 이 40,000의 지원군이 모이면 오스트리아의 군사 수는 90,000의 대군이 되었다. 나폴레옹은 프랑스와 이탈리아에서 신병을 모집했다. 하지만 겨우 50,000의 적은 수에 불과했다. 의기양양한 오스트리아의 90,000 대군을 격파하고 다시 한 번 뛰어올라 적국의 중심을 찌르고자 했다. 맞수가 없는 담대함은 세계 제일이었다. 이 무렵 유럽의 전 지역은 모두 눈을 이 양쪽 군대의 움직임에 주목했고, 정보를 모아 그 결과 여부를 알고자 했다. 당시 여론은 나폴레옹이 연전연승의 공훈만 믿고 스스로 나섰다가 벗어날 수 없는 깊은 구렁에 빠질 것이라고 했다. 이는 나폴레옹을 모르는 자의 말이었다. 그는 결코 한순간의 승리에 광분해 정확한 판단을 그르칠 자가 아니었다. 가슴속에 오스트리아군을 분쇄하고자 하는 흔들리지 않는 단호한 결심이 있었던 것이었다.

때는 오히려 몹시 추워져 찬 바람이 피부를 세차게 자극했다. 눈

---

98) 피아베강(피아위河, Piave River)

을 들면, 구름 낀 하늘을 능가하는 알프스산맥은 흰 눈으로 하얗게 덮여 있어서 한 가닥의 길도 보이지 않았다. 이 엄동설한을 무릅쓰고 이렇게 쌓인 눈을 밟고 그 높은 산봉우리를 넘는 일은 실로 인간으로서는 더할 나위 없이 어려운 일이었다. 그러나 나폴레옹은 이를 개의치 않았다. 어느 날 차가운 바람이 혹독히 불고, 소나기가 퍼붓던 때 갑자기 호령을 내려 즉시 전군의 진군을 명령했다. 그동안 급속한 준비에 익숙한 프랑스군이었기 때문에 순식간에 준비를 마치고, 단숨에 내달려 피아베강 부근에 도착했다. 강가에 주둔한 오스트리아군은 공연히 기후를 믿었다. 가령 프랑스군이 아무리 사나워도 이러한 기후를 무릅쓰고 쉽게 행진할 수 없다고 망상하고, 전투 준비를 하지 않았다. 그러다 불시에 습격을 당해 전투 한 번도 치르지 못하고 어찌할 바를 모른 채 퇴군했다. 40마일 밖 탈리아멘토강 동쪽 연안에 이르러 전선을 펼쳤다. 프랑스군 또한 그 강가를 따라 추격했다. 탈리아멘토강은 도도히 흐르는 큰 강으로서 세차게 흐르는 급류와 자갈이 바위에 매섭게 부딪쳤다. 그 위험한 광경이 아찔해서 쉽게 건널 수 없었다. 때는 3월 10일 아침이었다. 강 건너편의 오스트리아 대군을 멀리서 바라보니까 강가를 따라 숙연히 진을 쳤고, 포탄을 장치한 여러 개의 대포는 모두 수면을 향해 있었으며, 수만의 보병은 번쩍거리는 총과 창을 들고 호령이 떨어지기만을 기다리고 있었다. 별도로 기병 한 무리가 있었는데, 유격대를 만든 것이었다. 적의 상륙에 대비하며 뒤를 치려고 단숨에 달려 나가고자 했다. 반면에, 프랑스군은 밤새도록 정강이가 진흙에 빠지며 험한 산길을 따라서 왔다. 의복은 지저분해지고 찢어졌으며 진흙으로 범벅이 되었다. 비에 젖은 그 고생은 이루 다 말할 수가 없었다. 그러나 그들은 영원토록 불멸할 공훈을 가진 혁혁한 이탈리아 출정군이었다. 군기를 힘껏 세우고, 군악을 연주하며, 위풍당당하게 강가에 진을 쳤다. 호령이 떨어지기만 하면 강을 건너고자 하는 기세 또한 굉장했다. 이때 나폴레옹은 적군의 의지가 상당히 엄중한 것을 보고 돌연 전군에 명령해서 적의 탄환이 미치지 않는 곳까지 퇴각해 잠시 휴식하며 아침밥을 먹으라고 명령했다. 그러자 명령 한마디에 살기가 충천하던 프랑스군의 모습이 점점 바뀌어 온화한 기색이 피어올랐다. 병사는 무기를 버리고 부드러운 풀 위에 앉아서 불을 피우고, 솥을 살펴보며, 음식을 나르면서 이야기하거나 음식을 먹었다. 전군이 아무 일 없이 생사의 위기를 추호도 모르는 자 같았다. 대개 갑작스럽게 이렇게 된 데에는 일대 비책이 반드시 있기 마련이었다. 찰스 친왕은 지금 프랑스군이 갑자기 군대를 물러나게 해 한가로이 밥 먹는 것을 멀리서 보며 속으로 말했다. '프랑스군은 반드시 밥을 다 먹고 피로를 푼 후가 아니면 감히 강을 건너지 않을 것이다.' 그는 프랑스군의 도하를 반드시 막기 위해 강가에 진을 친 군대를 인솔해 후방의 진지로 퇴각했다. 이렇게 그는 나폴레옹의 술수에 빠졌다. 신묘하고 민첩한 나폴레옹에게 어찌 쓸데없이 군대를 물러나게 하는 일이 있었겠는가. 그는 실로 적군이 이렇게 하기를 기대했다. 그러므로 지금 오스트리아군이 퇴각해 강 부근에 한 명의 수비병도 없음을 보자 나팔 소리가 맑고 또렷하게 프랑스 전군에 울려 퍼졌다. 신속한 준비에 본래 익숙한 프랑스군은 순식간에 대오를 정렬하고 일자형으로 탈리아멘토강의 세찬 물속으로 뛰어들었다. 오스트리아군은 이 모습을 보고 이미 들었던 것보다 배나 더한 나폴레옹의 변화무쌍함에 경악했다. 망연히 어찌할 바를 모르다가 점차 준비에 착수해 프랑스군의 도하를 막고자 했다. 하지만 프랑스군은 이미 강 중앙에 다다랐다.

프랑스군은 비상한 속력으로 강가 맞은편 평지에 상륙해 대오를 정렬하고 전선을 펼쳤다. 오스트리아군은 전력을 기울여 급속히 대오를 정리했다. 하지만 기회를 잃어 이제 공수의 지위가 바뀌어 어찌할 바를 몰랐다. 이 때문에 전투를 시작하자 각처에서 프랑스군에게 대패해 버틸 수가 없었다. 마침내 대오가 무너져 흩어져 달아났다. 나폴레옹의 추격이 심히 맹렬해 오스트리아군은 다시금 대오를 정돈할 여유가 없었고, 사상자는 그 수를 헤아리기가 어려웠다. 오스트리아군은 이제 전패를 당해 낙담하고 기가 꺾여 도망쳤다.

21. 양쪽 군대가 산맥에서 크게 싸움

프랑스군은 총사령관의 신통한 계략이 항상 위대한 공훈을 이루는 일을 자랑스러워했다. 모두가 몸을 움직이고 위험을 무릅쓰는 일이 다른 데 비해 배나 더한 것을 즐겼다. 큰 소리로 웃고 희희낙락거리며 명랑한 목소리로 자유의 노래를 불렀으며, 적진 가운데 난입하면 종횡무진했다. 주의 깊었던 오스트리아 병사들은 보루가 있는 곳과 강물이 어지럽게 흐르는 곳과 산길이 험악한 곳을 근거할 수 있는 곳에서 악전고투하며 방어에 노력했지만, 그 향방이 어떻게 될지는 알지 못했다. 나폴레옹의 일거수일투족이 큰 쇠망치를 한 번 내리치는 것과 비슷해 요충지도 갑자기 파괴당했다. 바람을 타고 흐르는 조수처럼 프랑스군은 맹렬히 추격해 마침내 산기슭에 이르렀고, 오스트리아군은 버티지 못하고 산 위로 올라갔다. 싸우기에 앞서 도망치려는 것이었다. 프랑스군은 차가운 바람과 휘날리는 눈을 조금도 개의치 않고 용기백배하여 추격하다가 산맥에 점점 다다랐다. 쫓는 자와 쫓기는 자가 어느새 카르닉 알프스[99]의 가장 높은 고개에 들어섰다. 이 고개는 사계절 내내 항상 영롱한 빙설로 얼어 있고, 구름이 산허리에 걸쳐 있었다. 독수리와 같은 사나운 새가 산기슭의 나무 끝에서 우는 소리를 멀리서 듣고 사방을 둘러보면 한없이 아득한 것이 몸이 하늘의 기둥을 붙잡고 천궁에 들어가는 것 같았다. 하지만 그들은 총칼의 세계에 속한 사람들이었다. 사슴을 쫓는 자가 산을 보지 못하듯 구름 사이의 고개에서 검을 서로 부딪치고, 총을 서로 쏴댔다. 생각건대 그들이 그때의 사람으로서 나중에 이 번갯불이 번쩍이던 당시의 옛 전장을 내려다보면 그 감상이 과연 어떠할까?

오스트리아군은 이곳에서 사력을 다해 방어에 노력했다. 이는 대개 이처럼 비좁은 산길에서 사방으로 도망치다가 뒤에서 적의 습격을 받으면 오스트리아군이 위험해지기 때문에 어쩔 수 없이 그들은 온갖 어려움을 무릅쓰고 이곳에 전선을 펼쳤다.

돌격이 타르비스[100]의 가파른 고개에서 시작되었다. 그곳은 이탈리아, 오스트리아 양국을 잘라 나누는, 하늘 높이 치솟은 고개였다. 땅을 울리는 포성은 공중을 반으로 쪼갰고, 수많은 우레가 한꺼번에 치듯 고함은 부상자의 비명과 서로 섞여 함께 하늘을 관통했다. 한 부대의 기병이 얼음으로 덮인 벌판 위를 잘못 달렸다. 갑자기 빙판이 부서지고 말과 함께 엎어지며 천 길 낭떠러지로 떨어져 그림자도 보이지 않았다. 시체가 산처럼 쌓였고, 선혈이 낭자해 타르비스 고개 정상의 흰 눈을 물들여 꽃세계를 만들었다. 실로 처참함이 만세 후에

---

99) 카르닉 알프스(가-닉구,알브, Carnic Alps)
100) 타르비스(다위-스, Tarvis)

도 사람을 송연해지게 했다. 찰스 친왕은 빈번히 사기를 고무시켜 굳센 의지로 공격에 힘썼다. 하지만 실력이 미치지 못했기 때문에 유감스러운 눈물을 머금고 퇴각할 수밖에 없게 되었다. 그중 비겁한 자는 무기를 버렸고, 한 가닥의 희망이라도 간신히 잡기 위해 도망친 자와 사로잡힌 자도 적지 않아 그 수가 수천에 달했다. 시체가 눈 속에 묻힌 자도 그 수를 헤아릴 수 없었다. 그러나 용맹하고 능숙한 친왕은 이처럼 혼란스러운 군대를 정돈해 대오를 잃지 않고 퇴각시켰 다. 승리의 기세를 탄 프랑스군은 서둘러 추격해 종횡무진했고, 높은 곳에서는 대포를 연발했다. 사상자가 그 수를 헤아릴 수 없었다. 남은 오스트리아 병사는 천신만고 끝에 산기슭을 내려와 가장 빠른 속도로 퇴각했다. 프랑스군은 추적을 쉬지 않으며 산을 내려오며 추격했다. 아! 프랑스군은 이미 알프스산맥을 밟은 후 이탈리아를 떠나 오스트 리아의 땅을 밟았다. 이렇게 산천의 풍물과 언어, 풍속이 모두 바뀌자 강인한 정복자도 이를 보고 들으며 감동을 금할 수 없었다.

나폴레옹은 지원군이 없는 고립된 군대를 오스트리아의 중앙으 로 이끌었다. 예전에 마리아 테레지아[101]가 튀르키예의 대군을 견뎌 낸 견고한 성벽을 무너뜨리고 당당히 오스트리아의 수도(빈)를 유린 하고자 했다. 이때 프랑스군 총사령관의 의지에는 인구 2천만의 대 국을 삼키려는 마음이 엿보였다.

나폴레옹은 승리의 기세를 타고 45,000의 병사로 오스트리아군

101) 마리아 테레지아(마리아데레사, Maria Theresia, 1717~1780): 오스트리아 대공 국의 여왕이자, 합스부르크 왕가의 중요한 군주이다. 재정 개혁과 군사 현대화, 교육 및 법률 개혁을 추진하며 오스트리아 제국의 부흥을 주도했다.

을 추적하며 다뉴브강[102]을 향해 나아갔다. 생각건대 그는 지금 연전 연승하며 향하는 곳마다 무적인 데다가 파죽지세로 저 기운을 잃고 피로한 오스트리아 병사를 뒤쫓았다. 철퇴가 한 번 내리치자 곧 오스트리아군이 분쇄되는 일이 손바닥을 뒤집는 일과 비슷할 뿐이었다. 그러나 저 나폴레옹은 이때에도 평화로운 마지막을 희망하는 걸 늦추지 않았다. 서한을 적의 총사령관 찰스 친왕에 보내어 말했다.

"총사령관 각하, 용감한 병사들은 전투에 종사하던 중에 이미 평화를 바라는 뜻을 가졌습니다. 돌아보면, 이 전쟁은 실로 여섯 번의 햇수에 걸쳐 있습니다. 우리는 이로 인해 무수한 동포를 살상했고, 한없는 재해를 세상인심에 끼친 까닭에 지금은 만사가 평안과 안식을 바랄 뿐입니다. 창검을 들고 프랑스 공화정부와 대적하던 유럽의 여러 나라도 모두 창검을 버렸지만 유독 귀국은 아직도 이처럼 쉬지 않고 있습니다. 생각건대 흩뿌린 피의 재앙은 이로 인해 예전에 비해 점점 극심해지고 있습니다. 제6군의 결전도 그 징조가 지극히 불길합니다. 설령 그 결국이 어떻게 될지는 지금 판단하기 어렵더라도 마침내 수천의 생명을 양쪽 군대 가운데서 잃어버릴 수밖에 없을 겁니다. 말과 생각이 여기까지 미치니 안타까움을 느끼지 않을 수 없습니다. 이에 화목을 상의하는 것이 가장 옳을 것입니다. 왜냐하면, 어떤 일을 막론하고 반드시 끝장을 보려는 것은 이치를 벗어나기 어렵기 때문입니다. 지난번에 본국의 총재정부는 국왕 폐하께 화의를 여쭈었습니다.

102) 다뉴브강(싸뉴-푸河, Danube River)

하지만 영국 정부의 방해로 인해 그 효과를 보지 못했습니다. 그래서 화의는 끝내 바랄 수 없었습니다. 전쟁을 방관하는 타국인의 욕심으로 인해, 이해관계로 인해 특히 우리 양국의 무고한 동포를 살상해 그 참혹함을 물려주는 일을 공전절후[103]하게 하는 일이 어찌 사람이 마땅히 행할 바이겠습니까. 문벌 중에서 뛰어나고, 기개와 도량이 큰 각하는 분명 정부의 수많은 무리와 함께 말로 표현할 수 없을 만큼 홀로 우뚝 서 계십니다. 각하의 덕망이 실로 이러한데, 각하께 세상인심의 은인으로 오스트리아의 구세주 되는 천직을 보좌할 결심이 어찌 없으시겠습니까. 그러나 바라건대 각하는 우리의 뜻을 오해하지 마십시오. 제 창과 방패의 힘이 결코 이탈리아를 구할 수 없는 까닭이 아닙니다. 병마를 한 번 움직이면 귀국의 손해는 결코 적지 않을 것입니다. 제 이해관계에 관해 말씀드리면, 만일 제가 제출한 계획이 다행히 한 개인의 생명이라도 구제하는 공을 얻을 수 있다면, 제 생각에는 전쟁에서 승리한 영예보다 평화로써 자랑하는 것이 더 나을 겁니다."

찰스 친왕이 이에 답하여 말했다.

"전쟁의 원인을 조사하여 밝히거나 그 시일을 단축하는 등의 일은 내가 받은 임무 안에 들어있지 않다. 나는 이번 일에 관해서는 어떠한 권리도 받지 않았기 때문에 평화 회의에 전혀 참여할 수 없다."

---

103) 공전절후(空前絶後): 이전에도 없었고 앞으로도 없음을 뜻한다.

이처럼 나폴레옹의 제의는 결국 거절을 당했다.

평화의 소망은 이미 끊어졌다. 이때 평화로운 마지막을 얻고자 하면 어쩔 수 없이 빈으로 나아갈 수밖에 없었다. 때는 4월 2일이었다. 나폴레옹은 다시금 급습을 시작하며 사납게 나아갔다. 오스트리아군은 제반 요충지를 견고히 지키며 방어에 매우 노력했다. 하지만 기세가 오른 프랑스군의 정예를 패잔병으로 어찌 대적했겠는가. 퇴각해 스티리아 알프스[104] 쪽에서 상대했다. 이곳은 산골길이 하나 있었는데, 노이마르크트[105]라 했다. 몹시 험준해 나무꾼과 사냥꾼 등도 쉽게 통행하기가 매우 어려운 도로였다. 찰스 친왕은 이곳에서 라인강 부근에서 온 4개의 대대와 만나기 위해 전군을 그 좁은 길에 집결시켜 프랑스군과 격전을 재개했다. 이 전투에서 찰스 친왕은 친히 진두에 서서 사기를 고무시키며 혈전고투에 상당히 노력했다. 하지만 역시 프랑스군에 패해 수천 명을 잃고 퇴주하고자 했다. 하지만 비좁은 산골길을 보급차와 포차가 막은 것으로 인해 움직임의 자유를 잃어버렸다. 동시에 수천의 병사는 싸우기에 앞서 도망치고자 하여 서로 밟고 밟히던 가운데 프랑스군이 추격을 쉬지 않고 오스트리아의 후방 부대를 맹렬히 공격했다. 창검이 서로 스치고, 총칼이 서로 엇갈리며 접전이 상당히 격심하던 가운데 프랑스군의 포대가 포문을 열고 싸움에 져서 달아나는 오스트리아군을 타격해 쓰러뜨리는 것이 거센 바람에 떨어지는 낙엽 같았다. 그 밤에 프랑스군이 승승장구하여 노이마르크트를 탈취하자 적군의 그림자는 보이지 않게

---

104) 스티리아 알프스(스다이프안,알브, Northern Styrian Alps)
105) 노이마르크트(뉴-마-구, Neumarkt)

되었다. 이 당시 찰스 친왕은 하루 후면 지원군을 얻을 심산이었다. 그래서 사람을 나폴레옹에게 보내 24시간의 휴전을 청구했다. 이 궤계는 예전에 나폴레옹이 적장 알빈치에게 시행해 대승리를 거둔 것이었다. 통찰하는 데 명민한 나폴레옹이 어찌 이와 같은 천박한 작은 술수에 빠졌겠는가. 곧 답하여 말했다.

"지금은 찰나도 귀중하다. 우리는 싸우면서 상의해도 상관없다."

다음날 격전이 운츠마르크트[106] 산골길에서 다시 시작되었다. 대개 이 산골길은 무르강[107] 부근을 따라 나 있는 샛길로 이른바 한 사람이 관문을 지키면 만 사람도 뚫지 못하는 천혜의 땅이었다. 오스트리아군은 초췌하고 피로한데도 불구하고 이 천혜의 땅을 이용하여 혈전고투를 치렀다. 하지만 다시금 프랑스군에게 패했다. 이 격전에 용맹이 혁혁한 프랑스의 포병대장 카레레[108] 대령이 전사했다. 그 명예와 영광은 죽어서도 사라지지 않았고, 프랑스군 전체가 심히 애석해했다. 후에 나폴레옹은 베네치아에서 포획한 한 군함에 이 대령의 이름으로 명명해 추도의 뜻을 표했다. 후년에 나폴레옹이 이집트에서 퇴군해 본국으로 개선할 때 그 군함을 타고 돌아왔다고 한다.

22. 프랑스군이 레오벤[109]에 들어옴

운츠마르크트 격전 이후에 프랑스군이 진행하는 데에 장애가 하나도 없이 승승장구했다. 오스트리아 수도(빈)에서 떨어진 것이 수

---

106) 운츠마르크트(운쓰말구트, Unzmarkt-Frauenburg)
107) 무르강(뮤-엘河, Mur River)
108) 카레레(가-루 레-루, Carrère): 이름 외에 다른 정보를 확인하지 못했다.
109) 레오벤(레오벤, Leoben)

마일에 불과한 레오벤 땅에 들어가 높은 곳에서 망원경으로 앞쪽을 내려다봤다. 빈의 첨탑 망대가 똑똑히 보여 손가락으로 가리킬 정도 였고, 수도를 둘러싼 언덕 하나, 호수 하나도 대부분 시야 안에 있었 다. 이 당시 총사령관의 감상이 과연 어떠했겠는가. 먼 곳까지 군대 를 보내자 연전연승하고 향하는 곳마다 무적이어서 용맹하게 나아 가 먼 곳까지 적을 쫓아가 마침내 적국의 수도를 내려다보게 되었다. 어찌 기뻐 뛰지 않을 수가 있었겠는가. 이제야 나폴레옹은 잠시 추격 을 멈추고 각처에 어지럽게 흩어진 병사를 모아 하루의 휴식을 허가 했다. 찰스 친왕은 사분오열의 패잔 부대를 큰길로 급히 이끌어 수도 를 향해 달려갔다. 그곳에서 한 나라의 전력을 모아들여 오스트리아 의 명맥을 한 가닥의 실만큼이라도 유지하고자 했다.

이때 빈 시내는 두려워 떨었다. 국왕을 비롯하여 황족 및 귀족과 기타 시민까지 대부분 보물을 들고 헝가리[110] 벽지로 멀리 피하고자 했다. 그 광대한 다뉴브강에 몰려든 선박이 강의 한복판을 덮었다. 가장 기이한 일은 이들 도망치던 자 가운데 마리 루이즈[111]가 있었던 일이었다. 그녀는 이때 6세였다. 당시에 그녀를 이처럼 곤란하게 한 프랑스군 총사령관이 나중에 가장 사랑하는, 하늘처럼 받들 프랑스 황제 나폴레옹 1세가 바로 그 사람이었다.

오스트리아 정부는 서둘러 군비를 강구하고, 보루를 수선하며,

---

110) 헝가리(한까―리, Hungary)

111) 마리 루이즈(마리아, 루이사, Marie Louise, 1791~1847): 오스트리아 대공국의 공주이자, 나폴레옹 보나파르트의 두 번째 아내이다. 나폴레옹 1세와 결혼하여 프랑 스 황후가 되었고, 1810년부터 1814년까지 황후로 재임했다. 나폴레옹의 몰락 후 파르마 공국의 공작부인으로 살았으며, 아들 나폴레옹 2세를 두었다.

민간에서 군인을 징집했다. 일국의 힘을 기울여 나라의 치욕을 조금이라도 설욕하고자 했다. 하지만 프랑스군 총사령관의 급한 성격은 순간을 지체하지 않고 맹렬히 진군해서 공격해 왔다. 그래서 어지럽게 흩어진 대오를 정돈할 여유가 없었다.

나폴레옹이 오스트리아인에게 타이르며 맹세했다.

"나는 너희의 친구다. 이 전쟁은 정복을 위함이 아니라 오직 평화를 위함이다. 그러므로 결단코 오스트리아의 종교를 숭배하고, 인민의 권리를 보호할 것이다."

또한 오스트리아 정부가 영국의 뇌물을 받고 명목 없는 군대를 일으켜서 프랑스를 대항하게 된 일을 타이르자 프랑스군 또한 총사령관의 뜻을 본받아 오스트리아인을 너그럽게 대했고, 추호도 민간의 물건을 건드리지 않았다.

오스트리아의 인민은 점점 전쟁을 싫어하고 평화를 매우 바랐다. 찰스 친왕도 대항하기가 어렵다는 것을 깨닫고 국왕에게 설명해 화의를 강구하게 했다. 이에 사절이 왕명을 받들고 프랑스 진영에 이르렀다. 5일간 휴전을 얻어 화의를 상의할 것을 청구했다. 회상하건대 나폴레옹은 고국과 까마득하게 멀리 떨어져서 지원군 없는 군대로 오스트리아 중심에 주둔했으므로 식량이 이어지지 않았고, 지원군도 오지 않았다. 다만 전쟁에서 승리를 기대한 바는 적군의 준비가 불완전함을 이용해 용맹을 떨치며 곧장 유린한 데 있었을 뿐이었다. 만일 헛되이 며칠을 보내게 되면, 그 사이에 적군이 재차 준비를 갖춰서 자신에게 실로 위태로울 터였다. 이는 나폴레옹이 평생에 주의한 바였다. 지금 오스트리아가 5일의 휴전을 청구하며 예전에 거절하던 화의를 체결하고자 신청했는데, 그 화의가 과연 진심에서 나왔는지, 설령 진심에서 나왔어도 그 조건이 맞지 않으면 재차 창과 방패를 주고받을지, 5일의 휴전은 실로 나폴레옹에게는 가장 경계할 바였다. 그러나 나폴레옹의 너그러움과 큰 뜻은 신변의 위태로움을 돌아보지 않았다. 사절에게 답하여 말했다.

"눈앞의 전황으로 논하면 잠시라도 싸움을 휴식하는 것이 프랑스군에게는 가장 불리하다. 그러나 위험과 불리함을 무릅써서 백성의 행복을 위하는 데 필요한 평화가 거의 이루어진다면, 나는 너희의 청구에 동의하는 일을 후회하지 않는다."

23. 레오벤 임시 조약

나폴레옹이 화의 청구를 채용했을 때 레오벤 근방의 한 공원을 국외 중립지로 정하고 프랑스군이 그 사방을 경계했다. 4월 17일에 프랑스, 오스트리아 양국을 위해 베네치아, 나폴리의 전권 위원이 회합하여 평화조약을 체결하고자 했다. 지난번 시찰로 본국 총재정부에서 파견한 클라크 장군이 제반 전권을 위임받았다. 그러나 그 장군은 당시에 토리노에 있었기 때문에 나폴레옹이 책임을 지고 그 회의에 참석했다. 오스트리아의 위원이 제출한 그 제1조는 이러했다. "오스트리아 황제는 프랑스의 공화정을 시인한다." 나폴레옹이 이를 보고 팔을 걷어 올리며 큰 소리로 말했다.

"이 말을 삭제하라. 공화정의 광휘는 태양과 같아서 맹인이 아닌 이상 누가 이를 우러르지 않겠는가. 우리는 자주권이 고유하다. 정치체제 여부를 타국에서 참견하는 것을 결단코 불허한다. 이미 시인한다고 하면 만일 나중에 프랑스에서 제정을 시행하는 일이 있을 때는 오스트리아 국왕이 이를 인정하지 않는다고 말할 수 있는가!"

위엄이 늠름해 장소가 숙연해지고 아무 말도 없었다. 아! 누가 나폴레옹이 이때 다만 한순간의 배짱 좋은 말에 그치지 않고 나중에 실제로 이 징조가 있을 것을 보인 것으로 알았겠는가. 이리하여 저 유명한 '레오벤 임시 조약'이 체결되었고, 유럽 강국 오스트리아는 성하지맹을 맺게 되었다. 화의가 정리되자 나폴레옹이 본국 정부의 전권위원이 도착하는 것을 기다리지 않고 자기 이름을 조약 지면에 서명했다. 당시 그의 행위는 거의 프랑스 황제가 된 것처럼 그 지위의 우월함이 오스트리아 왕과 비견하기에 충분했다. 오스트리아 왕 또한 순종적이어서 이에 복종할 수밖에 없었다.

24. 총사령관이 베네치아를 평정함

이제 나폴레옹은 오스트리아가 성하지맹을 체결하게 해 평화로운 마지막을 얻었다. 이른바 이탈리아 출정군의 가장 큰 목적을 달성했으므로 무한의 영예를 두 어깨에 짊어지고 장차 본국으로 개선하고자 했다. 그러나 개선하기 이전에 최후의 일대 타격을 어쩔 수 없이 행할 한 가지 일이 있었다. 바로 베네치아였다. 베네치아는 지난번에 국외중립을 선언했을 뿐만 아니라 나폴레옹의 간절한 경고를 받았는데도 불구하고 항상 프랑스군을 향해 해악을 가했다. 대개 당시는 철도, 전신 등 편리한 교통이 없었기 때문에 프랑스군이 처음 알프스산맥을 넘어 이탈리아 지역을 떠나 멀리 다뉴브강 부근으로 행진한 이래 그 소식을 알 수 없었다. 사실무근의 풍문이 와전되어 나폴레옹의 군대가 분쇄되었다거나 그가 싸움에 져서 달아났다고 했다. 심지어는 그가 포로가 되었다고도 했다. 프랑스 공화정을 혐오하는 것이 뱀과 전갈보다 더 심했던 베네치아 귀족정부는 완고하

고 무지해 그 풍문으로 인해 마침내 '프랑스인을 죽여라!'라고 공공
연히 절규하게 되었다. 이와 함께 사제들은 궤변을 늘어놓으며 어리
석은 백성을 교묘히 선동했다. 완고하고 무지한 백성들은 전후를 따
져보지 않고 사방에서 봉기해 흰 칼을 휘두르며 프랑스인을 길거리
에서 참살했고, 프랑스군의 진영을 습격해 창고를 부쉈으며, 병원을
훼손시켰다. 심지어는 병에 걸려 신음하는 자에게 검을 들이댔다.
이 무렵 확실한 소식이 도착했다. 지난번의 풍문은 대부분 거짓말이
었다. 나폴레옹은 싸움에 져서 달아나지 않았을 뿐만 아니라 가장
강하고, 가장 오만한 오스트리아를 눌러서 굴복시켜 성하지맹을 명
령했다. 그는 승전의 여세를 몰아 곧바로 베네치아로 병사를 돌려
장차 큰 보복을 행하겠다고 했다. 귀족정부는 이 소식을 듣고 전율했
다. 탁상공론으로 미봉책 한 가지를 억지로 만들어내 사절을 나폴레
옹의 본진에 보냈다. 온갖 수단과 방법으로 진정시키고, 거액의 황
금을 바침으로써 너그럽게 용서해주기를 애걸했다. 나폴레옹은 베
네치아 공화국 전체의 폭행 소식을 접하고 노기가 충천했다. 하지만
잠시 그 분노를 참고 사절의 말을 다 들었다. 그 후에 소리 지르며
크게 질책하여 말했다.

"가령 너희는 페루[112]의 보물을 모두 내게 주더라도, 황금을 너희
나라 전국에 뿌려도 이것들로는 너희가 잔학무도하게 흘리게 한 피
를 배상하기엔 부족하다. 너희는 내가 가장 사랑하는 동포를 학살했
다. 그러므로 나는 그 보복으로 산 마르코의 사자[113](베네치아 공화국

---

112) 페루(페루-, Peru)
113) 산 마르코의 사자(센트, 마-구의 獅子, Lion of Saint Mark/Lion of San Marco/

의 휘장)가 진흙을 핥게 할 것이다. 그 어떤 말로 변명해도 소용없다. 속히 돌아가라."

베네치아 정부는 나폴레옹의 분노를 결국 풀기 어렵다는 것을 알고 전전긍긍했다. 계책을 어떻게 세워야 할지를 모르다가 한 가지 계책을 만들어냈다. 프랑스 총재정부에 막대한 뇌물을 주며 애걸했다. 우둔한 총재정부는 막대한 뇌물을 받고 크게 기뻐했다. 즉시 나폴레옹에게 명령을 내려 베네치아를 관대하게 대하라고 했다. 그러나 나폴레옹은 평생 본국 총재정부의 더러움에 탄식했다. 당시에 이미 은밀한 중에 현 정부를 전복시키고자 하는 큰 뜻을 품은 저 나폴레옹은 그 명령을 개의치 않고 곧 3,000의 정병으로 베네치아로 향했다. 프랑스군의 포성이 은은히 아드리아해에 접한 베네치아시에 다다랐다. 귀족정부는 몹시 놀라서 대의원의 의원을 소집했다. 구차한 결말 끝에 나폴레옹에게 항복하는 동시에 정치체제 변경에 관한 것을 전적으로 그에게 일임할 뜻을 보내기로 결의했다. 그러나 외부에서 닥치는 위급함이 이러한 때 갑자기 큰일이 일어나기 마련이었다. 다년간 귀족당이 제멋대로 날뛰던 일에 분노하던 공화당 일파가 풍운의 기회를 타고 곳곳에서 발흥해 회의장으로 모였다. 이렇게 전제, 공화 두 당의 혼전이 시작되었다. 땅을 울리는 총성이 곳곳에서 일어났고, 회의장 안팎에서 초연이 짙게 일어 태양 빛을 가렸으며, 자유 만세를 부르짖는 소리는 산 마르코 만세 소리와 어우러졌다. 도시는 전쟁으로 인한 화재와 약탈로 방치되었다.

Lion of Venice): 베네치아 산 마르코 광장(Piazza San Marco)의 화강암 기둥 위에 설치된 날개 달린 사자 청동 조각품을 말한다.

이렇게 어지럽고 혼잡하던 가운데 프랑스군이 늠름한 위세로 시내에 침입했다. 민당(民黨) 일파는 박수갈채를 보내며 환영했다. 그 조력을 의지해 전제정부를 무너뜨리고자 했다. 귀족정부는 사태가 이 지경에 이르러 방책이 전무하자 완전히 나폴레옹 휘하에 굴복했다. 이렇게 나폴레옹은 한 사람의 피도 흘리지 않은 채 베네치아를 진압했고, 전제정부의 혐의로 인해 뇌옥에 수감된 국사범 죄인을 석방했다. 동시에 전제정부를 전복시켰고, 군중의 바람에 따라 공화당 사람을 뽑아 대신하게 했으며, 정무를 개혁하여 백성의 행복을 도모했다. 아! 500년 이래 제멋대로의 제도로써 오로지 인민을 억압하던 베네치아 귀족정부가 완전히 엎어져 사라졌다. 나중에 캄포포르미오 조약[114]으로 인해 베네치아는 오스트리아와 합병했다. 당시에 나폴레옹의 행위는 완전히 베네치아 사람들의 복리를 도모함으로 공명정대해 한 점의 비리도 없었다. 그래서 그의 원수도 비난 한마디 가할 흠도 발견하지 못했다.

25. 캄포포르미오 조약

이제 나폴레옹은 베네치아를 압제해 그 사랑하는 동포를 위해 울분을 풀어줄 뿐 아니라 공화정부를 신설해 주민의 복리를 증진했다. 그러므로 레오벤에서 임시 체결한 오스트리아와의 조약을 완전하게 하기 위해 몬테벨로[115]로 돌아가 오스트리아의 전권위원들과 조항을 논의했다. 하지만 논의 내용이 정리되지 않았다. 이때 나폴레옹은

---

114) 캄포포르미오 조약(캄포, 횔-미오의條約, Treaty of Campo Formio)
115) 몬테벨로(몬데베로, Montebello della Battaglia)

회의 전체를 클라크 장군에게 위임하고, 밀라노 땅으로 돌아가 7, 8월 두 달을 휴양했다. 코벤즐[116) 백작이 오스트리아 전권대사를 새로 임명하고 조약을 의논하고자 우디네[117)로 오자 저 나폴레옹도 거리가 멀지 않은 파사리아노[118)에 도착했다. 두 곳에서 교대로 개회해 조항을 의논했다. 이때 프랑스 총재정부의 지반은 매우 공고하지 못해 나라의 운명을 흔드는 어려움이 날로 심해졌다. 코벤즐 백작을 비롯한 오스트리아 위원들은 이를 알았기 때문에 오직 지연을 위주로 하며 시일을 보낼 기회를 노리고자 했다. 이때 조항 정리가 쉽게 이루어지지 않는 것을 본 나폴레옹의 혜안이 어찌 그들 위원의 속셈을 헤아리지 못했겠는가. 하루는 우디네에서 위원들과 회합했다. 그들이 전례를 따라 말을 늘어놓으며 제안에 대해 반대하는 것을 보고 나폴레옹이 노한 빛을 얼굴에 드러내며 큰 소리로 말했다.

"너희는 이 최후 협의를 거부하고자 하는가?"

의젓하게 서서 난로 위에 장식한, 러시아[119) 황후 예카테리나 2세[120)가 백작에게 하사한 가장 아름다운 도자기 병을 움켜쥐고 계속 말했다.

---

116) 코벤즐(고-펜젤-, Philipp von Cobenzl, 1741~1810): 오스트리아의 정치가이자 외교관으로, 외무장관을 역임했다. 프랑스 혁명 전쟁과 나폴레옹 전쟁 동안 중요한 외교적 협상에 참여했다.

117) 우디네(우-디네, Udine)

118) 파사리아노(밧세리아노, Passariano)

119) 러시아(俄國/魯國, Russia)

120) 예카테리나 2세(가사린, Catherine Ⅱ/Catherine the Great/Catherine Alexe-ievna Romanova, 1729~1796): 예카테리나는 러시아어 표기를 음역한 것이다. 원문에는 "奧國 皇后 가사린"(오스트리아 황후 예카테리나)으로 되어 있는데, 역사적 사실에 맞게 수정했다.

"눈을 씻고 자세히 봐라. 전쟁을 다시 선언해 이번 가을이 끝나기 이전에 너희 제국을 분쇄하는 일은 이 도자기 병을 깨뜨리는 일과 같을 뿐이다."

도자기 병을 상 위에 던져서 가루로 만든 후 거침없이 회의석에서 물러났다. 위원들이 이를 보고 망연자실해 어찌할 바를 모르던 가운데 나폴레옹은 자신이 기거하는 곳에 돌아가 곧 사람을 찰스 친왕에게 보냈다. 협의가 도저히 타결되지 않았으므로 24시간 안으로 다시 개전할 뜻을 전하는 말을 듣고 코벤즐 백작은 급히 위원 중 한 명인 갈로[121]를 나폴레옹에게 보냈다. 그의 최후 제안 승인을 통과시켜 그의 분노를 간신히 풀었다. 다음날 곧장 유명한 캄포포르미오 조약을 체결했다. 캄포포르미오는 파사리아노와 우디네 두 도시 중간에 있는 이탈리아의 작은 마을이었다. 조약이 이곳에서 이루어졌기 때문에 그 조약에 지명을 붙였다. 때는 1797년 10월 17일이었다. 그 조약에 따라 오스트리아는 라인강 부근 일대의 지역을 잘라내 프랑스에 양도했다. 이탈리아의 밀라노, 만토바, 모데나, 볼로냐[122], 페라라[123] 등의 나라를 일괄해 치살피나 공화국[124]이라고 부름으로써 프랑스에 부속된 것을 승인했다.

이제 이탈리아 전역은 나폴레옹의 깃발 아래 늘어서게 되었다. 그 국민 대부분은 나폴레옹을 자국인으로 우대했다. 정복자로 보지 않았을 뿐만 아니라 오히려 하늘이 내린 구호자로 확신했다. 그의

---

121) 갈로(갈로, Marzio Mastrilli/Marquis de Gallo, 1753~1833)
122) 볼로냐(보로쥬나, Bologna)
123) 페라라(휠-라라, Ferrara)
124) 치살피나 공화국(시사루펜共和國, Repubblica Cisalpina/Cisalpine Republic)

공명이 혁혁함을 듣고 손뼉 치고 춤추며 자랑하는 일이 자기 공명과 다름없었다. 그가 출현하는 곳에서는 대부분 박수갈채로 환영했고, 폭죽을 터뜨리고 종을 치며 기뻐하고 축하했다. 부인과 어린아이, 늙은이와 젊은이는 도로에 정렬해 그의 모습을 보고 싶어 했다. 축포 소리와 환호 소리가 서로 어우러져 하늘을 울렸다. 이탈리아 인민이 나폴레옹에게 속하게 된 일이 이러함을 보고 그도 이탈리아의 풍경을 사모했고, 두터운 인정을 크게 기뻐했다. 후에 그가 황제가 되어 밀라노에 별궁을 건축해 가장 사랑하는 황후 조세핀과 함께 와서 전쟁 고민을 이 풍경에 씻고 이 인민을 위로한 일은 우연이 아니었다.

아! 손꼽아 날짜를 헤아리면, 그가 이탈리아 출정군의 총사령관으로 초췌하고 피로한 30,000의 군대를 데리고 지중해 연안을 우회해 이탈리아 내지에서 오스트리아군을 소탕한 지 1년이 못 되어 이탈리아를 평정했다. 단숨에 오스트리아 중심을 쳐서 유럽에서 비할 데 없이 오만한 강대국이 성하지맹을 애걸하게 했다. 이로써 프랑스의 위엄과 영광을 온 세상에 선양하게 한 그 공적의 위대함은 실로 공전절후하다고 해도 과언이 아니었다.

26. 나폴레옹이 본국으로 돌아옴

나폴레옹은 오스트리아와 조약을 맺었다. 하지만 대강의 조약에 불과했다. 오히려 자세한 일에 대해서는 협의할 것이 있었다. 하지만 이 일들에는 자기 수완을 발휘할 필요가 없다고 생각했다. 게다가 본국 총재정부의 근황이 어떠한지를 직접 관찰하기 위해 남은 업무는 프랑스에서 파견한 위원들에게 맡기고 서둘러 물품을 챙겨 본국으로 회군했다. 12월 초에 그가 파리에 도착하자 인민이 운집해 그를 환영하며 그 위대한 승전자를 보고자 했다. 그러나 인심이 같지 않음이 사람 얼굴과 같지 않듯 혹은 그를 경애했고, 혹은 그를 두려워하는 자도 적지 않았다. 특히 정부 내에서 가장 많았다. 그들은 나폴레옹이 단숨에 이처럼 위대한 명예를 널리 얻은 것을 시기했다. 또한 그가 큰 야심을 품고 있다고 의심했다. 항상 백방으로 그의 거동을 엿봤다. 나폴레옹의 혜안은 이를 알고 그들의 혐의를 피하는 데 주의했다. 공개적인 장소에 가지 않고 소박한 옛 가옥에 머무른 채 편지 쓰는 것을 일삼으며 세상일에 관여하지 않았다. 그러나 항상 사회의 대세를 주의하며 좋은 기회가 찾아오기를 기다렸다.

그러던 중 캄포포르미오 조약이 완성되어 그 서류가 프랑스 정부에 도달했다. 이때 정부는 1798년 1월 2일에 대규모 의식을 개최해서 나폴레옹을 대접했다. 5명의 총재를 위시한 내외 백관이 모두 참석해 위엄이 아주 성대했다. 나폴레옹은 이탈리아의 여러 전투에서 온갖 고생을 겪어 상당히 수수한 군복을 입고 공개된 장소에 유유히 나타났다. 그곳에 가득 모인 사람들의 시선이 대부분 그의 몸에 집중되었다. 그가 서서 캄포포르미오 조약에 오스트리아 황제가 비준한 서류를 총재 장관에게 드리며 엄숙히 밝히며 말했다.

"장관 각하, 프랑스 인민은 자유를 얻기 위해 어쩔 수 없이 동맹을 맺은 여러 제왕과 싸웠습니다. 도리에 기인한 정치체제를 시행하기 위해 어쩔 수 없이 18세기의 편견과 싸웠습니다. 돌아보건대 종교상의 미신과 봉건 및 전제정치의 제도가 유럽을 관할한 일이 이미 2,000년의 오랜 일입니다. 그러나 공화·대의 정치제도 창설의 기원은 각하가 성취한 평화의 날로부터 시작되었다고 할 것입니다. 각하는 강대한 국민을 구성했고, 이 국민의 범위와 그 구역은 자연이 부여한 한계만 있을 뿐입니다. 제가 이제 황제의 비준을 거친 캄포포르미오 조약서를 각하께 드리는 영예를 갖게 되었습니다. 평화조약은 우리 공화국의 자유와 복리와 영광을 보증하는 바입니다. 프랑스 인민의 행복 기반을 견고하고 흔들리지 않는 훌륭한 법률에 두면 유럽 전역은 비로소 대부분 자유민을 이룰 것입니다."

장관 바라스는 이에 대해 답하여 말했다.

"하늘은 전력을 다해 보나파르트[125]를 창조하셨다."

나폴레옹과 악수하자 다른 사람 대부분이 이를 본받았다. 이때 환호성이 천지를 진동시켰다.

이에 앞서 카르노가 죄를 범해 추방당했다. 그래서 학술원[126] 중 한 명의 결원이 생겼다. 나폴레옹에게 권해 그 학술원을 보충했다. 나폴레옹은 그 이후 군인 복장을 버리고 학자의 복장으로써 세상의 주의를 피하는 데 힘썼다.

---

125) 보나파르트(포나파-트, Napoleon Bonaparte, 1769~1821)
126) 학술원(學士會院, Institut de France)

제3장

이집트·시리아[1]의 전투(1798~1799)

1. 나폴레옹이 영국 정벌의 책략을 올림

나폴레옹이 프랑스로 돌아오기 이전에 프랑스 총재정부는 영국.
에 대해 선전 포고를 하고, 영국 정벌의 중대한 임무를 나폴레옹에게
위탁했다. 때는 1797년 10월이었다. 당시에 맘스베리[2] 경은 영국의
전권대사로 프랑스에 주재해 누누이 화의를 주선했다. 하지만 프랑
스 정부가 갑자기 맘스베리 경에게 24시간 이내에 프랑스 땅에서
떠나기를 청구하며 중재를 완전히 사절했다. 나폴레옹이 이탈리아
에서 돌아와 이 일을 듣고, 영국 위원을 대한 일이 몹시 무례했음을
정부와 논쟁했지만 이미 어쩔 수 없었다. 이때 한편으로는 동방에서
공을 세우고자 하는 큰 욕망과 함께 한편으로는 다른 혐의를 피하고
자 해 정벌 임무를 쾌히 승낙하고 전투 계획에 종사했다.

이 때문에 나폴레옹은 빈번히 영국을 마주한 프랑스 해안을 계속
조사해 영국 토벌의 대군이 승선할 만한 적당한 항만을 살폈다. 하지

---

1) 시리아(시리아, Syria)
2) 맘스베리(마룸스페리-, James Harris, 1st Earl of Malmesbury, 1746~1820):
영국의 외교관이자 정치가로, 영국 외무장관을 역임한 인물이다.

만 좋은 항구를 얻을 수 없었다. 보수하고자 하면 허다한 세월을 낭비할 터였다. 만일 지체됨이 이러해서 영국이 알면 적의 준비가 완전해질 뿐만 아니라 그 나라 인민의 적개심을 크게 팽창시킬 우려도 있었다. 곧장 영국으로 침입하는 것도 쉬운 일이 아니었다. 그러므로 나폴레옹이 아예 다른 방면을 향해 계획을 세우는 것이 쉽겠다고 하고 정부에 의견을 올렸다. 곧장 영국을 치는 일은 시기가 불편하므로 방면을 반대로 돌려서 우선 몰타섬³⁾을 침탈하고, 다시 나아가 이집트를 정복해 지중해에서 프랑스의 세력을 성대하게 하는 것과 동시에 영국과 동인도⁴⁾의 교통을 차단하면, 이는 곧 인후를 움켜쥐고 등을 짓누르는 일이라고 했다. 나폴레옹의 이 계책은 실로 이치에 맞는 것이었다. 영국에서 동인도로 가는 일은 이집트에 달려 있었고, 콘스탄티노플⁵⁾로써 러시아를 방어하는 일도 이집트에 달려 있었기 때문에 영국을 곤란하게 하는 것은 실로 이집트를 정복하는 것만 못했다. 정부에서도 그 계책에 동의하고 우선 이집트를 정벌하기로 결정했다. 그러나 이는 가장 비밀스러운 계책이었기 때문에 영국인에게 누설될까 두려워해 곧 영국을 침입할 것을 공공연하게 말했다. 역사가는 말했다.

"나폴레옹의 이 행동은 그 뜻이 이집트 왕이나 예루살렘⁶⁾ 왕이 되고자 하는 데 있었다."

또 말했다.

---

3) 몰타섬(마루다島/말다島, Malta Island)
4) 동인도(東印度, East India)
5) 콘스탄티노플(곤스단디노-풀, Constantinople/Istanbul)
6) 예루살렘(제-루-사렘, Jerusalem)

"그는 명예를 얻고 본국에 권위를 떨치기 위해 이 원정을 계획했다."
그러므로 그가 말했다.

"나는 게으르지 않고 최선을 다했다. 그러나 총재들이 나를 증오해 나는 이들을 멸하고 스스로 왕이 되는 것이 옳지만, 내가 이를 생각하는 것은 시기상조다. 귀족들이 결단코 불응하고, 시기를 아직 만나지 못했으므로 사람들이 내게 주지 않을 것이다."

2. 나폴레옹이 이집트로 항해함

1798년 5월 9일에 나폴레옹은 툴롱시에 도착해서 출항하고자 했다. 툴롱시에 도착하자마자 즉시 병사를 접견하고 그들에게 고하여 말했다.

"로마가 카르타고[7]와 싸울 때 수륙 양길로 침입했다. 영국은 프랑스에 대해서는 카르타고다. 나는 지금 너희를 이끌고 만 리의 파도를 넘어 다른 나라의 땅으로 건너가 너희로 하여금 이 서방의 추위 아래에서는 도저히 희망할 수 없는 영광을 크게 얻고, 부귀를 향유하게 할 것이다. 병사 중 가장 낮은 자라도 얼마간의 땅을 얻게 될 것이다."

그 땅이 어디에 있는지를 보여주지 않았지만, 그의 말이 예전에도 어긋난 적이 없었기 때문에 병사들은 이 말을 듣고 기뻐 춤췄고, 용기가 늠름했다.

당시에 영국 정부는 프랑스가 뜻한 바를 탐지할 수 없었다. 툴롱항에 몰려든 매우 많은 함선은 반드시 본국을 습격할 것이라고 생각하고 전심으로 방비하는 데 급급했다. 그들은 벼락이 갑자기 이집트

---

[7] 카르타고(가-세-디, Carthago/Carthage)

에 떨어질 줄은 꿈에도 생각하지 못했다. 그러나 프랑스군의 움직임을 정찰할 필요가 있었기 때문에 당시에 지중해 함대의 지휘 장관 넬슨[8] 제독에게 강대한 지원병을 보내서 비상히 경계하게 했다. 그러므로 나폴레옹이 툴롱에 도착할 때는 넬슨도 툴롱항 밖을 정찰하던 때였다. 따라서 나폴레옹은 함대를 항구 밖으로 나가게 하는 것이 깊은 연못에 빠지는 것처럼 가장 위험한 일이라고 생각하고, 그 위험을 피할 좋은 기회를 기다렸다. 하루는 폭풍이 크게 불어와 기상 상태가 으스스했다. 넬슨의 함대는 이로 인해 해안에서 멀리 떨어진 곳으로 물러났다. 게다가 손상당한 게 적지 않았기 때문에 어쩔 수 없이 넬슨 제독은 손상당한 군함을 수리하기 위해 함대를 이끌고 사르데냐 해안으로 물러났다. 민첩한 나폴레옹은 적함이 멀리 간 것을 보고 갑자기 호령을 내려 대함대를 편성하고 지중해로 나왔다. 때는 1798년 5월 19일이었다. 이 함대는 대함 13척과 중함 14척, 소함 72척, 기타 운송선 400척으로 이루어졌고, 제독 페레[9]가 사령관으로서 그 함대를 지휘했다. 병사의 총수는 40,000명이었다. 모두가 나폴레옹의 휘하에 속해 혁혁한 무용을 떨친 훈련된 정예병이었다. 특히 카파렐리 뒤 팔가[10], 도마르탱[11], 클레베르[12], 드제[13], 라프[14], 뒤

---

8) 넬슨(네루손, Horatio Nelson, 1758~1805): 영국 해군 역사상 가장 위대한 제독 중 한 명이다. 나폴레옹 전쟁 동안 중요한 승리를 이끈 인물이다. 트라팔가르 해전에서 프랑스와 스페인 해군 연합군을 크게 물리쳐 영국 해상 우위를 확립하는 데 결정적인 역할을 했다.

9) 페레(푸루-이-, Jean-Baptiste Perrée, 1761~1800)

10) 카파렐리(가하루리-,쥬-팔끼, Louis-Marie-Joseph Maximilian Caffarelli du Falga, 1756~1799): 프랑스 혁명군의 장군으로 활약했다. 특히 이탈리아 전투에서 뛰어난 전략적 능력을 발휘했다. 그의 사망은 프랑스 혁명군에 큰 손실로 여겨졌다.

가[15], 토마스 뒤마[16], 다부[17], 베르디에[18], 므누, 보부아, 란, 뮈라 등
은 일기당천의 효장이었다. 해상에서 역풍을 만나 고난을 지겹도록
겪고 6월 10일에 몰타섬에 도착했다. 일격에 그 섬을 정복하고, 수비
병 약간을 그 섬에 주둔시켰다. 나침반을 동방으로 향하게 하고 출항
했을 때 영국 함대가 목격하는 것을 피하기에 힘썼다. 앞서 사르데냐
해안으로 퇴각한 넬슨의 함대는 서둘러 수선을 마쳤다. 다시금 툴롱
항 밖으로 항해해서 보니까 툴롱항 내에 숲속 나무처럼 늘어선 수백
척의 프랑스 함대는 그림자도 보이지 않았다. 쓸쓸한 다른 항구에
온 것과 비슷했다. 이때 넬슨은 생각했다. '이는 평범한 일이 아니다.
프랑스 함대가 향한 곳은 영국이 아니라 이집트다.' 급히 항로를 바

11) 도마르탱(단마루탄, Elzéar Auguste Cousin de Dommartin, 1768~1799): 프랑
스 혁명 전쟁 동안 활약한 프랑스의 군인이다.
12) 클레베르(쉬레베-/구레페, Jean-Baptiste Kléber, 1753~1800): 프랑스 혁명 전
쟁과 나폴레옹 전쟁에서 활약한 프랑스의 군인이다. 이집트 원정에서 뛰어난 지휘
능력을 발휘했다. 1800년 이집트 카이로에서 암살당했다.
13) 드제(셰쩨-/쎄세-/쎗세-, Louis Charles Antoine Desaix, 1768~1800): 프랑스
의 군인으로, 나폴레옹 보나파르트의 군에서 중요한 역할을 했다. 이탈리아 전투와
이집트 원정에서 활약했으며, 특히 마렝고 전투에서 중요한 승리를 거두었다.
14) 라프(레큐-, Jean Rapp, 1771~1821): 프랑스의 군인으로, 나폴레옹 보나파르트
의 신뢰를 받은 중요한 장군 중 한 명이다. 나폴레옹의 참모 역할을 수행했다.
15) 뒤가(쥬-키아, Charles Dugua, 1774~1802): 프랑스의 군인으로 여러 전투에
참여했다. 특히 이탈리아 전투와 스페인 전투에서 활약했다.
16) 뒤마(트모아-, 쥬-마, Thomas-Alexandre Dumas, 1762~1806): 프랑스의 군인
으로 이탈리아 전투와 이집트 원정에서 뛰어난 전투 능력을 발휘했다.
17) 다부(짜위-트, Louis-Nicolas Davout, 1770~1823): 프랑스의 군인으로, 나폴
레옹 보나파르트의 가장 중요한 장군 중 한 명이다. 엄격한 군사적 규율과 뛰어난
전술로 명성을 얻었으며, 아우스터리츠 전투 등에서 중요한 승리를 거두었다.
18) 베르디에(베루제-, Jean-Antoine Verdier, 1767~1839): 프랑스의 군인으로 전
략적 능력과 충성심을 인정받아 장군으로 승진했다.

꿔 일직선으로 이집트로 향했다. 프랑스 함대가 도착하기 이전에 나일강[19] 어귀에 도착해 사방을 정찰했는데 한 척의 적함도 없었다. 프랑스 함대의 소재를 탐지하고자 로도스섬[20]에 이르렀다가 시라쿠사[21]로 다시 향했다. 나폴레옹은 크레타섬[22]에 도착했을 때 영국 함대가 이미 레반트[23] 해안에 있다는 보고를 접했다. 이 때문에 혹시 서로 만날까 우려해 즉시 제독 페레에게 명령해 알렉산드리아[24]로 항해하는 것을 중지하고 방향을 돌려 아프리카[25] 해안으로 항해해 나아가게 했다. 세상에서 전하는 바에 따르면, 6월 20일경에는 양쪽 나라의 함대가 서로 접근한 것은 의심할 바 없는 일이었다. 하지만 20일경에 바다 안개가 잔뜩 껴 해수면의 지척도 분간하기가 어려워서 서로 적의 함대를 인식할 수 없었다. 나폴레옹을 위해 실로 하늘이 주신 행운이었다. 나폴레옹은 적의 함대가 알렉산드리아 항구 근처에 없다는 것을 탐지하고 7월 1일에 무사히 그곳에 도착했다. 이때 바다와 하늘이 서로 만나는 먼 곳에서 돛 하나가 나부꼈다. 영국 함대를 인도하는 것과 비슷한 것을 멀리서 바라보고 나폴레옹이 허탈해하고 탄식하며 말했다.

"운명이여, 나는 너에게 6시간의 유예를 바란다. 너는 이를 허락

---

19) 나일강(나이루河, Nile River)
20) 로도스섬(로-트島, Rhodes Island)
21) 시라쿠사(시라큐-스, Syracuse/Siracusa)
22) 크레타섬(기안테-아, Creta Island/Crete/Candia Island)
23) 레반트(레뷔안트, Levant)
24) 알렉산드리아(아레기산트리아/歷山, Alexandria)
25) 아프리카(亞佛利加, Africa)

하겠는가?"

다시 바라보자 영국 함대가 아니었다. 이처럼 프랑스군은 기상 상태가 험악한데도 불구하고 상륙을 서둘렀다. 이로 인해 익사한 자가 적지 않았지만 대부분 마라부²⁶⁾에 상륙했다. 이 땅은 알렉산드리아에서 1마일 반 떨어진 곳이었다.

3. 알렉산드리아시의 함락

나폴레옹이 병사를 상륙시키기 이전에 훈령을 반포하며 말했다.

"우리가 이제 나아가서 함께 거하고자 하는 인민은 마호메트교²⁷⁾의 신도다. 그들이 신앙하는 것을 첫 번째로 진술하면 '알라 외에 신이 없는 동시에 마호메트는 그의 예언자다'라고 하므로 삼가 그들과 논쟁하지 말고, 그들을 대우하는 것을 너희가 예전에 유대인과 이탈리아인을 대하는 것처럼 해야 한다. 마호메트교의 사제를 존경하는 것을 너희가 예전에 유대교의 사제와 로마의 교도를 대한 것처럼 해야 한다. 옛날에 로마의 군대는 능히 해당 지역의 종교를 보호했다. 너희는 유럽의 관습과 다른 것을 볼 것이다. 비유컨대 고향에 가면 그 풍속을 따르는 것이 옳다. 이곳의 인민이 부녀를 대우하는 법은 우리와 크게 다르다. 그러나 나라

---

26) 마라부(마라푸-, Marabout)
27) 마호메트교(回回敎): 이슬람교를 말한다. 마호메트(Mahomet/Muḥammad, 570~632)는 이슬람교의 창시자로서 메카(Mecca) 교외의 히라(Hira) 언덕에서 신의 계시를 받아 유일신 알라(Allah)에 대한 숭배를 가르치기 시작했으며, 정치적·역사적으로도 지대한 영향을 미쳤다.

가 어떠하든 상관없이 남의 것을 빼앗는 일은 하면 안 된다. 만일 그렇게 하지 않으면 우리 명예가 더럽혀지는 일이 적지 않을 테니 이들 율법을 모두 범하지 말아야 한다. 우리는 그들을 친구처럼 대하고 원수처럼 생각하지 않도록 해야 한다."

당시에 튀르키예 제국은[28]은 프랑스에 대항하지 않았기 때문에 그 영토에 속한 이집트의 인민은 프랑스군이 자국에 침입하리라고 는 꿈에도 생각하지 못했다. 지금 갑자기 프랑스군의 침입을 당해 준비를 갖출 겨를이 없었다. 하지만 부근의 병사를 알렉산드리아시 로 집결시켜 프랑스군을 대적하고자 했다. 프랑스군은 세차게 흘러 내리는 기세로 도시를 핍박했다. 종횡무진으로 돌격하자마자 성문 을 부수고 난입했다. 도시는 마침내 병사들이 약탈·살육하는 곳이 되었다. 예전에 나폴레옹이 병사를 경계시켜 약탈과 살육을 엄금했 다. 하지만 이번에 그가 이를 금하지 않은 까닭을 나폴레옹이 나중에 변명하며 말했다.

"당시에 프랑스군의 처지가 가장 위험했기 때문에 어쩔 수 없이 병력으로 시민을 위압할 필요가 있었다. 이렇게 학대가 극에 달했다."

4. 피라미드[29] 전투

이렇게 알렉산드리아시는 마침내 나폴레옹의 손아귀에 들어갔 다. 그는 헛되이 시간을 보내면 맘루크[30]에게 준비할 여유를 줄 것이

---

28) 튀르키예 제국/오스만 제국(土耳其帝國, Turkish Empire/Ottoman Empire)
29) 피라미드(피라밋트, Pyramid)

라고 하고, 나일 강가에 한 부대의 병사를 둬서 후환을 방비하게 한 후 친히 약간의 보병을 거느리고 7월 7일 이른 아침에 알렉산드리아 시를 출발했다. 사막으로 행진했는데, 그때 날씨가 몹시 더웠다. 쇠를 녹일 듯한 기후 속에서 이집트 내지의 유명한 끝없는 사막을 횡단하고자 했다. 그 행로의 어려움은 말로 표현하기가 어려웠다. 태양이 미친 듯이 내리쬐어 모래를 밟는 발은 불을 밟는 듯했다. 공중에는 독충이 가득해 무성한 수풀을 지날 때는 침을 맞는 듯했다. 식수를 얻기가 어려웠고, 다행히 얻어도 더러워서 마실 수가 극히 어려웠다. 이때 병사들이 서로 말했다.

"총사령관이 우리에게 약속한 소위 여러 땅은 이 사막을 말한 것인가?"

그들은 열기를 견디지 못해 대부분 의복을 벗었고, 땀이 온몸에 가득했으며, 모래 위를 헐떡이며 움직였다. 하루에 2, 3시간의 수면을 자지 않으면 체력을 충분히 유지할 수 없었다. 그러나 나폴레옹의 특이한 점은 파리에서 출발할 때 입은 군복이었는데도 한 방울의 땀도 나지 않았고, 남보다 나중에 잠들고, 남보다 먼저 일어났는데도 특별히 휴식과 수면이 필요한 기색이 없었다는 것이다. 다만 군대가 지원군 없이 만 리나 떨어져서 이처럼 극심한 고생을 겪고 있었기 때문에 장수 된 자로서 몸소 먼저 실천해서 모범을 보이지 않으면 병사의 일치단결을 도모할 수 없고, 또한 용기의 발흥도 바랄 수 없는 일은 처음부터 명백했다. 저 나폴레옹의 신체에 일종의 특이함이 있었던 것이다. 아! 그의 전신은 모두 여러 척의 금이 아니면 강철이었다.

30) 맘루크(마메류-구, Mamluk/Mamaluk)

2, 3일을 행진해도 적의 그림자가 보이지 않다가 슈브라 키트[31]에 이르러 적의 대대와 조우했다. 대개 맘루크인은 말을 잘 타고, 활을 잘 쐈다. 한 번 말을 몰면 모래와 먼지가 휘날리며 사방이 어두워져 지척도 분간하기가 어려웠다. 그들은 이런 상황에 익숙했기 때문에 개의치 않았지만, 프랑스군은 그 곤란함이 실로 말로 표현하기가 어려웠다. 원주민들은 프랑스군이 쳐들어오는 것을 보고 날카로운 기세로 돌격했다. 그러나 잘 훈련된 프랑스 정예군은 곧 격퇴하며 점점 나아가 7월 21일에 유명한 피라미드가 있는 곳에 이르렀다. 나폴레옹이 힘차게 병사를 북돋우며 말했다.

　"보아라. 저 피라미드는 너희가 오기를 기다린 지 이미 4,000여 년이나 되었으니 어찌 유쾌하지 않겠는가."

　점점 나아가서 보자 적의 대군이 정렬해 있었다. 그 우익은 나일 강가의 포대를 의거했고, 좌익은 대규모의 기병단으로 이루어져 그 기세가 맹렬했다. 나폴레옹은 진두로 말을 몰고 나가 적의 배치를 관찰하며 속으로 '보루 안의 대포에는 수레바퀴가 달리지 않았다.'라고 인식하고, 공격하기로 결정했다. 적군이 대포를 사용할 수 없도록 좌익을 향해 돌격하기로 준비했다. 그러나 원주민의 대장 무라드 베이[32]는 곧 나폴레옹의 계획을 알아챘다. 그는 프랑스군이 다가오는 것을 기다리지 않고 전군을 나아가게 해 공격했다. 나폴레옹이 급히 전군에 명령해 여러 개의 사각형 진을 만들어 적의 습격에 대응했다.

---

31) 슈브라 키트(제-푸레이스, Shubra Khit/Chobrakit)
32) 무라드 베이(무라쓰트, 페이, Murad Bey, 1750~1801): 맘루크 출신의 이집트군 지도자이다. 프랑스군에 패배한 후 이집트에서 맘루크의 영향력은 위축되었다.

날쌔고 사납기로 유명한 원주민의 기병은 일제히 돌진해 격파하려고
했다. 그러나 민첩한 프랑스군이 앞에서는 목책을 단단히 세우듯 총과
창을 들었고, 뒤에서는 쉬지 않고 총포를 쐈기 때문에 그들은 손쉽게
진입할 수 없었다. 말을 뒤로 돌려 진입하고자 하거나 종횡으로 격파하
고자 백방으로 진력했다. 하지만 프랑스의 견고한 진을 부술 수 없었
다. 그래서 그들은 단총을 들고 가까이에서 발사했다. 하지만 프랑스
군은 오히려 태연스럽게 조금도 움직이지 않았다. 접전 가운데 적병은
검과 창에 찔렸고, 총알에 맞아서 남은 자가 많지 않았다. 따라서
나폴레옹은 이때 나팔 소리를 크게 한 번 내며 진격을 명령했다. 적의
대오가 무너지며 도망쳐 달아나던 가운데 도도하게 흐르는 나일강에
뛰어들어 익사한 자가 셀 수 없었다. 무라드 베이를 비롯한 소수의
패잔병은 마음이 상하고 넋이 나가 다시 역습할 용기가 나지 않은
채 상이집트[33]를 향해 퇴각했다. 이때 카이로시[34]는 프랑스군에게 점
령되었고, 하이집트[35]는 일거에 완전히 평정되었다.

5. 아부키르[36] 해전

당시에 넬슨 제독은 처음에 나폴레옹 함대의 소재지를 놓쳐서 각
처를 수색한 후 다시 이집트 해안으로 돌아왔다. 알렉산드리아 부근
에 도착한 때는 8월 1일이었다. 그날은 나폴레옹이 피라미드 전투에

---

33) 상이집트(上部埃及, Upper Egypt): 고대 이집트의 지역명으로 상이집트는 나일
강 상류 지역을, 하이집트(Lower Egypt)는 나일강 삼각주 부근을 지칭했다.
34) 카이로시(가이로-府, Cairo City)
35) 하이집트(下部埃及, Lower Egypt)
36) 아부키르(아부-가-, Abukir/Abu Qir)

서 승리한 지 10일이 지난 후였다. 이때까지 프랑스 함대는 알렉산드리아 부근 아부키르만 내에서 배의 앞뒤 부분을 서로 붙여 정박한 채 유유히 시간을 보냈다. 대개 프랑스 함대는 육군을 상륙시킴으로써 그 임무를 마쳤기 때문에 즉시 프랑스로 돌아가거나 그렇지 않으면 몰타섬 부근으로 물러나는 것이 당연하고 손쉬운 길이었다. 하지만 제독 페레는 유약하고 사리에 어두워 이 계책을 행하지 않아 마침내 넬슨에게 발각되었다. 나중에 나폴레옹은 그 계책을 엄히 명령했다고 단언했다. 당시에 프랑스 군함은 만 내에 정렬해 반원형을 이루었다. 그러므로 페레가 속으로 말했다. '넬슨이 아무리 담대해도 함선을 몰고 프랑스 함대와 육지 사이에 들어오는 무모한 행동은 하지 않을 것이다. 그러므로 적을 만나는 곳은 오직 한 곳이다. 따라서 영국 함대가 최선으로 움직이는 적의 함대를 분열시켜 각개전투하는 계책을 행할 수 없음은 필연적이다.' 이렇게 망상하며 안심했다. 뜻밖에 넬슨 제독은 저 페레 제독이 가장 무모하다고 해 안심하던 방책을 실행했다. 교묘히 함대를 조종해 프랑스 함대와 육지 사이로 돌진해 최선의 전투법으로 프랑스 함대를 사분오열시키고, 각개전투로써 파쇄하고자 했다. 가련하구나! 프랑스 함대는 겨우 손상당한 함선 2척만 호랑이 굴을 벗어났고, 나머지는 대부분 침몰하거나 포획되었다. 페레 제독도 결국 이 전투에서 전사했다.

6. 야파[37] 전투

나폴레옹이 이 흉보를 접하고 무심결에 탄성을 발하며 말했다.

---

37) 야파(쟈쓰화-, Jaffa)

"운명은 육상 제국을 프랑스에 허락하고, 해상 제국은 결국 영국에 허락했다."

이제 프랑스군은 본국으로 돌아갈 길을 잃어버렸다. 그들은 자기 수완에 의지해야 했다. 나폴레옹은 마음속에 우려가 있었지만 내색하지 않았다. 태연하게 병사를 북돋우며 말했다.

"우리는 이미 함대를 잃어버렸다. 차라리 이 땅에 머물러 출입에 모두 명예를 더럽히지 않는 것이 옳다."

나폴레옹은 이집트에 어쩔 수 없이 잠시 머무를 줄 알고 먼저 원주민이 진심으로 기꺼이 복종하게 하고자 했다. 은혜와 위엄을 함께 베풀며 오로지 내지의 평정에 몰두한 지 수개월이 되었다. 그때 본국과의 교통은 거의 끊어졌다. 하지만 한 풍문이 아무 이유 없이 나폴레옹의 심려를 재촉했다. 본국에서는 다시금 오스트리아 제국과 틈이 생기려 할 뿐만 아니라 튀르키예 제국은 프랑스가 무명의 장수를 세워 그 영토에 속한 이집트에 침입한 일에 크게 분노하며 공공연하게 프랑스에 대해 적의를 드러냈고, 앞으로 대군을 일으켜 이집트 내지에서 고립된 군대를 이끄는 나폴레옹을 타파하고자 한다는 소문이었다. 이때 나폴레옹은 적병이 공격해 오기 이전에 진군해 수에즈[38] 해협을 장악함으로써 이집트 땅을 견고하게 하고자 했다. 뿐만 아니라 튀르키예군이 만일 시리아 지방에서 오는 것을 방비하고자 하여 15,000의 병사를 카이로시에 머물게 하고, 10,000의 정병을 직접 이끌고 시리아 지방으로 진군했다. 2월 15일에 엘 아리쉬[39] 요

---

38) 수에즈(스에스, Suez)
39) 엘 아리쉬(에루, 아리쓰구, El Arish)

새를 함락시켰고, 더 나아가서는 가자[40]를 취한 즉시 야파를 핍박했다. 튀르키예군은 이곳에서 혈전고투하며 심히 노력했지만, 마침내 프랑스군의 날카로운 기세를 대적할 수 없었다. 30,000명을 잃고 패배해 달아났다. 이때 포로의 많음이 3,000명에 달했다. 나폴레옹이 장교를 모아 상의하며 말했다.

"포로의 생명을 구하고자 하면 식량이 부족해져 감당할 수 없고, 풀어 놓아주면 이 무리가 산속에 들어가 험준한 곳에 진을 치고 우리 군대를 공격할까 두렵다. 이집트나 그리스[41]로 호송하고자 해도 운송 방법이 없으니 어찌해야 하겠는가?"

여러 장교는 대부분 총살하라고 권했지만, 나폴레옹은 안 된다고 외쳤다. 3일을 유예한 채 결정하지 않다가 마침내 포로를 구제할 방법을 제출할 수 없었기 때문에 어쩔 수 없이 눈물을 머금고 탄식하며 포로를 총살하라고 명령했다.

7. 아크레[42] 포위 공격

나폴레옹이 속으로 말했다. '시리아의 우두머리 아흐메드 파샤[43]는 반드시 아크레 요새를 포위 공격할 것이다. 그렇다면 일격에 그를 격파해 그 영토를 튀르키예로부터 빼앗아서 이집트의 방비를 공고하게 해야 할 것이다.' 점점 나아가는 동시에 요새를 포위하는 데

---

40) 가자(쎄-싸, Gaza)

41) 그리스(希臘, Greece)

42) 아크레(산쟌, 짜-구, Saint Jean d'Acre/Saint John of Acre)

43) 아흐메드 파샤(아구멧트, 시에쓰싸-, Ahmed Pasha al-Jazzar, 1720~30년대~1804)

필요한 준비를 해로로 요새 부근에 운송하게 했다. 이때 영국 장군 시드니 스미스 경[44]이 2척의 군함을 이끌고 레반트 해변을 배회하다가 지금 나폴레옹이 아크레 요새로 향한 것을 듣고 급히 키를 돌려 구원하고자 출발했다. 그 군함에는 프랑스 왕당파의 한 사람인 펠리포[45] 대령이 있었다. 그는 예전에 브리엔군사학교에 재학할 때 나폴레옹의 학우였다. 튀르키예의 우두머리는 뜻밖에 이 구원을 얻어 크게 기뻐했고, 영국군을 대하는 것이 매우 성대했다. 포위 공격은 3월 18일에 시작했다. 이때 나폴레옹이 작은 언덕에 올라가 요새를 가리키며 한 장교에게 말했다.

"동양의 운명은 저 요새 하나에 달려 있다. 보아라. 저 요새는 콘스탄티노플의 열쇠이자 인도의 자물쇠다."

나폴레옹은 영국의 그 인재를 힘써 공격했지만, 그 역시 방어에 힘을 다해서 손쉽게 항복하지 않았다. 게다가 예전에 해로로 운반하던 준비품은 선박과 함께 영국 장군 스미스에게 나포되었기 때문에 프랑스군의 준비품이 부족해졌다. 그 곤란함은 실로 말로 표현하기가 어려웠다. 하지만 프랑스군은 굴복하거나 좌절하지 않았다. 오히려 공격이 6회나 되었다. 요새의 병사가 출전한 것은 12회로 총 60일을 싸웠지만 결국 공략할 수 없었다. 나폴레옹도 기세와 힘이 다해 포위를 풀고 이집트로 한 차례 물러났다. 이때 프랑스군 중 역병에 죽거나 전사한 자는 3,000여 명이었다. 나폴레옹의 계획은 결국 성

---

44) 시드니 스미스 경(사-, 시트니-, 스밋스, Sir William Sidney Smith, 1764~1840): 영국 해군의 제독으로, 나폴레옹의 이집트 원정 당시에 활약했다. 특히 아부키르 해전에서 뛰어난 전술을 발휘하며 프랑스군의 진격을 저지하는 데 기여했다.
45) 펠리포(휘-리쓰보-, Antoine Le Picard de Phélippeaux, 1767~1799)

공하지 못했다. 생각건대 당시에 나폴레옹이 목적을 달성할 수 없었던 것은 다름 아니라 요새를 포위하고 나서 적당한 준비가 부족했기 때문이었다. 그 준비가 부족한 것이 무력한 해군 때문임을 생각하면 저 나폴레옹이 얼마나 유감스러웠는지를 헤아릴 수 있을 것이다. 나폴레옹은 나중에 세인트헬레나섬에 있었을 때 말했다.

"작은 일이 능히 큰일을 그르친다. 이집트 전투에서 내가 아크레 요새를 함락시켰다면 세계의 형세는 그 함락으로 인해 아주 달라졌을 것이다."

그 요새가 동양의 중추적인 요새임을 충분히 알 수 있을 것이다. 나폴레옹의 군대가 나사렛[46], 가나안[47]에서 승리를 두루 얻었고, 타보르산[48] 전투에서 적의 수만 기병을 격파했다. 그 외 2, 3번의 전투에서도 매번 승리를 얻고 다시 카이로시로 돌아왔다. 하지만 튀르키예군이 아부키르에 이미 있다는 말을 듣고 즉시 행진했다. 한 차례의 전투에서 6,000여 명을 사로잡고, 12,000여 명을 죽였다.

8. 나폴레옹이 이집트에서 출발함

나폴레옹이 8월 5일에 카이로시로 돌아왔다. 그는 각처의 전투에서 두루 승리했지만 그 뜻을 이루지는 못했다. 당시에 본국의 통신을 받지 못한 지가 이미 수개월이었다. 그러자 나폴레옹은 풍운의 기회가 더딘 것을 매우 깊이 우려했다. 그러나 그때 어떤 기이한 사건이

---

46) 나사렛(나싸레, Nazareth)
47) 가나안(쎄난, Canaan)
48) 타보르산(다보루山, Mount Tabor)

있었다. 이는 후일에 나폴레옹이 단언한 바요, 동시에 나폴레옹의 기록자들이 대부분 분명히 말한 일이었다. 어느 날 포로 조항에 관해 나폴레옹이 영국 장군 스미스와 서로 만났을 때 스미스가 한 묶음의 영국 신문지를 나폴레옹에게 주었다. 이에 대해 누군가가 말했다.

"이는 오직 스미스가 나폴레옹이 무료한 것을 살피고 준 것에 불과하다."

다른 누군가가 말했다.

"이는 나폴레옹이 당시 프랑스의 위태로운 실상을 알게 해 그의 용기를 좌절시키고, 그 계획을 내버리게 하기 위해서였다."

하지만 우리는 그 목적이 무엇을 위한 것인지는 알지 못한다. 대개 나폴레옹이 만 리나 떨어진 지역에 체재하며 본국 사정을 다소간 살펴 안 것이 오로지 그 신문지를 받았기 때문임은 의심할 바가 없다. 그는 귀국할 생각이 일어나 참을 수 없었다. 그래서 이집트 주재군의 감독을 지혜와 무용을 겸비한 효장 클레베르에게 맡긴 후 영국 함대가 바람과 파도를 피해 부재한 틈을 타 서둘러 한 부대의 병사를 이끌고 로제타 항[49]에서 출발해 곧장 프랑스로 항해했다. 후에 클레베르 장군은 튀르 키예의 자객 솔레이만[50]에게 피살되었다. 부장 므누가 대신하여 병사를 감독했지만, 그 재능이 대적을 당할 수 없었다. 간신히 화의를 맺고 나서 패잔병과 함께 프랑스로 돌아올 수 있었다.

---

49) 로제타항(로쎗다港, Port of Rosetta)

50) 솔레이만(소리만, Soleyman el-Halaby/Suleiman al-Halabi, 1777~1800): 맘루크 출신의 이집트군 지도자로, 나폴레옹의 이집트 원정 당시 프랑스군에 맞서 싸운 주요 인물 중 한 명이다. 결국 프랑스군에 패배했지만, 이집트에서 저항의 상징적인 인물이 되었다.

제4장

이탈리아 · 바이에른[1] 전투(1799~1801)

1. 나폴레옹이 제일통령으로 피선됨

나폴레옹이 영국 함대로부터 발각되는 일을 다행히 피하고, 1799년 10월 9일 동틀 무렵에 무사히 프레쥐스항[2]에 닻을 내릴 수 있었다. 앞서 프랑스는 사방으로 동맹을 맺은 여러 외국으로부터 공격을 받았다. 독일[3] 방면으로 향한 군대는 슈투트가르트[4]에서 패했고, 이탈리아에 있던 것 역시 패망했다. 러시아, 오스트리아, 영국의 대군은 그 걸음을 나아갔는데, 특히 영국의 대군은 깊숙이 나아가서 네덜란드를 침략했다. 그러나 효장 마세나는 능히 적군을 방어해 간신히 한 가닥의 명맥을 유지했다. 외환이 이러한 데다가 동시에 고질적인 내홍이 더 심해져 당파의 갈등은 날로 심해졌고, 인민이 바라는 바는 신경 쓰지 않았다. 가문 날에 구름과 무지개를 바라듯 한 영걸이 나타나 쾌도를 한 번 휘둘러 많은 당파를 정리하기만을 기다렸다. 이때 나폴레옹이 무사히 귀국한 소식이 각처에 전해졌다. 국민은 곳곳에

---

1) 바이에른(바위아리아, Bayern/Bavaria)
2) 프레쥐스항(후레쥬-스港, Port of Frejus)
3) 독일(日耳曼, Geruman/Germany)
4) 슈투트가르트(스트갓구, Stuttgart)

서 환영했고, 오늘날 풀 수 없을 만큼 얽히고설킨 일은 나폴레옹의 대단한 수완을 의지하지 않으면 해결하기가 어렵다고 말했다. 아! 교룡이 구름과 비를 만나면 연못 속의 생물이 아니다. 가장 높은 하늘까지 비약할 때가 이제 무르익어갔다. 한편으로 흠모하는 자를 얻으면, 다른 편에 원수가 있다는 이치에서는 벗어나기 어렵다. 총재정부는 겉으로는 그를 경애했지만, 그 속마음은 그렇지 않았다. 그가 인심을 얻는 것을 몹시 질투했다. 기회를 보아 그를 모함하고자 했다. 이때 나폴레옹을 돕는 자와 그의 공명을 시기하는 자 두 파로 나뉘어 서로 충돌했다. 쉽게 화합할 희망이 보이지 않았다. 분란의 결과 헌법을 개정하고, 3명의 통령[5]을 선임해 국사를 맡기기로 결정했다. 12월 1일에 헌법 초안이 만들어져 이를 공포했다. 다음 해인 1800년 1월 29일에 국민 일반의 동의를 얻어 헌법을 확정했다. 나폴레옹은 10년 임기의 제일통령으로 선임되었다. 이것이 곧 '8년 헌법'[6]이라고 부르는 것이었다. 아! 그는 일약 제일통령으로 피선돼 유럽 강대국의 정권을 장악하게 되었다. 질문컨대 그가 뜻한 바가 여기서 완성되었는가? 아니었다. 그가 다시 한 번 도약해 과연 무엇을 얻고자 하는 것인지는 알 수 없었다.

2. 화친을 영국 왕과 협상

나폴레옹이 제일통령으로 임명된 이후 부지런히 내정 개혁에 힘썼다. 은혜와 위엄을 병행해 명망이 점점 높아졌다. 이 당시 외환은

5) 통령(執政官, Consul)
6) 8년 헌법(八年의 國憲, Constitution of the Year Ⅷ)

오히려 끊이지 않았다. 러시아는 예전에 오스트리아가 지원군을 대한 일이 몹시 불친절했던 탓에 감정이 없지 않아 퇴군했다. 또다시 지원군을 보내지 않을 것은 명백했다. 영국은 오히려 고집스럽게 자신의 주장을 고수했다. 하지만 저 요크 공작[7]의 네덜란드 출정군과 넬슨 제독의 지중해 함대의 결과가 본국에서 지금까지 분명하지 못했기 때문에 나폴레옹은 화친에 소망을 두었다. 오스트리아와 교전하기 이전에 먼저 영국과 강화할 필요를 느꼈다. 더구나 신정부의 신용이 어떠한지를 시험하기 위해 친서를 영국 왕 조지 3세[8]에게 보내 화의를 바랐다. 그 친서에서 이렇게 말했다.

"프랑스 공화정부의 제일통령 나폴레옹은 친서를 사랑하는 대영국 폐하께 드립니다.

나폴레옹은 프랑스 인민의 추천을 받아 공화정의 가장 높은 장관으로 피선되었습니다. 이제 이를 폐하께 보고하는 것이 마땅하다고 생각해 삼가 이를 보고드립니다.

전쟁이 이미 8년에 걸쳐 세계 각처를 어지럽혔습니다. 이는 결국 그 기한을 영원히 끌 거나 평화를 강구할 여지가 그 사이에

---

7) 요크 공작(요루구公, Frederick, Duke of York and Albany, 1763~1827): 영국의 왕자이자, 영국 군대의 제2차 군사 지도자로, 영국 왕 조지 3세의 둘째 아들이다. 영국 육군의 총사령관으로 재임하면서 프랑스 혁명 전쟁과 나폴레옹 전쟁 동안 군사적 활동을 이끌었다. 비록 군사적 재능과 전략적 판단력으로 논란이 있었으나, 군 현대화에 기여했고, 부패와 군의 구조적 문제를 해결하려는 노력도 기울였다.
8) 조지 3세(죠-다 3세, George William Frederick/George Ⅲ, 1738~1820): 영국의 왕으로, 미국 독립전쟁과 나폴레옹 전쟁 동안 중요한 정치적 결정을 내렸다. 특히 통치 후반부 동안 영국은 그의 건강 상태로 인해 불안정한 시기를 맞이했다.

없으면, 국내의 안녕과 독립을 도모하는 데에 여유작작한 유럽의 두 강대국이 나라의 이익과 인민의 행복을 희생시키고, 헛되이 허영을 구하는 일입니다. 자세히 살펴보면 어찌 올바른 일이라고 할 수 있겠습니까. 평화는 인생에서 가장 필요한 것이고, 가장 영광스러운 것입니다. 대단히 너그럽고 어진 폐하께서 일찍이 세상 모든 사람의 평안과 근심을 살피신다면 어찌 그와 관련된 일들을 대수롭지 않게 간과하시겠습니까. 나폴레옹이 삼가 말씀드리는 까닭은 다른 이유가 있어서가 아닙니다. 오직 천하 만민이 다시금 태평을 누리게 하려는 것뿐입니다.

영국과 프랑스 두 나라는 실로 유럽의 강대국이므로 국력을 다하고자 하면 피폐해지는 일은 사실 지금도 요원합니다. 그러나 나폴레옹이 말씀드리고자 하는 바는 현재 전쟁의 화염이 천하에 가득해 문명국 인민의 운명을 전쟁으로 마치게 하는 데 있다는 것입니다. 바라건대 폐하께서 살펴주옵소서."

영국은 이에 대해 답했다. 영국은 그 정치체제상 국왕의 친서를 사용한 적이 없었기 때문에 당시 외무장관 그렌빌 경[9]이 프랑스의 탈레랑[10]에게 보냈다. 그 서한의 대강을 말하면,

---

9) 그렌빌 경(쑤렐빌-卿, Sir William Wyndham Grenville, 1759~1834): 영국의 정치가이자 외교관으로, 영국 의회의 중요한 인물이었다. 내각의 장관으로서, 특히 외무장관을 역임하며 영국의 외교 정책에 큰 영향을 미쳤다.
10) 탈레랑(다리-란트, Charles Maurice de Talleyrand-Périgord, 1754~1838): 프랑스의 외교관이자 정치인으로, 프랑스의 중요한 외교적 인물로 활동했다. 프랑스 혁명 당시와 나폴레옹 보나파르트 아래에서 외무장관을 역임했다. 외교 전략과 협상 능력으로 유명하다.

"영국 왕은 자국 및 동맹국과 유럽 일반의 안전을 도모하는 것 외에 전쟁에 종사할 생각이 없다. 오직 조속히 평화를 희망하는 데 간절하다. 그러나 혁명을 통해 프랑스가 침략해 오는 것으로 인한 위험을 깨닫지 못한 나라는 없다. 전쟁이 생겨난 원인이 사라지지 않는 이상 전쟁은 결국 끊일 수 없을 것이다. 영국 왕은 프랑스 내정에 참견하려고 말하는 것이 아니다. 하지만 신정부가 설립된 사정과 그 행동의 방침에 대해 여러 외국은 이를 공정한 정부라고 인정하는 신뢰를 얻기가 부족하다."

나폴레옹이 영국의 회답을 접하고 낙담하지 않았을 뿐 아니라 예상하던 바라고 속으로 기뻐했습니다. 그는 이탈리아 출정 이래 로디, 리볼리, 탈리아멘토 전투에 견줄 혁혁한 전승을 얻지 못해 가슴속의 분함을 금하기가 어려웠다. 이 때문에 답장을 접했을 때 기꺼이 탈레랑에게 일러 말했다.

"매우 다행이다, 정말 다행이다."

즉시 법령을 반포해 예비군을 일으켰는데, 지금까지 전쟁에 종사하던 정병과 다시 모집한 30,000의 신병으로 편성되었다.

3. 프랑스군의 조직

이때 국외로 나간 프랑스군은 네 개의 군대였다. 첫 번째는 북쪽에 주재해 네덜란드군을 정탐하고, 영국의 지원을 방어하고자 하는 것으로 브륀[11]이 이끄는 군대였다. 두 번째는 주르당이 이끄는 다뉴

---

11) 브륀(푸룬-/푸룬-스, Guillaume Marie-Anne Brune, 1763~1815): 프랑스 혁명

브강 부근의 군대로서 슈투트가르트에서 패해 라인강 건너편으로 물러나 진을 쳤다. 세 번째는 마세나가 이끄는 헬베티아[12] 군대다. 처음에는 패했지만 다시 취리히[13]에서 러시아군을 격파하고 스위스[14]를 점령했다. 네 번째는 이탈리아 출정군이었다. 초췌한 나머지 병사의 부대가 발강[15] 북쪽으로 퇴각해 있었다.

나폴레옹은 효장 마세나를 보내 이탈리아 출정군을 지휘하게 했고, 모로를 두 번째와 세 번째의 두 군대 지휘관으로 보충하고, 그 두 군대를 합해 '라인 대군'을 편성했다. 그 예비군의 집결지는 디종[16]으로 정했고, 완급을 따라 마세나의 군대나 모로의 군대를 지원하기로 했으며, 나폴레옹이 친히 조종하고자 했다. 모로에게 명령하여 즉시 울름[17]으로 달려가 오스트리아의 장군 크레이[18]가 이끄는 대군의 배후로 나가게 했다. 또한 그 부대에서 15,000명을 나누어 생고타르[19]의 계곡으로 이탈리아에 진입하게 함으로써 오스트리아의 장군 크레이가 티롤을 지나 이탈리아로 나가는 길을 끊게 했다. 모로는 진군해 4월 하순에 라인강을 건너서 7월 15일에는 본진을 아우크

전쟁과 나폴레옹 전쟁 동안 프랑스의 군사 지휘관이자 정치인으로 활약한 인물이다.
12) 헬베티아(헤루베-쟈, Helvetia): 나폴레옹이 1798년에 지금의 스위스 지역에 세운 헬베티아 공화국(Helvetic Republic)을 뜻한다.
13) 취리히(스-릿구, Zurich)
14) 스위스(瑞西國, Switzerland/Swiss Confederation)
15) 발강(뷔-아-/뷔아루, Waal River)
16) 디종(쩨이쥰, Dijon)
17) 울름(우룸, Ulm)
18) 크레이(구레-, Paul Kray, 1735~1804)
19) 생고타르(산,꼬사-/산,꼬-다루트, Saint Gotthard/San Gottardo)

스부르크[20]에 근거했다가 이탈리아군을 지원하거나, 전진해서 오스트리아의 중앙에 침입하거나 하는 이 두 가지 중에서 기회가 찾아오기를 기다렸다.

4. 나폴레옹이 알프스산맥을 넘음

나폴레옹은 지금 대서특필할 모험적 계획을 세웠다. 그가 이전에 디종을 예비군의 집결지라고 공포한 일은 완전히 그의 기묘한 계책과 다름없었다. 실제로 예비군은 다른 곳에 집결했기 때문에 디종에 주둔한 병사는 겨우 적은 숫자로 언뜻 부진한 모습을 보였다. 이 일이 전파되어 오스트리아군도 듣게 되었고, 경멸하는 마음이 절로 생겼다. 옛말에 이르길 병력을 믿고 교만하게 구는 자는 패할 것이라고 했다. 이 어찌 오스트리아군에 불행한 일이 아니겠는가. 이는 나폴레옹이 기회를 빼앗은 것이었다. 이 사이에 나폴레옹은 프랑스 내지에서 용맹한 병사를 징집했다. 오스트리아군은 이 일을 알지 못했다. 또한 나폴레옹은 저 유명한 알프스산맥을 탐색하기 위해 심복인 효장 베르티에, 마레스코[21], 기타 여러 명의 훌륭한 장군을 파견해서 지나갈 길을 찾게 하는 동시에 행군의 모든 준비에 종사하게 했다. 이 일은 가장 비밀스러워서 심복 이외에 미리 아는 자가 하나도 없었다.

이 당시에 오스트리아의 대군이 바람과 조수처럼 이탈리아군을 습격해 가장 위급한 지경에 빠졌다. 효장 마세나는 분전했지만, 중

---

20) 아우크스부르크(오-스풀쑤, Augsburg)
21) 마레스코(마레스고, Armand Samuel de Marescot, 1758~1832): 프랑스의 군인으로, 프랑스 혁명 전쟁과 나폴레옹 전쟁 동안 프랑스군 장교로 복무하며, 뛰어난 전술적 능력을 발휘했다.

과부적으로 마침내 마세나의 좌익, 곧 수셰[22]가 이끄는 부대는 적에 의해 본대와 분리되어 어쩔 수 없이 발강을 건너 퇴각했다. 마세나 역시 버틸 수 없어서 제노바 요새로 퇴각해 전력을 다해 방어했다. 하지만 오스트리아의 오트[23] 장군은 근접 무기로 서둘러 공격을 계속했다. 더구나 총대장 멜라스 장군은 30,000의 대군을 이끌고 니스에 도착했다. 때는 실로 5월 11일이었다. 형세가 이러하자 제노바의 위급함이 마치 풍전등화와 다름없었다. 이곳에서 한 번 나아가면 오스트리아군은 곧 프랑스의 중심을 치는 것이었다. 당시 오스트리아 군의 득의양양함을 짐작할 수 있을 것이다.

제일통령은 아직도 여유롭게 파리에 있었다. 어느 날 급보가 제노바에 있던 베르티에로부터 왔다. 그 요지는 이렇했다. "저는 이 땅에서 각하를 뵙고 싶습니다. 사태가 몹시 위급해 파리로 갈 수가 없습니다." 이때 나폴레옹은 곧 파리를 출발해 5월 7일에 디종에 도착해 예비군 사열식을 행했다. 당시에 집결한 자는 7, 8,000에 불과했다. 대부분이 신병으로 군율에 익숙하지 않았고, 준비가 부족했다. 그가 사열식을 마치고 그 병력을 브륀 휘하에 두었다. 오스트리아의 간첩은 이 상황을 목격하고 프랑스군의 준비가 불완전함을 기

22) 수셰(스-시에-, Louis-Gabriel Suchet, 1770~1826): 프랑스 혁명 전쟁과 나폴레옹 전쟁 동안 나폴레옹의 신뢰를 받은 장군으로, 뛰어난 전략적 능력과 군사적 재능으로 여러 승리를 거두었다. 프랑스군의 전투력을 강화하고, 나폴레옹 제국의 확장에 기여했다.
23) 오트(옷트, Peter Karl Ott von Bátorkéz, 1738~1809): 오스트리아군의 장군이자, 오스트리아-헝가리 제국의 중요한 군사 지도자이다. 뛰어난 군사 전략과 전술적 능력으로 여러 전투에서 중요한 역할을 했고, 오스트리아군의 역사를 대표하는 인물 중 한 명이 되었다.

뻐하며 돌아갔다. 나폴레옹이 이곳에 머무른 지 2시간 후 밤낮으로 움직여 다음날 제노바에 도착했다. 지난번에 명을 받들고 알프스산맥을 탐색, 특히 그 산맥 중 험난한 생베르나르[24]를 조사한 마레스코는 그곳에서 나폴레옹을 기다렸다. 나폴레옹이 도착한 후 말했다.

"능히 통과할 수 있겠는가?"

마레스코가 답하여 말했다.

"능히 온갖 험난함을 무릅쓰면 통과할 수 있습니다."

나폴레옹이 말했다.

"그러면 통과할 것이다."

오스트리아군은 오로지 눈앞의 적군에만 주의했다. 당시에 수세의 부대가 특히 위급했기 때문에 디종에 집결한 프랑스의 예비군이 반드시 수세의 부대를 구원할 것이라고 생각했다. 또다시 뜻밖의 장소에서 뜻밖의 대군이 튀어나올 일을 그들은 꿈속에서도 상상하지 못했다. 나폴레옹은 옛날 카르타고의 효웅 한니발[25]이 행한 옛 지혜를 흉내 내 알프스의 높은 고개를 넘어 갑자기 멜라스 장군의 뒤로 내려가서 적군이 본국과 교통하는 길을 끊고 단숨에 자웅을 겨루고자 하는 모험적 계획을 실행하고자 했다.

이제 한시도 지체할 수 없었기 때문에 나폴레옹은 부대를 나누어 각각 다른 길로 일제히 진군할 계책을 정했다. 네 개의 부대로 나누

24) 생베르나르(산,페루나루/산,베루나루, Saint Bernard Pass/San Bernardo)
25) 한니발(하니발-, Hannibal, BC 247~183/BC 181): 고대 카르타고의 장군으로, 제2차 포에니 전쟁 동안 로마와 싸운 유명한 지도자이다. 알프스를 넘은 전투로 잘 알려져 있다. 전술의 천재로 평가받은 만큼 그의 전술은 후세의 군사학에 큰 영향을 미쳤다.

어 우익은 모로가 이끌었는데, 15,000으로 편성해서 몽세[26]의 부하에 둬서 생고타르산맥을 넘게 했다. 타로[27]의 부대 5,000명은 몽스니[28]로 향하게 했다. 샤브랑[29]이 이끄는 5,000명을 프티생베르나르 고개[30]를 넘게 했다. 본대는 그 수가 모두 35,000명으로 편성해서 제일통령이 직접 맡았는데, 대포를 매고 극히 험한 그랑생베르나르 고개[31]를 넘고자 했다. 이상 60,000의 프랑스군 중 이전에 나폴레옹을 위해 굳은 결의를 가지고 전투에 참여했던 자는 그 3분의 1에 불과했고, 그 외 대부분은 신병이었다. 그 신병으로 이러한 모험을 시도하고자 했으므로 실로 대단한 담력이라고 할 것이다.

5월 15일이 되자 네 부대의 프랑스군이 각각 행진을 시작했다. 우리가 지금 여기에 기록할 것은 특별히 본대의 행진에 관한 상황뿐이다. 하지만 다른 세 부대의 상황 역시 이에 의거해 추측할 수 있을 것이다. 본대의 선봉은 란이 맡았고, 행로를 소탕했다. 나폴레옹과 베르티에는 후방 부대를 감독했는데, 대포 운반에 주의하며 생베르

26) 몽세(몬세-, Bon-Adrien Jeannot de Moncey, 1754~1842): 프랑스의 군인으로, 프랑스 혁명 전쟁에서 활동을 시작했다. 나폴레옹의 신뢰를 받으며, 여러 전투에서 중요한 승리를 거두었다.
27) 타로(쓰-로-, Jean Victor Tharreau, 1767~1812): 프랑스의 군인으로, 프랑스 혁명 전쟁과 나폴레옹 전쟁 동안 여러 전투에 참여했다. 특히 이탈리아 전투와 러시아 원정에서 두각을 나타냈다. 1812년 러시아 원정 중 전사했다.
28) 몽스니(세니스山, Mont Cenis)
29) 샤브랑(샤-푸란, Joseph Chabran, 1763~1843): 프랑스의 군인으로, 프랑스군에서 장교로 복무하며, 뛰어난 군사적 능력과 전략적 재능으로 인정받았다.
30) 프티 생베르나르 고개(小산,베루나루, Little Saint Bernard Pass/Petit Saint-Bernard)
31) 그랑 생베르나르 고개(大산,베루나루, Great Saint Bernard Pass/Grand Saint-Bernard)

나르에 도착했다. 얼음과 눈이 섞여 쌓인 산길과 들길에 인적과 짐승의 흔적은 아예 없었다. 전혀 다닌 적이 없는 곳이 수십 리였다. 기병과 보병이 무거운 장비와 함께 40문의 대포를 메고, 사계절 내내 녹지 않고 쌓인 눈을 밟으며 사나운 새도 날아다니지 않는 높은 고개를 등반했다. 천 길 낭떠러지에 한 번 발을 헛디디면 몸이 어디에 떨어질지 알 수 없었다. 혹은 얼음덩이가 병풍처럼 늘어선 계곡 아래를 행진하다가 뇌관 한 개가 오발하면 눈사태가 사납게 일어나 전군이 매몰될 터였다. 이러한 위험을 무릅쓰고, 혹은 딱딱한 얼음을 밟으며 끝없이 깊은 계곡의 시냇물을 건넜다. 그 천신만고의 위험함은 실로 글로 다 쓸 수가 없었다.

이렇게 곤란한 중에도 대포와 군수품을 운반하는 일이 특히 곤란했기 때문에 나폴레옹이 그 임무를 나서서 맡았다. 대포를 대부분 분해해 꿰뚫은 통나무 안에 넣고 사람의 힘으로 끌어올렸기 때문에 1문을 끌어올릴 때 100여 명이 필요했다. 대포의 수레도 분해해 막대기에 묶어 어깨에 짊어졌고, 화약과 탄환은 떡갈나무로 만든 상자에 채워서 노새와 말 등에 실었다. 이들 준비는 나폴레옹이 제노바에 도착해 란의 선봉이 행진하기 이전에 이루어졌다. 나폴레옹의 신속함이 아니면 어찌 이렇게 조속히 이루어질 수 있었겠는가. 나폴레옹이 노새와 말을 타거나 도보로 병사와 함께하며 신묘한 말로 병사를 다독였다. 당시에 병사의 피로는 말로 다 표현할 수가 없었다. 하지만 도중에 한 걸음도 멈추지 않았다. 이는 앞선 대열이 쉬지 않았고, 뒤의 대열도 이를 따랐기 때문이었다. 나폴레옹이 병사의 곤란한 상태를 보고 참지 못해서 북돋우고 약속하며 말했다.

"1문의 대포를 운반하는 자에게 1,000프랑(1프랑은 50전)의 상을 주겠다."

병사들이 이 말을 듣고 힘차게 말했다.

"오직 명예를 원할 뿐입니다. 어찌 금전을 요구하겠습니까."

마음을 다해 힘을 냈다. 괴로움과 고생을 말하는 자는 더 이상 없었다. 옛적에 한니발이 가파른 고개를 넘었을 때에는 불행히도 산간의 부랑배로부터 습격을 받았지만 지금 프랑스군이 그들의 위험을 만날 우려는 전무했다. 이뿐만 아니라 나폴레옹은 병사의 부담을 돕는 자에게 막대한 상금을 약속했기 때문에 부랑배가 크게 기뻐하며 프랑스군을 돕는 기세가 작지 않았다.

5월 16일에 나폴레옹은 생모리스 수도원[32]에서 하룻밤을 묵고 행진한 지 4일 후(즉 5월 20일)에 전군이 무사히 그랑 생베르나르 고개에 이르렀고, 유명한 생베르나르 수도원[33]에서 휴식했다. 이곳은 해수면에서 2,400m의 고지였다. 수도승들이 병사에게 술과 음식을 제공하는 일에 매우 친절했기 때문에 나폴레옹은 수도승들에게 깊이 감사했다. 한두 시간을 휴식하고 행진을 명령했다. 나폴레옹이 생모리스 수도원에서 나올 때부터 1명의 젊은 농부를 지도자로 동반시켰다가 이곳에서 헤어졌다. 그 젊은이의 소박한 천성이 마음에 들어 도중에 친히 이야기를 나누며 4일간 잠시도 그 곁에서 떨어지지 않았다. 그러다가 이별할 때 많은 액수의 금을 주며 생모리스 수도원장에게 부치는 편지를 부탁했다. 그 편지는 젊은이의 신변을 수도원장에게 부탁하는 것이었다. 알프스산맥에서 무명의 한 농부가 이렇게 그 이름

---

32) 생모리스 수도원(산,모-리스寺, Abbey of Saint Maurice)
33) 생베르나르 수도원(산,베루나루寺, Saint Bernard Monastery)

을 홀연히 천하에 날렸다. 먼 곳에서 슬기로운 남자들이 그를 찾아와 당시에 나폴레옹의 언행 등을 물었다. 그러나 안타깝게도 그는 일자무식한 자였다. 나폴레옹의 말은 대부분 잊어버리고 겨우 한두 가지를 전할 뿐이었다. 그 말을 기록하면 나폴레옹이 생베르나르 수도원 부근에 도착했을 때 그 의복을 단정히 하고 젊은이에게 말했다.

"내가 이 산중에서 모자를 망가뜨렸지만, 산을 내려가면 곧 새로운 모자를 얻을 것이다."

그가 또 나폴레옹에게 크게 감화되어 말했는데, 프랑스군이 '지옥의 계곡'이라고 부르는 험난한 곳을 통과했을 때 어떤 위험이 눈앞에 가로놓여 있어도 나폴레옹이 눈빛을 한 번 주고 말을 한 번 하면, 항상 전군이 용기백배하여 능히 행진했고, 도중에 특히 통과하기 어려운 험악한 장애를 만나면 나폴레옹은 진격의 북을 크게 치고 나팔을 불게 해서 전군이 힘차게 행진을 계속해 만사가 성공했다고 한다. 아! 나폴레옹이 통제술에 능숙하고 조종법에 익숙한 일이 어찌 이에 국한되었겠는가.

16일에 란의 전방 부대는 발레다오스타[34]에 도착했고, 후방 부대는 계속 행진했다. 완전히 내리막길이었다. 하지만 매우 위험스러운 길을 마다하지 않다가 나폴레옹이 발을 헛디뎌 100야드 이상을 굴렀다. 다행히도 생명은 잃지 않았다. 실로 하늘이 주신 행운이었다.

---

34) 발레다오스타(오-스다溪澗, Aosta Valley/Valle d'Aosta)

5. 바르드 요새[35] 공격

17일에 란의 선봉은 샤티용[36]에 도착했다. 오스트리아군의 분대 5,000이 이곳을 지켰다. 란은 일격에 쫓아내고 북을 치며 용감히 행진하다가 오스타[37]와 이브레아[38] 가운데 폭이 500야드에 달하는 도라발테아강[39] 연안에 다다랐다. 큰 강은 거침없이 흘렀고, 양쪽 연안은 치솟아 있어서 공중에까지 닿았다. 이곳에 바르드 요새가 있었다. 우뚝 솟은 원추형의 바위 위에 세워져 있어 한눈에 강과 작은 도시가 내려다보였다. 이브레아에 이르는 도로는 그 작은 도시의 중앙을 횡단했다. 산기슭에서 이탈리아 평원으로 나가고자 한다면 이곳을 통과해야 했다. 실로 이곳은 한 명이 지키면 만 명이 와도 뚫지 못할 천혜의 요충지였다. 그러나 란은 불시에 습격해 단숨에 함락시키고자 했다. 하지만 대적하기가 몹시 어려워서 전방 부대는 결국 어지럽게 대오가 흩어졌다. 나폴레옹은 오스타에 도착했을 때 그 흉보를 접했다. 급속히 진군해 그곳에 다다르자 란의 선봉은 과연 적군에게 공격을 당하자마자 위급함이 순식간에 닥쳐왔다. 이를 보고 즉시 사방의 지세를 관찰했다. 다행히도 요새 한쪽에 적의 진지보다 훨씬 높이 솟아 있는 고개가 있는 것을 발견했다. 이는 알바레도[40]라 부르는 고개였다. 이곳은 실로 적을 격파할 요충지로서 도로가 몹시

---

35) 바르드 요새(산,발트塞, Fort Bard)
36) 샤티용(샤-데이론, Châtillon)
37) 오스타(오-스다, Aosta)
38) 이브레아(이뷔레아, Ivrea)
39) 도라발테아강(트라河, Dora Baltea River)
40) 알바레도(아루바레트, Mount Albaredo)

험했다. 하지만 생베르나르의 험난함을 일찍이 감당한 병사가 등반하기에는 쉽다고 하고, 병사에게 명령하여 1문의 대포를 그 산 정상에 끌고 올라가 바르드 요새의 본진을 향해 발사를 준비했다. 이때 요새에 갇힌 오스트리아군은 총포를 자주 쏘며 프랑스군을 공격했다. 갑자기 알바레도 고개에서 사격하는 것을 깨닫고 대적할 수 없어서 결국 요새 안에 숨었다. 이때 프랑스군은 사소한 손실이 있었지만, 무사히 알바레도 중턱에서 포복해 세로로 늘어선 진형을 만들며 그곳을 통과했다. 때마침 나폴레옹은 평소와 다른 움직임에 피곤해서 고개의 바위 위에 누워서 우레와 같이 코를 골며 낮잠에 깊이 빠졌다. 아! 내려다보이는 바르드 요새의 강적을 두고 태연함이 이와 같았다. 그의 담력이 대단히 침착하고 굳센 것이 어찌 이 같은가.

심야에 나폴레옹이 뒤포[41] 대령에게 명령했다. 어두운 밤을 틈타 근접 무기로 바르드를 습격하라는 것이었다. 적은 불의의 습격에 경악했고, 어찌할 바를 모른 채 앞다투어 요새 안으로 퇴각했다. 이때 프랑스군이 마을 안으로 뛰어들어 마을 주민들을 권유해 그들의 가옥으로 각 진영을 만들었다. 요새의 병사가 이를 내려다보고 잠시 프랑스군을 사격했다. 하지만 주민들의 가옥을 손상시키고, 생명을 잃게 할까 우려해서인지 맹렬한 사격을 중지했다. 나폴레옹이 이 기회를 붙잡아 거리에 쓰레기 따위를 넘치도록 흩뿌리고, 짚이나 건초로 대포 수레의 바퀴를 싸서 야간에 마을 안을 은밀히 통과함으로써

---

41) 뒤포(쓰홀-, François Marie Dufour, 1769~1815): 프랑스의 군인으로, 프랑스 혁명 전쟁과 나폴레옹 전쟁 동안 활약한 장군이다. 나폴레옹의 지휘 아래 군사적 능력을 인정받았다.

그 험난한 곳을 무사히 지나갔다. 다음날 아침 오스트리아 장군은 서한을 멜라스 장군에게 전해 프랑스군이 험준한 알바레도를 지나갔지만, 대포류는 1문도 끌고 가지 못한 사유를 보고했다.

나폴레옹이 행진을 점점 빠르게 했다. 이브레아에 다다르기까지 한 사람의 적도 보지 못했다. 란은 격전 둘째 날에 이브레아를 함락시켰다. 나폴레옹은 더욱 나아가 치우셀라강[42] 다리 주변을 수비하던 오스트리아군 10,000을 유린했고, 오르코강[43]으로 나아가 장차 단숨에 토리노시로 들어가고자 했다. 이때 타로, 몽세, 샤브랑의 세 부대도 각각 산길을 내려와 집결지인 티치노[44]에 점점 가까워졌다.

6. 제노바 요새의 함락

이때까지 오스트리아군이 제노바를 쉬지 않고 매섭게 공격했다. 수세도 프랑스 국경에서 오스트리아군의 공격을 알고 방어에 아주 노력했다. 5월 20일에 멜라스 장군이 전력을 다해 발강의 도로로 돌격했지만 결국 뺏지 못했다. 두 번째 공격을 계획할 때 뜻밖에도 나폴레옹이 알프스의 험한 고개를 넘어 치우셀라강 다리 주변의 오스트리아군을 파쇄했다는 급보가 날아왔다. 그가 이를 듣고 놀라서 속으로 말했다. '앞뒤로 적의 공격을 받게 되어 몹시 위급하다.' 곧바로 행진해 나폴레옹과 맞서고자 하면 수세가 후미를 공격하는 것을 어떻게 할까 하다가 부하 중 효장 엘스니츠[45]가 수세를 공격하게 하

---

42) 치우셀라강(슈-시라, Chiusella River)
43) 오르코강(오루가, Orco River)
44) 티치노(데이시노, Ticino)
45) 엘스니츠(엘스닛쓰, Anton von Elsnitz, 1742~1825)

고, 군대를 직접 이끌고 나폴레옹의 예비군과 대적하고자 했다. 수세는 멜라스 장군이 떠난 것을 탐지했다. 동시에 나폴레옹이 무사히 알프스의 높은 고개를 넘은 사실을 듣고 용기가 더욱 솟아 방어의 지위에서 공격의 지위로 바꾸어 섰다. 종횡무진 적군을 타파해 마침내 말레그노[46]까지 진군해 옛 진지를 회복했을 뿐 아니라 그 선봉은 사보나[47]에 다다랐다.

이 당시 고립된 제노바 요새를 공격하는 일은 점점 격렬해져 적의 포위 공격을 받았다. 오스트리아군은 날로 증가해 그 수가 40,000에 이르렀다. 동시에 키스 경[48]이 감독하던 영국 함대는 해안을 엄격히 봉쇄했고, 오스트리아군을 도와 프랑스군의 보급로를 끊었다. 효장 마세나는 뾰족한 수가 없어 견고한 요새에서 나오지 않다가 그때 용맹하게 나와서 혈전고투했다. 당시에 프랑스군 전체의 움직임은 실로 감탄스러웠다. 후일에 마세나는 그때의 어려움을 자주 늘어놓았다. 도움받지 못하는 고립된 상태가 극심해졌을 때 나폴레옹이 무사히 이탈리아 내지에 침입했다는 기쁜 소식을 접했다. 요새 안의 병사는 용기를 더욱 내며 밤낮으로 나폴레옹이 도우러 오기만을 기다렸다. 그때 식량이 다 떨어졌다. 시민들이 곤란함을 견디지 못해 걸핏하면 요새 문을 열고 투항하고자 하는 경향이 있었다. 백성의 사정이 이러했지만, 날마다 간절히 기다리던, 나폴레옹이 도우러 온다는 소식은 없었다. 당시 고립된 제노바의 운명은 30,000근의 무게가 머리

---

46) 말레그노(마레쭈노, Malegno)

47) 사보나(사뷔오나, Savona)

48) 키스 경(게이스卿, George Keith Elphinstone, 1st Viscount Keith, 1746~1823): 영국 해군의 제독으로, 프랑스 혁명 전쟁과 나폴레옹 전쟁 동안 활약했다.

털 한 올에 매달려 있는 것과 같았다. 이때 오스트리아의 오트 장군과 영국 장군 키스 경은 마세나를 설득해 항복하게 했다. 당시에 영국과 오스트리아의 군대가 연합해 고립된 요새에 돌격하면 제노바는 결코 버틸 수 없다는 것은 명백했다. 하지만 적은 유명한 효장 마세나였기 때문에 힘을 다해 견고히 지키면 며칠이 걸릴지 헤아리기가 매우 어려웠다. 시일을 지체하면 나폴레옹이 이제 대군을 급속히 행진시켜 오스트리아군의 후방을 공격하고자 했기 때문에 영국과 오스트리아의 두 장군이 상의하며 말했다.

"하루라도 속히 제노바를 점령해서 눈앞의 적을 내쫓고, 한뜻으로 나폴레옹을 대적하는 것이 안전한 방책이다."

키스 경은 사람을 마세나에게 보내 설득했다. 용맹한 움직임은 말로 표현할 수 없을 만큼 감탄스러운 탓에 지금 제노바의 양도를 청구하더라도 이에 관해서는 결코 항복이라는 말을 사용하지 않겠다고 했다. 고립된 요새의 위급한 형세는 곧 결판날 상황이었기 때문에 마세나도 기꺼이 승낙했다. 오직 자기 뜻에 따라 물러나는 상태로 병기와 군수품 수레를 끌고 수세의 진영으로 퇴각했다.

이때 오스트리아 장군 오트가 그 대신에 제노바에 들어간 때는 6월 5일이었다. 멜라스 장군은 나폴레옹이 파죽지세로 공격해 오는 것을 알았다. 신변을 수세의 군대와 나폴레옹 군대 중간에 두는 것이 몹시 위험하다고 생각했다. 결국 피에몬테의 평원을 포기하고 알레산드리아로 옮겼다. 그곳에서 각 부대를 소집해 나폴레옹을 대적할 준비에 전념했다.

나폴레옹은 맹렬히 질주해 6월 1일부터 4일간 전군이 티치노강[49]을 건너게 했고, 더 나아가 파비아에 도착했다. 무라는 2일경에 밀라노에 도착했고, 샤퐁[50]과 타로는 두 길로 토리노를 공격했다. 이때 오스트리아군이 본국과 교통하던 도로를 끊었다.

7. 몬테벨로 전투

당시에 나폴레옹은 제노바시의 함락을 몰랐기 때문에 그가 속으로 말했다. '오트 장군의 군대는 총사령관 멜라스 장군의 군대와 조금 멀리 떨어져 있으므로 신속히 포강을 건너서 멜라스 장군이 주의하기 이전에 불시에 오트를 습격해 위급한 제노바를 구하거나, 이 계책을 행할 수 없으면 오트의 수하 병사와 연합하기 이전에 멜라스 장군의 군대를 습격해야 할 것이다.' 란의 선봉대는 일직선으로 행진해 몬테벨로에 도착했다. 프랑스군은 이 지방에 오스트리아군이 주둔한 일은 꿈에도 몰랐다. 뜻밖에 오스트리아의 대군은 당당히 그곳에 전선을 펼치고 프랑스군이 오기를 기다렸다. 6월 9일 날이 밝기 전에 오스트리아군이 갑자기 란의 선봉대를 습격했다. 그때 오스트리아군은 기병이 넘쳐났고, 그 지역은 평원이었다. 기병을 부리기에 적합했으므로 란이 방어전에 매우 노력했지만, 상당히 위태로웠다. 다행히도 그때 빅토르[51]의 부대가 도우러 와서 돌연 공수의 전환이 이루어졌다. 프랑스군의 용기가 백배 천배 더했기 때문에 혈전고투하여 오스트리아군을 대파했다. 그 들판에 보리 이삭이 무성히 자라

---

49) 티치노강(테이디노河/테이시노河/데이시노河, Ticino River)

50) 샤퐁(샤-폰, Chapon): 이름 외에 다른 정보를 확인하지 못했다.

51) 빅토르(위구를, Claude-Victor Perrin, 1764~1841): 프랑스의 군인으로, 프랑스 혁명 전쟁과 나폴레옹 전쟁 동안 활약했다. 뛰어난 전술적 재능을 발휘해 나폴레옹의 군대에서 장군으로 승진했다.

서 몸을 숨길 수 있었다. 그래서 양쪽 군대가 접근해 그 거리가 수척에 불과해도 서로 알지 못했다. 혹은 불시에 다가오는 것을 발견하면 곧 검으로 서로 찌르거나 총으로 서로 쏴서 헛되이 인명을 손상시키는 일이 지나치게 많았다. 양쪽 군대의 장수가 신출귀몰한 신기한 묘책을 행할 수 없었던 일은 이 책의 저술에 적지 않게 유감스러운 일이다. 승리의 영예는 결국 프랑스군이 차지했다. 시체가 겹겹이 쌓여서 드넓은 들판을 뒤덮었고, 선혈이 낭자해 들판의 풀을 물들였다. 오스트리아군은 5,000의 포로를 프랑스군에게 넘겨주고 퇴각했다. 그 전투는 평범한 격전이 아니었기 때문에 후일에 나폴레옹은 그 기념을 표하기 위해 란을 몬테벨로 공작으로 봉했다. 이때 그는 비로소 포로의 말을 통해 제노바시가 함락된 일을 듣고 단정했다. 이미 그 시가 함락되었다면, 멜라스 장군은 힘을 나눌 필요가 없기 때문에 반드시 그 병력을 한곳에 집결시켰을 거라는 것이었다. 즉시 사람을 수셰에게 보내 급속히 진군해 콜레 디 카디보나[52]를 횡단해 스크리비아[53]로 나와서 적의 배후를 장악하라고 하고, 친히 전군을 이끌고 스트라델라[54]의 요충지에 진을 쳤다.

8. 마렝고[55] 격전

나폴레옹은 적을 유인해 스트라델라에서 자신을 습격하게 했다. 대개 그곳은 오스트리아군이 가장 능숙한 기병을 운용하기에 부적

---

52) 콜레 디 카디보나(골,디,가테포나, Colle di Cadibona)
53) 스크리비아(스구리뷔-아, Scrivia River)
54) 스트라델라(스트라테라/스트라쩨라, Stradella)
55) 마렝고(마렌고, Marengo)

당한 지방이었다. 그러나 3일이 지나도 적군이 공격해 오지 않았기 때문에 나폴레옹은 우려를 견디지 못하고 속으로 말했다. '적군이 이곳을 공격해 오지 않는 것은 그들이 티치노강으로 우회해 아군의 좌익으로 나와 밀라노를 빼앗고 다시금 본국과의 교통을 개통하려는 것이다. 그렇지 않으면 제노바 방면으로 퇴각해 수세를 격파하는 동시에 영국 함대의 보호를 얻어 식량을 구하려는 것이다. 이 두 방도가 아니라면 해로를 통해 전군을 이탈리아로 돌려보내 프랑스군과 오스트리아 중간에 상륙시키려는 계책일 것이다.' 마음속에 의혹이 자꾸 생겼지만, 시기가 절박했기 때문에 헛되이 스트라델라의 요충지에 틀어박혀 있으면 안 된다고 하며 마렝고의 평원으로 나가고자 했다. 하지만 프랑스군이 마렝고의 평원으로 나오면 갑자기 오스트리아군이 습격하며 그 기병을 이용할 터였다. 이는 가장 이유 있는 우려였다. 마렝고의 지세는 기병을 이용하기에 적당한 땅이었기 때문이다. 그러나 나폴레옹은 과감히 결심하고 그 평원을 향해 행진했다. 11일에는 보게라⁵⁶⁾에서 묵었고, 다음날에는 마렝고 평원의 중앙 산 줄리아노⁵⁷⁾에 도착했다. 그곳에서도 적의 그림자는 보이지 않았기 때문에 더 나아가 13일에는 마렝고의 마을에 다다랐다. 그 마을에 약간의 수비병이 주둔한 것을 보았지만 그들이 프랑스군이 오는 것을 멀리서 보고 즉시 흩어져 달아나 한 사람의 적도 보지 못한 것이었다. 멜라스가 왼쪽으로 전환해 티치노강으로 향하지 않았으면, 오른쪽으로 제노바를 향해 갔을 것이라고 단정하고 크게 심려했다. 먼

---

56) 보게라(뷔-올쎄라, Voghera)
57) 산 줄리아노(산, 쥬-리아노, San Giuliano)

저 드제를 보내 제노바의 길을 방비하게 했고, 뮈라를 스크리비아 방면으로 보내 적의 형세를 정찰하게 했다. 드제가 움직인 지 불과 반나절 만에 나폴레옹이 전력을 한곳에 집중할 필요를 느끼고 즉시 드제를 소환하고자 했다. 이때 오스트리아 장군 멜라스는 나폴레옹이 백방으로 헤아리던 바와 다르게 그 또한 백방으로 의심해 방책을 정하지 못했다. 그러다가 한 번의 통쾌한 전투를 시도해 이탈리아의 운명을 단숨에 쟁취하고자 결심하고, 13일 황혼에 오스트리아의 전군을 알레산드리아 한쪽에 집결시켰다. 그곳은 다만 보르미다강[58]에서 조각배만큼 떨어져서 마렝고 평원과 서로 마주 대하고 있었다. 다음날 새벽 오스트리아군은 부대를 3개로 나누어서 당당히 프랑스군의 진지를 향해 행진했다.

오스트리아군은 당시에 그 병사 수가 모두 40,000이었다. 이에 대항하던 프랑스군은 당시에 드제가 이끌던 예비군이 불참했기 때문에 20,000 미만이었다. 그중 기병은 그 수가 2,500에 불과했다. 양쪽 군대의 병사 수가 이처럼 크게 차이 났지만, 나폴레옹은 거의 두려워하지 않았고, 오스트리아군의 습격을 대적하고자 결심했다. 당시에 프랑스군의 선봉을 가르단[59]이 이끌고 마렝고 평원 앞에 있는 작은 마을 페드라보나[60]를 점령했다. 나폴레옹은 빅토르에게 제1군을 줘서 산골길이 내려다보이는 작은 마을에 진을 치게 하고, 우익을 펼쳐서 마렝고와 병행해 작은 마을 카스텔 케리올로[61]에 다다르게 했으며,

58) 보르미다강(포루미사河/폴마사河, Bormida River)
59) 가르단(갈쓴누, Gaspard Amédée Gardanne, 1758~1807): 프랑스 혁명 전쟁과 나폴레옹 전쟁에서 활약한 프랑스의 군인이다.
60) 페드라보나(파틀포나, PedraBona)

켈레르만[62]에게 기병을 줘서 빅토르의 배후에 진을 쳐서 빅토르를 돕게 했다. 제2군은 란이 이끌었다. 빅토르의 뒤로 1,000야드 되는 곳에 늘여 세우고 샹포[63]의 기병으로 돕도록 준비시켰다. 란의 뒤로 1,000야드 되는 곳에 제3군을 두었다. 이는 생시르[64]의 부대와 친위대로 편성해 나폴레옹이 직접 감독했다. 오스트리아군이 행진해 평원에 도착하자마자 즉시 늘어선 진영을 바꾸어 2개의 부대로 만들었다. 1군은 하디크[65] 장군이 이끌며 선봉을 맡았다. 1군은 그 뒤에서 총사령관 멜라스가 감독했고, 자흐[66] 장군이 참모로 있으며 조직을 정비했다. 2군은 기세 늠름하게 마렝고로 점점 나아갔다. 이와 동시에 엘스니츠 장군은 경무장한 보병과 기병 약간을 이끌고 프랑스군의 우익을 포위하고자 카스텔 케리올로를 우회해 행진했다.

이렇게 전투가 시작되자 프랑스의 선봉 가르단은 오스트리아군

---

61) 카스텔 케리올로(가스털, 제-리오로, Castel Ceriolo)

62) 켈레르만(게레루만, François Étienne de Kellermann, 1770~1835): 프랑스의 군인이자 나폴레옹 전쟁 동안 활약한 장군이다.

63) 샹포(샴포-, Pierre Champeaux, 1767~1800): 프랑스의 군인으로, 프랑스 혁명 전쟁과 나폴레옹 전쟁 동안 여러 전투에 참여하며 뛰어난 전술적 능력을 인정받았다. 나폴레옹 밑에서 장군으로 승진했다.

64) 생시르(산시-루, Claude Carra Saint-Cyr, 1760~1834): 프랑스의 군인이자 나폴레옹 전쟁 동안 중요한 역할을 한 장군이다. 군사적 재능을 높이 평가받았고, 프랑스군의 주요 전략적 승리에 기여한 인물로 알려져 있다.

65) 하디크(핫텟-구, Karl Joseph Hadik von Futak, 1756~1800): 오스트리아의 군인으로, 오스트리아군에서 장군으로 복무하며 활약했다. 뛰어난 전술적 능력을 가진 군사 지도자로 인정받았고, 오스트리아의 군사 전략을 강화하는 데 기여했다.

66) 자흐(삿-구/쌋-구, Anton von Zach, 1747~1826): 오스트리아의 군인이자 군사 지도자로, 프랑스 혁명 전쟁과 나폴레옹 전쟁 동안 활약했다. 뛰어난 전략적 재능, 군 지휘와 전술에 대한 능력으로 높이 평가받았다.

의 선봉을 대적하지 못하고 퇴각해 빅토르의 제1군과 서로 만났다. 응전하던 맹렬한 포성이 이곳에서 시작되었다. 양쪽 군대가 산골길 좌우에 섰고, 발포는 끊이지 않았다. 양쪽 군대의 거리가 얼마 되지 않아 대포와 소총이 한데 붙어 사람을 사살했는데, 그 수를 헤아릴 수 없었다. 처참한 광경은 사람이 차마 볼 수 없는 것이었다. 빅토르가 자신의 군사력보다 몇 배나 더 우월한 대적을 상대로 혈전고투한 것이 2시간 이상에 달했다. 그 사이에 마렝고의 평원을 적에게 빼앗겼다가 회복한 일은 서너 차례였다. 몹시 위급한 때 란이 명령을 받고 구원하고자 제2군의 행진을 시작했다. 하지만 제1군은 란이 도우러 오는 것을 기다릴 수 없어 퇴각했다. 제2군과 서로 만나 방어전에 매우 노력했지만 적은 승전 기세를 탄 대군이었다. 제2군 역시 버티지 못하고 잠시 분투하다가 퇴각했다. 이 당시 오스트리아군의 엘스니츠는 카스텔 케리올로 마을을 우회해 프랑스군의 우익으로 용감무쌍한 기병을 보내 퇴각하던 란의 군대를 종횡무진 돌격했다. 그 기세가 몹시 매서웠다. 하지만 프랑스의 장군 란은 유명한 효웅이었다. 그 돌격을 당하고도 태연스럽고 여유롭게 대오를 정돈하고 퇴각했다. 당시에 프랑스군은 전군이 대부분 퇴각했기 때문에 멜라스 장군이 이 기회를 틈타 전력을 다해 공격했다면, 승리가 오스트리아군 깃발 위에 장식되었을 것은 의심할 바가 없었다. 하지만 84세 되는 노장군 멜라스는 이때 이미 승패 여부가 결정돼 끝까지 추격하면 대승은 반드시 정해진 일이라고 확신했다. 잠시 그 피로를 풀기 위해 후방의 진지로 물러나 참모 자흐에게 적군 추적의 임무를 맡겼다.

　앞서 오스트리아의 기병이 날카로운 기세로 란의 군대를 격파했을 때 이전에 명을 받고 제노바 방면으로 향한 드제가 예비군을 이끌고 돌아와 나폴레옹에게 말했다.

"생각건대 이 전투는 반드시 패할 것입니다."

나폴레옹이 답하여 말했다.

"전투는 승리했으므로 너는 나아가 적을 공격하라. 나는 서둘러 흩어진 병사를 정돈하겠다."

나폴레옹이 친히 패배한 군대를 제3군 진지에 정렬시키고 진두에 서서 말했다.

"병사여, 너희는 이미 퇴각했으므로 지금 마땅히 진격해야 할 것이다. 너희는 내가 전장에 서면 잠자는 것이 예삿일임을 알 것이다."

대개 나폴레옹의 이 말은 전장에 임할 때 전진만 알고 후퇴는 모른다는 말과 같았다. 병사들이 이 말을 듣고 감격하고 격앙했다. 하지만 그 형세가 어떻게 될지는 알 수 없었다. 오스트리아군이 서둘러 프랑스군을 포위하고 단번에 승리하고자 해 그 양익을 길게 펼쳤다. 이 때문에 그 중군의 기세가 쇠약해진 것을 나폴레옹이 보고 말했다.

"이 기회를 붙잡아야 할 것이다."

드제에게 5,000의 정병을 주어 서둘러 자흐의 행로를 막게 했다. 안타깝고 슬프게도 용맹무쌍한 드제는 첫 번째 사격의 탄환에 맞아서 전사했다. 그는 실로 나폴레옹의 가장 막역한 친우이자 가장 사랑하는 효장이었다. 이 죽음을 보고 병사들은 한층 더 분발해 오스트리아군을 돌격했다. 오스트리아의 보병은 이에 맞서 분발하며 돌진해 싸우는 데 매우 노력했다. 이때 프랑스의 장군 켈레르만은 기병 한 부대를 몰고 불시에 오스트리아군의 측면을 이리저리 쳤다. 강성한 오스트리아군도 뜻밖의 돌격을 받아 마침내 사분오열하며 대오를 다시 정돈할 수 없었고, 기세도 다하고 힘도 빠져 항복했다. 참모대장 자흐 장군 역시 포로 중 한 명이 되었다. 그러나 오스트리아의 후군은 앞서 승리한 것으로 자만해 전방 부대의 패망을 보고도 깨닫지 못하고 돌진했다. 프랑스군은 그에 맞서 싸웠다. 나폴레옹은 사기가 한껏 일어난 기회를 붙잡고 전력을 모아 오스트리아의 후군에 돌진해 매섭게 몰아쳤다. 오스트리아군의 사망자는 그 수를 헤아릴 수 없었다. 엘스니츠의 기병은 보병이 패해 달아나는 것을 보고 두려운 마음이 들었다. 감히 도우러 가지 못하고 말의 머리를 돌려 도망쳤는데, 적군과 아군이 뒤섞인 채 거침없이 유린당하며 앞다투어 달아났다. 오스트리아군 대부분이 보르미다강 부근에 이르렀다. 서로 다투며 건너가고자 하다가 익사한 자가 그 수를 헤아릴 수 없었다. 강을 건너지 못한 자는 대부분 프랑스군에 항복했다. 멜라스 장군은 소수의 패잔병을 이끌고 옛 진지인 알레산드리아로 퇴각했다. 대개 이 전투에서 프랑스군이 오히려 승리한 까닭은 드제의 부대가 시기를 맞춰 집결한 일과 켈레르만의 기병이 불시에 오스트리아군의 측면을 돌격했다는 데 있었다. 두 사람의 공적은 실로 막대했다.

이때 수세의 군대는 점점 나아가 오스트리아의 후군을 돌격하고자 했다. 아무리 용맹한 멜라스 장군이라도 패잔병을 수습해 앞으로는 위풍당당한 나폴레옹 수하의 군대를 맞이하고, 뒤로는 수세의 새로운 군대가 추격하는 것을 당할 수 없었다. 그래서 결국 어쩔 수 없이 멜라스 장군은 사람을 프랑스 진영에 보내 말했다.

"제노바를 비롯하여 피에몬테, 롬바르디아와 이탈리아 내지 오스트리아령의 중요한 곳을 대부분 포기하겠다. 그러므로 패잔병을 이끌고 만토바에 있는 후군과 연합할 것을 허락해 주시오."

나폴레옹은 흔쾌히 승낙했고, 한 번 잃어버렸던 이탈리아 내지의 프랑스령을 단번에 회복했다. 이때가 6월 14일이었다. 이에 나폴레옹의 명성이 혁혁해졌고, 그 위세가 실로 천지를 압도할 듯했다. 6월 17일에 나폴레옹은 대오를 정돈하고, 개선가를 연주하며 밀라노시에 들어왔다. 이후 이탈리아군의 지휘를 마세나에게 맡겼고, 주르당을 피에몬테의 지사(知事)로 임명했으며, 무한한 영예와 함께 본국 파리를 향해 출발했다.

9. 호엔린덴[67] 전투

나폴레옹은 멜라스 장군에게 휴전을 허락했기 때문에 독일과의 경계를 향해 파견한 각 군대에도 그 뜻을 통지해 전쟁을 잠시 쉬게 했다. 오스트리아에 대해서는 굴복하라는 조약을 자주 요청했다. 하지만 거만한 오스트리아는 영국의 유력한 후원이 있다는 것을 의지하거나 당당한 강대국이 다른 나라에 굴복하는 것이 유감이라고 하며 시일을 끌어 쉽게 강화할 희망이 없었다. 이때 영국은 키스 경과 랠프 애버크롬비 경[68]을 파견해 출정군을 일으켰다. 몰타섬이 이미 영국에 항복했다는 말이 전파되어 영국과 오스트리아의 동맹 기운이 달아올랐고, 화의 담판은 점점 곤란해졌다. 크게 한 번 피를 흘리고 대쇄신을 겪지 않으면, 도저히 마지막을 평화롭게 장식할 희망이 전혀 없었다. 마렝고에서 휴전을 약속한 이래 5개월이 이미 지났지만, 오스트리아는 말을 요리조리 바꾸며 만족스러운 화의를 하나도 보이지 않았다.

---

67) 호엔린덴(호-헨린덴, Hohenlinden)
68) 랠프 애버크롬비 경(라루-,아바구롬피-卿, Sir Ralph Abercromby, 1734~1801): 영국의 군인이자 해군 제독으로, 나폴레옹의 이집트 원정 당시에 두각을 나타냈다.

이 때문에 나폴레옹은 크게 분노해 다시금 전쟁을 시작했다. 오스트리아를 징계하지 않으면 끝나지 않는다는 것을 확인하고 10월 17일부터 27일까지 전군을 호령해 모두 속히 진군하라고 명했다. 프랑스군은 길을 나누어 다시금 오스트리아를 정벌했다. 각 부대가 도착한 곳에서 적을 격멸했다. 파죽지세로 브륀은 오스트리아군을 민치오[69]에서 격파했고, 다시 나아가 베네치아에서 수 마일 떨어진 곳에 다다랐다. 마크도날[70]은 티롤 산간을 점령하고, 완급을 조절하며 다른 부대를 도우려고 대기했다. 모로는 휘하 병사를 이끌고 독일의 한복판으로 돌진해 오스트리아의 친왕 존[71] 대장과 대적하고자 했다. 친왕 존은 예전에 하크[72] 전투에서 승리를 얻었는데, 사기가 떨어지지 않은 기회를 붙잡고 전력을 기울여 프랑스군과 자웅을 겨루고자 했다. 12월 2일 황혼에 인[73], 이셀[74] 두 강 사이에 끼어 있던 호엔린덴 마을에 나타나 다음날 아침 7시경부터 전투를 개시했다. 그때 눈이 가장 두껍게 쌓여 도로가 막혀서 쉽게 통행할 수 없었다. 이 때문에 오스트리아군의 부대 중 전투에 참여하지 못한 자나 그 기회를 얻지 못한 자가 상당히 많았다. 처음에는 사력을 다해 격전했다가 프랑스군의 정예를

---

69) 민치오(민죠-, Mincio River)
70) 마크도날(마구트날, Étienne Jacques-Joseph-Alexandre Macdonald, 1765~ 1840): 프랑스의 군인이자 프랑스군의 장군으로, 전술적 능력과 리더십을 높이 평가받았다.
71) 존(죤-, Archduke John of Austria, 1782~1859): 오스트리아의 군인이자 왕족으로, 프랑스 혁명 전쟁과 나폴레옹 전쟁 동안 오스트리아 제국의 군사 지도자로 활약했다.
72) 하크(하-쿠, Haag)
73) 인강(인河, Inn River)
74) 이셀강(이셀河, Isel River)

대적하지 못해 대오가 흩어지며 도망쳐 달아났다. 사망자가 10,000 이상에 달했다. 모로는 승승장구하며 찰츠부르크[75]를 점령했다. 승리의 기세를 타고 프랑스의 세 군대가 삼면에서 진군해 오스트리아의 수도 빈에 침입하고자 했다. 이때 오만무례한 오스트리아도 방책을 시행할 묘안이 없어 어쩔 수 없이 영국의 뜻을 등지고 프랑스와 강화할 수밖에 없는 슬픈 지경에 빠졌다. 이때 영국의 총리 피트[76] 역시 유럽 대륙에서 수행하던 전쟁의 목적을 달성하려는 일이 이제 가망이 없다는 것을 깨달았다. 그때 마렝고 전투의 보고를 접했다. 그 보고를 읽고 나서 유럽의 지도를 가리켜 말했다.

"이 지도를 집어넣어라. 이후 20년간은 이를 볼 필요가 없다."

10. 뤼네빌 조약[77]

오스트리아는 프랑스와 화의 조약을 체결했다. 오스트리아의 국왕은 직접 오스트리아 왕국의 원수와 독일 제국의 통령 자격으로 프랑스에 국경을 라인강으로 정하는 것을 허락했다. 동시에 그때까지 오스트리아 및 프로이센과 다른 나라가 소유한 여러 곳의 땅을 떼어서 프랑스에 양도했다. 세상에서는 이를 '뤼네빌 조약'이라고 부른다. 때는 1801년 2월 9일이었다.

---

75) 찰츠부르크(살쓰풀쿠, Salzburg)
76) 피트(핏트, William Pitt, 1759~1806): 영국의 정치인이자 총리로, 프랑스 혁명 전쟁과 나폴레옹 전쟁 동안 영국을 이끈 지도자였다. 경제 개혁과 군사적 대응에서 강력한 리더십을 발휘했고, 영국의 국가 안보와 영향력을 강화하는 데 중요한 역할을 했다.
77) 뤼네빌 조약(룬-빌-條約, Treaty of Lunéville)

난세의 영웅, 하늘이 만든 전투아,
나폴레옹

유석환

이 책은 1908년에 유문상(劉文相)이 번역하여 출판한 『나파륜전
사 상』(拿破崙戰史上)을 현대 한국어로 옮긴 것이다. 국문의 통사구
조에 수많은 한자어가 삽입된 낯선 국한문체도 그렇지만, 인명이나
지명 등의 고유명사를 100여 년 전의 표기 형태로는 오늘날 제대로
파악할 수 없다는 난점을 해결하려는 것이 현대어 역이 필요한 첫
번째 이유였다. 다음으로는 여전히 오늘날에도 끊임없이 재생산되
고 있는 나폴레옹 이야기를 100여 년 전의 한국인들은 어떻게 읽고
받아들였는지에 관한 궁금증 때문이다. 어린 자녀를 둔 가정이라면
이런저런 형태의 위인전 전집을 한 질 정도는 소장하고 있을 텐데,
나폴레옹은 그런 전집에 빠지지 않는 인물 중 한 명이다. 그러나 나
폴레옹 이야기가 한국의 독서문화 혹은 지식문화에서 언제나 그런
위상을 차지한 것은 아니었다. 불과 100여 년 전만 하더라도 나폴레
옹을 아는 사람보다 모르는 사람이 비교 자체가 무의미할 만큼 압도

적으로 많았다. 그런 점에서 유문상의 『나파륜전사 상』은 한국인의 뇌리에 나폴레옹 이야기를 본격적으로 각인시킨 계기였다. 나폴레옹 이야기가 한국에 어떻게 자리 잡게 되었는지, 곧 그 수용사를 검토하기 위해서는 유문상의 『나파륜전사 상』에 무엇보다 먼저 관심을 기울이지 않을 수 없다.

물론 유문상의 『나파륜 전사』는 나폴레옹 이야기를 한국어로 선보인 첫 번째 텍스트가 아니다. 『나파륜전사 상』이 출판되기 10여 전인 1895년 11월 7일부터 1896년 1월 26일까지 36회에 걸쳐 『한성신보』(漢城新報)에 연재된 「나파륜전」(拿破崙傳)이 있었기 때문이다. 1895년 2월에 창간된 『한성신보』는 근대적인 신문이 아직 존재하지 않았던 한반도에서 일본인이 발행한 신문이다. 이 신문은 청일전쟁에서 승리한 일본 제국주의의 문화적 첨병 역할을 한 것으로 잘 알려져 있다. 공교롭게도 유문상은 관비 유학생으로 게이오기주쿠(慶應義塾)에서 1895년부터 1년간 수학하고 우편국(郵便局) 등에서 근무한 후 1898년에 귀국했기 때문에[1] 『한성신보』의 「나파륜전」을 제대로 읽지 못했을 가능성이 다분하다. 그러나 일본에서 나폴레옹 이야기는 적어도 1813년부터 수용되고 있었기 때문에 유문상은 다양한 판본의 나폴레옹 이야기에 접근할 수 있었다. 그런 유문상이 선택한 일본어판 나폴레옹 이야기는 노노무라 긴코로(野野村金五郎)의 『나파륜전사 전』(拿破崙戰史全)이었다.[2] 이 책은 일본의 근대 지식문화

---

[1] 김도형, 「가토 히로유키 사회진화론의 수용과 번역 양상에 관한 일고찰」, 『대동문화연구』 57, 성균관대학교 대동문화연구원, 2007, 190쪽 각주 36번.
[2] 김병철, 『한국근대번역문학사연구』, 을유문화사, 1975, 266쪽.

를 주도한 하쿠분칸(博文館)의 '만국전사(萬國戰史)' 시리즈 제3권으로 1894년 12월에 출판되었다.

『한성신보』의 「나파륜전」이나 노노무라의 『나파륜전사 전』이 나온 지 10여 년 후에 유문상이 다시금 나폴레옹 이야기에 주목한 까닭은 시대 상황에 기인한 바가 적지 않다. 1908년 무렵이면 이미 한반도는 청일전쟁과 러일전쟁을 모두 승리로 이끈 일본에 의해 사실상 장악된 상황이었기 때문이다. 특히 1907년 7월이 결정적이었다. 헤이그특사사건을 빌미로 벌어진 고종의 강제 퇴위, 한일신협약 체결, 대한제국 군대 해산 칙령 반포 등이 그 한 달 동안 잇달아 일어났기 때문이다. 영웅서사의 예술성과 정치성을 적절히 활용한 서구 영웅전이 유독 1907~1908년에 신문·잡지의 연재물이나 책으로 공간된 일은 확실히 시대적 정황과 무관하지 않다.[3]

그리고 보면 국가 존폐의 기로에서 서세동점으로 대변되는 근대문명의 폭력성, 적자생존의 정당성을 주창한 사회진화론, 부국강병을 추구한 자강론 등을 그 어느 때보다 실감하던 현실을 살아내는 데 나폴레옹 이야기만큼 필요한 이야기도 없었을 것이다. 소설의 허구적 인물이 아니라 역사의 실존적 인물로서 나폴레옹 이야기는 예나 지금이나 현실에 안주하지 않도록 영혼과 삶을 새롭게 재구조화하는 힘을 주기 때문이다. 말하자면, 나폴레옹이 "천재였고, 해박한 지식과 크고 작은 일들에 대한 비상한 기억력을 갖고 있었다는 얘기들은 쓸데없는 과찬이 아니다. 그의 타고난 지능은 포병 대위에 불과

---

[3] 당시에 공간된 서구 영웅전의 현황은 손성준, 『중역한 영웅』, 소명출판, 2023, 78~85쪽 참조.

했던 그가 고작 1년 뒤 23세에 준장까지 벼락출세할 수 있었던 원동력이었다. 26세에 소장이 된 그는 그로부터 5년 뒤 정권을 장악했고, 35세에는 황제가 되었다. 40세가 될 무렵, 그는 거의 모든 유럽을 손에 쥐고 있었다. 타의 추종을 불허하는 군사적 혜안을 가진 것 외에도 민간 분야의 행정, 법률, 교육, 과학 등에도 조예가 깊었던 그는 오늘날까지도 나폴레옹 시대에 이뤄진 많은 개혁들이 그대로 이어질 만큼 상당한 수준의 지식을 자랑했다. 나폴레옹처럼 후세까지 이름과 업적을 남긴 역사적 위인은 많지 않을뿐더러, 심지어 그는 자신의 이름을 딴 시대까지 갖고 있다."[4] 이와 같은 나폴레옹의 생애를 담은 이야기가 당시 현실에서 어떤 힘을 발휘할지 상상해 보라. 유문상의 『나파륜 전사』가 출판된 지 넉 달쯤 후인 1908년 12월에 박문서관도 나폴레옹을 주목해 또 다른 버전의 『나파륜사』를 출간한 일은 우연이 아닐 것이다.

유문상의 『나파륜전사 상』은 노노무라의 『나파륜전사 전』을 나름 충실히 번역하려고 했다. 『나파륜전사 전』은 15개 장, 142개 절에 494쪽의 분량으로 구성되어 있다. 당연히 나폴레옹이 출생한 1769년부터 그가 사망한 1821년까지 나폴레옹의 생애 전부를 다룬다. 이에 비해 『나파륜전사 상』은 그중 앞의 4개 장, 49개 절을 대상으로 178쪽의 분량으로 구성되어 있다. 내용은 1769년부터 뤼네빌 조약이 체결된 1801년 2월까지의 이야기다. 이 두 책을 산술적으로 비교하면, 『나파륜전사 상』은 『나파륜전사 전』의 1/3 정도만을 다

<hr>

4) Gregory Fremont-Barnes·Todd Fisher, 박근형 역, 『나폴레옹 전쟁』, 플래닛미디어, 2020, 617~618쪽.

룬 셈이다. 만약 유문상이 완역을 시도했다면, 아마도 상·중·하 3권으로 결실을 맺었을 것이다.

비록 저본 내용의 2/3가 부재해 유문상이 어떤 식으로 결론을 내릴지 정확히 알 수 없지만, 적어도 『나파륜전사 상』에서만큼은 나폴레옹을 매우 긍정적·호의적으로 그리고 있다. 특히 "흉계가 너무 살육·참혹하였던 탓에 만년이 되어 바다 가운데 외딴섬에 감금되어 세상을 떠났으므로 영웅호걸의 죽음 또한 살펴야 할 것이다."라고 끝맺은 『한성신보』의 「나파륜전」과는 그 관점이 판이하게 다르다.[5]

"비상한 일을 행하고자 하면 비상한 영웅이 필요하다. 비상한 영웅은 비상한 일을 일으킴으로써 하늘이 명한 바를 완전하게 한다. 나폴레옹은 실로 '하늘이 만든 전투아(戰鬪兒)'로 출세했다. …… 역사가 중에 사리에 밝고 아는 것이 많은 자가 적지 않으나 나폴레옹을 평가함에 있어서는 저의 천직을 간파하지 못하고, '전투아'의 일거수일투족의 영향을 한갓 참극으로 알아서 그를 잔혹하고 사납고 거만하다고 했다. 우리도 유럽에서 나폴레옹 전쟁으로 인해 수십 년간 수천만의 혼령이 아득한 벌판의 푸른 풀로 변하게 된 일을 알고 있으므로 인의에 따른 것이라고 부르기 어렵다. 그러나 저 '전투아'가 이 세상에 태어난 시세를 일별해 보라. 저 '전투아'가 부담한 천직을 생각하면 그 처절하고 참혹한 활극 또한 19세기의 신천지를 드러나게 한 데서 생긴 것이었다. …… 왜냐하면, 진정한 평화와 찬연한 문물은 철화(鐵火)로 나타나기

5) 김병철, 『한국근대번역문학사연구』, 을유문화사, 1975, 159쪽.

때문이다."(말줄임표는 인용자의 것.)

　유문상은 노노무라의 『나파륜전사 전』의 머리말을 그대로 번역
함으로써 자신이 어떤 관점을 가지고 『나파륜전사 상』을 세상에 선
보였는지를 공표했다.[6] 『나파륜전사 상』은 나폴레옹을 "하늘이 만
든 전투아"로 규정함으로써 나폴레옹이 수행한 전쟁이 순리에 따른
것임을 분명히 했다. 유문상은 가토 히로유키(加藤弘之)의 『强者の
權利の競爭』(1893)을 번역한 『강자의 권리경쟁론』(强者의權利競爭
論)을 출판함으로써 자신의 그런 관점을 이론적으로도 강조했다. 가
토 히로유키의 그 책은 사회진화론에 입각해 전제권력의 정당성과
필요성을 강력히 옹호한 것으로 유명하다. 가토의 문제의식을 수용
한 유문상도 부국강병의 강대국을 실현하기 위해서는 새로운 형태
의 전제권력이 필수라고 생각했다. 그에게 나폴레옹은 자신의 문제
의식을 가장 잘 보여준 역사적 인물이었다.[7] 요컨대, 유문상의 손을
거쳐 의진사(義進社)라는 동일한 출판사에서 20일 정도의 간격을 두
고 발행된 『나파륜전사 상』과 『강자의 권리경쟁론』은 이론과 실제
를 각각 보여준 이란성 쌍둥이였던 셈이다.

　『나파륜전사 상』을 현대 한국어로 옮긴 과정에 관해 약간의 부연
설명을 하자면, 목차의 장·절 제목과 본문의 장·절 제목의 표현이

---

6) 『한성신보』의 「나파륜전」과 유문상의 『나파륜전사 상』을 비교한 연구로는 김준
현, 「나폴레옹의 국내수용사 검토 (1)」, 『코기토』 81, 부산대학교 인문학연구소, 2017
참조.
7) 김도형, 「가토 히로유키 사회진화론의 수용과 번역 양상에 관한 일고찰」, 『대동문
화연구』 57, 성균관대학교 대동문화연구원, 2007.

일치하지 않아 목차의 것을 기준으로 통일시켰다. 인명이나 지명 등 고유명사의 현대어 정보는 『나파륜전사 상』의 저본인 노노무라 긴코로의 『나파륜전사 전』, 노노무라 긴코로가 저본으로 활용한 해즐릿(William Hazlitt)의 *The Life of Napoleon Buonaparte*, 록하트(John Gibson Lockhart)의 *The History of Napoleon Buonaparte*, 그리고 프랭크 매클린(Frank McLynn)의 『나폴레옹』(조행복 역, 교양인, 2016)과 앤드루 로버츠(Andrew Roberts)의 『나폴레옹』(한은경·조행복 역, 김영사, 2022)과 같은 최근 버전의 책들, 위키피디아(Wikipedia)를 비롯한 다양한 웹 문서 등을 참고해 확인했다. 물론 현대 한국어로 옮기는 데 만전을 기하려 했지만, 여전히 오류의 위험으로부터는 자유롭지 못하다. 당연히 이 책임은 온전히 옮긴 이의 몫이다.

영인자료

拿破崙戰史 上

여기서부터는 영인본을 인쇄한 부분으로 맨 뒷 페이지부터 보십시오.

普通教育 國民儀範　　定價三十五錢

民刑訴訟規則 附民事訴訟期限規則　　定價二十錢

强者의權利競爭論　　定價四十五錢

絕世奇談 羅賓孫漂流記　　定價四十錢

186

義進社書籍發賣所

京城部

銅峴	博學書舘
廣橋東邊	滙東書舘
鍾路	古今書海觀
仝上	大東書市
小安洞	大韓書林
罷朝橋越便	中央書舘
尙洞	廣學書舖
布屏南便下	博文書舘
南門外紫岩	新舊書林
大寺洞	英林書觀
電氣會社越便	예수교서회

地方部

平壤法橋	大東書觀
開城南門內鉢谷	明新册肆
安岳上場	海西書市
安州石橋	知新書舘
宣川邑內	新民書會
郭山邑新街	合成書觀
淸州南門外	淸南書市
全州南溪	七書房
釜山港東關	韓興書舘
其他京鄉各書籍店	

185

隆熙二年八月四日印刷

隆熙二年八月九日發行

拿破崙戰史上卷

定價金四十錢

譯者　劉文相

發行所　京城南部上茶洞八統一戶　義進社

印刷所　京城中部磚洞　普成社

版權所有

發賣元

京城南部上茶洞八統一戶

義進社

184

拿破崙戰史上 終

ᄒ다」ᄒ니라

「룬ᅵ뷜ᅵ」의 條約　墺國은佛國과和議의 條約을締結ᄒᆞᆯᄉᆡ墺國王은親히墺太利王國의元首와日耳曼帝國의統領資格으로佛國에其國境을라인河로限ᄒᆞᆷ을許ᄒᆞ며兼ᄒᆞ야其時ᄭᅵ지墺太利及普魯西와他邦에所有되ᄂᆞᆫ幾許의地를割ᄒᆞ야佛國에讓與ᄒᆞ얏스며世上에서此를「룬ᅵ뷜ᅵ條約」이라稱ᄒᆞ니時ᄂᆞᆫ千八百一年二月九日이러라

進ᄒᆞ야위ㅣ니스를距ᄒᆞᆫ數哩地에達ᄒᆞ얏스며마구트날은디로루山間을占領ᄒᆞ고緩急을應ᄒᆞ야他隊를救援코ᄌᆞ待ᄒᆞ며모로ㅣᄂᆞᆫ手兵을引率ᄒᆞ고日耳曼의中點에突入ᄒᆞ야써墺國親王좐ㅣ大將과對敵코ᄌᆞᄒᆞ니親王좐ㅣ은曩者에하ㅣ삭戰에勝利를得ᄒᆞ얏스ᄂᆞ軍氣가未衰ᄒᆞᆷ을乘ᄒᆞ고全力을傾注ᄒᆞ야써佛軍과雌雄을決코ᄌᆞ十二月二日黃昏에인、이셀兩河에挾在ᄒᆞᆫ호ㅣ헨린덴村으로顯出ᄒᆞ야翌朝七時頃브러開戰ᄒᆞᆯᄉᆡ其時에降雪이最厚ᄒᆞ야道路를梗塞ᄒᆞ야容易히通行ᄒᆞ기未能ᄒᆞᆫ故로墺軍의分隊로會戰ᄒᆞ기未能ᄒᆞᆫ者와或은其期를晩ᄒᆞᆫ者ㅣ頗多ᄒᆞ얏스며最初에ᄂᆞᆫ死力을盡ᄒᆞ야激戰ᄒᆞ더니佛軍의精銳ᄒᆞᆷ을對敵ᄒᆞ기未能ᄒᆞ야隊伍를亂ᄒᆞ고遁走ᄒᆞ얏스며死者ㅣ一萬以上에達ᄒᆞ니모로ㅣᄂᆞᆫ乘勝ᄒᆞ야살쓰풀쿠를占領ᄒᆞ고其勝勢를從ᄒᆞ야佛의三軍이三面으로將進ᄒᆞ야墺國首府維也納에侵入코ᄌᆞᄒᆞᆯᄉᆡ於是乎倨傲無禮ᄒᆞᆫ墺國도方策을施ᄒᆞᆯ妙案이無ᄒᆞ야不得已英國의意를背ᄒᆞ고佛國과講和ᄒᆞᆷ을難免ᄒᆞᆯ悲境에陷ᄒᆞ니라此時에英國宰相핏트도亦是歐洲大陸에서行ᄒᆞᄂᆞᆫ戰爭의目的을達코ᄌᆞᄒᆞᆷ이此時에ᄂᆞᆫ可望이無ᄒᆞᆷ을覺悟ᄒᆞ얏스며時에마렌고戰爭의公報를接ᄒᆞ야讀畢에歐洲의輿地圖를指ᄒᆞ고謂曰「此地圖를藏ᄒᆞ라今後二十年間은此를見ᄒᆞᆯ必要가無

軍의指揮를맛세나에게委托ᄒ며줄ᅵ탄을拜ᄒ야피ᅵ드몬트知事로任ᄒ고無限ᄒ

榮譽와共히本國巴里로向ᄒ야出發ᄒ니라

[호ᅵ헤린헨]의戰　拿破崙이메라스將軍에게休戰을許ᄒ故로日耳曼境界로向ᄒ

야派遣ᄒ各軍에게其旨意를通知ᄒ야千戈를暫休케ᄒ고墺國에對ᄒ야屈服ᄒᄂ條

約을頻請ᄒᄂ倨傲ᄒ墺國은英國의有力ᄒ後援이有ᄒ을恃ᄒ고或은堂堂ᄒ大國이

他國에屈ᄒ이遺憾ᄒ다ᄒ며時日을遷延ᄒ야容易히調和ᄒ를希望이無ᄒ此時에英國

은게이스卿及라루ᅵ, 아바구롬피ᅵ卿을派ᄒ야出征軍을起ᄒ얏스며말다島ᄂᄅ

爲英國에降服ᄒ얏다ᄂ言이傳播ᄒ이英, 墺同盟의氣熖이激昂ᄒ야和議談判은漸

漸困難을成ᄒ야到底히一大濺血과一大刷新을不經ᄒ면平和의終局을見ᄒ希望이

全無ᄒ야ᄆ렌꾀에셔休戰을約ᄒ以來로五個月을已過ᄒ얏스ᄂ墺國은言을左右로

托ᄒ고一個도滿足ᄒ和議를不示ᄒᄂ故로拿破崙이奮然大怒ᄒ야再次千戈를動ᄒ

야墺國을懲戒치아니ᄒ면結局을見ᄒ기未能ᄒ다確認ᄒ고十月十七日브터二十七

日ᄭ지全軍에게令ᄒ야擧皆急進ᄒ라命ᄒ식佛軍은分路ᄒ야再次墺國을征討ᄒ식

各隊의所到處에게敵을打滅ᄒ고破竹의勢로푸룬ᅵ은墺軍을민죠ᅵ에셔擊破ᄒ고更

를廻ᄒ야逃走ᄒ야서彼我를不分ᄒ고縱橫蹂躪ᄒ며爭先遁走ᄒ니라墺軍이擧皆폴마

대河畔에至ᄒ야競相渡涉코ᄌᄒ다가溺死ᄒ者ㅣ其數를未知ᄒ스며其河를渡ᄒ

기未能ᄒ者ᄂ擧皆佛軍에게服從ᄒ얏스며메라스將軍은敗殘의小數를引率ᄒ고舊

陣地아렛산드리아로退却ᄒ니라大抵此戰에佛軍이反히制勝ᄒ所以ᄂ노뗴셰ㅣ의一

隊가時機를不誤ᄒ고會合ᄒ事와게렐만의騎兵이不意에墺軍의側面을馳擊ᄒ게在

ᄒ니其兩人의功績은實로莫大ᄒ니라

此時에스시에ㅣ의一軍은益進ᄒ야墺軍의後를突擊코ᄌᄒ니如何히勇猛ᄒ메라스

將軍이라도敗餘殘兵을收拾ᄒ고前으로威氣凛凛ᄒ拿破崙의手兵을迎ᄒ며後로ᄂ

스시에ㅣ의新兵이追擊ᄒ을當ᄒ기未能ᄒ故로不得己메라스將軍이人을佛營에遣

ᄒ야請曰「쎄ㅣ노아를爲始ᄒ야피ㅣ드몬드, 롬바ㅣ레ㅣ及伊太利內地의墺領重

要地를擧皆抛棄ᄒ지라故로殘兵을率ᄒ고만쥬ㅣ아에在ᄒ後軍과合ᄒ을許ᄒ라」

ᄒᄃ니拿破崙이快諾ᄒ야一擊에一次失ᄒ얏던伊太利內地의佛領을恢復ᄒ니時維六

月十四日이라於是에拿破崙의名聲이赫赫ᄒ야其威勢가實로四隣을壓ᄒ을듯ᄒ더라

六月十七日에拿破崙은隊伍를整肅ᄒ고凱歌를奏ᄒ며미란府로入ᄒ야爾後伊太利

伊太利바위아리아役

一七五

兵士等이此言을聽ᄒᆞ고感奮激昂ᄒᆞᄂᆞᆫ其形勢가如何ᄒᆞ기未能ᄒᆞ더니墺軍이速히佛

軍을圍ᄒᆞ고一舉에全勝을得코ᄌᆞᄒᆞ야其兩翼을大張ᄒᆞᄂᆞᆫ故로其中軍의氣勢가衰弱

ᄒᆞᆷ을拿破崙이見ᄒᆞ고曰「此機ᄅᆞᆯ乘ᄒᆞᆷ이可ᄒᆞ다」ᄒᆞ고 엘셰 에게 五千의精兵을與ᄒᆞ

야急히싸ᅩ구의行路ᄅᆞᆯ遮ᄏᆡᄒᆞ얏더니痛哉ㅣ며哀哉ㅣᄒᆞ고 엘셰 ㅣᄂᆞᆫ初

發의一丸에中ᄒᆞ야戰死ᄒᆞ니彼ᄂᆞᆫ實로拿破崙의第一知己로ᄌᆞ勇猛이無雙ᄒᆞᆫ驍將이라

拿破崙이其死ᄒᆞᆷ을見ᄒᆞ고曰「吁嗟ㅣ라予ᄂᆞᆫ號泣ᄒᆞ기未能ᄒᆞ도다」ᄒᆞ얏스며驍將

이死ᄒᆞᆷ을見ᄒᆞᆫ軍士等은一層奮發ᄒᆞ야墺軍을突擊ᄒᆞ니墺의步兵은此ᄅᆞᆯ應ᄒᆞ야奮

擊突戰에甚히努力ᄒᆞ얏스며此時에佛將게레ᇙ만은騎兵一隊ᄅᆞᆯ驅ᄒᆞ야不意에墺軍의

側面을縱橫衝擊ᄒᆞ니墺軍도其意外의突擊을受ᄒᆞ고畢竟四分五裂ᄒᆞ야隊伍

를更整ᄒᆞ기未能ᄒᆞ며勢窮力盡ᄒᆞ야降服ᄒᆞ니粲謀大將싸ᅩ구將軍도亦是捕虜의一

人을成ᄒᆞ나라然이ᄂᆞ墺의後軍은先時의勝利ᄅᆞᆯ自慢ᄒᆞ야前軍의敗亡을見ᄒᆞ고도自

覺ᄒᆞᆷ이無ᄒᆞ고突進ᄒᆞ니佛軍이迎戰ᄒᆞ며猛逐을加ᄒᆞ야墺兵의死者ㅣ其數ᄅᆞᆯ不知ᄒᆞ깃스며엘스닛

쓰의騎兵은步兵이敗走ᄒᆞᆷ을見ᄒᆞ고恐怖의念이生ᄒᆞ야敢히救援ᄒᆞᆷ을不爲ᄒᆞ고馬頭

179

야佛軍의 右翼으로 勇敢이 無雙호 騎兵을 出호야 退却호는란누의 軍隊를 縱橫突擊호

니 其勢가 甚히 猛烈호는 佛將란누는 有名호 曉雄이라 其突擊을 逢호고 도泰然緩步에

隊伍를 整肅호고 退却호니라 當時에 佛軍은 全軍이 擧皆退却호는故로메라스將軍이

此機를 乘호야 盡力大擊호얏스면 勝利는 墺軍旗上에 飾홀거슨 容疑홀바 ― 無호느八

十四歲되는老將메라스는此時에 已爲勝敗의 數는 決호이라호고 長驅追擊호면大

捷은 必期호려라 確信호고 暫時 其疲勞를 休호기 爲호야 後陣으로 退호고 參謀쌋스 ― 구

에게 敵軍追躡의 任을 委托호니라

先時에 墺國騎兵이 銳勢로란누의 軍隊를 蹴破홀時에 翌日에 命을 受호고 제 ― 노아方

面으로向호얏던예세 ― 는 豫備軍을 率호고 歸來호야 拿破崙에게 謂曰 「思之컨딕此

戰은必敗라」호니 拿破崙이 笞曰 「戰은勝호얏스니 爾는進호야 敵을 攻호라 予는速히

散兵을 整호깃다」 호니라

拿破崙이 親히 敗軍을 第三軍陣地에 整列케호고 陣頭에 立호야 謂曰 「兵士여 爾等은

이믜退却호얏스니 今에 맛당히 進擊홀지어다 爾等은予가戰場에立호면眠홈이常事

됨을 知홀지라」호니 大抵拿破崙의 此言은戰場의 臨호야 知進無退라호믜파同一호니라

伊太利바위아리아役

一七三

變호야二軍을成호야一軍은핫텟ㅣ구將軍이率호고先鋒을當호며一軍은其後에서

擔督메라스가督호얏스며샷ㅣ구將軍이叅謀로在호야部署를定호고二軍의軍勢가

凜凜호야마렌꼬로漸進호며此外同時에,엘스넷쓰將軍은輕裝步兵及騎兵의若干을

率호고佛軍의右翼을圍코즈호야가스넬,제ㅣ리오로迂回行進호더라

於是乎戰線을開호시佛의先鋒갈뜬누는壞軍의先鋒을對敵호기未能호야退軍호야

위ㅣ구들의第一軍과相合호니應戰호는猛烈호砲聲은此處에서始호야얏스며兩軍이

溪路左右에立호야發砲가間斷호이無호며兩軍의相距가數間에不過호야大砲와小

銃이相接호더라위ㅣ구들은自己의軍力보다優호이幾倍되는大敵을對호야血戰奮鬪

기未能호더라위ㅣ구들은其數를不知호깃스며絶慘호光景은人으로호야금忍見

홈이二時間以上에達호시其間에마렌꼬의廣原을敵에게被奪호얏다가回復홈이三

四次에甚히危急호時에,란누는命을受호고救援코즈호야第二軍위行進을始호얏스

느第一軍은란누의來援을待호기未能호고退却호야第二軍과相合호야防戰에甚히

努力을호얏스느敵은戰勝의勢를乘호大軍이라第二軍도亦是支保호기未能호야暫時

奮鬪호다가退却호서當此時호야壞軍엘스닛쓰는가스넬,제ㅣ리오로村을迂回호

未定ᄒᆞ다가一大快戰을試ᄒᆞ야써伊太利의運命을一擧에爭코자決心ᄒᆞ고十三日黃

昏에墺의全軍을아레산트리아一隅로集合ᄒᆞ얏스니其地ᄂᆞᆫ다만포루미ᄯᅡ河의一葦

로隔ᄒᆞ고마렌꼬平原과相對ᄒᆞ얏스며其翌曉에墺軍은隊를三分ᄒᆞ야堂堂히佛軍의

陣地를向ᄒᆞ야行進ᄒᆞ니라

墺軍은當時에其勢가擴히四萬이며對此ᄒᆞᄂᆞᆫ佛軍은當時에ᄠᅦ세ー가率ᄒᆞᆫ豫備軍이

不參ᄒᆞᆫ故로二萬에未滿ᄒᆞ얏스며其中騎兵은其數가二千五百에不過ᄒᆞ야兩軍兵數

의大差가如此ᄒᆞ되拿破崙은恐懼ᄒᆞᆷ이少無ᄒᆞ고墺軍의襲擊을對敵코자決心ᄒᆞ얏스

니當時에佛軍의先鋒은갈쯘누가率ᄒᆞ고마렌꼬廣原의前面에在ᄒᆞ야小村을

占領ᄒᆞ니라拿破崙이위ー구를에게第一軍을授ᄒᆞ야一溪路를俯瞰ᄒᆞ며小村에陣케ᄒᆞ

며右翼을張ᄒᆞ야위ー구들과並行ᄒᆞᆫ小村가스털,제ー리오로에達케ᄒᆞ게ᄒᆞᆯ러루만에

게騎兵을與ᄒᆞ야위ー구들의背後에陣ᄒᆞ야위ー구들을幇助케ᄒᆞ며二軍은란누가率

ᄒᆞ고위ー구들의後一千「야ード」되ᄂᆞᆫ處所에排케ᄒᆞ며삼포ー의騎兵으로써援助ᄒᆞᆯ

備케ᄒᆞ며란누외後一千「야ード」地에第三軍을置ᄒᆞ니此ᄂᆞᆫ산시ー루의分隊와親兵

隊로編成ᄒᆞ야拿破崙이親히監督ᄒᆞ니라墺軍이進ᄒᆞ야廣原에到着ᄒᆞᆺ시卽時排陣을

伊太利바위아리아役

一七一

出ᄒᆞ면海路로因ᄒᆞ야全軍을伊太利로迴航ᄒᆞ야써佛軍과墺國의中間으로上陸코ᄌ

計圖ᄒᆞ이라ᄒᆞ며心中에疑訝가屢生ᄒᆞᄂᆞᆫ時機가切迫ᄒᆞᆫ故로徒然히스트라쎄라의要

害에서蟄居ᄒᆞ이不可ᄒᆞ고進ᄒᆞ야마렌뇨廣原으로出코ᄌᆞᄒᆞᄂᆞᆫ佛軍이마렌뇨

의廣原으로出ᄒᆞ면忽然墺軍에게襲擊을當ᄒᆞ며其騎兵을利用ᄒᆞᆯ지라」ᄒᆞ니此는ᄀ

장有理ᄒᆞ憂慮라마렌뇨의地勢ᄂᆞᆫ騎兵을利用ᄒᆞ기에適當ᄒᆞᆫ位地러라然이ᄂᆞ拿破崙

은斷然決心ᄒᆞ고其廣原으로向ᄒᆞ야行進ᄒᆞᆯᄉᆡ十一日에ᄂᆞᆫ뷔ー올쎄라에서宿ᄒᆞ고翌

日에ᄂᆞᆫ마렌뇨廣原의中央산、쥬ー리아노에到着ᄒᆞ얏스ᄂᆞ其地에도敵의隻影이不

顯ᄒᆞᆫ故로尙進ᄒᆞ야十三日에ᄂᆞᆫ마렌뇨村에着ᄒᆞᆯᄉᆡ其村에少許守兵이駐屯ᄒᆞᆷ을見

ᄒᆞ얏스ᄂᆞ彼等이佛軍의來ᄒᆞᆷ을遙見ᄒᆞ고卽時退散ᄒᆞ야一人의敵을不見ᄒᆞᆯ지라메라

스ᄂᆞᆫ左便으로轉ᄒᆞ야데이시노河로向치아니ᄒᆞ얏스면右로쎄ー노아의道를防備케ᄒᆞ며마라ー를

案ᄒᆞ고大心慮ᄒᆞ며爲先쎄세ー를遣ᄒᆞ야쎄세ー노아의道를防備케ᄒᆞ며마라ー를召還코자ᄒᆞ니此時에墺將을

리뷔ー아方面으로遣ᄒᆞ야敵勢를偵察케ᄒᆞ고卽時쎄세ー가發行ᄒᆞ지不過半日에拿破崙

이全力을一處에蒐注ᄒᆞ야必要를感覺ᄒᆞᆫ바와相異ᄒᆞ야彼亦百方으로狐疑ᄒᆞ야方策을

메라스ᄂᆞᆫ拿破崙이百方으로忖度ᄒᆞᆫ던바와相異ᄒᆞ야彼亦百方으로狐疑ᄒᆞ야方策을

175

勝利의榮譽는畢竟佛軍이占得호고積屍가重疊호야廣原을掩蔽호얏스며鮮血은爛

斑호야野草를染호얏스며墺軍은五千의俘虜를佛軍에게委棄호고退却호니라「其

戰은非常호激戰이라故로後日에拿破崙이其紀念을表호기爲호야란누를封호야「ㅡ

몬레페로「公이라호니라」此時에彼는비로소俘虜의口로쎄ㅡ노아府의陷落호事를

聞호고斷定호되己」爲該府가陷落호얏스리라호고卽時人을스시에ㅡ에게遣호야急速히

必也에其兵力을一處로集合호얏스고山嶺을橫斷호야스구리뷔ㅡ아로出호야敵의背後를扼

進軍호고親히全軍을驅호야스트라테라의要處에排陣호니라

호라호고「골、디、가레포나」

「마렌꼬」의激戰　拿破崙은敵을誘引호야自己를스트라쩨라에襲擊케호얏스니大

抵其地는墺軍이ㄱ장鍊熟호騎兵을運用호기不適호地方이러라然이나三日을經過

호야도敵軍의襲來가無호故로拿破崙이慮遠호되敵軍이此地를來襲

치아니호옴은彼等이或은「레이시노」河로迂廻호야我軍의左翼으로出호야미란을奪

호고再次本國과交通을開코ㅈ호거ㄴ不然이면쩨ㅡ노아方面으로退却호야스시에

ㅡ를打破호며同時에英國艦隊의保護를得호야써糧食을救코ㅈ홈이니此二途에不

「몬레페로」의 戰　當時에 拿破崙은 쩨ー노아府의 陷落홈을 未知호는 故로 彼가 竊謂

호되 웃트將軍의 軍隊는 總督메라스將軍의 軍隊와 分離홈이 稍遠홀지니 迅速히 포ー

河물 渡호야 메라스將軍이 注意호기 以前에 不意에 웃트를 襲擊호야써 쩨ー노아城의

危急홈을 救호거놀 此計를 行호기 未能호면 웃트의 手兵과 會合호기 以前에 메라스將

軍의 軍隊를 襲擊코즈호며 란누의 先鋒隊는 一直線으로 進行호야 몬레페로에 到着호

니라 佛軍은 此地方에 塊兵이 駐屯홀事는 夢想에도 不到호더니 意外에 塊의 大軍이 整

整堂堂히 其處에 戰線을 張호고 佛軍의 來到홈을 待호니라 六月九日 未明에 塊의 大軍이 卒

然란누의 先鋒隊를 襲擊홀시 其時에 塊兵은 騎兵이 尠多호며 其地方은 平原이라 騎兵

을 馳騁호기에 適合호야 란누가 防戰에 甚히 努力호얏스나 頗히 危殆홀際에 幸히 위ー

구들 分隊의 來援을 得호고 忽然攻守의 勢가 一變호야 佛軍의 勇氣가 千百倍를 加호故

로 奮鬪血戰호나라 其原野에 麥穗는 茁長호야 人身을 可隱홀故로 或

온 兩軍이 接近호야 其門이 數尺에 不過호야도 互相 不知호며 或不意에 其接見홈을 發

見호면 면즉 灵劒으로 相觸호며 銃으로 相撞호야 徒然히 人命을 損失홈이 尠多호얏스며 兩

軍의 將帥는 神出鬼沒호 奇策妙計를 行호기 未能호事는 本書著作에 遺憾홈이 不少호

一六八

相議曰一日이라도從速히瓙ー노아룰占領ᄒ야써前面의敵을遠케ᄒ고一意로拿破

崙을對敵ᄒ이安全ᄒ方策이라ᄒ고게이스卿은人을맛세니에게遣ᄒ야說ᄒ되勇猛

ᄒ運動은形言ᄒ기未能ᄒ感嘆이有ᄒ니今에瓙ー노아의讓與룰請求ᄒ니此에關ᄒ

야ᄂ決코降服의言語룰適用쳐아니ᄒ노라ᄒ서孤城의危勢ᄂ朝夕에在ᄒ故로맛세

나도快諾ᄒ고오작任意로退軍ᄒᄂ狀態로戎器輜重을瞉ᄒ고스시에ー陣營으로退

去ᄒ니라

於是乎瓙將옷ᄅ가代ᄒ야瓙ー노아城으로入ᄒ서時維六月五日이러라메라스將軍

은拿破崙이破竹의勢로써來襲ᄒ을知ᄒ고其身을스시에ー軍과拿破崙軍의中間에

置ᄒ이甚危ᄒ을思ᄒ고畢竟피ー르몬트의廣原을棄ᄒ고아레사트리아로移ᄒ야其

處에서各隊룰召集ᄒ야써拿破崙을對敵ᄒ기로準備ᄒ을不息ᄒ더라

拿破崙은疾馳猛進ᄒ야六月一日브터四日間에全軍을데이디노河룰渡케ᄒ며尙進

ᄒ야파뷔ー아에着ᄒ얏스며무라ー눈二日頃에미란에着ᄒ얏스며샤ーᄯᆫ及쓰ー로

ᄂ兩路로「쓰ー린」을攻擊ᄒ니於是乎瓙軍은其本國과交通ᄒᄂ道路룰絕斷ᄒ얏더

라

伊太利ᄶᆡ위야리야役

一六七

172

호쓴아니라 其先鋒은사뷔오나에達호니라

當此時호야쎄ー노아孤城을攻擊호이 去益激烈호야敵의攻圍를受호얏스며墺軍은

日로增加호야其數가四萬에至호고兼호야게이스卿이監督호는英國艦隊는嚴然히

海岸을封鎖호야墺軍을扶助호야써佛軍의糧道를絶호니驍將맛셰나는設計方略이

無호야堅城不出호더니時에猛出호야奮戰苦鬪호니라當時에佛軍上下의動作은實

로感嘆홀지며後日에맛셰나는其時困苦를屢陳호얏다더라孤城落日의勢가甚危홈

時에拿破崙이無事히伊太利內地에侵入호快報를接호니城兵은勇氣를益蔵호며蠻

夜로拿破崙의來援을待호더라時에糧食이己盡호니府民等이其困難을不堪호야動

輒호면開門投降코자호는傾向이有호더라民情이如此호야每日에延頸苦待호는拿

破崙은來援홈이無호니當時쎄ー노아孤城의命脉은實로一髮로千鈞을繫홈과如호

더라此時에墺將웟ㄹ將軍及英將게이스卿은맛셰나를說호야降服케호니當時에英

墺両軍이相合호야孤城을突擊호면數日을費홈는지計料기甚難호며時日을遲緩

호면拿破崙은今에大軍을急速進行호야墺軍의後를襲攻코자호는故로英墺両將이

은有名호驍將맛셰나라盡力堅守호면墺將웟ㄹ

누ᄂᆞᆫ激戰二日에이비ᅵ레아ᄅᆞᆯ陷落ᄒᆞ얏스며拿破崙은尙進ᄒᆞ야「슈ᅵ시라」橋畔을守

備ᄒᆞᄂᆞᆫ墺軍一萬을蹂躪ᄒᆞ고오루가로進ᄒᆞ야將次一躍에쓰ᅵ린府로入코ᄌᆞᄒᆞᆯ새此

時에쓰ᅵ로ᅵ、몬세ᅵ、샤ᅵ푸란의地三隊도各各山路ᄅᆞᆯ下ᄒᆞ야其會合地되ᄂᆞᆫ데이

시노에漸近ᄒᆞ더라

쩨ᅵ노아城의陷落　此時ᄭᅥ지墺軍이ᄶᅦᅵ노아ᄅᆞᆯ攻擊ᄒᆞᆷ이甚ᄒᆞ야間絶이無ᄒᆞ며

스ᅵ에ᅵ도佛國境界에在ᄒᆞ야墺軍의攻擊을蒙ᄒᆞ야防禦에甚히努力ᄒᆞ나라五月二

十日에메라스將軍이全力을擧ᄒᆞ야비ᅵ아루道路ᄅᆞᆯ突擊ᄒᆞ얏스ᄂᆞᆫ畢竟不得拔支ᄒᆞ고再

擧ᄅᆞᆯ計圖ᄒᆞᆯ時에意外에拿破崙이알비ᅵ의險嶺을蹂ᄒᆞ야슈ᅵ시라橋畔의墺軍이破粹

ᄒᆞ飛報가到來ᄒᆞ니彼가此ᄅᆞᆯ聞ᄒᆞ고愕然ᄒᆞ야以謂ᄒᆞ되前後로敵의攻擊을奈何오ᄒᆞᆷ은甚

히危急ᄒᆞ다ᄒᆞ며곳行進ᄒᆞ야一軍을親率ᄒᆞ고拿破崙의豫備軍과

部下의驍將엘스닛쓰로스ᅵ에ᅵᄅᆞᆯ攻擊케ᄒᆞ며同時에拿破崙이無事히

對敵코ᄌᆞᄒᆞ나라스ᅵ에ᅵᄂᆞᆫ에라스將軍이去ᄒᆞᆷ을探知ᄒᆞ며一變ᄒᆞ야攻擊의地

알비ᅵ의高嶺을蹂ᄒᆞᆫ事實을聞ᄒᆞ고勇氣가益殘ᄒᆞ야防守의地位ᄅᆞᆯ一變ᄒᆞ야攻擊의地

位에立ᄒᆞ야繼橫無餘히敵軍을打破ᄒᆞ야畢竟마레ᄯᅥᆨ노ᅥᆨ지進行ᄒᆞ야舊陣地ᄅᆞᆯ回復

伊太利바위아리아役

더니 狞然아루바레르山嶺에 서 射擊흠을 蒙흠고 對敵흠기 未能흠야 畢竟堡壘內로

避흠니라 於是乎佛軍은 僅少흠 損失이 有흠얏스느 無事히아루바레르中腹을 匍匐흠

야 「單縱」陣을 作흠고 其處를 通過흠얏스니 時에 拿破崙이 其非常흠 勞動에 疲困흠야

山嶺岩上에 偃臥흠야 鼾聲이 如雷흠야 華胥의 鄕에 逍遙흠얏스느 嘻라 一瞰의 下에 산

「발트寨의 强敵을 控흠고 泰然흠이 如此흠니 彼느其膽大沈毅흠이 엇지 如此흠뇨

夜深에 拿破崙이 쓰흘ㅣ正領의게 命흠되夜陰을 乘흠야 短兵으로 急히산、발트府를

襲擊케흠니 敵이 不意의 襲攻을 驚愕흠야 所措를 罔知흠고 爭先흠야 城兵이 此를 瞰흠

고 暫時 佛軍을 射擊흠얏스느 村內로 闖入흠야 各陣營을 村民家室로 權設흠식 此를 瞰흠

烈흠 射擊을 中止흠니라 拿破崙이 此機를 乘흠야 塵芥類를 散布흠며 猛

或乾艸로써 大砲의 車輪을 包흠고 夜間에 府內를 陰密히 通過흠야 其難處를 無事經過

흠니라 翌朝에 墺將은 書를 메라스 將軍에게 傳흠야 佛軍이 아루바레르의 險峻을 經過

흠얏스느 巨砲類는 一門도 牽行흠이 無흠 事由를 報告흠니라

拿破崙이 行進을 益速케흠며 이뷔레아에 到흠기석지느 一人의 敵을 不見흠얏스며 란

千이此地를守호는지라란누는一擊에逐호고欣然호야鼓動勇進호다가「오ー스다」

와「이뷔레아」의中央에幅員이五百「야ー르」에達호는大河는

沼沼호며其兩岸은屹屹호야一半空에聳호나니此處에산、발르의堡寨가有호나巍峨

흔圓錐形의岩上에立호야一眸下에河流와一小府를俯瞰호면「이뷔레아」에到호는

途路는其小府中央을橫斷호얏스니山麓에서伊太利平原으로出코자호면此地를通

過호느니實로此地는一夫當關에萬夫莫開호야天然的要害處러라然이느不意

의襲擊을行호야一舉에陷落코자호얏스니對敵호기甚難홈으로前軍은畢竟紊亂호

야隊伍를失호나니라拿破崙이 오ー스다에着홀時에其凶報를接호야急速히進軍호

其地에至호죽란누의先鋒은果然敵軍에게襲攻을當호야危急홈이라此地는正히瞬間에迫호

지라此를見호고即時四方의地勢를觀察호니幸哉라云호는高嶺이라此地는實로破敵

흔要害로途路ー甚險호느「산、베루나루」의險難을曾己堪耐흔兵士가登此눈實로破敵

高흔一嶺이屹立호고發見호니此눈아루바레르라云호는高嶺의一便에敵의陣地보다尤

易호다호고途路ー一門의大砲를其山頂에引上호야「산、발르」寨의牙營

을间호고發射를準備호나라時에堡寨에籠흔塊軍은砲銃을頻發호야佛軍을攻擊호

伊太利바위아리아役

一六三

168

訪ᄒᆞ고當時拿破崙의言行等을問ᄒᆞ더라然이ᄂᆞ惜哉라彼ᄂᆞᆫ目不識丁ᄒᆞᄂᆞᆫ者ㅣ라拿

破崙의言語ᄂᆞᆫ大略忘却ᄒᆞ고僅僅히一二件을傳ᄒᆞᆯᄲᅮᆫ이니其言을記ᄒᆞ면拿破崙이

「산、베루나루」寺院附近에到着ᄒᆞᆯ時에其衣袂ᄅᆞᆯ正ᄒᆞ며少年에게言ᄒᆞ야曰「予가此

山中에서帽子ᄅᆞᆯ損傷ᄒᆞ얏스ᄂᆞ山을下ᄒᆞ면곳新帽ᄅᆞᆯ得ᄒᆞ다」ᄒᆞ얏스며彼가ᄯᅩ拿破

崙에게感化力이大ᄒᆞᆷ을言ᄒᆞ야曰佛軍이「地獄谷」이라稱ᄒᆞᆯ難處ᄅᆞᆯ通過ᄒᆞᆷ을當ᄒᆞ야

如何ᄒᆞ危險이前面에橫在ᄒᆞᆯ處所라도拿破崙의眼을一注ᄒᆞ며言을一發ᄒᆞ면恒常全

軍으로ᄒᆞ야금勇氣ᄅᆞᆯ鼓動ᄒᆞ야行進케ᄒᆞ며途中에서特히險惡難通ᄒᆞᆫ障碍ᄅᆞᆯ

遭遇ᄒᆞ면拿破崙은進擊의大皷ᄅᆞᆯ扣ᄒᆞ며喇叭을吹케ᄒᆞᄂᆞ全軍이奮然ᄒᆞ야行進을繼

續ᄒᆞ야事事成功ᄒᆞ얏다ᄒᆞ니嘻라拿破崙이統御術에鍊ᄒᆞ며操縱法에熟ᄒᆞᆷ이엇지此

에限ᄒᆞ리오

十六日에란누의前軍은「오ᅳ스다」의溪澗에到着ᄒᆞ얏스며後隊ᄂᆞᆫ繼續行進ᄒᆞ니全

혀下來ᄒᆞᄂᆞᆫ道이ᄂᆞ其危險ᄒᆞᆷ이上ᄒᆞᄂᆞᆫ途에不讓ᄒᆞ야拿破崙이失足ᄒᆞ야百「야ᅳ르」

以上을轉倒ᄒᆞ얏스되幸히一命을不失ᄒᆞ얏스니實로天이與ᄒᆞᆫ幸福이니라

산、발트崒寨의攻擊　十七日에란누의先鋒은샤ㅣ데이론에到着ᄒᆞ시墺軍의分隊五

호깃다 호니 兵士等이 此言을聞호고 奮然호야曰「오작 名譽를受홀뿐이라엇지金錢

을要호리오」호며 勵精奮力호야 困苦를言호는者ㅣ 更無호며 往昔하니발ㅣ의 高嶺

을蹈호는 時에 는不幸히 山間浮浪徒의 襲擊을受호얏스느 수에 佛軍은此等危險을遭遇

호雖處호는 全無홀뿐아니라 拿破崙은兵士의 負擔을助호者에게 莫大호實金을約호故

로浮浪輩가 大喜호야 佛軍에게 助勢홈이不少호니라

五月十六日에 拿破崙이「산、모ー리스」寺에서 一宿호고 行進호지四日(卽五月二十

日)에 全軍이 無事히 大「산、베루나루」山絕巔에 達호야 有名호「산、베루나루」寺에

셔休息호니라 此地는海面에 二千四百米突의 高地며 寺僧等이 兵士에게 酒食供饋가

頗허懇切호故로 拿破崙이 寺僧의 厚意를謝호며 一二時間을休息호고 行進을命令호

나라 拿破崙이「산、모ー리스」寺를出호時브러 一人의 年少農夫를指導者로 同件호

얏다가 此處에서 分袂홀식 其少年의 質朴호 天性을愛호며 途中에서 親히 談話를試호

고 四日間을 須臾도 其傍을不離호다가 臨別에 多額의 金을與호며「산、모ー리스」寺

長에게 付호는 一片書를托호얏스니 其書는少年 一身의 周旋을寺長에게 托홈이러라

「알브」山中에 無名一農夫가 於是乎其名이忽然天下에 揚호야 遠方奇男子等이 彼들

一六一

伊太利바위리라아役

砲물牽ㅎ고四時에不消ㅎ는積雪을踏ㅎ고驚鳥도不翔ㅎ는高嶺을攀ㅎ며或은斷巖

千仞에一次失足ㅎ면身이何處에落ㅎ을未知ㅎ깃스며或은氷塊가屛立ㅎ溪底물進

ㅎ야雷管의一個가或誤發ㅎ면崩雪이猛下ㅎ야全軍이埋沒ㅎ지라如此히危險을冒

ㅎ며或은堅氷을踏ㅎ야無底의溪流물渡ㅎ니其千難萬厄의危險은實로筆記ㅎ기未

能ㅎ더라

如此히困難中에도大砲及輜重을運搬ㅎ이特히困難ㅎ故로拿破崙이自任ㅎ나라大

砲물擧皆鮮ㅎ야洞穿ㅎ丸本內에入ㅎ고人力으로牽上ㅎ는故로一門을牽上ㅎ時에

百餘人을要ㅎ얏스며砲의車輪도解ㅎ야棒에結付ㅎ야肩擔케ㅎ며火藥彈丸은樫製

ㅎ函에盛ㅎ야騾馬背에載ㅎ얏스니此等準備는拿破崙이쎄네위ㅡ에着ㅎ야란두의

先陣이行進ㅎ기以前에成ㅎ얏스니拿破崙의神速이아니면엇지如此히速成ㅎ을得ㅎ

리오拿破崙이或騾馬에倂ㅎ며或徒步로兵士와伍를ㅎ야奇言으로써兵士물勵ㅎ나라

當時에兵士의疲勞는不可形言이ㄴ途中에서一步도休息ㅎ을未得ㅎ얏스니此는前

列이不息ㅎ는故로後列이此물因ㅎ이러라拿破崙이兵士의困狀을見ㅎ고不忍ㅎ야

獎勵ㅎ며約慰ㅎ야曰「一門의砲물運ㅎ는者에게千「푸랑」(一푸랑은五十錢)을賞

165

자ᄒᆞᆫ冒險的計劃을實行코자ᄒᆞ더라

今에瞬時롤遲緩ᄒᆞᆷ이不可ᄒᆞᆫ故로拿破崙은分隊ᄒᆞ야各各異路로一齊並進ᄒᆞᆯ策을定

ᄒᆞ고四軍으로分隊ᄒᆞ야右翼은모로ᅵ가領率ᄒᆞ얏스니一萬五千으로編成ᄒᆞ고몬세

ᅵ의部下에屬ᄒᆞ야「산、ᄯᅡ르트」山을蹂케ᄒᆞ며쓰ᅵ로ᅵ의一隊五千人은「세

니스」山으로向케ᄒᆞ며샤ᅵ푸란의所率五千人을小「산、베루나루」山을蹂케ᄒᆞ며本

隊ᄂᆞᆫ其數가總히三萬五千人으로編成ᄒᆞ고執政長官이親督ᄒᆞ야大砲룰牽ᄒᆞ고至險

ᄒᆞᆫ大「산、베루나루」峻嶺을越코자ᄒᆞ니以上六萬의佛軍中에蠹者에拿破崙을爲ᄒᆞ

야銳意軍의從役ᄒᆞ던者ᄂᆞᆫ其三分의一에不過ᄒᆞ며其外에ᄂᆞᆫ擧皆新兵이라其新兵으

로如此ᄒᆞᆫ冒險을試코자ᄒᆞ니實로雄膽이라ᄒᆞᆯ지니라

時維五月十五日에四隊의佛軍이各各行進을始ᄒᆞ얏스니吾人이今玆에記ᄒᆞᆯ것은

特히本隊의行進에關ᄒᆞ고他三隊의狀況도亦是此롤依ᄒᆞ야推測ᄒᆞᆯ지니라

本隊의先鋒은란누가督ᄒᆞ고行路룰掃蕩ᄒᆞ며拿破崙과ᄲᅦᆫ루제ᅵᄂᆞᆫ後隊룰監ᄒᆞ며大

砲의運搬에注意ᄒᆞ야산、ᄲᅦᅵ루에到着ᄒᆞ니氷雪이凝積ᄒᆞ야山徑과野路에人跡과

獸蹄가永無ᄒᆞ야全혀不通ᄒᆞ이十數餘里며騎兵과步兵이重ᄒᆞᆫ兵裝과ᄯᅩ四十門의巨

伊太利ᅄᅥ워ᅡ리ᅡ아役

一五九

里로 進호기 未能호다」호니 於是에 拿破崙이 곳巴里를 發호야 五月七日에 떼이존에

着호야 豫備軍의 觀兵式을 行호니 當時에 集合호者ㅣ 七八千에 不過호니 擧皆新兵

으로 軍律에 不習호며 準備에 未整호더라 彼가 觀兵式을 終호고 其兵을 푸루둔ㅣㅡ스의 麾

下로 屬호서 墺國의 間諜은 此實況을 目擊호고 佛軍의 豫備가 不完全홈을 欣然히 歸

去호얏스며 拿破崙이 此地에서 留호지 二時間後에 晝夜兼行호야 翌日 제ㅣ노아에 到

着호나라 曩者에 奉命호고 알브ㅣ山脉을 探檢호며 特히 該山脉中難處되는「산,페루나

루」를 探得호마레스꼬ㅣ는 其處에 在호야 拿破崙을 待호서 拿破崙이 到來호야 問曰

「能히 通過홈을 得호깃느냐」호즉 마레스꼬ㅣ가 荅曰「能히 萬難을 冒호면 通過홈을

得호지라」호니 拿破崙曰「然則通過홀지라」호니라

墺軍은 全히 前面의 敵軍에 만注意호며 當時에 스시에ㅣ의 一隊가 特히 危急에 迫호故

로 떼이존에 集合호佛의 豫備軍이 必也 스시에ㅣ의 一隊를 救援호리라 思惟호고 更히

意外地에서 意外의 大軍이 突出홀事논 彼等의 夢想에도 未料호얏스며 拿破崙은 往古

가ㅡ세ㅣ디의 驍雄하니 발ㅣ이 行호던 古智를 依倣호야「알브」高嶺을 踰호야 猛然히

메라스將軍의 後로 下호야 敵軍의 本國과 交通호논 途를 遮絕호고 一擧에 雌雄을 決코

163

온此事를未知ᄒ얏스며又拿破崙이彼有名ᄒ알ㅂ──山脉을檢探ᄒ,기爲ᄒ야心腹의號

將ᄂ페루졔ㅣ、마레스고ㅣ其他數人의良將을派遣ᄒ야써通路를發見케ᄒ며同

時에行軍의一切準備에從事케ᄒ얏스니此事ᄂᄀ장秘密ᄒ야腹臣以外에ᄂ豫知ᄒ

ᄂ者ㅣ一無ᄒ더라

當此時ᄒ야塊의大軍이風潮와如히伊太利軍을襲擊ᄒ야ᄆ장危急ᄒ境에陷ᄒ니競

將맛세나ᄂ奮戰ᄒ얏스ᄂ衆寡不敵으로畢竟맛세나의左翼卽ᄉㅣㅅ에ㅣ가領率ᄒ

一隊ᄂ敵에게其本隊와分離ᄒ음을當ᄒ야不得己「뷔아ㅣ」河를渡ᄒ야退却ᄒ얏스며

맛세나도亦是支保ᄒ기未能ᄒ야졔ㅣ노아城으로退陣ᄒ야盡力防守ᄒ야ᄂ塊將웃드

將軍은短兵으로急히攻擊을繼續ᄒ며尙且總大將메라스將軍은三萬의大兵을率

ᄒ고ᄂㅣ─ㅅ에到着ᄒ얏스니時ᄂ實로五月十一이라形勢가如此ᄒ니졔ㅣ노아의

危急ᄒ이正히風前의孤燈과無異ᄒ며此處에一進ᄒ면塊軍은곳佛國의中心을衝

ᄒᄂ故今도悠然히巴里에在ᄒ다가一日에飛報가졔ㅣ노아에在ᄒ페루졔ㅣ

執政長官은偹今도悠然히巴里에在ᄒ다가一日에飛報가졔ㅣ노아에在ᄒ페루졔ㅣ

에게서來ᄒ니其要旨에曰「予ᄂ此地에서閣下를面拜코자願ᄒ며事甚急危ᄒ야巴

俵太利바워리리아役

一五七

両軍指揮官으로補하고其両軍을合하야「一大라인軍」을編成케하며彼豫備軍의集

合地는삐에이존으로定하고緩急을應하야맛세나軍或모로ー軍을救援하기로하고拿

破崙이親히操縱코자하며모로ー에게命하야卽時우룸으로赴하야墺將구레ーㅣ가率

호大軍의背後로出케하며又其一隊에서一萬五千人을分하야산、쯘사ー의溪澗으

로伊太利에進入케하야써墺將구레ーㅣ가다로루룰經하야伊太利로通하는ㄴ連絡을絶

斷케하니라　모로ー는進軍하야四月下浣에라인河룰渡하야七月十五日에는牙營을

오ー스풀악에據하얏다가伊太利軍을救援하거ㄴ進하야墺國의中点에侵入하거ㄴ

両者中에時機에到來하룰待하더라

拿破崙이阿爾伯의嶬崖룰蹈하　拿破崙이今에世界戰爭에特筆大書홀冒險的計劃

을立하얏스며彼가曩者에메이존으로豫備軍의集合地라公佈함은全히彼의奇計에

不外하고其實은豫備軍을他處로集合하니라是故로써이존에駐在호ㄴ兵은僅僅호少

數로一見에其不振하는模樣을示하시此事가傳播하야墺軍도亦聞하고輕侮의念이

自生하니古語에云하되兵驕者는敗라하니此ー엇지墺軍에不幸호바ー아니리오此

는拿破崙이窃期하는바ーㅣ라此間에拿破崙은佛國內地에서勇兵을徵集하샤墺軍

161

伊太利바위아리아役

拿破崙이驍將맛세나를遣ᄒᆞ야伊太利出征軍을指揮케ᄒᆞ며모로-로써第二第三의

隊로뷔-아-河의北方으로退却ᄒᆞᆫ者ㅣ나라

셔魯國兵을破ᄒᆞ고瑞西國을占領ᄒᆞᆫ者이오四ᄂᆞᆫ伊太利出征軍이라疲羸ᄒᆞᆫ殘兵의一

者이오三은맛세나가領率ᄒᆞ고「헤루베ㅣ쟈」軍이니 一次敗ᄒᆞ얏스ᄂᆞᆫ更히스ㅣ릿구에

따ㅣ가領率ᄒᆞ다ᄂᆞᆫ뉴ㅣ푸河畔의一軍으로스도갓구에서敗ᄒᆞ야라인河를渡ᄒᆞ야退陣ᄒᆞ

을探察ᄒᆞ며英國의來援을防禦코자ᄒᆞᄂᆞᆫ것으로푸룬-이率ᄒᆞᆯ一軍이오二ᄂᆞᆫ쥬-루

佛軍의部署　此時에佛軍이國外로出ᄒᆞᆫ兵이四軍이니 一은北方에駐在ᄒᆞ야荷蘭兵

시從來로戰爭에從事ᄒᆞ던驍兵과更히募集ᄒᆞᆫ三萬의新兵으로編成ᄒᆞ니라

다리ㅣ란트에게謂ᄒᆞ야曰「幸甚幸甚이라」ᄒᆞ고卽時法令을頒佈ᄒᆞ야豫備軍을起ᄒᆞᆯ

ᄒᆞᆫ戰捷을博得처못ᄒᆞ야撑中의憤嘆을禁ᄒᆞ기難ᄒᆞ더라是故로苔書를接ᄒᆞ서欣然히

拿破崙이英國의回答을接ᄒᆞ고落膽처야니ᄒᆞᆯᄲᅮᆫ아니ᄒᆞ니라豫期ᄒᆞᆫ던바로뒤衷心에喜悦
ᄒᆞ니라彼ᄂᆞᆫ伊太利의出征以來로로되, 리뷔오리、다뉘리아멘트役에可比ᄒᆞᆯ赫赫

라認ᄒᆞ야取信ᄒᆞ기不足ᄒᆞ다」ᄒᆞ니라

新政府의設立된事情과其行動ᄒᆞᄂᆞᆫ主義에至ᄒᆞ야ᄂᆞᆫ諸外國은此를公正ᄒᆞᆫ政府ㅣ

160

綽綽裕餘호歐洲의二大國이國利民福을犧牲에供호고徒然히虛榮을求홈이니按
察호면엇지得道호얏다호리오平和논人生의第一必要와第一光榮이라陛下의寬
仁大度로일즉蒼生의休戚을察호면엇지這般事를尋常看過호리오拿破崙이謹히
開陳호논所以논他故가有홈이아니오오작天下萬衆으로호야금再次太平의風化
를浴케홀뿐이라

英佛二邦은實로歐洲의强邦이라其國力을盡코자호면元來疲弊논尙今遙遠호논
然이논拿破崙이言코자호논바논今에戰爭의火焰이天下에瀰漫호야文明國人民
의運命을戰爭으로終局홈에在홀지니陛下논幸히察호소서]호니라

英國은此에對호야쯉호얏스니英國은其政体上으로國王의手書를用홈이無호故론
當時外務大臣쏠렌쓸ー卿이佛國다리ー란트에게送호얏스니其書의大要에曰

[英國王은自國及其同盟國과歐洲一般의安全을計圖호논以外에戰爭에從事홀
念이無호故로오자從速히平和룰希望홈이懇切호논然이논革命으로써佛國이來
侵홈을因호야其危險을不蒙호國이無호니戰爭이生케호原因이不滅호논以上에
논戰爭은畢竟休息호기未能호도다英國王은佛國內政에容喙코자言홈은아니
논

159

지不知ᄒᆞᆯ것다더라

和를英王과商ᄒᆞᆷ　拿破崙이執政長官을被任ᄒᆞᆷ以來로孜孜ᄒᆞ야內治改良에務圖ᄒᆞ

너恩威가並行ᄒᆞ야聲譽가隆隆ᄒᆞ더라當此時ᄒᆞ야外患이오히려不息ᄒᆞᄂᆞ俄國은羈

者에墺國이其援兵을待ᄒᆞ이甚히不親切ᄒᆞᆫ所以로憾情이不無ᄒᆞ야退兵ᄒᆞ얏ᄂᆞᆫ즉再

次援兵을不出ᄒᆞᆷ은明白ᄒᆞ며英國은오히려頑然히其主說을不動ᄒᆞᄂᆞ彼요루구公의

和蘭出征軍과네루손提督의地中海艦隊의結果ᄂᆞᆫ本國에서尙今分明치못ᄒᆞᆫ故로拿

破崙은和睦에所望을屬ᄒᆞ고墺國과交戰ᄒᆞ기以前에爲先英國과講和ᄒᆞᆷ必要를感覺

ᄒᆞ며尙且新政府의信用如何를試ᄒᆞ기爲ᄒᆞ야親書를英國王죠ᅵ지三世에게裁ᄒᆞ야

和議를望ᄒᆞ시其書에曰

「佛國共和政의執政長官拿破崙은書를大英愛國王陛下에게謹呈ᄒᆞ노라

拿破崙은佛國人民의推薦을依ᄒᆞ야共和政의上長官으로被選ᄒᆞ얏기로玆에此를

陛下에게報ᄒᆞ이當然ᄒᆞᆷ을思惟ᄒᆞ고謹히此를報ᄒᆞ노라

戰爭이已爲八年에久跨ᄒᆞ야世界各處을擾亂ᄒᆞ얏스니此ᄂᆞᆫ畢竟永遠히拖過ᄒᆞᆯ것

인지或은ᄯᅩ和를講ᄒᆞᆯ餘地가其間에不在ᄒᆞ지國內의安寧과獨立을計圖ᄒᆞᆯᄲᅮᆫ에ᄂᆞ

伊太利바위아리아役

一五三

黨派의 軋轢이 다 其向호야 人民의 所向을 未知호며 早天에 雲霓를 望홈과 恰如히 一英傑

이 出호야 快刀를 一揮에 衆流를 裁決홈을 待호더니 是時에 拿破崙이 無事歸國호얏가

各處에 傳호니 國民이 到處에서 歡迎호며 謂호되 今日에 蟠根錯節을 解釋기 難호던 池中物은

拿破崙의 大手腕을 不依호면 飛躍홈 期가 今에 將熟호나라 嘻라 蛟龍이 雲雨를 得호면 他事는

이아니오 九天에 飛躍홀 期가 今에 將熟호나 一便으로 欽仰호는 者들 得호면 他便에

讐敵이 有홈은 勢의 免기 難혼바ㅣ라 써이레구르리는 外面으로 彼를 敬愛호며 於是에

心은 不然호야 彼가 人心을 收攬홈을 深嫉호며 見機호야 彼를 誣陷코자호나 於是에

拿破崙을 助호는 者와 彼의 功名을 猜忌호는 者의 二派로 分호야 互相軋轢호니 容易히

和合홈을 希望이 無호더니 國憲을 改正호고 三人의 執政官을 撰任호야 國

事를 托호기로 決定호고 十二月一日에 國憲의 草案이 成호으로 此를 公佈호고 翌年千

八百年一月二十九日에 國民一般의 同意를 得호야 國憲을 確定호고 拿破崙으로 十年

任期의 執政長官을 撰任호니 此가 卽「八年의 國憲」이라 稱홈이니라 嘻라 彼는 一躍호

야 執政長官으로 被撰호야 歐洲一大强國의 政權을 掌握홈에 至호얏스니 借問컨디 彼

의 素志가 玆에 完成홈을 得호얏는지 否ㅣ라 然則彼가 二躍호야 果然何를 得코자홈인

157

「爲홈이라」호느吾人은其目的이何를爲홈은不聞호고大槪拿破崙이雲山萬里의絕

域에滯在호야本國의多少事情을察知홈은全혀其新聞紙의賚予는容疑호바ㅣ無호

며彼가歸國의念이勃興호야禁기難호故로埃及駐在軍의監督을智勇이兼備호曉將

구레페ㅣ에게委托호後英艦이風濤를避호야不在홈을乘隙호야急히一隊의兵을率

호고로씻다港에서解纜호야곳佛國으로進航호나라後에구레페ㅣ將軍은土耳其刺

客소리만에게被殺호고殘兵과共히佛國으로歸홈을得호나라

第四章 伊太利「바위아리아」의役

拿破崙이執政長官으로被選홈　拿破崙이英艦의發見됨을幸免호고千七百九十九

年十月九日昧爽에無故히후레쥬ㅣ스港에投錨홈을得호나라先是에佛國은四面으

로同盟諸外國의攻擊을受호며日耳曼方面으로向호軍勢논스트갓구에서敗호얏스

며伊太利에在호者도亦是敗亡호얏스며俄、墺、英의大軍은其步를進호되特히英의

大軍은頻進호야利蘭을侵襲홈에至호니然이나曉將맛셰나논能히敵軍을防禦호

야僅僅히一縷의命脉을維持호나라外患이如此호디兼호야內訌이膏盲에深入호야

未能호야僅히和를納호고部將메누ㅣ가代호야兵을監督호느其才能이大敵을當호기

伊太利마위아리아役

一五一

물誤ᄒᆞᆷ이라埃及의役에予가산잔、ᄯᅡ-구城을陷落ᄒᆞ얏더면世界의形勢ᄂᆞᆫ其陷落

을因ᄒᆞ야一變ᄒᆞ얏스리라ᄒᆞ얏스니該城이東洋의樞要城됨을知ᄒᆞ기可足ᄒᆞ니라

拿破崙의軍이나쌔렐、ᄲᅢ난에서勝利ᄅᆞᆯ博得ᄒᆞ고다보루山戰에敵의數萬騎ᄅᆞᆯ擊破

ᄒᆞ고其他二三個所의戰役에每每勝利ᄅᆞᆯ博得ᄒᆞ고再次가이로-府로歸ᄒᆞ얏스ᄂᆞ土

耳其軍이아푸-가-에已在ᄒᆞ다聞ᄒᆞ고卽時行軍ᄒᆞ야一戰에六千餘人을捕虜ᄒᆞ며

一萬二千餘人을殺ᄒᆞ니라

拿破崙이埃及에서發ᄒᆞᆷ　拿破崙이八月五日에가이로-府로歸陣ᄒᆞ니라彼ᄂᆞᆫ各處

에서戰捷을博得ᄒᆞ얏스ᄂᆞ其志ᄅᆞᆯ未成ᄒᆞ얏스며當時本國의通信을未得ᄒᆞ지已爲幾

月이라於是에拿破崙은其風雲의機가遲ᄒᆞᆷ을憂慮ᄒᆞ니라然이ᄂᆞ玆에一珍

事가有ᄒᆞ니此ᄂᆞᆫ後日에拿破崙이오兼ᄒᆞ야拿破崙黨의記者等이擧皆明

言ᄒᆞᄇᆞ-니라一日에俘虜一欵에關ᄒᆞ야拿破崙이英將스밋스와相會ᄒᆞᆯ時에스밋스

가一束의英國新聞紙ᄅᆞᆯ拿ᄒᆞ고贈ᄒᆞᆫ此에就ᄒᆞ야或者ᄂᆞᆫ曰「此ᄂᆞᆫ拿破崙으로ᄒᆞ야

가拿破崙의無聊ᄒᆞᆷ을察ᄒᆞ야贈ᄒᆞᆷ에不外ᄒᆞ다」ᄒᆞ며或者ᄂᆞᆫ曰「此ᄂᆞ오작스밋스

금當時佛國의危殆ᄒᆞᆫ實狀을知케ᄒᆞ야써彼의勇氣ᄅᆞᆯ挫折ᄒᆞ며其計劃을攪拌케ᄒᆞ기

보―正領이在ᄒᆞ니彼는前에「푸리에누」兵學校에在學ᄒᆞᆯ時에拿破崙의學友러라土

耳其酋長은意外에此來援을得ᄒᆞ고大喜ᄒᆞ야英軍을待ᄒᆞᆷ이頗히盛大ᄒᆞ얏스며攻圍

는三月十八日에始ᄒᆞ니라時에拿破崙이小丘에登ᄒᆞ야城을指ᄒᆞ며一將에게謂ᄒᆞ

야曰「東洋의運命은彼一城에在ᄒᆞ니見ᄒᆞ라彼城은곤스단디노―플의鍵이며印度

의鑰이라」ᄒᆞ니라

拿破崙이英才를盡ᄒᆞ야攻擊ᄒᆞᄂᆞ彼亦防禦에竭力ᄒᆞ야容易히不下ᄒᆞ며尙且曩者에

海路로運搬ᄒᆞ던準備品은船隻과共히英將스밋스에게被捕ᄒᆞᆫ故로佛軍의準備品이

缺乏ᄒᆞ야其困難은實로形言키難ᄒᆞᄂᆞ佛軍은오히려不屈不挫ᄒᆞ고攻擊ᄒᆞᆷ이六回에

至ᄒᆞ얏스며城兵이出戰ᄒᆞᆷ이十二回에摠히六十日을費ᄒᆞ얏스되畢竟成功ᄒᆞ기未能ᄒᆞ

니於是乎拿破崙도勢窮力盡ᄒᆞ야解圍ᄒᆞ고一次埃及으로退陣ᄒᆞ니라此時에佛軍이

或은癘疫에死ᄒᆞ얏스며或은戰死ᄒᆞᆫ者―三千餘며拿破崙의計劃이畢竟成功치못ᄒᆞᆷ

은思惟컨된當時에拿破崙의目的을達ᄒᆞ기未能ᄒᆞᆷ이圍城에適當ᄒᆞᆫ無他焉이라思ᄒᆞ면彼拿破崙의遺

가缺乏ᄒᆞᆷ이니故이며其準備에缺乏ᄒᆞ면彼拿破崙의準費

憾은察知ᄒᆞᆯ지니라拿破崙이後日센트、헤레나島에流ᄒᆞ야謂曰「小事의能이大事

陷落ᄒᆞ고 尙進ᄒᆞ야 쎄-쓰를 取ᄒᆞ고 卽時 쟈쓰화-를 逼迫ᄒᆞ니 土耳其軍이 此處에서

奮戰血鬪에 甚히 努力ᄒᆞ얏스나 畢竟 佛軍의 銳鋒을 對敵ᄒᆞ기 未能ᄒᆞ야 三千人을 失ᄒᆞ

고 敗走ᄒᆞ니 此時에 俘虜의 多ᄒᆞᆷ이 寶로 二千人에 及ᄒᆞ니라 拿破崙이 將校를 會ᄒᆞ야 相

議曰「俘虜의 命을 救코자ᄒᆞ면 糧乏ᄒᆞ야 塡耐ᄒᆞ기 未能ᄒᆞ며 放送ᄒᆞ면 或此徒가 山中

에 入ᄒᆞ야 嶮峻에 陣ᄒᆞ고 我軍을 侵寇ᄒᆞᆷ이 有ᄒᆞᆯ가 恐ᄒᆞ며 埃及或希臘으로 護送코자ᄒᆞ

ᄂᆞᆫ 運送의 方法이 無ᄒᆞ니 奈何오」ᄒᆞ되 諸將校ᄂᆞᆫ 擧皆砲殺ᄒᆞ라 勸ᄒᆞᄂᆞᆫ 故로 拿破崙은 不可

ᄒᆞ다 唱論ᄒᆞ며 三日을 猶豫未決ᄒᆞ다가 畢竟 俘虜를 救濟ᄒᆞᄂᆞᆫ 方法을 提出ᄒᆞ기 未能ᄒᆞ

故로 不得已ᄒᆞ야 含淚嘆息ᄒᆞ며 俘虜를 砲殺ᄒᆞ라 命令을 發ᄒᆞ니라

「산쟌,쩌-구」城의 攻圍　拿破崙이 以謂ᄒᆞ되 시리아의 酋長아구메릇는,시에 쓰-쎄-

ᄂᆞᆫ 必然 산쟌,쩌-구城에 圍擊ᄒᆞ리라 果然이면 一擊에 彼를 破ᄒᆞ야 其領內를 土耳其其

에게 奪ᄒᆞ야써 埃及의 防備를 鞏固케ᄒᆞ리라ᄒᆞ고 漸進ᄒᆞ며 同時에 圍城에 必要ᄒᆞᆫ 準備

를 海路로 城의 附近으로 運送케ᄒᆞ니라 此時에 英將사-,시르니-,스밋스가 二艘의

軍艦을 率ᄒᆞ고 고레위안드海邊으로 徘徊ᄒᆞ다가 今에 拿破崙이 산쟌,쩌-구城으로 向

ᄒᆞᆷ을 聞ᄒᆞ고 急히 舵를 轉ᄒᆞ야 救援코자 發向ᄒᆞ니 其艦中에 佛國王黨의 一人취-리쓰

153

「쟈쓰-화-」戰 拿破崙이 此凶報를接ᄒ고 無心中嘆聲을發ᄒ며曰 一命運은陸上帝

國을佛國에許ᄒ고海上帝國은畢竟英國에許ᄒ이라」ᄒ니라今에佛軍은本國으로

歸ᄒ눈途를失ᄒ얏스니彼等은自己의手腕에依ᄒ뿐이라拿破崙은心中에憂慮ᄒ바-

有ᄒᄂ顯色치아니ᄒ고泰然히兵士를獎勵ᄒ야曰「我等은己爲艦隊를失ᄒ얏스니

차라리此地에서留ᄒ야出入에共히名譽를汚損ᄒ이不可ᄒ다」ᄒ니라

拿破崙이埃及에不可不暫留ᄒ事를見ᄒ고爲先士人의心을悅服케ᄒ고자ᄒ야恩威

를並施ᄒ며專혀内地의平定에汲汲ᄒ지數月이라時에本國과交通은始히絕斷ᄒ얏

스ᄂ一風評이無端히拿破崙의深慮를促ᄒ니本國에서ᄂ再次墺太利帝國과隙이生

코자ᄒ며尙且土耳其帝國은佛國이無名의師를起ᄒ야其所領埃及에侵入ᄒ을大憤

ᄒ고公然히佛國에對ᄒ야敵意를表ᄒ고將次大軍을起ᄒ야埃及内地에서孤軍으로

後援이無ᄒ拿破崙을打破코자ᄒᄂ一說이라於是乎拿破崙은敵兵이來襲ᄒ기以前

에進ᄒ야스에스海峽을扼ᄒ야써埃及의地를堅固케ᄒ며尙且土耳其軍이萬一萬

아地方에서來ᄒᄂ것을防備코자ᄒ야一萬五千의兵을가이로-府에留케ᄒ고一萬

의精兵을親率ᄒ야시리아地方으로進行ᄒ니라二月十五日에에루, 아리쓰구城을

埃及시리아의役

一四七

지佛國艦隊ᄂᆞ아ᄲᅢᄭᅡ쓴ᄃᆞ리아附近에부ᅵᅵ가ᅵ灣內에舳艫相接ᄒᆞ야碇泊ᄒᆞ고悠悠

히光陰을送ᄒᆞ더라大抵佛國艦隊ᄂᆞᆫ陸軍을上陸ᄒᆞ과同時에其任務를畢ᄒᆞᆺ것이라故

로卽時佛國으로歸港ᄒᆞ거ᄂᆞ不然이면마ᄅᆞ다島附近으로退歸ᄒᆞᆷ이當然ᄒᆞ고至易ᄒᆞ

道ᄂᆞ提督푸루ᅵᅵ이ᅵᄂᆞᆫ柔弱暗劣ᄒᆞ야此策을不行ᄒᆞ고畢竟네루손에게發見되ᄂᆞ라

後日拿破崙이當時에푸루ᅵᅵ이ᅵ에게右策을嚴令ᄒᆞ얏다斷言ᄒᆞ니라當時에佛國軍

艦이灣內에整列ᄒᆞ야半圓形을成ᄒᆞᆯ故로푸루ᅵᅵ이ᅵᄂᆞᆫ以謂ᄒᆞ되如何히네루손이膽

大ᄒᆞ야도船艦을進ᄒᆞ야佛艦과陸地의中間에入ᄒᆞ야無謀의行動은不爲ᄒᆞᆯ지니然則

敵을面ᄒᆞᆷ이오작一便이라故로英艦이最善行ᄒᆞᄂᆞᆫ敵의艦隊를分裂ᄒᆞ야各個가接戰

ᄒᆞᄂᆞᆫ策을行ᄒᆞ기未能ᄒᆞᆷ은必然ᄒᆞ다ᄒᆞ고妄想ᄒᆞ야安心ᄒᆞ더니意外에네루손提督은彼푸

루ᅵᅵ이ᅵ提督이ᄆᆞ장無謀ᄒᆞ다ᄒᆞ고安心ᄒᆞ던方策을實行ᄒᆞ야奇巧히艦隊를操縱ᄒᆞ

야佛艦과陸地의中間으로突進ᄒᆞ야最善行ᄒᆞᄂᆞᆫ戰鬪法으로써佛의艦隊를四分五裂

케ᄒᆞ고各個의接戰으로써破碎코자ᄒᆞ니可懼ᄒᆞ다佛國艦隊ᄂᆞᆫ僅僅히損傷ᄒᆞᆫ二艘의

船艦만其虎口를脫ᄒᆞ야도其他ᄂᆞᆫ擧皆或沈或捕ᄒᆞ얏스며푸루ᅵᅵ이ᅵ提督도畢竟此

役에서戰死ᄒᆞ니라

야來襲ᄒᆞ거ᄂᆞᆯ拿破崙이急히全軍에게命ᄒᆞ야幾個의方陣을作ᄒᆞ야써敵의襲擊을應

ᄒᆞ니精悍ᄋᆞ로行名ᄒᆞᆫ土人의騎兵은一齊히突進ᄒᆞ야蹴破코자ᄒᆞ니라然이ᄂᆞᆫ佛軍의

敬慧ᄒᆞᆷ은前者ᄂᆞᆫ柵을結立ᄒᆞᆷ과恰如히銃鎗을擬ᄒᆞ고後者ᄂᆞᆫ間斷ᄒᆞᆷ이無ᄒᆞ고銃砲ᄅᆞᆯ

發ᄒᆞᄂᆞᆫ故로彼等은容易히進入ᄒᆞᆷ을未得ᄒᆞ야或은馬ᄅᆞᆯ後向ᄒᆞ야進入코자ᄒᆞ며或은

縱橫蹴破코자百方ᄋᆞ로盡力ᄒᆞᄂᆞᆫ佛의堅陣을破ᄒᆞ기未能ᄒᆞᆫ故로彼等은短銃을擬ᄒᆞ

야近前發射ᄒᆞ되佛軍은오히려泰然ᄒᆞ야寸步도不動ᄒᆞ며接戰ᄒᆞᄂᆞᆫ此時에敵兵은劍載

에刺ᄒᆞ며銃丸에中ᄒᆞ야殘餘가不多ᄒᆞᆫ故로拿破崙은此時에嗽曉ᄒᆞ一聲의喇叭로進

擊을命ᄒᆞ니敵이隊伍ᄅᆞᆯ散亂ᄒᆞ고奔竄疾走中에滔滔汨汨ᄒᆞ나이루河로跳入ᄒᆞ야溺

死ᄒᆞᆯ者ㅣ不可勝數러라쓰르、페이ᄅᆞᆯ爲始ᄒᆞ야敗餘의小兵은落膽喪魂ᄒᆞ야

更히逆擊ᄒᆞᆯ勇氣가無ᄒᆞ고上部埃及을向ᄒᆞ야退却ᄒᆞ니라於是乎ㅣ가이로ㅣ府ᄂᆞᆫ佛軍

의占領ᄒᆞᆫ바로下部埃及을一舉에全혀平定ᄒᆞ니라

「아부ㅣ가ㅣ」의海戰　當是時ᄒᆞ야네루손提督은一次拿破崙艦隊의所在地ᄅᆞᆯ見失

ᄒᆞ고各處로搜索ᄒᆞᆫ後에再次埃及海岸ᄋᆞ로歸來ᄒᆞ셔아레기산드ㅣ리아附近에到着ᄒᆞ

니時維八月一日이며其日은拿破崙이「피라밋트」戰捷을了ᄒᆞᆫ十日以後러라此時셔

一四五

能히것은元來明白ᄒ며彼拿破崙의身体에一種特異ᄒ이有ᄒ니嗚呼라彼의全身은

撼히幾尺의金이아니면鏡이러라

一二三日을進行ᄒ야도敵의隻影이無ᄒ더니제ᅵ푸레이스에到ᄒ야敵의大隊를遭遇

ᄒ니라大抵마메류ᅵ구人은能馬射能ᄒ며其馬를一驅ᄒ즉揚沙飛塵ᄒ야四面이冥

朦에咫尺을分辨ᄒ기難ᄒᄂ彼等은此等光景에素習ᄒ故로介意ᄒ이少無ᄒ니佛軍

은其困難ᄒ이實로形言키難ᄒ며土人等은佛軍이來寇ᄒ을見ᄒ고銳氣로突擊ᄒ더

라然이ᄂ精銳鍊磨ᄒ佛軍은곳擊退ᄒ고漸進ᄒ야七月二十一日에有名ᄒ「피라밋

ᄃ」地에至ᄒ야拿破崙이奮然히兵士를獎勵ᄒ야曰「見ᄒ라彼「피라미트」ᄂ爾等의

來ᄒ을待ᄒ지己爲四千餘載ᅵ니엇지愉快치아니ᄒ리오」ᄒ며漸進ᄒ야見ᄒ즉敵

의大軍은整整ᄒ야其右翼은나이루河畔의砲壘를據ᄒ양스며左翼은騎兵의大團으

로成ᄒ야其勢ᅵ猛烈ᄒ더라拿破崙은陣頭에進馬ᄒ야敵勢의排置를觀察ᄒ고窃謂

ᄒ되保壘內의砲銃은必也車輪이無ᄒ다認識ᄒ고攻擊ᄒ기로決定ᄒ고敵軍이砲銃

을使用기未能케ᄒ야左翼을向ᄒ야突擊ᄒ기로準備ᄒ니然이ᄂ土人의大將무라

쓰트, 페이눈곳拿破崙의計劃을推知ᄒ고彼ᄂ佛軍이進ᄒ을不待ᄒ고全軍을進ᄒ

「피라밋트」塔畔의戰爭　如此ᄒᆞ야아레기산드리아府ᄂᆞᆫ畢竟拿破崙의掌裡로歸ᄒ

니彼ᄂᆞᆫ徒然히往再ᄒᆞ야月日을送ᄒᆞ면마메루-ㄱ人에게準備의餘暇를與ᄒᆞ이라ᄒᆞ고

나이루河畔에ᄂᆞᆫ一隊의兵을留ᄒᆞ야後患을防備케ᄒᆞ고後親히步兵若干을領率ᄒ고七

月七日早朝에아레기산드리아府를發ᄒᆞ야砂漠으로進行ᄒᆞ니時에天氣ᄂᆞᆫ酷炎ᄒᆞ고毒蟲

鑠金ᄒᆞᄂᆞᆫ時候를際ᄒᆞ야有名ᄒᆞᆫ埃及內地의漠漠ᄒᆞᆫ砂漠을橫斷코자ᄒᆞᆷ이니其行路의

困難ᄒᆞ야能言키難ᄒᆞᆫ지라太陽은肆威ᄒᆞ야砂礫을踏ᄒᆞᄂᆞᆫ足은火를踏ᄒᆞᆷ과如ᄒᆞ며毒蟲

은滿空ᄒᆞ야茂林을過ᄒᆞᄂᆞᆫ時ᄂᆞᆫ鍼을砭ᄒᆞᆷ과如ᄒᆞ며飮水를得ᄒᆞ기亦難ᄒᆞ며幸得ᄒᆞ면

汚濁ᄒᆞ야能飮ᄒᆞ기極難ᄒᆞ니於是乎兵士等이相謂曰「都督이我等에게約束ᄒᆞᆯ所謂

數項의地ᄂᆞᆫ此砂漠을云ᄒᆞᆷ인가」ᄒᆞ며彼等이炎氣를不堪ᄒᆞ야擧皆衣服을脫ᄒᆞ고熱

汗이滿身ᄒᆞ야砂上으로喘行ᄒᆞ며一日에二三時間의睡眠을不行ᄒᆞ야면能히体力을維

持ᄒᆞ기未能ᄒᆞ더라然이ᄂᆞ拿破崙의特異ᄒᆞᆷ은巴里를出發ᄒᆞᆯ時에着ᄒᆞᆫ軍服이로딕一

滴의汗이不出ᄒᆞ고夜寐를人後ᄒᆞ며凤興을人先ᄒᆞ되別로休息睡眠의色이無ᄒᆞ고다

만孤軍이雲山萬里에懸隔ᄒᆞ야如此히至極ᄒᆞᆫ辛酸을嘗ᄒᆞᄂᆞᆫ故로其將帥된者ㅣ躬行

實踐ᄒᆞ야ᄡᅥ模範을不示ᄒᆞ면兵士의一致和合을計圖ᄒᆞ며ᄯᅩ勇氣의勃興을望ᄒᆞ기未

埃及시리아의役

一四三

을對ᄒᆞ과 如케ᄒᆞ며 彼回回敎의 僧侶를敬ᄒᆞᆷ을爾等이 롤者에 猶太의 僧侶及羅馬의

敎徒와 如케ᄒᆞ라 古昔에 羅馬의 軍隊ᄂᆞᆫ能히 其處所의 宗敎를保護ᄒᆞ니라 爾等은 歐

洲의 習慣과 不同ᄒᆞᆷ을見ᄒᆞ지니 譬컨디 鄕에 入ᄒᆞ야 其俗을 循ᄒᆞᆷ이 可ᄒᆞ며 此地人民

이 婦女를 待遇ᄒᆞᄂᆞᆫ 法은 吾等과大異ᄒᆞ니라 然이나 國의 何方을 不問ᄒᆞ고 剝掠을 不

行ᄒᆞ라 말일 反此ᄒᆞᄂᆞᆫ면吾儕의 名譽를 汚損ᄒᆞᆷ이 不些ᄒᆞ니 此等科를 一切勿犯ᄒᆞ라ᄒᆞ

니라 吾儕ᄂᆞᆫ 彼를朋友와 如히 待ᄒᆞ야 讎敵의 念이 無케ᄒᆞ라」ᄒᆞ니라

當時 土耳其帝國은 佛國을 對抗ᄒᆞᆷ이 無ᄒᆞᆫ故로 其所領ᄒᆞᆫ 埃及人民은 佛軍이自國에 侵

入ᄒᆞᆯ것은 夢想에도 無ᄒᆞᆯ것이라 今에 俄然히 佛軍의 侵討를當ᄒᆞ야 準備를整齊ᄒᆞᆯ餘暇

가無ᄒᆞ니 附近兵士를아례기산드리아府로 集合ᄒᆞ야써佛軍을對敵코자ᄒᆞ니 佛軍은

葬流一下의 勢로 府를過迫ᄒᆞ며 縱橫突擊ᄒᆞ야 卽時城門을 破ᄒᆞ고 亂入ᄒᆞ시府ᄂᆞᆫ畢

竟兵士의 剝掠亂殺을當ᄒᆞ니라 矗者에 拿破崙이 兵士를警戒ᄒᆞ야 剝掠亂殺을嚴禁ᄒᆞ

얏되此際에 彼가此를 不禁ᄒᆞᆷ所以ᄂᆞᆫ 拿破崙이後日辯明ᄒᆞ야日「當時 佛軍의 地位

ᄂᆞᆫㄱ창危險ᄒᆞᆫ故로 不得已兵力으로써 府民을 威壓ᄒᆞᆯ必要가生ᄒᆞ야 如此히虐待가極

ᄒᆞ에 至ᄒᆞ얏다」ᄒᆞ니라

一四二

147

時提督푸루ー이ー에게命ᄒ야아레기산트리아로航行ᄒᆷᆫ을中止ᄒ고方針을一轉ᄒ

야亞佛利加海岸으로進航케ᄒ니라世上에傳ᄒ되六月二十日頃에兩國艦隊가接

近ᄒᆷᆫ은無疑ᄒ다ᄒ얏스니二十日頃에海霧가漲天ᄒ야水面의咫尺을難辨ᄒᆷᆫ을因ᄒ

야互相間에敵의艦隊를認ᄒ기未能ᄒ얏스니拿破崙을爲ᄒ야實로天이與ᄒ신幸福

이러라拿破崙은敵의艦隊가아레기산트리아近港에全無ᄒᆷᆫ을探知ᄒ고七月一日에

無故히其地에到着ᄒ니라此時에水天이相接ᄒ遙處에서一帆이翩翩ᄒ야六時間의猶豫

道ᄒ야怡如ᄒᆷᆫ을望見ᄒ고拿破崙이憮然歎曰「運命이여余ᄂ汝에게關ᄒ야英艦을毉

룰望ᄒ노니汝ᄂ此룰許ᄒ깃ᄂ냐」ᄒ고更히望見ᄒ니英艦이아니러라於是乎佛軍

온天候의險惡ᄒᆷᆫ을不顧ᄒ고上陸을急行ᄒ셔此룰因ᄒ야溺死ᄒᆫ者ー不少ᄒ얏스ᄂ

舉皆마라푸ー로上陸ᄒ얏스니此地ᄂ아레기산트리아룰隔ᄒᆷᆫ이一哩半이러라

歷山府의陷落　拿破崙이兵士룰上陸ᄒ기以前에人民은回敎의信徒라彼等의信仰ᄒᆷᆫ은第

「吾人이將進ᄒ야共居코자ᄒᄂ人民은回回敎의信徒라彼等의豫言者ー라」ᄒ

一로陳述ᄒ얏스며「天帝以外에神이無ᄒ며兼ᄒ야回回敎ᄂ彼의豫言者ー라」ᄒ

야삼가彼等과抗論을不發ᄒ고彼等을待遇ᄒ슬爾等이藝者에猶太人及伊太利人

埃及시며ᅀᅡᄒᆡ役

一四一

運送船四百艘로成ㅎ얏스며提督푸루ー이ー가司令長官으로其艦隊를指揮ㅎ며兵

士의總數ᄂᆞᆫ四萬人이라다拿破崙의麾下에屬ㅎ야赫赫ㅎ武名을負ㅎ精銳鍊磨의兵

士며特히가하루리ー、쥬ー팔서、단마루탄、쉬레베ー、쪠쎄ー、레뀨ー、쥬ー끼아、

트ㅣ모아ー、쥬ー마、따위ー트、베루제ー、메누ー、포ー포아、란누、무라ー、等은一騎

當千의驍將이더라海上에서逆風을逢ㅎ야苦難을飽經ㅎ고六月十日에마다루島에

着ㅎ야一擊에該島를征服ㅎ야守兵若干을該島에屯ㅎ고指針을東方으로向ㅎ야

解纜ㅎ서英艦의目擊을避ㅎ기에務ㅎ니라先是에ᄉᆞ루디니아海岸으로退歸ㅎ얏던

배루손의艦隊ᄂᆞᆫ急히修繕을終ㅎ고再次쓰ー룬港外로航ㅎ야見ㅎ즉쓰ー룬港內에

林立ㅎ얏던數百艘의佛國艦隊ᄂᆞᆫ隻影도全無ㅎ고寥寥ㅎ別港에來ㅎ것과恰如ㅎ니

此時에네루손이思ㅎ되此ᄂᆞᆫ尋常ㅎ事ー아니라佛艦의所向은英國이아니오埃及이

라ㅎ며急히航路를變ㅎ야一直線으로埃及으로向ㅎ야佛艦이到着ㅎ기以前에나이

루河口에到着ㅎ야四方을探察ㅎ즉一隻의敵艦도無ㅎ니佛艦의所在를探察코자ㅎ

야로ー트島로至ㅎ얏다가시라귀ー스府로更向ㅎ니라拿破崙이기안레ー아中에到

ㅎ니英國艦隊ᄂᆞᆫ이의ㅣ뤠뷔얀트海岸에在ㅎ報告를接ㅎ故로或相逢흘가虞慮ㅎ야即

145

示ᄒ얏스ᄂ 彼의言이 曾往에도 相違ᄒ事ㅣ 無ᄒ故로 兵士等이 此言을 聽ᄒ고 踴躍抃

舞ᄒ며 勇氣가 凜凜ᄒ더라

當是時ᄒ야 英國政府ᄂ 佛國의 有意ᄒᄂ바를 探知ᄒ기 未能ᄒᄂ 쓰ㅣ론港에 輻輳ᄒ

許多船艦은 必也 本國을 襲擊코자ᄒ믈이라 思惟ᄒ고 全心으로 防備ᄒ기에 汲汲ᄒ니 彼

等은 霹靂一聲이 俄然이 埃及에 墜落코자ᄒ믈은 夢中에도 想像ᄒ기 未能ᄒ더라 然이ᄂ

佛軍의 擧動을 探察ᄒ믈 必要가 有ᄒ故로 當時에 地中海艦隊의 指揮長官 녜루손 提督에

ᄭᅦ 强大ᄒ 援兵을 送ᄒ야써 非常히 警戒케ᄒᄂ故로 拿破崙이 쓰ㅣ론에 到着ᄒ時에 녜

루손도 쓰ㅣ론港外를 偵察ᄒᄂ此를 因ᄒ야 海岸으로 退ᄒ니라 拿破崙은 艦隊를 港外로 出ᄒ믈이 大起ᄒ

야 深淵에 臨ᄒ믈과 如ᄒ믈을 思ᄒ고 其危險을 避ᄒ 好機를 待ᄒ더니 一日은 暴風이 大起ᄒ

야 天候가 凄然ᄒ거ᄂ 녜루손의 艦隊ᄂ 此를 因ᄒ야 海岸에서 遙遠ᄒ處로 退去ᄒ믈이 爲ᄒ야 該

且 損傷ᄒ미 不少ᄒ故로 不得已ᄒ야 녜루손 提督은 損傷ᄒ 軍艦을 修理ᄒ고 地中海上에 出ᄒ니 時維千七百九十

艦隊를 率ᄒ고 사루디니아 海岸으로 退ᄒ니라 拿破崙의 敏捷은 今에 敵艦이 遠去ᄒ믈

見ᄒ고 突然히 號令을 發ᄒ야 大艦隊를 編成ᄒ고

八年 五月 十九日이러라 此艦隊ᄂ 大艦 十三艘와 中艦 十四艘와 小艦 七十二艘와 其他

埃及 시리아의 役

一三九

一三八

埃及에在ᄒᆞᆫ故로英國을困難케ᄒᆞᆷ은實로埃及을征服ᄒᆞᆷ만不如ᄒᆞ야政府에서도其獻

策에同意ᄒᆞ고爲先埃及을征討ᄒᆞ기로決定ᄒᆞ니라然이ᄂᆞᆫ此ᄂᆞᆫ장秘密ᄒᆞᆫ計策인故

로英國人에게漏聞될가恐懼ᄒᆞ며ᄯᅩ英國으로侵人ᄒᆞᆷ을揚言ᄒᆞ니라史家ㅣ曰「拿破

崙의此行은其意가埃及王或「제ㅡ루ㅡ사렘」王이되고자ᄒᆞᆷ에在ᄒᆞ다」ᄒᆞ며又曰「彼

ᄂᆞᆫ名譽를得ᄒᆞ며本國에威權을振揚ᄒᆞ기爲ᄒᆞ야此遠征을計劃ᄒᆞᆷ이라故로彼日我ᄂᆞᆫ

職盡不息ᄒᆞ얏다ᄒᆞᄂᆞᆫ然이ᄂᆞᆫ「떼이레구도리ㅡ」等이我를憎惡ᄒᆞ니我ᄂᆞᆫ此를滅復ᄒᆞ

고스스로王됨이可ᄒᆞ되我가此를思ᄒᆞᆷ은尙早ᄒᆞ니貴族等이決코不應ᄒᆞᆯ지며竊度컨

딕時機를未會ᄒᆞ얏슨즉人이我에게不與ᄒᆞ리라」ᄒᆞ니라

拿破崙이埃及으로航ᄒᆞᆷ　千七百九十八年五月九日에拿破崙은쓰ㅡ론府에到ᄒᆞ야

艤船將發코자ᄒᆞ니라쓰ㅡ론府에到ᄒᆞ야卽時兵士를接見ᄒᆞ고彼等에게告ᄒᆞ야曰

「羅馬가「가ㅡ세ㅡ디」와戰ᄒᆞᆯ시水陸兩道로侵ᄒᆞ얏스나英國은佛國에對ᄒᆞᄂᆞᆫ가ㅡ

세ㅡ디」라予ᄂᆞᆫ今에爾等을率ᄒᆞ고萬里波濤를凌駕ᄒᆞ며異域에渡ᄒᆞ야爾等으로ᄒᆞ

야금此西方寒氣下에在ᄒᆞᄂᆞᆫ到底히希望ᄒᆞ기未能ᄒᆞᆫ榮光을博ᄒᆞ며富貴를享케ᄒᆞᆯ

지라兵士의最下ᄒᆞᆫ者라도幾許의地를得ᄒᆞᆷ에至ᄒᆞ리라」ᄒᆞ며其地가何에在ᄒᆞᆷ을不

143

駐劄ㅎ야 屢屢히 和議에 周旋ㅎ는 佛國政府는 俄然히 마롬스페리ㅣ卿에게 對ㅎ야 二

十四時間以內에 佛國의 地를 退去ㅎ기를 請求ㅎ며 全히 調停을 謝絶ㅎ니라 拿破崙이

伊太利로서 歸ㅎ야 此事를 聞ㅎ고 政府에 向ㅎ야 英國委員을 待ㅎ이 甚히 無禮ㅎ믈 爭

論ㅎ느 己爲不得已ㅎ지라 於是乎 一便으로는 功을 東方에 立코자ㅎ는 大慾望과 一便

으로는 他嫌疑를 避코자ㅎ야 征討의 任을 快諾ㅎ고 戰鬪計劃에 從事ㅎ니라

是故로 拿破崙은 頻繁히 英國에 對ㅎ 佛國의 海岸을 檢覆ㅎ야써 討英의 大軍을 乘艦케

ㅎ야 適當ㅎ 港灣을 探覔ㅎㄴ 一 良港을 得ㅎ기 未能ㅎ며 修築코자 ㅎ면 許多日月을 費ㅎ

지니 만일 緩慢ㅎ이 如此ㅎ야 英國에 聞ㅎ면 敵의 準備가 完全ㅎ을뿐아니라 同國人民의

敵愾心을 大膨張케ㅎ 虞慮가 有ㅎ며 英國으로 侵入ㅎ도 容易ㅎ事ㅣ아니라 故로 拿

破崙이 窃爲ㅎ되 他方面으로 向ㅎ야 割策ㅎ이 容易ㅎ다ㅎ고 政府에 獻議ㅎ되 곳英國

을 衝ㅎ이 時機가 不便ㅎ니 地中海에서 方面을 反對로ㅎ야 爲先마루다島를 侵奪ㅎ고 更進ㅎ

야 埃及을 征ㅎ야써 佛國의 勢力을 盛大케ㅎ이라ㅎ니 拿破崙의 此策은 實로得當ㅎ

通을 遮斷ㅎ면 此는 卽咽喉를 扼ㅎ고 背를 撫ㅎ이며 곤스단디노ㅣ풀로써 俄國을 防禦ㅎ도

이라 英國에서 東印度로 達ㅎ이은 埃及에 在ㅎ며

埃及서리아의役

一三七

썬이며予가玆에 皇帝의批准을經ᄒ야「감포, 힐ー미오」의條約書를閣下에게모ᄒ

는榮譽를擔ᄒ니라平和의條約은我共和國의自由와福利와光榮을保證ᄒ는바이

나佛國人民의幸福의其根基를牢固不動ᄒ는良法上에置ᄒ야歐의全洲는비로소

擧皆自由民을成ᄒ리라」ᄒ니라

長官바리ー가는對此ᄒ야答ᄒ야曰「天은全力을盡ᄒ야「ᄲᅩ나파ー트」를創造ᄒ심

이라」ᄒ고拿破崙과握手ᄒ니他가擧皆此를倣ᄒᄹᅵ此時에歡聲은天地에震動ᄒ더

라

第二章　及埃「시리아」의役

先時에가루노ー가得罪ᄒ야追放ᄒ故로學士會院의一員이缺ᄒ얏더니拿破崙을勸

ᄒ야其院에補ᄒ시拿破崙은爾來로可成的軍裝을廢ᄒ고學者의服裝으로ᄡᅥ上의

注意를避ᄒ기에務ᄒ니라

拿破崙이征英策을獻ᄒ　拿破崙이佛國으로歸來ᄒ기以前에佛國「ᄯᅦ이레구도리

ー」政府는英國에對ᄒ야宣戰을公佈ᄒ고英國征討의大任을拿破崙에게委托ᄒ니

時는千七百九十七年十月이러라當時에마롬스페리ー卿은英國의全權大使로佛國

141

으로 其擧動을 親ᄒᆞ니 拏破崙의 炯眼은 知ᄒᆞ고 彼等의 嫌疑ᄅᆞᆯ 避ᄒᆞ기에 注意ᄒᆞᆫ公

開ᄒᆞ處所에 不入ᄒᆞ고 素朴ᄒᆞᆫ 舊屋에 屛居ᄒᆞ야 文翰으로ᄡᅥ 爲事ᄒᆞ며 世事에 不關ᄒᆞᄂᆞᆫ

然이ᄂᆞ 恒常社會大勢ᄅᆞᆯ 注意ᄒᆞ야ᄡᅥ 好機의 來到ᄒᆞᆷ을 待ᄒᆞ더라

然中 감포, 칠ᅳ미ᅩ의 條約이 完成ᄒᆞ야 其書가 佛國政府에 到達ᄒᆞᆯᄉᆡ 五名의 「ᄪᅦ이레

千七百九十八年一月二日에 大儀式會ᄅᆞᆯ 開ᄒᆞ야ᄡᅥ 拏破崙을 待ᄒᆞ더라 拏破崙은 伊太利

구도리ᅳ」ᄅᆞᆯ 爲始ᄒᆞ야 內外의 百官이 滿席ᄒᆞ야 威儀가 頗盛ᄒᆞ더라 拏破崙이 此에 臨ᄒᆞ니 滿

의 諸役에 櫛風沐雨ᄅᆞᆯ 經ᄒᆞ야 頗히 質素ᄒᆞᆫ 戎衣ᄅᆞᆯ 着ᄒᆞ고 悠然히 公開處에 始臨ᄒᆞ니 滿

塲의 視線이 擧皆彼의 一身에 集注ᄒᆞ니라 彼가 立ᄒᆞ야 「감포, 칠ᅳ미ᅩ」 條約에 墺帝

가 批准ᄒᆞ書ᄅᆞᆯ 「ᄪᅦ이레구도리ᅳ」長官에게 呈ᄒᆞ며 蕭然히 陳ᄒᆞ야 曰

「長官閣下여 佛國人民은 自由ᄅᆞᆯ 得ᄒᆞ기 爲ᄒᆞ야 不得已同盟諸帝王과 戰ᄒᆞ얏스며

道理에 基因ᄒᆞ 政体ᄅᆞᆯ 行ᄒᆞ기 爲ᄒᆞ야 不得已十八世紀間의 癖見과 爭ᄒᆞ니라 回顧컨

된宗敎上迷信과 封建及專政의 制度가 歐洲ᄅᆞᆯ 管轄ᄒᆞ事ᅵ 已爲二千年의 久라ᄒᆞ지니 然이

니, 共和代議政度創設의 紀元은 閣下가 成就ᄒᆞ平和의 日로ᄡᅥ 始ᄒᆞ이라ᄒᆞᆯ지니 閣下

논大國民을 攪成ᄒᆞ얏스며 此國民의 範圍와 其區域ᄒᆞ바ᄂᆞᆫ 自然附與ᄒᆞ限界가 有ᄒᆞ

伊太利役

一三五

140

伊太利役

러라

噫라屈指計日호면彼가伊太利出征軍의都督으로疲羸困憊호고三萬의孤軍을挈호고
地中海岸을迂廻호야伊太利內地에서墺軍을掃蕩호지一歲에不出호야伊太利룰平
定호고一躍호야墺太利의中心을衝호야歐洲에서勦懲無比호고一大强國으로호야금
城下의盟을哀乞케호야써佛國의光威룰四表에宣揚케호고其功績의偉大홈은實로空
前絕後호다호야도過言이아니니라

拿破崙이本國으로歸홈　拿破崙은墺國과條約을定호얏스니오작大体條項에不過
호고오히려詳細事에就호야協議홀것이有호느此等은自己의手腕을勞홀必要가無
호다思惟호며尙且本國「쎄이레구도리-」政府의近況如何룰親히觀察호기爲호야
殘務룰佛國에서派遣호委員等에게托호고忽忽히治裝호야本國으로回軍호야十
二月初에彼가巴里에着호나人民이雲集호야彼룰歡迎호며其偉大홈으로回軍호나라코
자호더라然이ㄴ人心의不同호미人面의不同홈과如호야或은彼룰敬愛호며或은彼
물恐怯호는者ㅣ不少호되特히政府部內에서最多호니彼等은拿破崙이一躍호야
此히偉大호名譽의博得홈을猜忌호며또彼가大野心을抱懷홈을疑訝호고恒常百方

有名ᄒᆞᆫ「감포、휠ㅣ미오」의條約을締結ᄒᆞ니「감포、휠ㅣ미오」는밧세리아노와우ㅣ디네ㅣ兩市의中間에在ᄒᆞᆫ伊太利의一小村이러라條約이此地에서成ᄒᆞᆫ故로其條約上에地名을附ᄒᆞᆷ이니時는千七百九十七年十月十七日이러라其條約을依ᄒᆞ야墺國은라인河畔一帶의地方을割ᄒᆞ야佛國에讓ᄒᆞ며伊太利의미란、만쥬ㅣ아、모데나、보로냐나、휠ㅣ라라等地方을一括ᄒᆞ야「시사루펜共和國」이라稱ᄒᆞ야써佛國의附庸됨을承認ᄒᆞ니라

今에伊太利의全土는專혀拿破崙의旗下에羅拜ᄒᆞ니라其國民은擧皆彼拿破崙을自國人으로優待ᄒᆞ며征服者로不見ᄒᆞᆯ뿐아니라反히天이賜ᄒᆞ신救護者로確信ᄒᆞ야彼의功名이赫赫ᄒᆞᆷ을聞ᄒᆞ고抃舞誇矜ᄒᆞᆷ이自己의功名과無異ᄒᆞ며彼가現出ᄒᆞ는處에서는擧皆拍手喝采로써歡迎ᄒᆞ며爆竹撞鍾ᄒᆞ야歡祝ᄒᆞ며婦孺老少는道路에整列ᄒᆞ야彼의容姿를願見ᄒᆞ며祝砲의響과歡呼의聲이相和ᄒᆞ야天空에轟轟ᄒᆞ더라伊太利人民이拿破崙에게歸附ᄒᆞᆷ이如此ᄒᆞᆷ을見ᄒᆞ고彼도伊太利의風光을思慕ᄒᆞ며人情의厚ᄒᆞᆷ을大喜ᄒᆞ야後에彼가皇帝가됨에미란에離宮을築ᄒᆞ고最愛ᄒᆞ는皇后죠세쓰휜ㅣ과共히來ᄒᆞ야戎軒의苦悶을此風光에洗ᄒᆞ며此人情을慰ᄒᆞᆷ도亦是偶然ᄒᆞᆷ이아니

伊太利役

써條項을議호시짜에佛國「떼이레구도리ー」政府의地盤은甚히鞏固치못호야國步

의艱難이日益호니고ー펜젤ー伯爵을爲始호야墺國委員等은此를知호는故로오자

延拖로爲事호야時日을經過홈으로機會를乘홀것이有호믈待코자호시於是乎容易

히條項의調和가未成홈을見호고拿破崙의炯眼이엇지彼等委員의智驗을忖度호기

未能호리오一日은우리ー디네ー에서委員等과會合호니彼等이前例를依호야言홈을左

右로托호며提議에對호야反對호믈見호고拿破崙이怒色을面에顯호고厲聲一呼曰

「爾等은此最後協議를拒絕코자호는가」호며嚴然히立호야 煖爐上에飾호墺國皇

后가사린이伯爵에게恩賜호最美陶壺를攫호고語를繼發호야曰「拭目觀之호라戰

爭을再次宣言호야此秋期가終了호기以前에爾等의帝國을粉碎호이此陶壺를粉碎

홈과如호리샌이라」호고陶壺를床上에擲호야微塵을成호고飄然히會議席을退호니

委員等이此를見호고愕然自失호야悶知所措호는中에拿破崙은其寓居處에歸호야

곳人을쟈ー루스親王에게遣호야協議논到底히調和호기未能호니二十四時間中에

再次開戰호旨를傳코자호고고ー펜젤ー伯은急히委員一人식로불使節로拿

破崙에게遣호야彼의最後提議를承認홈을通호야彼의憤怒를僅解케호고次日에곳

137

ㅡ니스룰鎭定ᄒᆞ고卽時에專制政府의嫌疑룰因ᄒᆞ야牢獄에押囚ᄒᆞ얏던國事犯罪人

을宥放ᄒᆞ며同時에專制政府룰顚覆ᄒᆞ고衆民의輿望을因ᄒᆞ야共和黨의人을擧ᄒᆞ야

代케ᄒᆞ며庶政을改良ᄒᆞ야써民福을計圖케ᄒᆞ니噫라五百年來의擅制로써專혀人民

을抑壓ᄒᆞ던위ㅡ니스貴族政府가全혀仆滅ᄒᆞ니라後에「감포、힐ㅡ미오」의條約을

因ᄒᆞ야위ㅡ니스눈墺太利와合併ᄒᆞ얏스니當時拿破崙의行爲눈全혀위ㅡ니스州民

의福利룰計圖ᄒᆞᆷ으로公明正大ᄒᆞ야一點의非理가無ᄒᆞᆫ故로彼의譽도一言의誹謗을

加ᄒᆞ瑕疵룰不見ᄒᆞ리라

「감포、힐ㅡ미오」의條約　今에拿破崙은위ㅡ니스룰壓倒ᄒᆞ야其愛好ᄒᆞ눈同胞룰

爲ᄒᆞ야鬱憤을雪ᄒᆞᆯ섇아니라共和政府룰新設ᄒᆞ야써州民의福利룰增進ᄒᆞᆷ을得ᄒᆞᆯ故로

레오벤에서假定締結ᄒᆞ엿ᄂᆞᆫ條約을完全케ᄒᆞ기爲ᄒᆞ야몬데베로市로歸ᄒᆞ야墺國

全權委員等파條項을議ᄒᆞᆯ시議論이容易히整調치아니ᄒᆞ니於是乎拿破崙은會議의

一切룰구라ㅡ구將軍에게委任ᄒᆞ고미란地로去ᄒᆞ야七八兩朔을閑養ᄒᆞ니라고ㅡ펜

레ㅣ伯爵이墺國全權大使룰新任ᄒᆞ고條約을議코즛우ㅡ디네ㅣ市로來ᄒᆞᆷ을當ᄒᆞ야

彼拿破崙도亦是相距가不遠ᄒᆞᆫ밧세리아노市에到着ᄒᆞ야兩地에서交代로開會ᄒᆞ야

一二三

國「쎄이레구도리一」政府의 汚濁흠을 嘆흠며 當時에 己爲冥冥中에서 現政府를 顚覆

코자흠는 大望을 抱懷흠 彼拿破崙은 其訓令을 介意흠이 少無흠고 곳三千의 精兵으로

위一니스로 向흠니라 佛軍의 砲聲이 殷殷히 에트리아딧구海面을 向흠야 위一니스府

에 達흠니 貴族政府는 驚駭흠야 急히 大議院議員을 召集흠고 討論이 區區흠야 結末에 畢

竟 拿破崙에게 向흠야 降服을 請求흠며 同時에 政体變更의 一欵은 全혀 彼에게 一任흠

논旨意를 通흠기로 一決이나 然이느 外難의 危急이 如斯흠時에 俄然히 一大事가 起

흠니 無他焉이라 多年 貴族黨의 跳梁跋扈흠을 憤怒흠던 共和黨의 一派가 風雲의 機를

乘흠야 州內各處에서 勃興흠야 議場으로 會集흠니 於是乎 專制共和二黨의 混戰이 始

흠야 轟轟흠 銃聲이 各處에서 起흠며 議場內外에 硝煙이 濛濃흠야 天日이 無光흠며 自

由萬歲를 呼따흠는 聲은 「쎈트、마一구」萬歲의 聲파 相和흠며 府는 到處의 兵燹와 掠

奪에 委棄흠이 되얏더라

如此히 紛亂混雜흠中에 佛軍은 凜凜흠 威勢로 府內에 侵入흠니 民黨의 一派는 拍手喝

采로써 歡迎흠며 其助力을 依흠야 專制政府를 顚倒코자흠서 貴族政府는 事己至此에

方策이 全無흠야 全然히 拿破崙麾下에 屈服흠니라 於是乎 拿破崙은 兵不血刃흠고 위一

虛言이라拿破崙은敗走처아니ᄒᆞ얏아니라最强大傲慢ᄒᆞᆫ墺國을壓服ᄒᆞ야城下의盟을命ᄒᆞᆷ에至ᄒᆞ얏스며彼ᄂᆞᆫ戰勝의餘勢를乘ᄒᆞ야곳위ー니스로回兵ᄒᆞ니將次大報復을行ᄒᆞ다ᄒᆞ니貴族政府ᄂᆞᆫ此報를聞ᄒᆞ고驚懼ᄒᆞ야空論冗議로彌縫ᄒᆞᆯ一策을按出ᄒᆞ고使를拿破崙의本營에遣ᄒᆞ야百方으로陳情ᄒᆞ며巨額의黃金을呈ᄒᆞ야ᄡᅥ寬恕ᄒᆞᆷ을哀乞ᄒᆞ니拿破崙은위ーニス州上下의暴行의報를接ᄒᆞ고怒氣가衝天ᄒᆞᄂᆞᆫ暫時其怒를忍耐ᄒᆞ고使節의言을聽了ᄒᆞᆫ後에厲聲大叱曰「假令爾等은「페ーー」의財寶를擧皆予에게贈ᄒᆞ던지黃金으로ᄡᅥ爾等의全國에撒布ᄒᆞ야도此等으로ᄂᆞᆫ爾等의殘虐無道ᄒᆞᆫ瀝血을賠償ᄒᆞ기不足ᄒᆞ니라爾等이予의最愛ᄒᆞᄂᆞᆫ同胞를虐殺ᄒᆞ얏스니予ᄂᆞᆫ其報復으로「센트,마ーー구」의獅子(위ーニス州의徽章)로泥土를舐ᄒᆞᆯ지니千辯萬語라도實로無益이라速히退歸ᄒᆞ라」ᄒᆞ니라

위ーニス政府ᄂᆞᆫ拿破崙의忿怒를畢竟解ᄒᆞ기難ᄒᆞᆷ을見ᄒᆞ고戰戰慄慄ᄒᆞ야計策이何에在ᄒᆞᆫ바를不知ᄒᆞ더니一策을按出ᄒᆞ야佛國「페이례구도리ー」政府에莫大ᄒᆞᆫ賄物을贈ᄒᆞ야ᄡᅥ哀乞ᄒᆞᆯᄉᆡ愚蠢ᄒᆞᆫ「페이례구도리ー」政府ᄂᆞᆫ莫大ᄒᆞᆫ賄賂를得ᄒᆞ고大喜ᄒᆞ야卽時拿破崙에게訓令ᄒᆞ되위ーニス를寬待ᄒᆞ라ᄒᆞ니라然이ᄂᆞ拿破崙은平生에本

一二九

伊太利役

都督이위―니스룰平定홈　今에 拿破崙은墺國으로호야金城下의盟을締結케호야平和의終局을得호얏스니所謂伊太利出征軍의大目的을達호故로無限의榮譽룰雙肩에擔荷호고將次本國으로凱旋코자호나라然이느凱旋호기以前에最後의一大打擊을不得己行호니一事가有호니卽위―니스가是也―니니라위―니스눈向者에局外中立을肯言호고尙且拿破崙의懇切호誠言을受홈을不拘호고恒常佛軍에게向호야患害룰加호니大抵當時눈鎭道電信等交通의便利가無호故로佛軍이一次「알브」의高嶺을踰호고伊太利의地域을離호야멀리싸―뉴―푸河畔으로行進홈以來로其消息을知호기未能호며無根호風說은以訛傳訛호야或은拿破崙의軍隊가粉碎호얏다호며或을彼가敗走호얏다호며甚至於彼눈俘虜룰成호야或은其風說을因호야畢竟「佛人을嫌忌홈이蛇蝎보다甚호에至호얏스며此와共히頑冥호僧侶等은詭辯을弄호야巧妙히愚民을殺」호라公然絕叫홈에至호얏스며此와共히頑冥無知호愚民等은前後의思慮가無호고四方에서蜂起호야白刃을揮을煽動호서서頑冥無知호愚民等은街頭에서斬殺호며佛軍의屯營을襲擊호야倉庫룰破호며病院을毀호며甚至於臥病呻吟者에게劍을加호니라此際에確報가到達호니向者의風說은擧皆

133

호야 위ー니스,「베ー풀스」의 全權委員이 會合호야 平和의 條約을 訂結코자호니라 蓋

者에 視察로 本國「뗴이레구도리ー」政府에셔 派遣호 子라ー子 將軍은 諸般全權을 委

任호얏스느 然이느 其 將軍은 當時에 쓰ー린에 在호故로 拿破崙이 責任을 自擔호고 其

會議에 列席호느니라 墺國委員이 提出호 其 第一條에 曰「墺國皇帝는 佛國의 共和政을

是認호노라」호얏는디 拿破崙이 此를 見호고 扼腕大言曰「此語를 削除호라 共和政의

光輝는 太陽과 恰如호야 盲人이아니면 誰가 此를 不仰호리오 吾人은 自主의 權이 固有

호니 其政体의 如何는 決코 他國에셔 容喙홈을 不許호노라 己爲是認이라홈言호기能호他

日에 佛國에셔 帝政을 成호는 事ー有호時는 墺國王이 此를 不認호다言호기能乎아」

호니 威儀가 凜然호며 一塲이 肅然無語호더라 噫라 誰가 拿破崙이 此時에 다만 一時揚

言에 不止호고 他日에 實로 此兆가 有홈을 示호엿く으로 知호리오 如此호야 彼有名호

「레오벤의 假條約」이 締結되야 歐洲强國 墺太利는 城下의 盟을 命호느니라 和議가 調成

호인 拿破崙은 本國政府의 全權委員기 到着홈을 不待호고 自己의 名을 條約面에 署호

니 當時彼의 所爲는 始히 佛國皇帝됨과 如호 其地位의 優홈이 墺太利王과 比肩홈에

足호며 墺國도 亦是 唯唯호야 此에 服從홈을 難免이러라

伊太利役

一二七

ᄒ고國王에게說ᄒ야和議를講케ᄒ니於是에使節은王命을奉ᄒ고佛營에至ᄒ야五
日間休戰을得ᄒ야써和議를商홈을請求ᄒ니라回想컨틴拿破崙은天涯萬里에故國
을遠離ᄒ야孤ᄒ눈軍으로墺國樞要에屯ᄒ얏스나糧食이不繼ᄒ며後援이不來ᄒ니다만
戰捷을期ᄒ눈바눈敵軍의準備가不完全홈을乘ᄒ야一勇을猛振ᄒ야곳蹂躪홈에在
홀뿐이니만일徒然히數日을經過ᄒ면其間에敵軍은更히準備를整齊ᄒ야自
己에게便로危殆홀지라此눈拿破崙이平生에注意ᄒ눈바ー러라今에墺國이五日의
休戰을請求ᄒ며曾往에拒絶ᄒ던和議를訂結코자申請ᄒ얏스니其和議가果然眞意
로出ᄒ얏눈지設或眞意로出ᄒ야도其條件이不調ᄒ면再次干戈를交홀는지五日의
休戰은實로拿破崙의使節에게눈最戒心홀바ー러라然이눈拿破崙의寬裕洪懷눈其身의危
殆홈을不顧ᄒ고使節에게荅ᄒ야曰「目下의戰況으로論ᄒ면暫時라도干戈를休息
홈이佛軍의最不利홀바이니然이눈危險과不利를冒홈을由ᄒ야民福을爲홈에必要
홈平和의庶幾홈을得ᄒ면予눈爾의請求홈을不悔ᄒ노라」ᄒ니라
레오벤의假條約　拿破崙이和議의請求를採用홈시於是乎레오벤近傍의一公園으
로써局外中立地를定ᄒ고佛軍이其四方을警戒ᄒ며四月十七日에佛、墺兩國을爲

於是乎維也納府內ㅣ震怖ᄒᆞ야國王으로皇族及貴顯과其他府民ᄶᆞ지皆懷壁ᄒᆞ고

한ᄶᆞ리僻地로遠避코자ᄒᆞ니彼廣大ᄒᆞᆫ싸뉴ᅵ푸河의輻輳ᄒᆞᆫ船舶이其河心을掩蔽

ᄒᆞ니라最可奇ᄒᆞᆯ것은此等遁逃者中에마리아, 루이사가有ᄒᆞᆫ事ㅣ니彼ᄂᆞᆫ時年이六

歲러라誰가當時에彼ᄅᆞᆯ如此히困苦케ᄒᆞᆫ佛軍都督도他日에最愛ᄒᆞᄂᆞᆫ天으로戴ᄒᆞᆫ佛

國皇帝一世拿破崙其人이러라

墺國政府ᄂᆞᆫ汲汲히軍備ᄅᆞᆯ講ᄒᆞ고堡壘ᄅᆞᆯ修繕ᄒᆞ며民軍을徵集ᄒᆞ야一國의資力을傾

注ᄒᆞ야國辱의萬一을雪코자ᄒᆞᄂᆞᆫ佛軍都督의急性은瞬間을遲緩ᄒᆞᆷ이無ᄒᆞ고猛進

擊來ᄒᆞᄂᆞᆫ故로散亂ᄒᆞᆫ隊伍ᄅᆞᆯ整齊ᄒᆞᆯ餘暇가無ᄒᆞ더라

拿破崙이墺人에게曉諭ᄒᆞ며誓告ᄒᆞ되予ᄂᆞᆫ爾等의朋友ㅣ며此戰爭은征服을爲ᄒᆞᆷ이아

니라오작平和ᄅᆞᆯ爲ᄒᆞᆷ이라故로決斷코墺國宗敎ᄅᆞᆯ崇敬ᄒᆞ며人民의權利ᄅᆞᆯ保護ᄒᆞᆯ지

라ᄒᆞ얏스며更히墺國政府ᄂᆞᆫ英國의賄賂ᄅᆞᆯ受ᄒᆞ고名目이無ᄒᆞᆫ師ᄅᆞᆯ起ᄒᆞ야墺人을

對抗ᄒᆞᆷ에至ᄒᆞᆫ事로論ᄒᆞ니佛國兵士도亦是都督의意ᄅᆞᆯ体ᄒᆞ야墺人을待ᄒᆞ기ᄅᆞᆯ寬裕

로써ᄒᆞ며秋毫도民物을不侵ᄒᆞ니라

墺國人民은漸漸戰爭을厭ᄒᆞ야平和ᄅᆞᆯ甚希ᄒᆞ고자ㅣ루스親王도對抗ᄒᆞ기難ᄒᆞᆷ을察

伊太利役

不拘ᄒᆞ고 此天險地ᄅᆞᆯ 利用ᄒᆞ야 血戰奮鬪ᄒᆞ얏스나 再次佛軍에게 敗ᄒᆞ얏스며 此激戰

에 勇名이 赫赫ᄒᆞ던 佛의 砲兵隊長ㅣ루ㅣ루正領은 戰死ᄒᆞ얏스니 其名譽榮光은

死惟不滅이고 佛軍上下가 深히 追惜ᄒᆞᄂᆞᆫ바이며 後에 拿破崙이 뷔에ㅣㄴ스에서 捕獲ᄒᆞ

一軍艦에 命名ᄒᆞ기ᄅᆞᆯ 此正領의 名으로ᄒᆞ야 其追悼의 念ᄋᆞᆯ 表ᄒᆞ얏스며 後年에 拿破崙

이 埃及에서 退軍ᄒᆞ야 本國으로 凱捷ᄒᆞᆯ時에 其艦ᄋᆞᆯ 乘歸ᄒᆞ얏다 聞ᄒᆞ니라

佛軍이 레ㅣ오벤에 入ᄒᆞᆷ 운쓰(말로激戰以後에 佛軍의 進行ᄒᆞᄂᆞᆫ바에 一個障碍가 無ᄒᆞ

고 乘勝長驅ᄒᆞ야 墺都(維也納)ᄅᆞᆯ 隔ᄒᆞᆷ이 數哩에 不過ᄒᆞ레ㅣ오벤地에 入ᄒᆞ야 高處에서

望遠鏡으로 前面ᄋᆞᆯ 俯瞰ᄒᆞᆯ시 維也納의 尖塔高臺ᄂᆞᆫ 歷歷ᄒᆞ야 指點ᄒᆞᆷᄋᆞᆯ 得ᄒᆞ깃고 都府

ᄅᆞᆯ 迫邇ᄒᆞ야 一丘一水ᄂᆞᆫ 擧皆眼界에 在ᄒᆞ니 當此時ᄒᆞ야 都督의 感想이 果如何오 懸軍萬

里ᄒᆞ고 連戰連勝에 所向無敵ᄋᆞ로 猛進長驅ᄒᆞ야 畢竟敵國의 王都ᄅᆞᆯ 俯瞰ᄒᆞᆷ에 至ᄒᆞ얏

스나 雀躍千萬ᄋᆞᆯ 不行코자ᄒᆞᆯ들엇지得ᄒᆞ리오 於是乎 拿破崙은 暫時其追及ᄋᆞᆯ 息ᄒᆞ고

各處에 散亂ᄒᆞᆫ兵士ᄅᆞᆯ 蒐集ᄒᆞ야 一日의 休憩ᄅᆞᆯ 許ᄒᆞ니라쟈ㅣㅣ루스親王은 四分五裂로

敗殘ᄒᆞᆫ 軍隊ᄅᆞᆯ 大途로 急驅ᄒᆞ야 首府로 向走ᄒᆞ야 其處에서 一國의 全力ᄋᆞᆯ 聚集ᄒᆞ야써

墺太利의 命脉ᄋᆞᆯ 一縷의 危에서 維持코자ᄒᆞ나라

一二四

軍을其狹路에蒐集ᄒ야써佛軍과激戰을再開ᄒ니此戰에쟈ー루스親王은親히陣

頭에立ᄒ야軍氣를鼓舞ᄒ며血戰苦鬪에頗히努力ᄒ얏스느亦是佛軍에게敗走ᄒ야數

千人을失ᄒ고退走코자ᄒᄂ狹隘ᄒ溪路에輜重砲車ㅣ塡塞ᄒᆷ을因ᄒ야進退에自由

를不得ᄒ며兼ᄒ야幾千의兵士ᄂ爭先遁竄코자ᄒ야自相踐踏ᄒᄂ中佛軍은追擊ᄒ

을不息ᄒ고墺의後隊를猛擊ᄒ시劍戟이相摩ᄒ며銃鎗이相交ᄒ야接戰ᄒᆷ이頗히激

甚ᄒ中佛軍의砲隊ᄂ砲門을連ᄒ고敗走ᄒᄂ墺軍을打碎ᄒᆷ이疾風에枯葉과如ᄒ더

라其夜에佛軍은乘勝長驅ᄒ야ᄂ뉴ー마ー구를略取ᄒ니敵軍의隻影을不見ᄒᆷ에至ᄒ

니라當此時ᄒ야쟈ー루스親王은一日後면援兵을得ᄒᆯ心筭이라故로人을破崙에

게遣ᄒ야二十四時間의休戰을請求ᄒ니라此詭計ᄂ曾往에拿破崙이敵將알윈ㅣ디

에게行ᄒ야大勝利를制ᄒ던것이라拿破崙의炯察明敏아얏지如此淺腐ᄒ小術中에

陷ᄒ리오곳荅ᄒ야曰「今에瞬時도貴重ᄒ니吾人은戰ᄒ면서商議ᄒ야도不可ᄒᆷ이

無ᄒ다」ᄒ니라

次日에激戰이운쓰말구트溪路에셔再始ᄒ니大盖此溪路ᄂ뉴ー엘河畔을沿ᄒ야走

ᄒᄂ間路로所謂一夫가當關에萬夫莫開ᄒᄂ天險之地러라墺軍은其疲羸困憊ᄒᆷ을

一二三

지라予의利害에就ᄒᆞ야言ᄒᆞ면만일予가提出ᄒᆞᆫ案이幸히一個人의生命이라도救

濟ᄒᆞᄂᆞᆫ功을奏ᄒᆞᆷ을得ᄒᆞ면予의所料에ᄂᆞᆫ戰捷榮譽보다平和로써誇稱ᄒᆞᆷ이勝ᄒᆞ다

ᄒᆞ니라

伊太利役 一二三

쟈ー루스親王이此를荅ᄒᆞ야曰

「戰爭의原因을査覈ᄒᆞ며或은其時日을短縮ᄒᆞᄂᆞᆫ等事ᄂᆞᆫ予의奉ᄒᆞᆫ任務以內에不

屬ᄒᆞ얏스니予ᄂᆞᆫ這般事에關ᄒᆞ야ᄂᆞᆫ何等權利를受ᄒᆞᆷ이無ᄒᆞᆯ故로予ᄂᆞᆫ全혀平和의

商議에參與ᄒᆞ기未能ᄒᆞ다」ᄒᆞ니라

如此ᄒᆞ야拿破崙의提議ᄂᆞᆫ畢竟拒絕을當ᄒᆞ니라

平和의所望은已絕ᄒᆞ니於是乎平和의終局을得코자ᄒᆞ면勢不得已維也納으로進行

ᄒᆞᆷ을難免이러라時維四月二日에拿破崙은再次急擊을始ᄒᆞ야猛進ᄒᆞᆯ서墺軍은諸般

要害地를堅守ᄒᆞ야防戰에甚히努力ᄒᆞᄂᆞᆫ敗餘의贏兵으로勢大ᄒᆞᆫ佛軍의精銳를엇지

對敵ᄒᆞ리오退却ᄒᆞ야「스다이피안、알브」의山側에서相對ᄒᆞ얏스니此處ᄂᆞᆫ一溪路

가有ᄒᆞ되뉴ー마ー구라ᄒᆞ며崎嶇崚峻ᄒᆞ야橋者獵夫等도容易히通行ᄒᆞ기甚難ᄒᆞᆫ道

路러라쟈ー루스親王은此處에서라인河畔으로來ᄒᆞᆫ四大隊의援兵과會合ᄒᆞ야全

127

望不已ᄒᆞ며 劒戟을 執ᄒᆞ고 佛國共和政府와 對敵ᄒᆞ던 歐洲의 各洲도 畢竟 劒戟을 抛棄

ᄒᆞ얏스ᄂᆞᆫ 唯獨貴國은 依然히 尙此不息ᄒᆞᄂᆞ 思惟컨디 瀜血의 毒害ᄂᆞᆫ 自此로 益益히

從前에 比ᄒᆞ야 甚酷ᄒᆞᆯ지며 第六軍의 決戰도 其前兆가 己極不祥ᄒᆞᄂᆞ 設或其結局如

何는 今에 判斷ᄒᆞ기 不可ᄒᆞᄂᆞᆫ 畢竟幾千의 生命은 兩軍中에셔 失ᄒᆞᆷ을 難免이라 言念

及此에 寒心ᄒᆞᆷ을 不覺ᄒᆞ노나 玆에 和睦을 商議ᄒᆞᆷ이 最可ᄒᆞ도다 何也오 何事를 勿論

ᄒᆞ고 必也에 終局ᄒᆞᆯ바를 見ᄒᆞᆷ은 理의 難免ᄒᆞᆯ所이니라 曩者에 本國「데이레구르리

―」政府ᄂᆞᆫ 國王陛下에게 向ᄒᆞ야 和議를 諮ᄒᆞ얏스ᄂᆞᆫ 英國政府의 沮碍ᄒᆞᆷ을 因ᄒᆞ야

其效果로 不見ᄒᆞ얏스니 然則和議ᄂᆞᆫ 終不可望乎아 戰爭을 傍觀ᄒᆞᄂᆞᆫ 他國人의 慾情

을 因ᄒᆞ며 利害를 因ᄒᆞ야 吾等兩國의 無辜同胞를 殺傷ᄒᆞ야 其慘毒을 遺ᄒᆞᆷ이 空

前絕後케 ᄒᆞᆷ이 엇지 人이 當行ᄒᆞᆯ바리오 閣下ᄂᆞᆫ 其門閥의 翹楚ᄒᆞᆷ과 氣宇의 洪懷ᄒᆞᆷ은

必也 廟堂屑屑輩로 同日에 語기 不可ᄒᆞ며 鬱然特立ᄒᆞᆯ지니 閣下ᄂᆞᆫ 閣下의 德望은 實로 如此

ᄒᆞ거늘 閣下ᄂᆞᆫ 世道人心의 恩人으로 墺太利의 救濟主되ᄂᆞᆫ 天職을 副ᄒᆞᆯ決心이 豈無

利를 救ᄒᆞ기 未能ᄒᆞᆫ所以가 아니며 一次兵馬를 馳騁ᄒᆞ면 貴國은 損害가 決코 不少ᄒᆞᆯ

ᄒᆞ리오 然이ᄂᆞᆫ 閣下ᄂᆞᆫ 幸히 吾人의 意를 誤解치 말지어다 予ᄂᆞᆫ 決코 干戈의 力이 이 伊太

伊太利役

一二一

126

야 大遠力으로 退走ᄒᆞᆯᄉᆡ 佛軍은追躡ᄒᆞ기를不息ᄒᆞ고下山追擊ᄒᆞ니嗚呼라佛軍은이

믜「알브」峻嶺을一踏ᄒᆞ고伊太利를離ᄒᆞ야壞太利의土地를踏ᄒᆞ니라於是乎山川의

風物과言語俗尙이衆皆一變ᄒᆞ니剛腸의征客도此를見聞ᄒᆞ면感慨를不禁ᄒᆞᆯ지라

拿破崙은孤軍을壞太利의中點을挈ᄒᆞ야昔에마리아데레사가土耳其의大軍을支保

ᄒᆞ던金城鐵壁을陷沒ᄒᆞ고堂堂ᄒᆞ壞國首府(維也納)를蹂躪코자ᄒᆞ니此際에佛軍都

督의意氣ᄂᆞᆫ人口二千萬의大邦을呑了ᄒᆞᆯ心이有ᄒᆞᆷ을見ᄒᆞ니라

拿破崙은勝勢ᄒᆞ야四萬五千兵으로壞軍을追躡ᄒᆞ야「따뉴ー푸」河로向進ᄒᆞ니라思

惟컨디彼ᄂᆞᆫ今에連戰連勝ᄒᆞ야所向無敵에破竹之勢로彼沮喪困憊ᄒᆞ壞兵을窘逐ᄒᆞ

야鐵槌의一下에壞太利軍을粉碎코자ᄒᆞᆷ이反掌如ᄒᆞᆯ뿐이라然이ᄂᆞᆫ彼拿破崙은

此時에도平和의終局을希望ᄒᆞ야書信을敵의總督자ー루스親王에게遣ᄒᆞ야

曰

「總督閣下여勇敢ᄒᆞ兵士等은戰役에從ᄒᆞᄂᆞᆫ中에已爲不和를望ᄒᆞᄂᆞᆫ念이有ᄒᆞ며

回顧ᄒᆞ면此戰役은實로六載의星霜을久跨ᄒᆞ얏스니吾人은此를因ᄒᆞ야無數ᄒᆞ同

胞를殺傷ᄒᆞ얏스며無量ᄒᆞ禍害를世道人心에加ᄒᆞᆫ所以로今에萬事가寧靜安息을

125

徑에서 四方으로 遁走ᄒᆞᆷ을 當ᄒᆞ야 後에서 敵이 襲擊ᄒᆞᆷ을 受ᄒᆞ면 壞軍이 甚危ᄒᆞᆫ 故로 不

得己ᄒᆞ야 彼等이 萬難을 冒ᄒᆞ고 此處에 戰鬪線을 張ᄒᆞ니라

突擊이 「다위-스」絕嶺에서 始ᄒᆞ니 此ᄂᆞᆫ 伊、墺兩國을 劃斷ᄒᆞᆫ 凌霄高嶺이라 轟轟ᄒᆞᆫ

砲聲은 半空을 劈ᄒᆞ야 萬雷가 俱發ᄒᆞᆷ과 恰如ᄒᆞ며 吶喊의 聲은 負傷者의 悲哭聲과 相和

ᄒᆞ야 共히 天宮에 徹ᄒᆞ며 一隊의 騎兵이 氷原上으로 誤走ᄒᆞᆯᄉᆡ 俄然히 破碎ᄒᆞ야

馬와 共히 顚到ᄒᆞ야 千丈坑塹에 墜ᄒᆞ야 影形을 不見ᄒᆞᆫ 깃고 積屍가 如山ᄒᆞ며 鮮血이 亂

灑ᄒᆞ야 「다위-스」山巓의 白雪을 染ᄒᆞ야 花世界를 成ᄒᆞ얏스니 實로 悽慘ᄒᆞᆫ은 千歲後

에 도人으로 ᄒᆞ야곰 悚然케 ᄒᆞ니라 자-루스親王은 頻繁히 軍氣를 獎勵ᄒᆞ야 銳意로 攻

擊ᄒᆞᆷ을 努力ᄒᆞᆫᄂᆞᆫ 實力이 對敵기 未能ᄒᆞᆫ 故로 遺憾의 恨淚를 含ᄒᆞ고 退去ᄒᆞᆯ을 難免ᄒᆞᆷ에

至ᄒᆞ얏스며 其中에 卑怯ᄒᆞᆫ者ᄂᆞᆫ 武器를 抛棄ᄒᆞ고 一縷를 苟保ᄒᆞ기 爲ᄒᆞ야 奔竄者와 因

虜를 成ᄒᆞᆫ者도 不少ᄒᆞ야 其數가 幾千에 達ᄒᆞ얏스며 死屍가 雪中에 埋ᄒᆞᆫ者도 其數를 不

知ᄒᆞ깃도다 然이ᄂᆞ 親王의 剛勇鍊熟ᄒᆞᆷ은 如此히 紊亂ᄒᆞᆫ 軍士를 整齊ᄒᆞ야 隊伍를 不失

ᄒᆞ고 退却ᄒᆞ니 勝勢를 乘ᄒᆞᆫ 佛軍은 急히 追擊ᄒᆞ야 縱橫無餘ᄒᆞ며 高處에서 巨砲를 連發

ᄒᆞ야 殺傷ᄒᆞᆫ者ㅣ 其數를 不知ᄒᆞ깃스며 殘餘ᄒᆞᆫ 墺兵은 千辛萬苦를 經ᄒᆞ고 山麓을 下ᄒᆞ

伊太利役

一二九

며 모다 挺身冒危ㅎ이 他에 比ㅎ야 倍勝ㅎ을 樂ㅎ고 呵呵大笑ㅎ며 嘻嘻諧謔ㅎ야 朝聲

으로 自由歌를 唱ㅎ며 敵中에 亂入ㅎ야 縱橫無餘ㅎ니 有心ㅎ 墺兵等은 保壘의 所在處

와 河流의 縱橫處와 山徑의 崎嶇ㅎ 處에 立脚ㅎ기 足ㅎ處에 到ㅎ면 奮戰苦鬪ㅎ야 防禦

에 努力ㅎ는 趨勢ㅎ는바를 如何ㅎ기 未能ㅎ야 拿破崙의 一擧手一投足이 大鎚의 一下

를 逢ㅎ파 恰如ㅎ야 要害도 忽焉蹴破를 當ㅎ며 風潮와 如ㅎ 佛軍은 猛然히 爭先逃ㅎ야 畢

竟山麓에 及ㅎ니 墺軍은 寒風揚雪을 此處에서 少不 介意ㅎ고 勇氣가 凜然ㅎ야 追躡ㅎ서 山巓에 漸達ㅎ

자ㅎ니 佛軍은 此處에서 支保ㅎ기 未能ㅎ으로 山上으로 登ㅎ야 爭先逃ㅎ코

즉 追者와 被追者가 不知中 「가ー닛구, 알ㅂ」의 第一高嶺에 突立ㅎ니 此高嶺은 四

時로 恒常玲瓏ㅎ 氷雪이 凝ㅎ며 浮雲은 山腹에 橫ㅎ얏고 鷙鷺ㅎ 猛鳥는 山麓樹梢에서

鳴ㅎ을 遙聞ㅎ며 四顧ㅎ니 鹿을 追ㅎ는 者는 山을 不見ㅎ파 恰如히 雲間高嶺에 在ㅎ야

彼等은 鐵火界裏의 人이라 思惟컨된 彼等이 當年의 人으로 後年에 此電飛火閃ㅎ든

劍이 相擊ㅎ며 銃이 相撞ㅎ니 思惟컨된 彼等이

當時의 古戰場을 瞰ㅎ면 其感想이 果如何오

墺軍은 此處에서 死力을 盡ㅎ야 防禦ㅎ기에 努力ㅎ얏스니 此는 大槪如此히 狹隘ㅎ 山

崙의 術中에 陷학니라 拿破崙의 神敏으로엇지 徒然히 退軍학리오 彼는 實로 敵

軍의 此事가 有학을 期待학이러라 是故로 今에 墺軍이 退却학야 河邊에 一人의 守卒이

無학을 見학고 一聲의 喇叭이 嚠喨학야 佛의 全軍에 素媚혼

佛軍은 瞬間에 隊伍를 整齊학고 一字形으로싸쉭리아렌트의 險流中에 跳入학나라라 墺

軍은 此形狀을 見학고 이의 聞학든바의 倍勝학는 拿破崙의 變幻叵測학을 驚愕학야는 佛軍

然히 行학나물 未知학다가 漸次로 準備에 着手학야써 佛軍의 渡涉을 遮코자학는 佛軍

온이의 河의 中央에 到학니라

佛軍은 非常혼 速力으로 對岸平地에 上陸학야 隊伍를 整齊학고 戰鬪線을 張학니라 墺

軍은 全力을 注학야 急速히 隊伍를 整理학얏스느 機會를 失학고 今에 攻守의 地位를 顯

倒학야 如何혼바를 莫知학더라 是故로 戰鬪를 始학식 各處에서 佛軍에서 大敗학야 支

保학기 未能학으로 畢竟 隊伍를 紊亂학고 潰走학니 拿破崙의 追擊학이 甚히 猛烈학야

墺軍으로학야금 再次 隊伍를 整頓혼 餘暇가 無케학고 殺傷은 其數를 不知홈에 至학니

墺軍은 今에 全敗를 致학고 落膽摧氣학야 遁竄학니라

兩軍이 山嶺에서 大戰홈　佛軍은 都督의 神筭이 恒常偉大학을 功勳을 무혼 事를 誇矜학

伊太利役

一七

히騎兵의 一團이有ᄒ니 遊擊隊를成ᄒ고 後에 控ᄒ야 敵의 上陸을 待ᄒ고 一蹴에 走行
코자ᄒ며 反此ᄒ야 佛軍은 終夜로록 脛을 泥濘에 沒ᄒ며 崎嶇ᄒ 山徑으로 從ᄒ야 來ᄒ
니 衣服은 破裂襤褸ᄒ고 中泥土를 塗ᄒ얏스며 雨에 霑ᄒ야 其苦況은 形言커難ᄒᄂ 然이
ᄂ 彼等은萬歲不滅ᄒ 勳功을 貪ᄒ이 赫赫ᄒ 伊太利出征軍」이라 軍旗를 押樹ᄒ며 軍
樂을奏ᄒ고 威風이凛然ᄒ면 渡涉코자ᄒᄂ 威氣도ᄯ
ᄒ宏大ᄒ더라 此時 拿破崙은 敵軍의 用意가 頗히 嚴重ᄽ을見ᄒ고 俄然히 全軍에 令ᄒ
야 敵丸이 達ᄒ기 未能ᄒ 地ᄭ지 退却ᄒ야 暫時休憩ᄒ며 朝飯을了ᄒ라令ᄒ니 是ᄂ 正
히 呪文을 一唱에 殺氣가 衝天ᄒ야던 佛軍은 漸漸 其相을變ᄒ고 和氣가 靄靄ᄒ야 兵士
ᄂ 戎器를捨ᄒ고 軟草上에 坐ᄒ며 火를燃ᄒᄂ者와 鍋를司ᄒ者와 行厨를開ᄒᄂ者와
或談或食ᄒ야 全軍은 陶然히 其生死의危가一髮과 如ᄒ믈未知ᄒᄂ者와 如ᄒ니 大抵
卒然히 如此ᄒ믈을致ᄒ야 悠悠히 喫飯으로 爲事ᄒ믈은 一大秘策이 必有ᄒ이러라쟈ー루스親王은今에佛
軍이卒然退軍ᄒ야 悠悠히 喫飯ᄒ고 窃謂ᄒ되佛軍은必也喫飯을
了ᄒ고 疲困을休ᄒ後가아니면 敢히 渡川ᄒ믈을 不爲ᄒ리라ᄒ고 彼ᄂ 銳意로 佛軍의 渡
川을遷ᄒ기爲ᄒ야 排陣ᄒ야 河畔軍隊를引率ᄒ고 後陣으로 退却ᄒ니 於是乎彼ᄂ拿破

一二六

이니라

時ᄂᆞᆫ오히려嚴寒에屬ᄒᆞ야朔風이猛烈ᄒᆞ야皮膚ᄅᆞᆯ激刺ᄒᆞ며仰見ᄒᆞ면雲霄ᄅᆞᆯ凌ᄒᆞᄂᆞᆫ

알브山巓에ᄂᆞᆫ白雪이曖曖ᄒᆞ야一徑도見ᄒᆞ기未能ᄒᆞᄂᆞ니此嚴寒을冒ᄒᆞ고此積雪을

踏ᄒᆞ야其高嶺을蹤越ᄒᆞᆯ事ᄂᆞᆫ實로人生의至難ᄒᆞ리라然이ᄂᆞ拿破崙은此事ᄅᆞᆯ介意ᄒᆞ

이少無ᄒᆞ더니某日에寒風은酷吹ᄒᆞ며驟雨ᄂᆞᆫ暴注ᄒᆞᄂᆞᆫ時에卒然이號令을下ᄒᆞ야卽

時에全軍의進行을命ᄒᆞ니由來로急速ᄒᆞ準備ᄒᆞ며慣熟ᄒᆞ佛軍이라瞬間에準備ᄅᆞᆯ畢ᄒᆞ고

一氣奔馳ᄒᆞ야피아위河畔에到着ᄒᆞ니라河畔에屯營ᄒᆞ塢軍은徒然히天候ᄅᆞᆯ恃ᄒᆞ고

假令佛軍이如何히慓悍ᄒᆞ야도如此ᄒᆞ天候ᄅᆞᆯ冒ᄒᆞ고容易히行進ᄒᆞ기未能ᄒᆞ고蒼皇히

想ᄒᆞ고戰鬪의準備가無ᄒᆞ더니不意에襲來ᄅᆞᆯ當ᄒᆞ야一戰을試ᄒᆞ기未能ᄒᆞ고彼河

退軍ᄒᆞ야四十哩以外싸싹ᄉᆞ리아멘트大河ᄂᆞᆫ河東岸에至ᄒᆞ야戰線을張ᄒᆞ니佛軍도ᄯᅩ彼河의

畔에追至ᄒᆞ니라싸싹ᄉᆞ리아멘트大河ᄂᆞᆫ滔滔汨汨ᄒᆞ야奔流ᄒᆞᄂᆞᆫ湍石이巖을激打ᄒᆞ니

其危險을光景은凄然ᄒᆞ야容易히渡ᄒᆞ기未能ᄒᆞ더라時維三月十日朝에對岸ᄒᆞ塢의

大軍을遙望ᄒᆞᆯ즉肅然히河畔에排陣ᄒᆞ얏스며榴彈ᄂᆞ로裝塡ᄒᆞ幾門의巨砲ᄂᆞᆫ모다水

面을向ᄒᆞ얏스며幾萬의步兵은燦爛ᄒᆞ銃槍을執ᄒᆞ고號令이一下ᄒᆞᆯ을苦待ᄒᆞ며別로

伊太利役

ㅣ러라 然이느 彼느 果然 神出鬼沒ᄒᆞ며 變幻莫測ᄒᆞ야 彼 佛國 年少 都督 拿破崙의 好敵手

됨에 與否는 未決ᄒᆞ지라 拿破崙은 彼쟈ㅣ루스의 爲人을 說ᄒᆞ야 曰 쟈ㅣ루스 親王은 其

操行이 方正ᄒᆞ야 人의 毁言을 自招ᄒᆞᆷ이 無ᄒᆞ고 彼의 精神은 英雄時代에 屬ᄒᆞᆯ지니라ᄒᆞ

니라 此評은 親王에게 就ᄒᆞ야 言ᄒᆞᆯ바ᄅᆞᆯ 一切包括ᄒᆞᆷ에 足ᄒᆞ니 쟈ㅣ루스 親王의 爲人은

可히 想像ᄒᆞᆯ지니라

三月 初頭에 墺軍 總督 쟈ㅣ루스 親王은 五萬의 大軍을 引率ᄒᆞ고 피아위 河畔에 屯營ᄒᆞ

얏스며 更히 四萬의 援兵은 不日來로 帝國 各所에서 來會ᄒᆞ지니 此四萬의 援兵과 會合

ᄒᆞ면 墺의 軍勢는 九萬의 大軍을 成ᄒᆞᆯ지니라 拿破崙은 佛蘭西와 伊太利에서 新兵을 募

集ᄒᆞ얏스나 僅히 五萬의 小勢에 不過ᄒᆞ되 意氣揚揚ᄒᆞ야 墺軍의 九萬 大兵을 破ᄒᆞ고 更히

一躍ᄒᆞ야 敵國의 中心을 衝코자ᄒᆞ니 豪膽無敵은 實로 世界에 第一이러라 此時를 際ᄒᆞ

야 歐의 全州는 모다 眼을 此兩軍의 運動에 注ᄒᆞ고 領을 引ᄒᆞ야 其結果 如何를 知코자ᄒᆞ

며 當時 輿論은 拿破崙이 連戰連勝의 勳名을 다만 恃ᄒᆞ고 自進ᄒᆞ다가 救拯기 未能ᄒᆞ 深

淵에 陷沒ᄒᆞ리라ᄒᆞᆫ 此는 拿破崙을 未知ᄒᆞᆫ者의 言이라 彼는 決코 一時勝利에 狂奔

ᄒᆞ야 正健의 判斷을 誤ᄒᆞᆯ者ㅣ아니오 胸中에 墺軍을 破粹코자 牢然不動ᄒᆞ 決筭이 有ᄒᆞ

119

大호 好運이 爾等을 待호느니 予는 爾等이 如此好運에 不副홀 行爲를 不行홀것을 知

호노라 今에 我佛國共和政의 發生을 撲滅코자 企圖호는 讐敵을 모다 滅호얏스느오

쟉 墺太利國王이 尙存호느니 吾等이 平和를 得코자호면勢不得已彼王國의 中心을 猪

突호이可호느니라 爾等을 彼處에서 勇敢호人民으로 見홀지니 爾等은 務호야 彼等의

宗敎와 習慣을 尊敬홈이可호며 彼等의 財産을 極力保護호야 侵犯홈이 無케 홀지며

爾等은 自由를 提호야 「한ᄉ리안」民族을 待호라ᅵ호얏스니

嗚呼라 右軍令을 一讀호면英雄大略을 師홀지니라

墺國이 第六軍을 起호야 싸ᄃ리아멘트河畔의 激戰　今에 墺國에서는 第六軍을 編成

호기에 汲汲호야 王의 弟쟈ᅵ루스 親王으로 總督을 任호니라 嗚呼ᅵ라 墺國上下는 特

恃호든 第五回의 大軍이 拿破崙에게 粉碎를 當호야可히 收拾치 못홈에 至호얏슴으로

今에 第六回의 大軍을 編成코자호니라顧호건딘佛軍은 乘勝長驅호야 將次墺境을 逼

迫호고 王都로 突進코자호니 當此時호야 墺國의 興廢存亡이은 實로 此一擧에 在호지라

墺國이 將帥其人을 必擇홈은 不言可知ᅵ니 쟈ᅵ루스 親王의 責任이 實로 重大호도다

親王의 年齡은 拿破崙과 伯仲이며 前年라인河畔役에 赫赫호武名을 博得호 壯年將帥

伊太利役

一二三

伊太利役

一一二

予가一次伊太利의地로進호後면決코寬容홈이無홀지라詳言호면反逆을起홀時는

卽위에니스獨立國은滅亡홀時로知호라」호니라嗚呼라此는實로獅子가其猛威를

藏置호고狡狐의無禮를誠호는意慨가有호니라

이에拿破崙은一萬人을留호야伊太利諸州의中立을監督케호고三月初에四萬人

을親率호야行陣홀식牙營을밧사ㅣ一노地에移코자호야一軍令을兵士에게頒布호야

써佛軍의向바를知케호니時는實로洪鍾이一鳴에歐洲諸强國으로호야금震蕩戰

慄케홈이니라軍令에曰

「兵士等이여이믜踏破以來호戰鬪는不滅호名譽를爾等에게授호니라爾等은十

四回의激戰과七十回의小戰에모다勝利를博得호얏스며爾等이十萬의俘虜와五

百門의野砲와二千의銃砲와四輛의工軍을得호얏스며爾等은六百萬弗의

巨額을本國에送호얏고尙且伊太利國이古來로三千年間의許久星霜을消費호야

得호技藝의尤物三百點을送호야써本國博物舘에光彩를添加호얏스며爾等은歐

洲에서最善最美호諸州를征服호야佛國國旗는於是乎아드리아딋구海角에서飜

翻호야彼歷山王의故國마세돈에相對홈을得홀지며또思惟호니將來에此보다益

117

當時에伊太利地는모다拿破崙과講和ᄒᆞ얏스ᄂᆞ唯獨뷔에니스의一州는墺國과相應

ᄒᆞ야拿破崙을當코자ᄒᆞᄂᆞᆫ氣勢가有ᄒᆞ니於是乎拿破崙이兵을壞境으로進ᄒᆞᆷ을當ᄒᆞ

야뷔에니스와平和를締結ᄒᆞ야써後慮를絶斷ᄒᆞᆷ이必要ᄒᆞᆫ故로書를뷔에니스政府에

贈ᄒᆞ야說論ᄒᆞ야曰「革命의主義ᄂᆞᆫ今에貴國全体에侵潤ᄒᆞ얏스니予의一言은곳貴

國을擧ᄒᆞ야反亂暴動의猛火中에置ᄒᆞ기可足ᄒᆞᆯ趨勢가實로如此ᄒᆞ니是故로貴國은

佛國과同盟ᄒᆞ고内政을改革ᄒᆞ야써國利民福을計圖ᄒᆞᆷ이可ᄒᆞ니라然則吾人은貴國

을爲ᄒᆞ야輿論을鎮撫ᄒᆞ고貴國政府의威權을擁護ᄒᆞ리라」ᄒᆞ니當是時ᄒᆞ야뷔에니

스國内의形勢는實로拿破崙의言과如ᄒᆞᆫ지라故로拿破崙의勸告ᄂᆞᆫ其國을爲ᄒᆞ며最

親切ᄒᆞ더라然이ᄂᆞ頑冥倨慢ᄒᆞᆫ뷔에니스貴族政府는佛國과同盟ᄒᆞᆷ을不願ᄒᆞ며反히

六萬의大兵을徵集ᄒᆞ고見機ᄒᆞ야拿破崙의後를襲코자ᄒᆞ며其狡猾ᄒᆞᆷ을表面은오작局

外中立됨을宣言ᄒᆞ나라於是乎拿破崙은再次書를뷔에니스政府에贈ᄒᆞ고警戒ᄒᆞ야

曰「局外中立은善事ᅵᄂᆞ然이ᄂᆞ記憶ᄒᆞ라만일一朝에其中立을破ᄒᆞ야予의軍隊를

困苦케ᄒᆞ며或予의糧道를遮絶ᄒᆞᄂᆞᆫ等事가有ᄒᆞ면予ᄂᆞᆫ決코報讐ᄒᆞ지라予ᄂᆞᆫ今에兵

을위ᅵ엔나로進코자ᄒᆞ니爾等의行事가예太利에在ᄒᆞᆯ時면或宥恕ᄒᆞᆯ지ᄂᆞᆫ만일

伊太利役

一一一

布衍ᄒ야彼ᄂᆫ畢竟古昔에上帝가네푸가르네사ᅵ를罰ᄒ심과如히拿破崙도坯ᄒ不

遠間에天이罰ᄒ시리라ᄒᄂᆫ人이世界에充滿ᄒ지니於是乎予ᄂᆫ如何ᄒ면可ᄒ리오

如此ᄒ境遇에ᄂᆫ此를救ᄒ道가全無ᄒ리라」ᄒ얏스니英雄의大度를可히欽歎ᄒ지

니라

만쥬ᅵ아의天險도이믜陷沒ᄒ야伊太利地에墺軍의隻影도無ᄒ며彼倨慢放恣로써

有閤ᄒ든羅馬法王도今에屈身首垂ᄒ야拿破崙에게哀乞ᄒ에至ᄒ얏스니其勢ᅵ가

隆隆ᄒ이旭日이東天에서昇ᄒ과恰如ᄒ되墺國政府ᄂᆫ尙今도講和의念이無ᄒ고國

力을盡ᄒ야第六回의大軍을起ᄒ야써佛軍을當코자ᄒ더라大抵拿破崙의目的은元

來로平和에在ᄒ고戰勝에不在ᄒᄂᆫ事勢가至此ᄒ야ᄂᆫ兵力이아니면平和를維持ᄒ

途ᅵ가無ᄒ니라拿破崙이一次戰爭ᄒ기로決心ᄒ면徒然히袖手ᄒ야敵의來襲을待

ᄒᄂᆫ者ᅵ아니라彼ᄂᆫ今에비록豪膽은龐大ᄒᄂᆫ兵額은五萬에不過ᄒᄂᆫ小勢로墺境

에深入코자ᄒ니嗚呼ᅵ라懸軍萬里에後로ᄂᆫ援兵이無ᄒ야兵찌찌ᄒᄂᆫ一團五萬의

小勢를提ᄒ야無慮二千萬의人口가有ᄒ고世界에一强國으로有聞ᄒ墺太利를粉碎

코자ᄒ니此擧ᄂᆫ實로壯快無比ᄒ며其來頭를思惟ᄒ면極히寒心ᄒ다謂ᄒ지니라

厚德을感覺ᄒᆞ고其恩이山海와如ᄒᆞᆷ을銘肝ᄒᆞᆷ에至ᄒᆞ니라

今예拿破崙은連戰連勝ᄒᆞᆫ形勢ᄅᆞᆯ乘ᄒᆞ야傲慢無禮ᄒᆞ고法王ᄋᆞᆯ討伐ᄒᆞ야愉快無比ᄒᆞ

氣가萬丈의紅焰을吐ᄒᆞᆷ과如히揚揚得意의時ᄅᆞᆯ際ᄒᆞ야彼敵手ᄅᆞᆯ此洪懷로써待ᄒᆞ야其

意氣의高ᄒᆞᆷ이알프山嶺도平地와恰如히見ᄒᆞ나라然이ᄂᆞᆫ當時에拿破崙을未知ᄒᆞ

ᄂᆞᆫ者ㅣ尙多ᄒᆞ야此等讎敵을頻繁히誹語誣說을天下에流布ᄒᆞ야ᄂᆞᆫ拿破崙이初에中傷

을試코자ᄒᆞ며特히羅馬敎信者ᄅᆞᆯ煽動ᄒᆞ기爲ᄒᆞ야發布ᄒᆞᆫ文書에ᄂᆞᆫ拿破崙이初에法

王과相見ᄒᆞᆯ時의光景을誣書ᄒᆞ야 拿破崙이法王의白髮을攫ᄒᆞ고室內ᄅᆞᆯ巡廻ᄒᆞ얏

다〕ᄒᆞ니라一日은拿破崙이此等文을得ᄒᆞ야疑訝ᄒᆞ거ᄂᆞᆯ拿破崙이徐告曰「人으로ᄒᆞ야금_

更히介意ᄒᆞᆷ이無ᄒᆞ니傍人等이見ᄒᆞ고兩肩이自然少聳ᄒᆞ더니自己ᄅᆞᆯ罵ᄒᆞ야惡魔外道에

도不及ᄒᆞᆯ一怪物이라書ᄒᆞᆷ에至ᄒᆞ야ᄒᆞ야大笑ᄒᆞ고

憤悶케ᄒᆞᆷ은唯獨事實에依ᄒᆞᆯ뿐이니予의性質은放逸無賴의事ᄅᆞᆯ不嗜ᄒᆞᆯᄉᆞ나라兼

ᄒᆞ야執務가益劇ᄒᆞ야寸隙이無ᄒᆞ은人이能知ᄒᆞᄂᆞ바ㅣ라然이ᄂᆞᆫ廣大ᄒᆞ世間에或은

如此ᄒᆞ誕說로實事라信ᄒᆞ者ㅣ不無ᄒᆞ도다譬喩ᄒᆞ야言ᄒᆞ면만일予로滿身에鬚鬣

伊太利役

ᄒᆞ毛가生ᄒᆞ고四肢로써匍匐ᄒᆞ이라ᄒᆞᆷ을深信不疑ᄒᆞᄂᆞᆫ者ㅣ一人이라도有ᄒᆞ면此ᄅᆞᆯ

一〇九

간] 宮中이 混亂雜維ᄒᆞ야 實로 形言기 難ᄒᆞ더라 急히 使節을 拿破崙의 牙營에 遣ᄒᆞ야

洪海의 恩典을 請求ᄏᆡ거ᄂᆞᆯ 法王은 親히 車駕를 準備ᄒᆞ야 遠逃코자ᄒᆞᆯ時에 拿破崙의 使

節은 宮門에 到ᄒᆞ니라 拿破崙은 全혀 平和로 爲主ᄒᆞ고 戰爭에ᄂᆞᆫ 從事치 아니ᄒᆞᄂᆞᆫ 故로

決코 法王身上에 危害를 遺코자 必要가 無ᄒᆞ야써 法王으로 依然히 其位에 安케ᄒᆞ니라

佛國政府ᄂᆞᆫ 法王이 暴虐不倫ᄒᆞ야 天職에 背戾ᄒᆞ이 太甚ᄒᆞ을 大憤ᄒᆞᄂᆞᆫ 故로 拿破崙에

게 嚴令ᄒᆞ야「法王을 待ᄒᆞᆷ에 毫末의 假借가 無ᄒᆞ고 곳其一切의 俗權을 礦奪ᄒᆞ니라」

佛國政府의 嚴令과 如히 法王에게 一大打擊을 加ᄒᆞ야써 懲罰ᄒᆞᆯ理由가 有ᄒᆞ니 其俗權

을 礦奪ᄒᆞᆷ은 當然ᄒᆞ니라 然이ᄂᆞ 惜哉라 天下에 具眼의 士一 缺乏ᄒᆞ야 大槪法王은 何人

임을 未解ᄒᆞᄂᆞᆫ 愚夫愚婦의 徒뿐이라 故로 法王의 權力은 俗、 宗両界에 陰然히 一敵國

을 成ᄒᆞ니라 當是時ᄒᆞ야 만일 佛國政府의 慾望과 如히 急激히 革命을 行ᄒᆞ지면 人心의

離背物을 自招ᄒᆞ야 不測의 禍害를 生ᄒᆞᆷ은 當然ᄒᆞ고 法王을 待ᄒᆞ기를 宗、俗両

此를 不知ᄒᆞ리오 於是乎 彼ᄂᆞᆫ 本國政府의 希望을 不顧ᄒᆞ고 法王을 待ᄒᆞ기를 宗、俗両

界의 大王ᄃᆡ 됨에 相當호 厚禮를 盡ᄒᆞ야「一도렌디 노」의 條約을 締結ᄒᆞ니라 該條約의 要

求ᄒᆞ바ᄂᆞᆫ 頗히 寬大ᄒᆞ야 每事가 法王의 意外로 出ᄒᆞ니 法王의 頑冥도 於是乎 拿破崙의

無ᄒᆞ고 徒然히 空論 冗議로 悠悠度日ᄒᆞ다가 畢竟 使節은 佛營에 派ᄒᆞ고 反間 苦肉의 小

計ᄅᆞᆯ 弄ᄒᆞ야 佛軍을 威嚇홈이 可ᄒᆞ다 決議ᄒᆞ고 命을 피쇼나헬리 親王에게 授ᄒᆞ야 發行

ᄏᆡᄒᆞ니 親王은 佛營에 到ᄒᆞ야 懇切히 風采ᄅᆞᆯ 飾ᄒᆞ고 拿破崙에게 네ㅣ풀스國 女王의 宸

翰을 示ᄒᆞ니 大槪 此 宸翰은 女王이 親히 全國에 下詔ᄒᆞ야 二萬의 大軍을 徵集ᄒᆞ고 諸親

王에게 授ᄒᆞ야셔 拿破崙을 對敵케 ᄒᆞᆯ 意圖ᄅᆞᆯ 宣言ᄒᆞᆯ 것이라 拿破崙의 慧敏英才로엇지 如此

ᄒᆞᆫ 齷齪ᄒᆞᆫ 小術數ᄅᆞᆯ 因ᄒᆞ야 被騙ᄒᆞ리오 拿破崙은 慇懃히 讀畢에 徐徐히 親王에게 謂ᄒᆞ

야曰 「卿의 厚意ᄅᆞᆯ 感謝ᄒᆞ노라 予는 맛당히 同樣의 事實로써 卿에게 報酬ᄒᆞᆯ바ㅣ 有ᄒᆞ

리라」言ᄒᆞ면서 手匣에서 一片의 書翰을 取ᄒᆞ야 親王에게 示ᄒᆞ니 親王이 受閱ᄒᆞ니 是

ᄂᆞᆫ 本國 내ㅣ풀스에서 內亂의 計劃이 熟ᄒᆞ야 一次 機會ᄅᆞᆯ 得ᄒᆞ면 號令 一發에 二萬五千

의 兵을 召集ᄒᆞ고 首府ᄅᆞᆯ 襲擊ᄒᆞ야、 써 王族을 시시리ㅣ島外로 驅逐코자ᄒᆞᄂᆞᆫ 陰謀ᄅᆞᆯ

報來ᄒᆞᆫ 書翰이라 此 書翰을 見ᄒᆞ고 事의 顚末을 報導ᄒᆞ야 未知ᄒᆞ며 蒼皇히 拿破崙을 辭

ᄒᆞ고 卽時 急使ᄅᆞᆯ 本國 政府에 遣ᄒᆞ야 事의 顚末을 報導ᄒᆞ야 써 大警戒ᄅᆞᆯ 行케 ᄒᆞ얏스며

爾後로 漸進ᄒᆞ야 羅馬府가 三日程에 格別히 記載ᄒᆞᆯ 交涉이 無ᄒᆞ니라

佛軍은 漸進ᄒᆞ야 羅馬府가 三日程에 隔ᄒᆞ지라 此 報가 一次 法王에게 達ᄒᆞ니 「뷔아디

伊太利役

一〇七

此等兵士의 憫情은 特殊호며 僧侶等은 모다 其優待를 欣喜호야 佛軍上下의 厚意를 含淚感謝홈에 至호니라 然이느 本國政府는 拿破崙의 此處置로써 寬大홈이 顕甚호다고 拿破崙을 誹謗홈이 太甚호 故로 其不然호 事理를 本國政府에 報호야 曰「人生이 誰가 此等 不幸을 在호 人을 不嬌호리오 彼等이 我等을 見호고 號泣哀乞홈을 奈何오」호얏스며 此外에 本國을 移호야 伊太利 各處에 散在호 佛國僧侶의 不幸호 者를 扶助호며 또 안코나에 流寓호 猶太人이 苦境에 沉淪홈을 見호고 撫恤호는 等 百方으로 恩威를 並施호야 全혀 本國의 國光을 宣揚호며 出征軍의 神奇호 目的을 天下에 廣佈호기를 不懈호니라

伊太利 南部 諸州에 頑冥홈은 天下의 形勢가 一轉홈을 看破호기 未能호며 兼호야 國是가 一定호 方針이 無호고 徒然히 汲汲호야 强弱의 外相을 揣摩臆測홈을 爲事호야 其 去就離合의 翩翩홈이 水上浮萍과 恰如호며 其中 네ㅣ풀스州눈 堂堂호 大國으로 優柔不斷의 人物이 雲集호야 廟堂에 充滿호얏스느 尸位素餐이라 互相推諉로 爲事호며 一人도 快刀斷麻의 籌策을 獻호는 者ㅣ 無호지라 今에 拿破崙이 兵을 羅馬府로 進홈을 聞호고 遽斷코자호는 者ㅣ 不無호느 正正堂堂호야 旗鼓로 相見코자호는 氣慨가 有호 者ㅣ

111

快活히 數語로 彼等을 感化케 ᄒᆞ고 各各 放送ᄒᆞ야 써 佛軍都督의 仁德을 說케 ᄒᆞ니라

先時에 佛國僧侶로 異宗의 嫌疑ᄒᆞᆫ바ㅣ 되야 本國에서 驅逐을 當ᄒᆞᆷᆞ로 法王의 領土로

遁ᄒᆞ야 法王에게 保護를 仰ᄒᆞᆫ者ㅣ 頗多ᄒᆞ더니 今에 本國政府에서 更히 拿破崙에게 命

ᄒᆞ야 此等僧侶를 再次 羅馬附近地에 逐送ᄒᆞ라 ᄒᆞ얏ᄉᆞ니 噫라 可憐ᄒᆞ다 彼等僧侶ᄂᆞᆫ 今

에 跼天蹐地ᄒᆞ고 六尺의 軀體를 處ᄒᆞᆯ바ㅣ 無ᄒᆞ에 至ᄒᆞ야 絶望落膽은 實로 形言기 難ᄒᆞ

고 오작 一死를 朝夕에 待ᄒᆞᆯᄲᅵ라 其中에 一僧이 傷魂落魄으로 多年의 辛苦를 甞ᄒᆞ야

今日ᄭᅡ지 至ᄒᆞ얏더니 不意에 如此ᄒᆞᆫ 報를 接ᄒᆞ고 斷然코 處身할時機라 ᄒᆞ야 拿破崙과

面會ᄒᆞ고 自己의 經歷과 不運을 陳ᄒᆞ며 哭死에 處케ᄒᆞ라 請求ᄒᆞ니 拿破崙이 溫和ᄒᆞ고 容

良로 滿腔의 愛情을 表ᄒᆞ야 彼를 慰ᄒᆞ야 曰 「本國政府의 命令如何를 不拘ᄒᆞ고 盟誓ᄒᆞ

야 彼와 其朋友等을 保護救濟ᄒᆞᆯ事를 告ᄒᆞ니」彼僧侶ᄂᆞᆫ 此言을 聞ᄒᆞ고 感極流涕ᄒᆞ며

其恩德을 讚謝ᄒᆞ더라 拿破崙이 卽日에 訓令을 發ᄒᆞ야 兵士를 警戒ᄒᆞᆫ되 彼等不幸ᄒᆞᆫ人

을 見ᄒᆞ거든 兄弟와 如히 厚待ᄒᆞ라 嚴命ᄒᆞ니 恒常 父師로 敬愛ᄒᆞᄂᆞᆫ 都督의 一言一行은

곳 兵士의 龜鑑이라 彼 兵士等이 此 訓令을 得ᄒᆞ고 其意를 遵奉ᄒᆞ야 僧侶를 極히 優待ᄒᆞ

며 其中에 兵士가 本國에 在ᄒᆞᆯ時에 敎를 受ᄒᆞ며 法을 聽ᄒᆞᄃᆞᆫ 僧侶를 邂逅ᄒᆞᆫ者도 有ᄒᆞ니

伊太利役

一〇四

者의 友됨을 詳細히 爾等의 家族에게 告ᄒ라」ᄒ니 於是乎 事實이 全혀 愚民等의 豫想

과 相反ᄒ야 溫容美辭로 滿腔의 愛情을 表ᄒ니 彼等의 感想이 果如何오 心頭의 迷夢을

不覺코자 ᄒ들엇지 得ᄒ리오 彼等이 合掌ᄒ야 拿破崙에게 拜ᄒ야 泣謝ᄒ니 拿破崙은

卽時 其處所를 退ᄒ야 捕囚ᄒᆫ 將校의 集合處로 到ᄒ야 情熟ᄒᆫ 舊友를 對홈과 恰如ᄒ야

胷襟을 披ᄒ며 快談數時에 或 伊太利의 自由를 說ᄒ며 或 法王政治의 腐敗ᄒᆷ을 嘆ᄒ야

其福音이 本義에 乖ᄊ汝等이 太甚ᄒᆷ을 論ᄒ며 坐汝等이 自揣ᄒᆷ이 無ᄒ고 精銳鍊磨ᄒᆷ을

隊를 抗拒코자 ᄒᆷ이 實로 妄擧됨을 論ᄒ며 翻然大覺ᄒ고 回心ᄒᆷ을 勸ᄒ야 各各歸家케

ᄒ며 彼等에게 要求호되 此恩赦의 報酬로 佛軍의 眞意를 世人에게 紹介傳播케 ᄒ라」

ᄒ얏스니 嗚呼라 人生의 誠心所到에 誰가 感服치아니ᄒ리오 拿破崙을 憎惡ᄒᆷ이 蛇蝎

보다도 甚ᄒ야 其肉을 啖ᄒ야도 오히려 不厭ᄒ든 彼等도 今에 全혀 相反ᄒ야 同一ᄒᆫ 熱

度로 同一호 人을 欽嘆敬服홈에 至ᄒ며 坐拿破崙의 要求를 應ᄒ야 各其處所를 定ᄒ고

市市村村으로 巡行ᄒ야써 拿破崙의 恩德을 稱頌ᄒ더라

拿破崙은 益益히 軍을 進ᄒ야 안고나에 到ᄒ야 其處에 屯集호 法王軍의 一隊를 探知ᄒ

고 卽時 手兵을 分ᄒ야 奇計로 彼等을 圍繞ᄒ야 一人도 傷홈이 無ᄒ고 全軍을 捕獲ᄒ야

109

府內에 亂入ᄒᆞ니 當是時ᄒᆞ야 怒氣가 心頭애 充滿ᄒᆞ야 佛軍等은 罵罵히 都督에게 向ᄒᆞ야

剝掠亂殺의 許可를 哀請ᄒᆞ고 大呼ᄒᆞ야曰「此戰우ᄂᆞᆫ「파뷔ㅡ아」戰과同ᄒᆞ다」ᄒᆞ니 拿破

崙이 嚴制ᄒᆞ야曰「否라「파뷔ㅡ아」의 府民은 一次服從을 誓ᄒᆞ다가 再次我等에게 反

逆을 謀ᄒᆞ고 其賓客되ᄂᆞᆫ 我等의 兵士를 殺크자 計圖ᄒᆞ얏스ᄂᆞ 今次에ᄂᆞᆫ 不然ᄒᆞ니 此等

府民은 彼僧徒等에게 欺瞞을 當ᄒᆞᆫ바ㅣ라 故로 決코 親切히 服從케ᄒᆞᆷ이 可ᄒᆞ다」ᄒᆞ고

畢竟殘虐을 不許ᄒᆞ니라

拿破崙은 一擧에 곳화엔사 府의 暴民을 鎭定ᄒᆞ고 彼俘獲ᄒᆞᆫ 無數府民을 써니 오河畔役

의 俘虜와 共히 府內廣園에 蒐集ᄒᆞ고 親히 彼等을 曉諭ᄒᆞᆫ바ㅣ 有ᄒᆞ다ᄒᆞ니 愚民等은이

미 僧侶의게 被欺ᄒᆞᆷ이 鼎鑊에 在ᄒᆞ야 如魚와 如ᄒᆞ야 生命이 眼前에 迫ᄒᆞᆷ으로 思ᄒᆞ더라 是故

로 拿破崙이 彼等衆人前에 立ᄒᆞ니 愚民等이 爭先ᄒᆞ야 地上에 羅伏ᄒᆞ며 모다 異口同聲

으로 哀乞ᄒᆞ니 彼 拿破崙이 此物을 見ᄒᆞ미 惻恛의 情을 不堪ᄒᆞ야 伊太利語로 徐徐히 彼等에

게 論ᄒᆞ야曰「予ᄂᆞᆫ 伊太利人의 友人이라 此處에 來ᄒᆞᆷ은 全혀 爾等을 思ᄒᆞᆯᄲᅮᆫ이라 爾等

伊太利役

의 身은 專혀 自由ㅣ니 爲先歸家ᄒᆞ야써 佛國人은 宗敎安寧의 朋이며 尙且貧賤可哀ᄒᆞ

一〇三

108

伊太利役

一〇二

硬혼言을傳호야曰「佛軍의行進이此에不止호면決斷코砲火로써佛軍과接호깃다」

호얏스니嗚呼라脅嚇乎아囈語乎아彼는劍戟에不習혼僧侶로蜂屯蟻雜의狂兵을率

호고如此히傲慢無禮혼言語를放호니此를聞혼佛의驍將猛卒等은呵呵大笑호야一

時에全軍이喧動호니라拿破崙은徐徐히使節에게答호야曰「予가今에僧正의砲火

를不得已面호믈을得홈은心中에大悲호눈바ー며予의軍隊눈遠路行進을因호야疲勞

頗甚혼故로僧正의許可를得호야今夜此巖에서屯營홈을得호면實로意外의幸甚이

라」호니라

拿破崙은其分隊로暗夜에淺瀨로從호야河를涉호야써法王軍의歸路를拒絕호고翌

曉에全軍은正面으로突擊호니所謂蟬噪鳥合의法王軍이엇지佛軍의精銳를對敵호

리오交戰호지一時間을未過호야蜘蛛의子를散홈과如히左右로散亂호야或殺或捕

호야一人도遁走호者ー無호지라佛軍은此勢를乘호야急馳호야卽夜에좌엔사府를

迫호니府門은堅鎖호얏고城上에無數혼大砲를並列호얏스며熱狂혼府民等은城壁

에立호야詬罵讒謗의語로佛軍을比호니佛軍이엇지此辱을點聽호리오忽然蠢然혼

吶喊聲과疾雷不及홀猛勢로城門을急擊호서朽木을挫拉홈과無異히城門을拔호고

107

伊太利役

ㅎ을見ㅎ고休戰의旗룰樹ㅎ며卽時使者룰佛軍에게遣ㅎ야大僧正의名으로써最強

達ㅎ時에春日이將次西山에落코자ㅎ더라僧正푸스가눈河畔에在ㅎ야佛軍이近到

手兵七千人을써니오河畔에서擊破코자ㅎ시凜凜ㅎ威氣로行進ㅎ야써니오河畔에

募集兵四千의伊太利人으로成ㅎ야擾勢가八千五百이라今에第一로僧正푸스가의

計詐術로彼等을服從케ㅎ나라當時에拿破崙의領率ㅎ兵勢눈四千五百의佛兵과新

授ㅎ야從軍을勸ㅎ며尙且各種의不可思議ㅎ符呪룰行ㅎ야萬民을眩惑케ㅎ눈等騙

時에警鍾을亂撞ㅎ야愚民을召集ㅎ고四十時間의祈禱룰行ㅎ며極樂往生의允許룰

法王의敎會눈極히拿破崙을讒謗ㅎ며頑冥無智ㅎ愚民을煽動ㅎ으로各處敎會눈一

리라不然則市市村村의民人은모다平和와保護와擔保룰不得ㅎ리라ㅣㅎ나라

號와保護되눈橄欖의冠을捧ㅎ얏스니此軍隊의怨을招ㅎ눈人에게눈大難이來ㅎ

이니記憶ㅎ라佛國兵士눈一手로勝利의保護로銃槍을提ㅎ며他手로눈平和의標

佛軍은今에法王의領域으로進行코자ㅎ니此눈元來宗敎룰保護ㅎ며人民을爲ㅎ

ㅎ을臨ㅎ야人民을戒諭ㅎ니其文에曰

예爲先汝王의大兵을粉碎ㅎ야後患을絶斷ㅎ後墺國으로行進ㅎ기를決心ㅎ고進行

政府의 淺見薄識으로는 其行호바를 贊賞은 無호고 反히 拿破崙이 敵將에게 許호 條件
이 頗히 寬裕홈이 不滿호 意를 表호니 拿破崙은 政府의 異議가 無理홈을 鼻笑호며 簡單
히 答호야 曰「予가 墺將에게 許可호 條件은 一은 尊敬홈 勁敵을 待호기 爲홈이오 一
은 佛國共和政의 國威를 宣揚호기 爲호야 予가 自判 호되 最適當호다 思惟호는바ㅣ
라」호니라

嗚呼라 今也에 伊太利의 天險과 墺太利에 對호는 咽喉도 俱是 拿破崙의 占領호바ㅣ되
니라 同時에 伊太利全洲大權은 全혀 拿破崙의게 歸호야 一擧에 墺太利의 首府維也納
을 蹴호야 城下盟을 結홈도 쏘호 不遠間에 在호니라 然이나 伊太利內顧의 憂慮를 絶斷
홈이 必要호니 何也오 頑迷호 彼法王을 懲戒호야 墺國과 相應호 彼의 迷夢을 攪破홈
이 是也ㅣ니라

都督이 軍을 提호야 羅馬法王을 屈服케홈 當是時호야 彼頑冥沒知호 羅馬法王은 오
히려 墺軍이 强大호야 必然 拿破崙을 屈服케홈에 至호리라 妄想호고 檄文을 四方에 傳
호야 四萬大兵을 募集호고 拿破崙의 後를 襲코자 호니 拿破崙은 비록 豪膽慧敏호다

호는 如此호 大兵이 後에 有호즉 엇지 進호야 墺都를 侵호리오 於是乎 彼拿破崙은 一擊

105

ᄒᆞ면우룸세루將軍으로ᄒᆞ야금其手兵五百을撰ᄒᆞ야二百頭의馬와六門의大砲를率

ᄒᆞ고軍旗를樹ᄒᆞ야多少威儀가有ᄒᆞ개本國墺太利로退陣케ᄒᆞ며其餘殘兵二萬은囚

虜로十六隊의軍旗와大約五百門의大砲ᄂᆞᆫ佛軍의占領으로歸ᄒᆞ얏規定이러라

翌朝에墺國城兵은悄然히 만쥬ー아城門을出ᄒᆞ야功勳이赫赫ᄒᆞᆫ佛軍面前에其武器

를倒코자ᄒᆞ니墺兵의衷心은實로可哀ᄒᆞ도다嗚呼ー라曩에威儀가堂堂ᄒᆞ야墺太利

의大軍을統督ᄒᆞ얏든嬈將其人도今에敗餘의小兵을率ᄒᆞ고將次悄悄히本國으로歸

코자ᄒᆞ니借問ᄒᆞ노라硝烟彈雨中에萬死一生으로到處에서大捷을博得ᄒᆞᆫ年少血氣

의將軍이今에敗殘披贏ᄒᆞᆫ敵軍이落膽沮氣ᄒᆞ야自己의陣前을通過홈을見ᄒᆞ면誰가

揚揚ᄒᆞ야其功名을衿誇치아니ᄒᆞ리오然이나拿破崙은元來絕世의偉人이라其行ᄒᆞ

ᄂᆞᆫ바ᄂᆞᆫ尋常人이容易히忖度ᄒᆞ기未能ᄒᆞ나此日早朝에拿破崙을待遇ᄒᆞ니라此世에其資性의勇武홈과勳功의絕倫홈

에無敵ᄒᆞᆫ洪量大度로써彼等敗兵을待遇ᄒᆞ니라部下將세루ー리에ー를留陣ᄒᆞ야우룸세루將軍의

率ᄒᆞ고法王의領國으로行進ᄒᆞ며少卿間敗將賀裏의煩悶홈을少케ᄒᆞ기로計圖ᄒᆞ얏스니其愉快ᄒᆞᆫ行

釖을受케ᄒᆞ야써幾許間敗將賀裏의煩悶홈을惹起ᄒᆞ며拿破崙의讎敵도此를稱讚不已ᄒᆞ더라然이나ᄂᆞᆫ本國

爲ᄂᆞᆫ實로全歐의注意를惹起ᄒᆞ며拿破崙의讎敵도此를稱讚不已ᄒᆞ더라然이나ᄂᆞᆫ本國

伊太利役

九九

딘其地位가危殆ᄒ지라予는彼將軍의勇武를敬重ᄒ며不幸의運을悲哀ᄒ노니彼가

予의許可ᄒ호條件을從케ᄒ라彼가今에此條件을許可치아니ᄒ면一個月後或半個年

後라도決코此條件에比ᄒ야優劣間에一條件도得ᄒ기未能ᄒ기로籠城의時日은彼

의所欲을從ᄒ야一任ᄒ노라」ᄒ니라

使者가此言을聽ᄒ後애비로소拿破崙이面前에在ᄒ을知ᄒ고驚怯ᄒ며拿破崙의許

可ᄒ條件을見ᄒ니其寬裕ᄒ이實로豫想以外에出ᄒ故로更히一層驚駭ᄒ고瞿然大

覺ᄒ야事實을僞飾ᄒ이無益ᄒ을知ᄒ고곳城內의窮遍ᄒ實狀을告ᄒ야曰糧食은今

後三日을支保ᄒ기未能ᄒ을言ᄒ며ᄆ장懇懃히拿破崙의厚意를謝ᄒ고蒼皇히歸ᄒ

야우룸세루將軍에게復命詳告ᄒ니此亦事由가有ᄒ니라彼우룸세루도意外의優遇寬待룰甚히感勤ᄒ고少

將軍의德義룰稱贊不已ᄒ얏스니우룸세루將軍의地位는至極히

危殆ᄒ며糧食도三日을支保ᄒ기未能ᄒ窮境에至ᄒ야少都督掌中物을免기甚難ᄒ

故로無條件의降服을命ᄒ야도決코抗拒ᄒ餘力이無ᄒ이누然이누拿破崙의洪度는

能히敵將의心情을察ᄒ야其體面을存ᄒ며名譽룰損ᄒ이無ᄒ條件을許可ᄒ얏스니

우룸세루將軍은엇지拿破崙의厚德을感謝치아니ᄒ리오今에其許可ᄒ條件을槪言

호拿破崙에게粉齏를當호야其痕跡도無호故로不得已獨力으로其進退를決홈에至
호니라大抵城中兵의過半은病室에臥호야呻吟의聲으로徒費호는中兼호야
馬醢도絶乏호니其危急이朝夕에迫호야未幾日에滿城에餓鬼枯骨을埋葬호墳墓를
成홀뿐이니老將軍의驍勇으로도束手無策이오다만行홀計策은일즉降服호야無辜
호兵士의命을救홈만不如호다決心호고使또佛將세루ー리에ㅣ의營에遣호야降服
의條件을交涉케호니라此時에拿破崙은外套를着호야其裝飾을變호고幕內一隅에
坐호야使者의言을傍聽홀시使者는拿破崙이坐席에在홈을未知호는故로氣勢가傲
然호야우룸세루將軍의戰鬪力은尙今도强大호며糧餉輜重도不足홈이無홈을告호
야써佛將을欺瞞호고最優等條約을得코자호거놀此際에拿破崙은坐席에在호
야使者의所請과行動을察호다가勃然大起호야中央에設備호卓子의近處로來호야
우룸세루將軍이提出호請求書를取호야其末에書홈이有호니是는卽敵將이請求호
條約에對호拿破崙의回答이라其後에使者에게謂호야曰「予가爾의將軍에게許可
호는條件을來書餘白에書호얏노라爾의將軍이二週日의糧食이有호고降服을交涉
호면名譽가有호條件을得홀지느然이느爾의將軍이今에爾를派遣호實情을察호건

伊太利役

九七

102

轟轟히砲聲을遙聞ᄒᆞ고此ᄂᆞᆫ必也塊將부로외ㅣ라의一軍이城軍과相應ᄒᆞ야其處에

佛軍의分隊를夾擊ᄒᆞᆷ이니一便으로ᄂᆞᆫ新手大軍이風潮와如ᄒᆞ猛勢로捲來ᄒᆞ며一便

으로ᄂᆞᆫ老將우룸세ㅣ루ᄂᆞᆫ城門을開ᄒᆞ고飢虎와如ᄒᆞ決死의城兵을驅下ᄒᆞ니是ᄂᆞᆫ正히

累卵의勢와無異ᄒᆞ야拿破崙分隊의命脉은一時間을支保ᄒᆞ기未能ᄒᆞ나라當此時ᄒᆞ

야拿破崙은全軍을猛驅ᄒᆞ고激湍奔下ᄒᆞᄂᆞᆫ形勢로써不意에敵의中堅을衝擊ᄒᆞ니부

로외ㅣ라의分隊ᄂᆞᆫ其勢를辟易ᄒᆞ야秋風에落葉과如히四面으로奔竄ᄒᆞ고再次만쥬

루將軍도獨力으로支保ᄒᆞ기未能ᄒᆞ야疲兵을驅ᄒᆞ고再次만쥬ㅣ아로遁走ᄒᆞ얏스니

世界에有名ᄒᆞ「三日의野戰」이라稱ᄒᆞᄂᆞᆫ激戰은玆에終ᄒᆞ얏스며此三日間에塊軍의

失ᄒᆞᆫ바囚虜가二萬五千이며軍旗가二十五旒와大砲六十門과死傷이六千에達ᄒᆞ니

라於是乎拿破崙은雲霞와如ᄒᆞ塊國의第五軍을粉齏ᄒᆞ얏스니此를聞ᄒᆞ고天下人은

拿破崙을知與不知間에異口同聲으로彼의雄才偉略을稱讚ᄒᆞ니라

天險地만쥬ㅣ아城의陷落　嗚呼ㅣ라老將우룸세ㅣ루ᄂᆞᆫ第三軍의總督으로出戰ᄒᆞ얏

든名將이라第三軍이粉碎破滅ᄒᆞᆷ으로遁走ᄒᆞ야만쥬ㅣ아城天險에籠ᄒᆞᆫ以來로孤城

을僅保ᄒᆞ고第五軍의勃興ᄒᆞᆷ을額手翹望ᄒᆞ야幸히一次來援을得ᄒᆞ얏스ᄂᆞᆫ此軍도ᄯᅩ

101

ᄒᆞ야 遁走ᄒᆞᄂᆞᆫ 機를 乘ᄒᆞ고 巨砲를 連發ᄒᆞ야 敵의 中軍을 粉碎ᄒᆞ고 坐巨丸이 敵의 輜重

車를 粉碎ᄒᆞ야 壯快悲懷훈 形狀은 紙筆로 盡記ᄒᆞ기 未能ᄒᆞ고 幾噸의 火藥은 蠱然爆發

ᄒᆞ야 其聲은 千百噴火口가 一時에 破裂ᄒᆞᆷ과 恰如ᄒᆞ야 同時에 骸跳頭飛ᄒᆞ고 手足이 絶

斷ᄒᆞ야 死ᄒᆞᄂᆞᆫ者ㅣ 有ᄒᆞ니 其悽慘훈 景狀은 記ᄒᆞ기 不忍ᄒᆞ며 後年에 拿破崙이 其時를

追想ᄒᆞ고 言ᄒᆞ야 曰「리뷔오리 戰은 予가 連破ᄒᆞ以來로 最大激戰이며 尙且 最大勝利

라」ᄒᆞ니라

於是乎 拿破崙은 少許의 兵을 遺ᄒᆞ야 敗兵의 殘餘를 追擊케ᄒᆞ고 後에 親히 全軍을 率ᄒᆞ고

路를 轉ᄒᆞ야 彼 만쥬―아 城의 救援으로 向ᄒᆞᄂᆞ 만쥬―아의 手軍 二萬으로 編成

ᄒᆞ야 分隊를 遮擊코자ᄒᆞ니라 佛軍은 前夜에 寸秒도 休息이 無ᄒᆞ고 連進ᄒᆞ며 次日에도

間斷ᄒᆞᆷ이 無ᄒᆞ고 激戰에 從事ᄒᆞ故로 今에 全혀 疲羸困憊ᄒᆞ얏스ᄂᆞ 然이ᄂᆞ 拿破崙은 거

우 二三時間의 睡眠을 兵士ㅣ에게 許ᄒᆞᆷ에 不過ᄒᆞ며 自己ㅣᄂᆞᆫ 一睡를 不成ᄒᆞ고 獨히 馬를 驅

ᄒᆞ야 各營을 巡邏ᄒᆞ야써 敵軍이 만쥬―아 城으로 入ᄒᆞ기 以前에 遮擊코자 決心ᄒᆞ고 迅雷와 如

急行疾驅ᄒᆞ야써 塊軍이 만쥬―아 不虞를 警戒ᄒᆞ더라 半夜에 至ᄒᆞ야 全軍이 再次 行進을 始ᄒᆞ

히 急速히 進軍ᄒᆞ야 全혀 休息이 無ᄒᆞ고 次日 將暮에 만쥬―아에 漸近ᄒᆞᆯ時에 城邊에서

伊太利役

九五

間에 締結코자ᄒᆞᄂᆞᆫ 條約에 就ᄒᆞ야 商議케ᄒᆞ니 特히 辯論討究ᄒᆞᆷ으로 時間을 移ᄒᆞ야 알

윈ㅡ디 將軍으로ᄒᆞ야 金座席을 不離케ᄒᆞ야 半時間餘에 及ᄒᆞ니라 此間에 拿破崙은 閃

電파 如히 神速으로 이ᄆᆡ 索亂ᄒᆞᆫ 隊伍를 整齊ᄒᆞ야써 塿軍과 再次 突擊ᄒᆞᆯ 事를 準備ᄒᆞ니

於是乎 事의 眞狀이 綻露ᄒᆞ니라 彼ᄂᆞᆫ 最初브터 塿軍과 條約을 締結ᄒᆞᆯ 意思ㅣ 無ᄒᆞ얏스

ᄂᆞᆫ 再次 隊伍를 整齊ᄒᆞ야써 局面을 一變코자 ᄒᆞᆷ이니 此時間은 實로 佛軍與廢存亡의 關

係가 有ᄒᆞ故로 佛軍의 所求ᄂᆞᆫ 甚大ᄒᆞ야 塿將이 到底히 容納치 아니ᄒᆞᆷ은 元來 豫料ᄒᆞ바

ㅡ라 畢竟 商議가 不調ᄒᆞ야 猛烈히 戰鬪가 再次 始成ᄒᆞ니라 血戰苦鬪ᄒᆞ지 數時에 敵軍

이 支保ᄒᆞ기 未能ᄒᆞ야 隊伍가 索亂ᄒᆞ며 散散奔竄ᄒᆞ거ᄂᆞᆯ 佛의 騎兵은 此를 追擊ᄒᆞ야 甚

히 猛烈ᄒᆞ야 縱橫無餘에 敗軍의 殺傷은 不可勝數ᄒᆞ며 尙且 高岸에서ᄂᆞᆫ 巨砲를 連放ᄒᆞ야

敗北ᄒᆞᆫ 敵의 後軍을 礑ᄒᆞ니 死屍ᄂᆞᆫ 疊疊ᄒᆞ야 數里의 原野를 掩蔽ᄒᆞ얏더라 拿破崙은 此

日에 乘馬가 敵丸을 中ᄒᆞ야 失ᄒᆞ얏것이 三頭에 至ᄒᆞ얏스니 當時激戰은 可知ᄒᆞᆯ러라 當日

拿破崙은 塿軍의 對戰을 評ᄒᆞ야 曰「戰術에 能通ᄒᆞ야 對戰ᄒᆞᆷ이 奇奇妙妙ᄒᆞᄂᆞ오작致

敗ᄒᆞᄂᆞᆫ 分時의 價値를 測算ᄒᆞ기 未能ᄒᆞᆷ에 在ᄒᆞᆯᄯᅡᆫ이라」ᄒᆞ니라

塿軍은 今也에 全혀 敗滅ᄒᆞ야 騎兵、步兵、砲兵、輜重軍等이 不整ᄒᆞᆫ 隊伍로 少路를 從

더라 勝敗는 潮流의 一進一退와 如ᄒ야 終日토록 血戰苦鬪ᄒ여 其間에 拿破崙의 小勢

는 逆捲ᄒ는 水勢로써 押寄ᄒ야 壞의 大軍에게 木葉微塵의 粉齏를 當ᄒ이 一再에 不止

ᄒ더니 今에 눈全혀 壞軍에게 圍繞ᄒ야 四面으로 受敵ᄒ야 幾乎全滅케되얏스니 噫噫

라 佛軍의 危急ᄒ이 風前燈火와 如ᄒ더라 此際에 沈毅豪邁로 有聞ᄒ든 彼年少都督의

心은 如何ᄒ리오 先途와 勇戰奮鬪ᄒ야 徒然히 敵의 粉碎를 待ᄒ야 滅ᄒ든지 降服을 壞

軍轅門에 乞ᄒ든지 當時佛軍의 採用ᄒ올方法은 此二途에 不外ᄒ더라 然이나 都督은 元

來神變이 不可思議ᄒᆫ人이라 其計策은 尋常模型者流가 端倪ᄒ기 未能ᄒ나니 彼는 寸

秒도 遲疑ᄒᆷ이 無ᄒ고 旗手에게 命ᄒ야 休戰의 旗를 樹케ᄒ며 同時에 人을알윈一디 將

軍營에 遣ᄒ야曰「牒書가今에 本國에서 到達ᄒ얏스니 此에 就ᄒ야 暫時相議ᄒᆯ바一

有ᄒ故로 玆에 半時間의 休戰을 請求ᄒ노라」ᄒ얏스니 嗚呼라 意外今次休戰의 請求

은 壞將의 口로 不出ᄒ고 反히 豪邁不羈ᄒ야 進退無退ᄒ는 彼拿破崙의 口로 出ᄒ얏스

니 其所言이 眞耶아 僞耶아 吾人은 讀者와 共히 烟霧中에 彷徨ᄒ야 未知ᄒ깃더라 알윈

一디ᄂᆫ 卽時 休戰의 請求를 快聽ᄒ니 於是乎 砲聲은 暫靜ᄒ고 兩軍은 各陣으로 退ᄒ야

伊太利役

九三

釼銃을 仗ᄒ고 暫時休憩ᄒᄂ니라 佛將쥬一노一ᄂᆫ 奉命ᄒ고 壞軍牙營에 親到ᄒ야 兩軍

는神筭은이며彼의智裏에完定ᄒᆞ니라卽時行陣외令을傳ᄒᆞ야全軍은殆히人世想像에不及ᄒᆞᆯ速力으로半夜二點鍾에瞠瞠ᄒᆞᆫ一山巓에到ᄒᆞ니此山下ᄂᆞᆫ塏兵이幕內에서古鄕을夢ᄒᆞᄂᆞᆫ中이며後日에塏兵은當時佛軍의運動을評ᄒᆞ야曰「渠等은行進치아니ᄒᆞ고飛翔ᄒᆞ얏다」ᄒᆞ얏스니此詐를得ᄒᆞᆷ은實로妙ᄒᆞ다謂ᄒᆞᆯ지며山下의塏軍을瞰ᄒᆞ니其形勢ᄂᆞᆫ風潮와如ᄒᆞ며火光은赫赫ᄒᆞ야數十里를亘ᄒᆞ얏스며整整堂堂ᄒᆞ야實로對敵기未能ᄒᆞ더라此夜에天無片雲ᄒᆞ고月色은如晝ᄒᆞ되拿破崙은炯眸를放ᄒᆞ야敵營을探察ᄒᆞᆫ즉兵數ᄂᆞᆫ無慮五萬이라五隊로分ᄒᆞ야各各一萬人으로組織ᄒᆞ얏스니此ᄂᆞᆫ隆隆ᄒᆞᆫ塏國第五軍으로編成ᄒᆞᆫ精銳호五萬의大兵이며兼ᄒᆞ야만쥬ㅣ아城兵은其後를親示ᄒᆞᄂᆞᆫ中에彼拿破崙은僅히三萬으로써對抗ᄒᆞᆷ을難免이니拿破崙의地位ᄂᆞᆫ可히推測ᄒᆞᆯ지니라彼拿破崙은敵勢配置의按排를觀察ᄒᆞ고推度ᄒᆞ되砲隊ᄂᆞᆫ尙今未着ᄒᆞ얏스니此機를乘ᄒᆞ야卽時敵軍을突擊코자次心ᄒᆞ얏스니拿破崙의神筭炯察이엇지玆에至ᄒᆞ얏ᄂᆞᆫ지

時ᄂᆞᆫ四點鍾이라塏兵의睡眠은轟大ᄒᆞᆫ砲聲을因ᄒᆞ야撥破ᄒᆞ얏스니世界에有名ᄒᆞᆫ리뷔오리血戰이始ᄒᆞ니라流血은淋漓ᄒᆞ야川을成ᄒᆞ며死屍ᄂᆞᆫ疊疊ᄒᆞ야丘를成ᄒᆞ얏

97

一人의 年少武士가 有ㅎ니 其人은 誰也ㅣ오 卽佛軍都督拿破崙이러라 時에 一斥侯가

來報ㅎ야曰「今에墺의大軍이雲霞와如히리뷔오리原頭로出ㅎ야正히彼處에屯在

ㅎ고我의前隊를襲擊코자ㅎ다」홀時에또一斥侯가來報ㅎ야曰「墺의一大分隊ᄂᆞᆫ行路

를轉ㅎ야만쥬ㅣ아의救援으로赴ㅎᆫ다」ㅎ니라

斥侯의報告와如히今에墺軍은리뷔오리의原頭로出ㅎ야一은佛軍은前隊를突擊코

자ㅎ며一은만쥬ㅣ아孤城을救援코ᄌᆞㅎ야發行ㅎ니此等二軍이相合ㅎ야一團을成

ㅎ고拿破崙의前을衝擊ㅎ며同時에만쥬ㅣ아城兵은拿破崙의後를襲ㅎ면是ᄂᆞᆫ實로

一大事로形勢가如此ㅎ니라然則猛斷一決ㅎ고全力을盡ㅎ야만쥬ㅣ아原野의敵을

當ㅎ면形勢ㅣ不得已他方路를開ㅎ야써墺軍이만쥬ㅣ아로行ㅎᆷ을傍觀ㅎ지며만쥬

ㅣ아의天險은實로伊太利의最大要地로墺太利의腹背를撫ㅎ기可足ㅎᄂᆞᆫ咽喉地라一次此를扼ㅎ면

伊太利全國을掃蕩ㅎᆯ것이오또墺太利에對ㅎᄂᆞᆫ此를園ㅎ야今에孤城殘照의形勢가死力

을盡ㅎ야守ㅎ며拿破崙도慘憺ㅎᆫ經營으로써此를園ㅎᄂᆞ今에孤城殘照의形勢가朝

夕에迫ㅎᆷ을當ㅎ야空手로拿破崙도慘憺ㅎᆫ經營을傍觀ㅎ지니此ᄂᆞᆫ無他라만쥬ㅣ아의形勢를

回復ㅎ야今日의孤壘가明日의堅城케ᄒᆞᆷ이니라拿破崙은鬼神的大手腕을要ㅎᄂᆞᆫ時

伊太利役

九一

로루山地눈이믜佛軍이占領ᄒᆞ얏스ᄂ土民의頑冥ᄒᆞᆷᄋᆞ로其志의歸一ᄒᆞᆷ을未得ᄒᆞ야

動輒ᄒᆞ면釁隙을乘ᄒᆞ고蜂起코자ᄒᆞᄂᆞᆫ憂慮가有ᄒᆞᆫ지라於是乎拿破崙은嚴令을發ᄒᆞ

야曰「디로루人民으로劒銃을執ᄒᆞ고起ᄒᆞᄂᆞᆫ者ㅣ有ᄒᆞ면맛당히盜賊의罪로處罰ᄒᆞ

리라」ᄒᆞ얏스며알윈ㅣ다ᅵ將軍도ᄯᅩᄒᆞᆫ此를應ᄒᆞ고令ᄒᆞ야曰「佛軍이만일土民을砲殺

ᄒᆞᄂᆞᆫ事ㅣ有ᄒᆞ면我ᄂᆞᆫ곳佛軍의囚虜를決코處絞ᄒᆞ깃다」ᄒᆞ얏더니拿破崙이聞此ᄒᆞ

고大怒ᄒᆞ야曰「壞軍이만일我의兵의囚虜를殺ᄒᆞ면我도ᄯᅩᄒᆞᆫ俘虜中알윈ㅣ다의住로

始ᄒᆞ야壞國의將校를모다絞臺上에置ᄒᆞ깃다」ᄒᆞ니라然이ᄂᆞᆫ其後에兩軍大將은此

等無益ᄒᆞᆫ殺傷을行ᄒᆞ야戰爭의害毒을尤甚케ᄒᆞᆷ이殘忍ᄒᆞᆷ을覺悟ᄒᆞ고畢竟實行치아

니ᄒᆞ거ᄂᆞᆫ此亦文明社會에近ᄒᆞ이러라其時에拿破崙은맨쥬ㅣ아附近으로部下를集

合ᄒᆞ며左顧右眄ᄒᆞ며써壞軍의動靜을探察ᄒᆞ더라

雨雪은猛風을從ᄒᆞ야亂洒ᄒᆞ며谿水ᄂᆞᆫ汎濫ᄒᆞ야氷上으로流ᄒᆞ니其聲은鏗鞳ᄒᆞ야嚴

을劈ᄒᆞ며岸을碎ᄒᆞᆷ과如ᄒᆞ니時ᄂᆞᆫ千七百九十七年一月十三日이러라太陽은西山에

掛ᄒᆞᆯ時에天晴雲散ᄒᆞ야星光은燦燦ᄒᆞ디다만見ᄒᆞᄂᆞᆫ바ᄂᆞᆫ燦然히幾簇의錦旗中에

鷹揚ᄒᆞᆫ狀態로儼然히坐ᄒᆞ야刀痕이斑斑ᄒᆞᆫ許多老功將校로相對ᄒᆞ야何事를議ᄒᆞᄂᆞᆫ

法王은頑冥不靈홈으로趨勢의移動을不悟ᄒᆞ야壙軍이必也에拿破崙을破ᄒᆞ기可足

홈을誤想ᄒᆞ고使節의戒言을聞ᄒᆞ고도오히려不悛ᄒᆞ며將進ᄒᆞ야其初志를遂코자ᄒᆞ

더라於是乎拿破崙도他日에畢竟은法王과對抗홈이未能홈을思ᄒᆞ고全力을集ᄒᆞ야壙軍의

即時羅馬로征擊ᄒᆞ야法王의迷夢을攪破ᄒᆞ기未能홈을知ᄒᆞ얏스느今에形勢느

來襲홈을準備ᄒᆞ며恒常南部諸州에動靜을察ᄒᆞ야或此에威服케ᄒᆞ고或此와結托ᄒᆞ

야써時期의來到홈을待ᄒᆞ더라

烏兎는倏忽無情ᄒᆞ야於焉間에四週日이經過ᄒᆞ니만쥬ー아城中兵은飢渴이日甚ᄒᆞ

야今에其形勢가幾日을支保ᄒᆞ기未能홈故로不得已危險을冒ᄒᆞ고其人을알윈ー디將

軍의本營에遣ᄒᆞ야速히後援兵을送ᄒᆞ야써佛軍의攻圍를不解ᄒᆞ면만쥬ー아의天然

的危險地도佛軍에게占奪홈을難免홈情況을哀訴ᄒᆞ니라

壙國이第五軍을起ᄒᆞ며三日의野戰　時는一千七百九十七年一月初頭라알윈ー디

將軍은再次潮勢와如ᄒᆞ大軍을引率ᄒᆞ고壙太利의山間으로驅馳ᄒᆞ야만쥬ー아孤城

으로向進ᄒᆞ야佛共和國軍勢를粉粹ᄒᆞ고前恥를雪코자ᄒᆞ더니軍至半途ᄒᆞ야우롬세

루將軍의急使를接見ᄒᆞ고爲先만쥬ー아孤城을救코ᄌ急速行進ᄒᆞ니라當時에彼디

伊太利役

94

政府에報ᄒᆞ야曰「外交의事務ᄂᆞᆫ都督의게專委ᄒᆞᆷ이可ᄒᆞ다」ᄒᆞ니라

壞將알윈ㅣ디ᄂᆞᆫ今에第五軍을編成코ᄌᆞ務圖ᄒᆞ시羅馬法王과氣脉을相通ᄒᆞ며內外

相應ᄒᆞ야써拿破崙을挫折코ᄌᆞᄒᆞ니嗚呼라羅馬法王이여彼ᄂᆞᆫ宗敎界의大王으로天

下蒼生의靈魂을管轄ᄒᆞᆷ이라稱ᄒᆞ면서其行動言辭가相反ᄒᆞ야恒常殘忍薄行으로不

德을不顧ᄒᆞ고今에俗世界의戰渦에投ᄒᆞ야經典을剱載으로代코ᄌᆞᄒᆞ야蔑倫悖德ᄒᆞ

며傲慢無禮로彼法王을昊天이拿破崙의手를借ᄒᆞ사討罰ᄒᆞ심이러라此時에拿破崙

은法王이알윈ㅣ디總督과相應ᄒᆞ야將次對敵코ᄌᆞᄒᆞᆷ을聞ᄒᆞ고卽時僧아쓰데이를遺

ᄒᆞ야法王에게傳言ᄒᆞ야曰「羅馬에서戰鬪를望ᄒᆞᆯᄂᆞᆫ予가엇지此를辭ᄒᆞ리오然이ᄂᆞ

予ᄂᆞᆫ正義를據ᄒᆞ야玆에法王의三省을促코ᄌᆞᄒᆞᄂᆞᆫ바ㅣ有ᄒᆞ니無他ㅣ라予가오작望

ᄒᆞᄂᆞᆫ俗界에對ᄒᆞ야法王의威權을一掃ᄒᆞᆷ이反掌ᄒᆞᆷ과如ᄒᆞᆯᄲᅮᆫ이오兼ᄒᆞ야予의本國政府

ᄂᆞᆫ予에게許ᄒᆞ기를平和의言辭를聽코ᄌᆞᄒᆞ노라」ᄒᆞ얏스니三思ᄒᆞᆯ지어다戰爭은殘

忍酷薄ᄒᆞᆷ이極ᄒᆞ며特敗者의蒙ᄒᆞᄂᆞᆫ結果ᄂᆞᆫ甚히可怖ᄒᆞᆫ事ㅣ有ᄒᆞᆷ을愛惜ᄒᆞᆷ이오予ᄂᆞᆫ此

를避ᄒᆞ야써平和로終局ᄒᆞᆷ을望ᄒᆞᆷ이오戰爭은予에게對ᄒᆞ야ᄂᆞᆫ何等危險과名譽가俱

無ᄒᆞ다」ᄒᆞ니라

當時拿破崙의地位는實로可知홀지라彼는奇妙혼孤軍을萬里에懸隔호며四面仇敵

間에介立호야其天賦혼能力과全軍의信任을倚호고左擒右縱호야今日꼇지持續호

얏거니와今也에事機가急迫호야瞬時라도蹉躇因循호기未能혼지라然이나本國政

府는優柔不斷으로써國家百年의大計를炯破홀者는一人도無혼故로決心코자는本國政

應호야歸一혼運動을行호기未能홈으로彼는猛斷一決호야彌來로는本國政府의訓

令을不待호고全혀自己가擅便호기로決心호니라皎月이將明코자호면浮雲이其光

을掩蔽홈과如히本國政府에서는今에拿破崙의名聲이赫赫호야朝日이東天에셔昇

홈과如히其形勢가有홈을猜忌호며坯自意로擅恣橫行호야評議를一決호고

구라ㅣ구將軍으로使節을持호야坯拿破崙의本營에派遣호야塊國과交涉을議케홀

시將軍이拿破崙本營에到호야其待遇가甚히隆盛호며坯拿破崙은其眞意를誤解홀

가慮慮호고卽時衷情을據호야告曰「閣下가兹에來호야予에服從코자호면予는喜

悅호야閣下를待호거이오만일不然호면認識호야畢竟무ㅣ론、란누、오ㅣ쩨로ㅣ等과如히

온卽時拿破崙을稀世의英雄으로認識호야畢竟무ㅣ론、란누、오ㅣ쩨로ㅣ等과如히速歸홈이可호다」호니구라ㅣ구將軍

彼의不可思議홀感化를受호야爾來로無二의敬服者를成호나라於是乎將軍은本國

伊太利役

八七

伊太利役

ᄒᆞ면予ᄂᆞᆫ望컨디 오작貴婦人의命디로從ᄒᆞᆯ터이니此로ᄡᅥ信ᄒᆞ소셔」ᄒᆞ니라

嗟呼라此書ᄅᆞᆯ一讀ᄒᆞᆫ將校及兵士ᄂᆞᆫ誰가彼拿破崙의馬前에셔死ᄒᆞᄂᆞᆫ光榮을希望치

아니ᄒᆞ리오此外에彼ᄂᆞᆫ至繁至忙의身으로ᄡᅥ匆匆히筆을執ᄒᆞ야其最愛ᄒᆞᆫ夫人조셋

희에게書ᄅᆞᆯ贈ᄒᆞᆯᄲᆞᆫ아니라一回도面識이曾無ᄒᆞᆫ人에게其任이戰死ᄒᆞᆷ을報ᄒᆞᆫ等書도

ᄆ쟝趣味가有ᄒᆞᄂᆞ其書ᄂᆞᆫ略ᄒᆞ노라

此時에墺國은兵馬의精銳로써歐洲中原에有聞ᄒᆞ얏스ᄂᆞ其精銳ᄒᆞᆫ四大軍이모다拿

破崙에게粉碎ᄅᆞᆯ當ᄒᆞ야由來로赫赫ᄒᆞᆫ武名이有ᄒᆞᆫᄃᆞᆫ國家의面目을汚損ᄒᆞᆷ이甚大ᄒᆞᆷ

을因ᄒᆞ야國中이鼉鼉ᄒᆞ고物論이沸騰ᄒᆞ야壯士와志士等은抱腕大膽으로不日間에

第五軍을起ᄒᆞ고再次將軍알윈ᅳ디로總督을拜ᄒᆞ야一擧에拿破崙과雌雄을決ᄒᆞ야

써前日汚名을雪코자ᄒᆞ나此飛報가一次伊太利ᄂᆞᆫ達ᄒᆞᆷ이믜國內에蟠屈ᄒᆞᆫ貴族

과共和黨의軋轢이益甚ᄒᆞ야其氣ᄅᆞᆯ高케ᄒᆞ니窺機에敏捷ᄒᆞᆫ英國及墺國의兩政府ᄂᆞᆫ

此機ᄅᆞᆯ乘코고百方設計ᄒᆞ야羅馬,네ᅳ풀스,뷔에니스等諸洲의貴族政府를煽動ᄒᆞ

야써拿破崙의後ᄅᆞᆯ戰ᄒᆞ고釁隙을待케ᄒᆞ니於是乎拿破崙도ᄯᅩᄒᆞ獨力으로支保ᄒᆞ기

未能ᄒᆞ야勢不得已各州共和黨과結托ᄒᆞ야써自己의安全을計圖ᄒᆞ니라

91

曾有호야將校는一人도生存홈이殆無호며彼等의勇氣及愛國의熱誠은前古에曾未聞호바ㅣ라」호니라야ㅣ」고라激戰의全혀始終을告호니拿破崙의奇妙호一壯年의身으로如此히精銳호大軍을四次粉碎호고오히려綽綽호야餘裕홈이有호바는元來彼가經天緯地의雄才와偉略大度를因홈은智者들不待호고明白호니라然이누뚀호彼눈全軍兵士의信任을得호야彼等으로호야금拿破崙을爲호야눈屍를馬革에裹호야도不憚호며至호니라世上에英雄豪傑이라稱호눈者를吾人이屢見호얏스니彼와如히一便으로剛勁不動호눈意志가有호며共히他便便으로는包容호눈溫厚호性情이有호人은尙未聞호바ㅣ니今에其一例를舉호노라爆아ㅣ고라役에兵馬倥傯忽中에서寸時를偸호야一書를裁호야曩者에自己를代호야들爆彈下에서死호勇將무ㅣ론의未亡人에게贈호야同情을表호며兼호야慰問호얏스니

其書에曰

「貴婦人은貴体에對호야最親愛호신賢夫를失호얏스며予눈敬篤交密호一友人을別호얏스니然이누我邦國에不幸은此보다更大호니何也오敏慧와剛毅로써有名호이이國家에有數호一驍將의故ㅣ라予의力으로써貴愛兒를爲호야盡호事ㅣ有

伊太利役

八五

90

凱歌를奏ᄒ며威風이凜然ᄒ야「뷔에로나」牙營으로歸陣ᄒ시拍手喝采ᄒ며西方北

門으로入ᄒ니라

大抵此門은三日以前에都督의心中如何를難測ᄒ고通過ᄒ던本國으로面ᄒ城門에

立ᄒ얏스니此際에佛軍兵士의心中이果何如오市民은簞食壺醬으로都督을歡迎ᄒ

며異口同聲으로戰勝을驚嘆ᄒ뿐이러라此役에拿破崙의絶倫ᄒ伎倆은部下는勿論

이고讐敵도一言의誹謗이無ᄒ니모다其英邁靈智를感嘆不已ᄒ더라

今에拿破崙은墺國의第四軍을粉碎ᄒ얏스니最初에第一軍을破ᄒ고總督뀨ー류ー

를其本國으로逐ᄒ얏스며第二第三軍을破ᄒ야老將우룸세루를만쥬ー아孤城에서

逐ᄒ얏스며今에第四軍을破ᄒ고驍將알윈ー디,總督을墺太利山間으로潰走케ᄒ얏

스며兼ᄒ야其四大軍은다拿破崙의手兵보다二倍以上乃至三四倍의墺國大軍을募

兵으로써粉碎ᄒ얏이今玆四回에其偉勳을八個月에未滿ᄒ日月間에成ᄒ얏스니엇지

我人이謂ᄒ바天成ᄒ戰鬪兒가아니면如此ᄒ大功勳을成ᄒ리오然이ᄂ拿破崙은此

戰捷을本國政府에報ᄒ에當ᄒ야不素와如히自己의功蹟에關ᄒ야ᄂ一言도不書ᄒ

고全혀軍隊의勇氣所致로歸ᄒ야書ᄒ야曰「아ー고라激戰에軍隊의功勞ᄂ實로未

都督의 命을 依ᄒ야 各各 一個의 喇叭을 携帶ᄒ니라 嗟呼라 五千에 不過ᄒ는 疲羸困憊

ᄒ 小勢로써 堂堂호 幾萬의 大勢를 打破盡滅코자ᄒ니 其神案妙策이 아니면 成功ᄒ기

未能홈은 明白ᄒ니라

分撥ᄒ기를 定호 後에 拿破崙은 全力을 擧ᄒ야 塿軍의 前面을 突擊ᄒ ᄉ 砲聲은 掀天動

地ᄒ야 激戰홀 時에 忽然號砲가 佛軍中에서 轟震ᄒ니 埋伏ᄒ얏든 彼騎兵等이 號砲를

應ᄒ야 一齊히 喇叭을 忽曉히 吹ᄒ며 馬를 整齊ᄒ고 疾風과 如히 塿軍의 後尾를 突擊ᄒ

니 四方이 昏黑ᄒ야 咫尺을 不辨이라 故로 敵勢의 多少를 知치 못홈으로 塿에 陣中上下

가 모다 錯亂ᄒ야 相謂ᄒ야 曰 此는 佛의 猛將무라ー가 騎兵全隊를 率ᄒ고 我의 後를 襲

擊홈이로다 然則 반다시 前에 는 都督拿破崙의 精兵이 侵擊ᄒ지니 엇지무라ー의 驍騎

와 決戰홈을 得ᄒ리오ᄒ더니 畢竟 大敗ᄒ야 隊伍를 失ᄒ며 奔竄ᄒ거늘 佛軍은 其勝勢

를 乘ᄒ야 追擊ᄒ니 斬殺호 其數를 不知ᄒ며 戰鬪는 翌日正午ᄭ지 不息ᄒ다가 斜日이

將暮에 堂堂호 塿國第四軍으로 傲慢無禮ᄒ던 일윈ー디의 大兵은 全혀 潰散敗走ᄒ야

三萬의 精兵을 失ᄒ고 槍差호 劍銃을 遺棄ᄒ며 淋漓호 鮮血은 途上에 洞ᄒ고 塿太利山

間으로 向ᄒ야 潰走ᄒ니 리 於是乎 拿破崙은 追擊을 停止ᄒ고 大牙를 朔風에 飜揚ᄒ야

伊太利役

八三

虜를奪ᄒᆞ면總히二萬에 不下ᄒᆞ지며 兩軍이全혀疲困ᄒᆞ야擧皆戰鬪의 終局을希望ᄒᆞ
더라

夜는이믜 五更에達ᄒᆞ얏스니 拿破崙은一睡도不得ᄒᆞ고一片麵包도不食ᄒᆞ며 天賦ᄒᆞ

精氣와間斷ᄒᆞ이업는勤勉의力을應用ᄒᆞ야東驍西馳ᄒᆞ되其速度가電光과如ᄒᆞᄂᆞ或

馬를停ᄒᆞ야病卒을慰安ᄒᆞ며或驚言을放ᄒᆞ야沮喪ᄒᆞᆫ兵을鼓舞激勵ᄒᆞ며將次行ᄒᆞᆯ決戰

準備에不懈ᄒᆞ더니 時辰은二點鍾을報ᄒᆞ시 全軍에게俄然히戰鬪線을張ᄒᆞ라命ᄒᆞ니

라先時에는 一萬三千의貔貅로成ᄒᆞᆫ全軍이今에 其太半을失ᄒᆞ고子子孤影의小兵으

로凜然히戰線을撐ᄒᆞ나니라時에 濃霧가四面에서起ᄒᆞ야夜의昏黑이漸甚ᄒᆞ야寂寂ᄒᆞ

天地에一層慘憺悽凉ᄒᆞ더라 拿破崙이此時에一奇策을出ᄒᆞ고騎兵五十騎를撰ᄒᆞ야

擊ᄒᆞ라ᄒᆞ얏스니 此策은前後로大澤의大軍을夾攻코자ᄒᆞ이러라」彼大澤은先時에兩

命ᄒᆞ되爾等은彼大澤을橫往ᄒᆞ야敵의後陣에隱伏ᄒᆞ얏다가號砲를應ᄒᆞ야一齊히襲

夾拿破崙의生命을危殆케ᄒᆞ든大澤이라然則騎兵을此地로驅ᄒᆞ은實로危險ᄒᆞ야人

馬와共히泥濘에陷入ᄒᆞᆯ것이오不然이면天賦ᄒᆞ幸福이라如此ᄒᆞ困難이有ᄒᆞᆷ을彼等

은不拘ᄒᆞ고反히其愛將에게撰拔되야此大任을托ᄒᆞᆷ을欣喜ᄒᆞ고勃然히出發ᄒᆞ時에

히敵의게發見홈을免호고畢竟은部下兵의救助를得호야千金의身을完全케호얏스
니此時에彼는다만少許의微傷을負홈에止홈은全혀天助로出홈이러라此日激戰도
不絕호야險惡호狹路에서도劍戟의交와砲烟의揚이屢有호얏더라戰鬪가漸靜에拿
破崙은麾下의死傷과捕虜의數를仔細히計筭호고窃謂호되敵軍의損失은我麾下軍
의損失보다四分에三以上에不出호얏다호니彼의勇敢이엇지此에止호리오再次一
大決戰을試코자決心호니라

一瞬의間斷이無히激戰호지數日에至호야血戰苦鬪中에拿破崙의死生을未辨홀危
境에至호지三次ㅣ며墺國第四軍을粉韲호기未能호얏스는第一次接戰後에아ㅣ고
라의要害를占奪호얏고更進호야알윈ㅣ디의本隊와激戰호야幾何의勝利를制호얏
스느豪邁不羈호는彼눈拿破崙을鏖殺호며粉韲치아니호면一時의安逸홈을불不
爲호눈故로彼눈其麾下의熱誠과信賴를倚恃호야墺軍이多少沮喪의色이有홈을乘
호야襲擊호면奏功홈은必然호다豫期호고一大決戰을試코자決心호나然이느此
處눈渺茫호大澤이前後로縱橫호야騎兵을用호기不便호故로勢不得已平原으로出
홈必要가有호니라前幾日의血戰에拿破崙의所失이實로八千이오墺軍의死傷과捕

伊太利役

八一

에敵이放호爆彈이拿破崙의身邊에墜落호야其生命을奪코자홈을見호고一躍호야
身으로拿破崙을掩호야畢竟其命을奉호고愛호의危難을救호니라此夜에暗黑이
咫尺을難辨호야戰鬪上에頗히不便호故로不得己少時間의休戰홈을令호고翌日未
明에激戰을始호야終日토록亂殺호야서佛軍의驍兵을銃鎗을擬호야塊軍을奮擊호고
澤中에서追迫호야鏖殺홈이不知其數ㅣ러라翌曉에佛軍이다시濃煙深霧을冒進호
야塊軍을掩襲호니라此日激戰이漸成호時에驀地에砲丸이忽然飛來호야拿破崙의
乘馬를傷호니비록良馬는苦痛과恐怖를不堪호다가畢竟狂奔暴騰홈으로轉로써制御호기
未能호더니疾風과如히塊軍의中央으로驅迴호야澤中에陷호야斃命호고拿破
崙도再次馬와共히澤中에陷호지라勇躍奮出코자호야運身홀스록漸入홀뿐이라救
援을呼코자호는周圍에는모다敵軍이니엇지호고鳴呼라今에滿腔의大經綸을至賤
호澤中에埋호거는不然이면飛來호야其頭腦를碎호야써驚天動地의畫策을雲空水流에
手에委호거는或流丸이飛來호야其頭腦를碎호야써驚天動地의畫策을雲空水流에
付케호든지彼의運命은正히此三途에不出홀지라拿破崙이濛濃호黑霧의게包圍호바ㅣ되야僥倖
然이나天은此偉人을不棄호심이라拿破崙이濛濃호黑霧의게包圍호바ㅣ되야僥倖

太利出征軍」에 屬훈者ㅣ되는實狀을顯出케호라호며驍勇훈오ㅣ세로ㅣ는今에將

次自進호야砲烟彈雨의噴火口로突入코자훈을當호야厲聲大叫호야曰「拿破崙이

或予의死骸上에予의劒을折훈을得호면彼는予의軍隊의面前에予을誹難호기未能

홀지라」호얏스니其決死홈이如此호니엇지勇將의麾下에弱兵이有호리오(伊太利

出征軍)의右翼에서左翼석지前隊에서後隊석지全軍에元氣가變變와如히充溢홈

은偶然치아니호니라

拿破崙은戰闘가最激烈호며危險이最甚훈處所로顯出호야飛蝗과如훈砲丸을忌憚

홈이少無호고或步行으로死屍와負傷者間에往來호며或乘馬호고濠渠를跳蹈호야

써攻擊을奬勵호니實로彼의聲音을聞호는바와彼의眼光을注호는곳에顯倒훈兵士

의勇氣를奮發케홈이其規가不一호더라猛將란누는前日激戰에重傷홈을不拘호고

蹶然히「미란病院」에서起호야此戰에從호다가三個處의銃傷을更受호얏스나氣力

이益益激昻호야拿破崙을保護호며戰爭이畢호기석지拿破崙의左右를暫時도不離

호얏스며무ㅣ론도또훈佛國驍將이라彼는拿破崙의不可思議훈感化를受호야愛慕

의情이眞心에서出홈으로拿破崙을爲호야는水火를不辭홈에至호니라彼가此激戰

伊太利役

호을壞軍에게認知호얏더면彼의生命은壞軍의掌中에在호니라佛軍이遁走未幾에

信愛호눈少都督이不在홈을始覺호고모다驚愕호야紛亂混雜호中에셔其愛將을搜

索호눈畢竟見出호기未能호더니忽然一大聲이佛軍中에轟達호되「進호야爾等의

將帥물救호라」「進호야爾等의將帥물救호라」호니此呼聲은一種電氣의作用으로

써佛軍의全体물感動호야兵士의鐵腸을霎時에偶然히猛進케홈이라今에生死의念

은全無호고다만其愛將을思慕호야壞軍의陣中으로突入호니熱誠

의所到에金石을可破ー라畢竟壞軍을打破호고愛將拿破崙을萬死中에셔拯出호고

其餘勢로突進호야ー고라의要害물占領호니라

壞軍總督알윈ー다눈曉頭에遙히轟大호砲聲이大澤을越호야聞來호니비로소拿破

崙의神速으로뛰에로나의牙營에셔出發호야不意에아ー고라의後隊물襲擊홈이라

호고卽時全軍에令호야行進케호니라兩軍의先鋒이各其狹路에셔衝突호야畢竟奮

鬪가始호니兩軍의先陣이血戰호結果로死屍가如山호되容易히勝敗물決호기未能

호더라曁者에拿破崙이彼畀ー보아의分隊에加호痛激호誹難의聲이尙今耳底에在

호야忘却호기未能호故로將校와兵士물不問호고모다勇往奮鬪호며謂호야曰「伊

83

彼廣漠흔大澤의中央에一小村이有흐니아-고라라稱흐며小渠가繞흔中에一橋가

有흐디墺의精兵一隊가其村에據흐야守備홈이甚히嚴密흐니此눈地勢及戰略上으

로佛軍이第一其村을略取홈이必要흔디라於是乎天이未明홈을乘흐야狹路로急行

흐야橋上으로突進흐니墺軍의連發흐눈銃砲에佛軍의先鋒이全滅흐니拿破崙이此

룰見흐고馬룰下흐며白光이一閃에大呼흐야曰「로디」의戰勝者여爾等은爾等의將

帥룰隨흐라」

흐며先進흐야驟雨와如흔砲丸을不避흐고縱橫猛進흐야橋의中央에

到達흔즉墺軍의砲擊이漸漸猛烈흐야硝烟이掩蔽흐야黎明이深夜와如흐니

勇猛흔佛軍도此룰堪耐흐기未能흐야死屍와負傷者룰踏踰흐며隊伍룰未成흐고敗

走흐니라時에身丈이巨大흔佛軍이雨霰과如히下흐눈砲丸銃彈을冒흐고突入흐야

稚兒의弄홈과恰如히年少都督을攪取흐야虎口의地룰脱走흐니라

然이누蒼皇狼狽흐야先走로爲上策흐눈佛軍은不知中에拿破崙을大澤中에押入흐

니拿破崙은泥土가鼻口로入흐야窒息홀뿐아니라當此時흐야墺軍은이믜佛軍이敗歸흐故

로歸來흐야拿破崙과佛軍의中間에立흐얏스니此時에不幸흐야拿破崙이澤中에陷

面對岸으로出ᄒ야急行홈이大約十四哩로再次其川을渡ᄒ야對岸에達ᄒ니此處ᄂ
實로堧軍이後備를控호處러라時ᄂ正히半夜로萬籟俱寂ᄒ지라前面을遙望호즉大
澤이渺茫ᄒ야數哩를掩ᄒ얏스며幾條의細徑이縱橫ᄒ얏스니此處에서兵을操코자
ᄒ면다만少許의兵이接戰ᄒ기에適合ᄒᄂ數萬의大兵은利用ᄒ기甚難ᄒ지라慧敏
ᄒ佛軍은此地勢를見ᄒ고都督의心算을未知ᄒ더니拿破崙의計劃은今也에躍然ᄒ
야彼等의智中에照ᄒ니彼等은都督이如此巧妙히占領ᄒ고地利를認識ᄒ고忽然歡喜
聲이全軍에波動ᄒ야同時에沮喪落膽ᄒ던色이變ᄒ야揚揚得意의色을成ᄒ니라
堧軍의陣營을遙望ᄒ즉篝火의光이煌煌ᄒ야數里돌巨ᄒ니一見ᄒ야其大軍임을知
ᄒ지라拿破崙은默思焦慮ᄒ며高岸에登ᄒ야敵軍의位置를察ᄒ며其兵力을筭ᄒᄂ
等에經營劃策ᄒ으로餘念이無ᄒ더라當時에彼의所率은一萬三千에不過ᄒ小兵이
며敵은實로四萬의大兵으로近傍數里山野에遍滿ᄒ얏스니其威勢ᄂ可히當치못을
지라然이ᄂ佛國兵士等은皆謂ᄒ되神速機敏ᄒ壯年都督이我輩를此地로引導ᄒ얏
스니再次勝利를得홈은更疑홀바ㅣ無ᄒ다ᄒ고彼等은이믜戰捷으로써掌中物로信
ᄒ더라

에도不滅ᄒᆞᄂᆫ歷史上에遺ᄒᆞ거ᄂᆞ不然이면進ᄒᆞ야壘의軍門에跪ᄒᆞ야終天의耻辱을

伊太利原野에示ᄒᆞᄃᆫ지佛軍이將取ᄒᆞᆯ바ᄂᆫ此兩者以外에不出ᄒᆞ지니鳴呼라拿破崙

의敏腕靈智로도此에至ᄒᆞ야ᄂᆫ可施ᄒᆞᆯ바ᄃᆞᆯ未知ᄒᆞᄂᆫ中에日光은西天에落ᄒᆞ니其夜

에ᄂᆫ雲散雨止ᄒᆞ야ᄒᆞᆫ片雲이無ᄒᆞ며日光은陣營에滿ᄒᆞᆯ時에訓令을各營에傳ᄒᆞᆰ즉全軍

은神速히行進을始ᄒᆞ니라全軍이寂寥ᄒᆞ야聲音이全無ᄒᆞ고다만其面上에悲憤ᄒᆞᆫ色

을帶ᄒᆞᆯ뿐으로彼等은悄悄히本國佛蘭西ᄅᆞᆯ面ᄒᆞ城門ᄋᆞ로出ᄒᆞ야川을涉ᄒᆞ야行進ᄒᆞ

니兵氣가如此沮喪ᄒᆞᆷ을隨ᄒᆞ야砲車의響과靴의音도亦是無力ᄒᆞᄂᆫ夜中靜寂ᄒᆞᆷ을因

ᄒᆞ야聞ᄒᆞ더라彼等이門을過ᄒᆞ며濠ᄅᆞᆯ涉ᄒᆞ야簧火邊에서睡眠ᄒᆞ며故鄕을夢ᄒᆞᄂᆫ敵

의後로本國佛蘭西方面을向ᄒᆞ야行進ᄒᆞ니라

兵士等이相謂ᄒᆞ야曰我都督은畢竟全軍을本國으로引導ᄒᆞ이라ᄒᆞ며砲烟硝雨ᄅᆞᆯ掛

念ᄒᆞᆷ이全無ᄒᆞᄃᆫ猛卒等도此에至ᄒᆞ야落膽沮氣ᄒᆞ야前日伊太利出征軍의勇氣가無

ᄒᆞ고行進ᄒᆞ지未幾에拿破崙이忽然全軍에下令ᄒᆞ야方面을轉ᄒᆞ야ᄀᆞ디재谿澗으로

急進ᄒᆞ니於是乎全軍의驚駭ᄂᆫ彌增ᄒᆞ며怪訝ᄂᆞᆫ益加ᄒᆞ야一人도那邊으로向ᄒᆞᆷ을

想像ᄒᆞᄂᆫ者ㅣ無ᄒᆞ더라拿破崙은陣頭에立ᄒᆞ야全軍을嚮導ᄒᆞ며再次川을涉ᄒᆞ야前

伊太利役

極호며 道路는 泥濘이 深陷호야 行步호이 甚難호으로 大砲를 運轉호기 未能호니 佛軍

의 困憊는 可히 想像홀지라 天은 漸明호느 陰雲이 黯憺호야 太虛를 破호야 晝夜를 難辨

호더니 丝爾雪이 交降호야 佛軍의 面上을 撲호으로 眼을 開호기 未能호더라 此日에 戰

鬪는 間絶홈이 無호야 懷悲호 中 狂風과 猛雨間에 頻繁히 雪을 加호니 其景況은 益益悲

慘호며 淋漓호 鮮血이 流호니 泥水는 此를 因호야 赤호며 死傷은 疊疊호야 行進을 自由

기 未能호니 激戰의 狀況은 不見可知러라 三更夜에 至호야 戰鬪를 暫休호니 疲困호 兵

卒等은 寒氣를 冒衝호야 皮膚에 刺劈호을 忘却호며 衣服의 濕호을 曝晒치 아니호고 流

血이 爛斑호 泥土上에 散臥호야 死傷者와 共히 一睡를 成코자호니 此日에 兩軍의 猛勢

로 決戰이 甚激호얏스느 雌雄을 未決호니라

佛國은 此戰에 二千兵을 失호얏스며 壤軍은 此에 倍호 死傷을 出호얏스느 其兵은 益益

增大호야 軍氣가 衰호이 無홈을 見호고 於是乎 拿破崙이 激戰翌日에 兵을 率호고 뷔에

로나의 牙營으로 退去호니 嗚呼라 連戰連勝호야 敵에게 寸地를 讓호이 曾無호던 彼拿

破崙이 今에 敵에게 其背를 見케호니 兵士等이 此를 見호고 一齊히 落膽호니라 佛軍이

今에 本國으로 退歸호야 先時에 赫赫호든 武名을 代호야 可히 雪치 못홀 不名譽를 千歲

瞬間에在ᄒᆞ니라於是乎負傷者와病者가病院에在ᄒᆞ야悠悠히治療ᄒᆞᆯ時機가아니라

ᄒᆞ며미란、위ー、아、로디等地病院에서奮起ᄒᆞ야鎗痍ᄅᆞᆯ包ᄒᆞ며苦痛을忍ᄒᆞ며劒銃으

로杖ᄉᆞᆷ고凜然히從軍ᄒᆞ니一次大勢力을振ᄒᆞ야墺軍을擊破코자ᄒᆞ야如此히形狀을

무ᄒᆞ야至ᄒᆞ얏스니其危難의迫ᄒᆞᆷ을知ᄒᆞ고同時에其同僚가如此히軍隊의休戚如何

ᄅᆞᆯ慮ᄒᆞᆷ이深遠ᄒᆞᆷ을感ᄒᆞ고激昻發奮ᄒᆞ니軍氣가더욱大振ᄒᆞ거ᄂᆞᆯ拿破崙은此機ᄅᆞᆯ

乘ᄒᆞ며敵의兵勢ᄅᆞᆯ增加ᄒᆞ기以前에擊破ᄒᆞ기ᄅᆞᆯ决心ᄒᆞ니라

號令이一下에行軍喇叭이嚠喨ᄒᆞ니全軍은其聲을應ᄒᆞ야行軍을整齊ᄒᆞ고凜然히前

進ᄒᆞ니時에東天은將曙ᄒᆞ고急雨ᄂᆞᆫ沛然ᄒᆞ야衣袂을霑ᄒᆞ며朔風은凜烈ᄒᆞ야人面을

刺ᄒᆞᄂᆞᆫ지라佛軍은一萬五千의小兵으로써墺國四萬의大軍을衝擊코자ᄒᆞ니嗚呼ㅣ라

懸軍萬里에援兵의繼後가無ᄒᆞ고疲羸困頓ᄒᆞᆫ一萬五千의小兵으로써前에ᄂᆞᆫ만쥬ㅣ

城中에二萬五千의大軍을馳擊코자ᄒᆞ니此擧ᄂᆞᆫ實

로絶無ᄒᆞᆫ冒險이라비록豪邁剛腸의拿破崙이라도此思彼想ᄒᆞ면엇지寒心치아니ᄒᆞ

리오

伊太利役

血戰이始ᄒᆞ니砲響喊聲과負傷의呻吟은深夜에猛風急雨의聲과相和ᄒᆞ야悽慘ᄒᆞᆫ이

七三

兵을送호깃스니次死로써防守에務홀意믈報호얏스느薄紙에細字로써書호고丸을

作호야蠟으로包홈으로一蝦豆와無異호더라時에佛의前哨兵이其密使믈捕호야紀

問호서彼가何物인지吞下호믈見호고不得已彼의腹部믈割호고密書믈得호야비로

소不日間에알윈ㅣ디總督이만쥬ㅣ아믈救援호기爲호야赴코자호느計策을知호나

라於是乎拿破崙은敵이만쥬ㅣ아로近到호기以前에決戰을試코자호야一萬五千의小勢믈留

陣호야만쥬ㅣ아城을圍호고親히뷔에로나附近兵을集合호야一萬五千의小勢믈

率호고進發호니當是時호야塊軍은己爲아디쎄의谿澗을掩來호야將次四萬의大軍

으로佛의小軍을圍코자호더라

塊軍은前H에連敗홈을懲戒호고今者에느敵軍이不意에襲擊홈을避호기爲호야戒

心不怠호며또호容易히敵軍을俯瞰홀地에陣호고敵의探察을務圖호느塊軍의用意은目

睫을不交호고東奔西走호야瞬時도敵의動靜을探察호기에不怠호느塊軍의用意은가

至密호야突擊홀機會믈見호기甚難호며自己의勢力을顧察호즉恒常僅小호兵卒로

幾倍式되는大兵을擊破호던兵士等도到今호야느勝利믈得호기未能홈을認識호고

漸漸落膽失望호는氣色이有호니是는正히佛軍의勝敗存亡을定홀바로其危急홈이

拿破崙이撫愛ᄒ는言으로他日에好機를乘ᄒ면汝等의前恥를雪ᄒ고名譽를恢復ᄒ

리라約ᄒ야써猛卒을慰ᄒᄂ니라其後戰鬪에彼等猛卒이衆을排ᄒ고陣頭에顯ᄒ야前

軍의死ᄒᄆ을不拘ᄒ고進ᄒ며後軍을襲ᄒ야도回顧ᄒᆷ이無ᄒ며脚을擊ᄒ야도匍匐ᄒ

야進ᄒ며右腕이絕斷ᄒ면左腕으로銃과劍을執ᄒ야死ᄒ야限ᄒ고猛戰ᄒ야空前絕

後의大勝利를博得ᄒ야全敗의禍를飜覆ᄒ야全勝의利를得ᄒ고歸來ᄒᆯ時에彼等이

拿破崙의面前에立ᄒ야日「如斯ᄒ야도閣下의部下兵되기未能ᄒ냐ᄒ얏다」ᄒ더라

拿破崙은兵士를貴ᄒᆷ이實로如此ᄒ야鞭扑을不施ᄒ고다만信愛로써彼를悅服케ᄒ

ᄂ故로彼帝國은兵士의精神中에在ᄒ니拿破崙이嘗言ᄒ되「予의兵士는予의愛兒

라」ᄒ니라

拿破崙이此心이常存ᄒᆫ故로其言語ᄂ句句히모다親切嚴正ᄒ야恩威가並行ᄒᄂ故

로號令이一發ᄒ면全軍이敬畏服從ᄒᄂ念이忽起ᄒ야意氣軒昂ᄒᄂ勢가前日보다

百倍ᅵ러라

伊太利役

「아ー고라」의激戰　塊의總督알윈ー디ᄂ우룸세ー루將軍에게通報코자ᄒᄂ事가有

ᄒ야密書를一農夫에게授ᄒ고만쥬ᅵ아城에陰赴케ᄒᄂ니其密書의要件은不遠에援

七一

76

全軍이 肅然ᄒ야 다만 風聲이 有ᄒᆞᆯᄯᅮᆫ이오 兵士의 視線은 一齊히 彼等이 敬愛ᄒᆞᄂᆞᆫ 壯年

將軍의 面上에 注ᄒᆞ고 其言의 如何ᄅᆞᆯ 待ᄒᆞ더라 拿破崙이 凜然ᄒᆞ며 懷然ᄒᆞᆫ 音調로 言ᄒᆞ

야曰

兵士等이여 予ᄂᆞᆫ 爾等을 不悅ᄒᆞ노라 爾等은 決死의 士가 此任을 當ᄒᆞ야 小數로써 決衛ᄅᆞᆯ 要ᄒᆞᆯ

가 有ᄒᆞ리오 佛國軍 旗ᄅᆞᆯ 汚辱ᄒᆞ니라 決死의 士가 此任을 當ᄒᆞ야 勇敢을 不示ᄒᆞ야 光譽ᄅᆞᆯ

敵에게 遺棄ᄒᆞ고 退却ᄒᆞ얏스니 爾等은 決코 佛國의 兵士ᄃᆞᆯ이 可ᄒᆞ고 決코 拿破崙의

麾下에 屬ᄒᆞᆫ 伊太利出征軍의 兵士ᄃᆞᆯ이 不可ᄒᆞ리라 旗手長이여 爾後로 此等兵士의

軍旗에 彼等은 伊太利出征軍이 아니라 書ᄒᆞ라」ᄒᆞ니라

迅雷의 轟然ᄒᆞᆷ과 如히 兵士의 智上에 墮下ᄒᆞ니라 先是에ᄂᆞᆫ 所向無敵의 威勢로 赫赫ᄒᆞ

武名을 負ᄒᆞ고 誇粁ᄒᆞ든 老兵士等이 今에 敬愛ᄒᆞᄂᆞᆫ 年少都督의 熱腸으로 湧出ᄒᆞᄂᆞᆫ 言

을 聽ᄒᆞ고 其感慨가 果然 如何오 다만 熱淚가 滂滂ᄒᆞ며 或은 放聲慟哭ᄒᆞ야 모다 規律을

失ᄒᆞ며 行列의 次序ᄅᆞᆯ 亂ᄒᆞ고 都督의 身邊에 集合ᄒᆞ야 拭淚며 告ᄒᆞ야曰「吾等은 職務

ᄅᆞᆯ 不盡ᄒᆞ이 아니ᄂᆞ 實로 敵은 吾等의 一에 對ᄒᆞ야 三이라 誨컨딘 我等을 再試ᄒᆞ야 至危

至險ᄒᆞᆫ 戰地에 置ᄒᆞᆫ 後에 吾等을 果然 伊太利出征軍에 屬ᄒᆞᆯ 與否ᄅᆞᆯ 檢ᄒᆞ라」ᄒᆞ니라

을對敵ᄒᆞ야準備에孜孜ᄒᆞ더라先時에拿破崙은部下의大將위오ー포아에게一萬二千

兵을與ᄒᆞ야도레드北距數哩되ᄂᆞᆫ谿間에屯ᄒᆞ야쎄墺軍의行動을探察ᄒᆞ며其先鋒을

遮絕케ᄒᆞ얏스ᄂᆞ然이ᄂᆞ墺軍의雲霞와恰如ᄒᆞᆫ勢를對抗기未能ᄒᆞ야戰利를制得치못

ᄒᆞ고退陣ᄒᆞ니墺軍은開戰初에勝利를博得ᄒᆞᆫ故로兵氣가倍昂ᄒᆞ야旭日이東天에昇

ᄒᆞᄂᆞᆫ勢로行進ᄒᆞ니라

拿破崙이此不幸의急報를接ᄒᆞ고蹶然大憤ᄒᆞ야兵士를集合ᄒᆞ야急行猛進에疾風과

如ᄒᆞᆫ氣勢로退陣ᄒᆞ며敵軍의行路를遮絕코자ᄒᆞ니實로敵이退陣의狀態를

不見ᄒᆞ얏스ᄂᆞ佛軍이一次退却ᄒᆞ면ᄒᆞᆫ즉敵勢ㅣ盛大ᄒᆞ게ᄒᆞ며佛軍의兵氣ᄂᆞᆫ此를因ᄒᆞ

야多少間挫折을難免ᄒᆞᆯ바이며此를拯ᄒᆞᆷ은自尊自重의念이라同時에勝戰치못ᄒᆞ면

死ᄒᆞ야도不歸ᄒᆞᄂᆞᆫ決心을其腦裏에灌注ᄒᆞᆫ一策에在ᄒᆞ니라拿破崙은臨機應變에奇

巧ᄒᆞ야人心의曲折을操縱制御ᄒᆞᄂᆞᆫ活智大將이라能히兵士의性情을洞觀ᄒᆞ야運用

進退의術方을優示ᄒᆞ며自謂ᄒᆞ되此時ᄂᆞᆫ尋常兵方法을運用ᄒᆞ이不可ᄒᆞ며風霜凜烈

的前例를用ᄒᆞ이必要ᄒᆞ다ᄒᆞ고旋風과如히陣營을驅廻ᄒᆞ야命을傳ᄒᆞ며兵士를自己

의身邊으로召集ᄒᆞ고馬上에在ᄒᆞ야退却ᄒᆞᆫ分隊를一睨ᄒᆞ며將次何事를言코자ᄒᆞ니

伊太利役

六九

만期ᄒᆞᄂᆞᆫ바ᄂᆞᆫ佛蘭西의國光을宣揚ᄒᆞ야本國民의福利ᄅᆞᆯ增進케ᄒᆞ고伊太利民을塗

炭中에救出ᄒᆞ며自己의名譽ᄅᆞᆯ充滿케ᄒᆞ기爲ᄒᆞ야僅僅히三週日間에各州와交涉ᄒᆞ

야平和條約을締結ᄒᆞ야ᄡᅥ後顧의慮ᄅᆞᆯ減殺ᄒᆞᄂᆞ라

墺國이第四軍을起ᄒᆞᆷ　雲霞와如히墺國의第四軍은齊齊整整ᄒᆞ야行進을始ᄒᆞ얏스

며勇將아루윈디ᄂᆞᆫ其軍의總督이러라時ᄂᆞᆫ十一月初頭로朔風은肅殺ᄒᆞ야디로루의

山谿ᄅᆞᆯ掠ᄒᆞ며白雪은紛紛ᄒᆞ야行路ᄅᆞᆯ埋ᄒᆞᄂᆞ니是ᄂᆞᆫ實로行軍ᄒᆞ기頗히困難ᄒᆞᄂᆞᆫ墺軍

은片時도躊躇ᄒᆞ기未能ᄒᆞ니何故오迅速히만쥬ー아城의急ᄒᆞᆷ을救치못ᄒᆞᄂᆞᆫ墺國의

陷落은朝夕에迫ᄒᆞ얏스며一朝에其城을失ᄒᆞ면伊太利에對ᄒᆞᄂᆞᆫ墺國의威權은全滅

ᄒᆞ이니라當時에城中兵의艱難은可히形言키難ᄒᆞ니彼等이長久間佛軍의重圍ᄅᆞᆯ受

ᄒᆞ얏스며兼ᄒᆞ야糧道가遮絕ᄒᆞᆷ으로馬ᄅᆞᆯ醢ᄒᆞ야食ᄒᆞ며飢餓ᄅᆞᆯ纔免ᄒᆞ얏더니此亦將

盡ᄒᆞᆯ지라於是乎우룸세루將軍이急使ᄅᆞᆯ아루윈디將軍의牙營에馳ᄒᆞ야急히援兵을

未得ᄒᆞ면爾後의籠城은六週間以上을支保ᄒᆞ기未能ᄒᆞ事ᄅᆞᆯ告ᄒᆞ니라六週間은實로

만쥬ー아城中兵의生命에關係가有ᄒᆞ니是ᄂᆞᆫ一髮로ᄡᅥ千鈞을繫ᄒᆞᆷ과恰如ᄒᆞ더라

拿破崙은墺國의第四軍이行進ᄒᆞᆷ을聞ᄒᆞ고곳馳走ᄒᆞ야외ー로나牙營에至ᄒᆞ야敵軍

73

當此時ᄒ야拿破崙은本國「뻬이레구트리ー」政府에通牒ᄒ야로ーᆷ、메ー폴스、외

ーニス」데에노아等諸州와平和條約을締結ᄒ라勸告ᄒ얏더니政府는逡巡不決ᄒ

ᄂ故로於是乎拿破崙이更히裁書力勸ᄒ되此事를不從ᄒ면政府는畢竟土崩瓦解를

難免ᄒ리라痛論ᄒ얏스니其書에曰

予로ᄒ야금伊太利全權의中心을不爲ᄒ면萬事ー到底히其道를未得ᄒ리라大希

望心이有ᄒ다ᄒ야予를責ᄒ은容易ᄒᆫ事이ᄂ予ᄂ名譽를得ᄒ야滿足ᄒ며此로써

奔走ᄒ야一身이疲困ᄒᆯᄲᅮᆫ이라네ー폴스와平和克復ᄒᆯ이可ᄒ며디에노아及외

ーニス」와平和條約을締結ᄒᆷ이可ᄒᄂ羅馬의勢力은一考를要ᄒᄂ니엇지輕視ᄒ

리오佛國이曾往에此强國과分離ᄒᆷ은實로終天의恨이라吾人은君主와人民을不

問ᄒ고伊太利出征軍을爲ᄒ야此等諸邦과朋友를作ᄒ고實로外交事務의源泉을成ᄒᆬ

征軍의將帥ᄂ唯獨兵馬의權을掌握ᄒᆷ에不止ᄒ고實로外交事務의源泉을成ᄒᆫ깃

노라」ᄒ니라

嗚呼라彼二十六歲되ᄂ一壯年의豪膽과不羈ᄒ希望이有ᄒᆷ은實로如此ᄒ거ᄂᆯ本國

政府ᄂ因循躊躇ᄒ야不決ᄒ니於是乎拿破崙은本國政府의意見如何를不拘ᄒ고다

ᄒ야ᄂᆫ其報告와大相不同ᄒ야ᄒ야憂慮ᄅᆞᆯ隱匿ᄒ고勇氣ᄅᆞᆯ鼓舞케ᄒ기ᄅᆞᆯ努力ᄒ야曰

吾人은一事ᄅᆞᆯ行ᄒᆞᆯᄲᅮᆫ이나然則伊太利ᄂᆞᆫ吾人의占有ᄅᆞᆯ成ᄒ리라敵은元來其數가吾

人보다多ᄒᆞᄂᆞᆫ其半數以上은新募ᄒ훈兵士ㅣ라到底히老鍊ᄒ佛國壯士ᄅᆞᆯ對抗ᄒ기未

能ᄒ며將次來코져ᄒᆞᄂᆞᆫ塿軍아.루윈디ᄅᆞᆯ破ᄒᆞ며만쥬ㅣ아城을拔ᄒᆞ연吾人의勤勞ᄂᆞᆫ

終局을告ᄒᆞᆯ지라만쥬ㅣ아ᄅᆞᆯ奪取ᄒᆞᆷ은唯獨伊太利ᄅᆞᆯ不鎭ᄒᆞᆯᄲᅮᆫ아니라天下가此ᄅᆞᆯ因

ᄒ야泰平ᄒ리라」ᄒ니라其勇膽과豪邁와戰略이神出鬼沒ᄒᆞᄂᆞᆫ拿破崙도其衆寡强

弱의形勢가如此ᄒᆞᆷ을際ᄒ야其心中이憂悶動搖ᄒᆞᆷ은理의當然ᄒᆞᆷ이러라

伊太利諸州와約束을締結ᄒᆞᆷ 顧察컨딘塿國政府ᄂᆞᆫ今에第四의大軍으로新兵을徵

募ᄒ며佛軍은만쥬ㅣ아城外에서馬鞍을下ᄒ고英氣ᄅᆞᆯ涵養ᄒ니危機의大戰期ᄂᆞᆫ三

週日以內에迫頭ᄒ지라其間에拿破崙은特히經營이慘恒ᄒ야伊太利에서自己의地

位ᄅᆞᆯ堅固케ᄒ고자計料ᄒᆞᆷ同時에敵意ᄅᆞᆯ抱懷ᄒ諸州ᄅᆞᆯ佛國에歸伏케ᄒ고其ᄅᆞᆯ努力

ᄒ니라此間에渠가政治家와ᄯᅩ外交家로其手腕을大振ᄒ事ᄂᆞᆫ于歲後에도實로人을

驚怯케ᄒ니라飮食과休眠ᄒ時ᄅᆞᆯ未定ᄒ고晝晝夜夜에鞅掌周旋ᄒ야間斷ᄒᆞᆷ이無ᄒ

니此ᄅᆞᆯ因ᄒ야拿破崙의乘馬ᄂᆞᆫ奔馳ᄅᆞᆯ不堪ᄒ고鞍下에서斃ᄒ數가三四에至ᄒ니라

少호我伊太利出征軍은疲羸困厄호야其勢가正히朝夕에迫호얏스며미레시모、

로디、가!스디뉘리온、바쓰사노의諸役에英豪논或國을爲호야命을損호얏스며

或은負傷호야病院에在호지라今에勝敗의變遷은測量키難호戰況과兵力의準備가有호屯

이며催히生存호屯勇士等도今에殘餘屯軍隊로논오자其名譽와勇氣가劣

弱홈을爲호야오자一死로期호屯이라大抵豪膽이有호와如호者와勇

敢히有호마쓰세나와如호者를失호日이正히急迫호얏스니此를思호

면엇지寒心치아니호리오予논今日々지恒常愛護호논兵士의殞亡을招홈이恐호

야敢히死를冒홈이苟無호고軍隊논其義務를盡호얏스며予도亦然호니予의良心

은安호며予의精神은猛烈홀屯이라予논曩者에陸軍卿이其牒書에表示호얏스되馬鞍에伏

四分一의援兵도接호기未能홀屯이라敢은吾人의兵少홈을推測호며援兵이無호면伊太利를失홀屯이라」호

其勇氣로논予의地位를守호기其難호며援兵이無호면伊太利를失홀屯이라」호

니라

拿破崙은如此히本國政府에對호야其喪心을吐露호얏스니、然이노、部下兵士에게對

伊太利役

六五

三回의 大軍을 打破ᄒ얏스ᄂ 今에다시 强大無比ᄒ 第四軍은 吾人에게 向코ᄌᄒ니 嗚

呼ㅣ라 此戰鬪ᄂ 畢竟 終局이 無ᄒ리로다ᄒ얏스니 實로 拿破崙은 危急存亡의 秋라 於

是乎 拿破崙은 其兵士에게 二三週의 休息을 許與ᄒ고 將次眼前에 迫來코자ᄒᄂ 一大

決戰의 準備에 汲汲ᄒ더라

當是時ᄒ야 敵과 部下가 다 拿破崙의 形勢가 所望이 全無ᄒ을 思惟ᄒ니 豪膽이 超凡ᄒ

彼拿破崙도 ᄯᅩᄒ 安心ᄒ기 未能ᄒ더라 屢次失敗를 鑑ᄒ야 其兵을 分ᄒᆷ이 不利

ᄒ을 知ᄒ고 七萬五千의 大兵으로 一團을 成ᄒ야ᄡ 拿破崙을 前襲ᄒ며 此와 同時에 우

룩세루 將軍으로 其後를 衝擊케ᄒ 戰略을 取ᄒ니 大抵彼等이 如此ᄒ면 戰勝ᄒᆷ은 不疑

ᄒ바로 確認ᄒᆷ이러라 拿破崙이 其部下에게 對ᄒ야 自賴코자ᄒᄂ 風来가 有ᄒᄂ 其心

中에 彼大兵에게 探知될가 憂慮ᄒ니라 然이ᄂ 疲羸困憊ᄒ며 準備가 不完全ᄒ 三萬의

小兵으로 堂堂ᄒ 十萬大兵을 對抗코자ᄒ니 憂慮ᄒᆷ은 當然ᄒ더라

當此時ᄒ야 拿破崙은 一書를 裁ᄒ야 本國政府에 贈ᄒ야 援兵의 必要를 說ᄒ얏스니 其

文예日

吾의 卓越ᄒ 士官의 一切와 吾의 良將校의 一切ᄂ 或死或傷ᄒ야 今에 一握의 數로 減

코자ᄒᆞ니第四軍은라인河畔에屯駐ᄒᆞ分隊와디로루近地에豪强ᄒᆞ農民을混合ᄒᆞ야
編成ᄒᆞ얏스며만쥬ㅣ아城中에閉籠된우룩세루總督의殘兵을合ᄒᆞ면總勢가十萬이
라其勢의降隆ᄒᆞᆷ이旭日이東昇ᄒᆞᆷ과恰如ᄒᆞᆫ지라是時에敵愾勇武의氣가壞國上下一
般에充溢ᄒᆞᆷ은實로異常ᄒᆞ도다維也納一市에서만三大隊의兵員을出ᄒᆞ얏스며皇后
陛下ᄂᆞᆫ親히軍旗를縫ᄒᆞ야軍隊에게頒給ᄒᆞ얏스며貴夫人令孃은모다花顔을動ᄒᆞ야
此大業을鼓舞興作ᄒᆞ니今에七萬五千의大兵이北方디로루狹路에露集ᄒᆞ야北方
으로拿破崙을衝擊ᄒᆞᆯ새만쥬ㅣ아城中兵二萬五千우로써一號
砲와共히敵의後隊를襲破코즈ᄒᆞ며우룸세루將軍은二週日을經過ᄒᆞ면趙趙ᄒᆞ十萬大兵우如
히拿破崙의頭上을壓迫코즈지니其危急ᄒᆞᆷ이正히累卵과如ᄒᆞ더라拿破崙은本國
에서援兵을得ᄒᆞ얏스ᄂᆞ僅히死傷과病者의不足을補充ᄒᆞ야總勢가겨우三萬에不過
ᄒᆞ며賚力은모다消費ᄒᆞ야殘餘가無ᄒᆞ며糧食도ᄯᅩ幾日을支保ᄒᆞ기甚難ᄒᆞ야兵士
ᄂᆞᆫ이믜許多ᄒᆞᆫ戰勝을得ᄒᆞᆷ을不拘ᄒᆞ고一次도安息을未得ᄒᆞ얏스며兼ᄒᆞ야準備가恒
常不足ᄒᆞᆷ으로心이自然不平ᄒᆞ지라吾人은本國에서
後援兵을得ᄒᆞ고기未能ᄒᆞ효吾人의獨力으로全歐洲를對抗ᄒᆞ기未能ᄒᆞ며吾人은이의

伊太利役

六三

사 노의 戰爭은로위에레 드役을 再演ᄒ야 墺軍이 全敗ᄒ얏스니 人馬의 死屍

가 重疊ᄒ야 成山ᄒ고 鮮血은 淋漓ᄒ야 成川ᄒ니 其慘景은 忍言기 實難ᄒ며 負傷者의

呻吟聲은 遙遠ᄒ 砲聲이 殷殷ᄒ과 如ᄒ고 戰死陰魂은 襲人ᄒᄂᆞᆫ지라 今에 時急ᄒᆷ이 分

秒도 失ᄒ기 未能ᄒ야 死屍ᄅᆞᆯ 不顧ᄒ며 負傷者에게 一杯의 水ᄅᆞᆯ 與ᄒᆞᆯ 餘暇가 無ᄒ니 正

히 破壞ᄒᆞᆯ時 오救護ᄒᆞᆯ時가 아니라 鐵火世界에 도 如此ᄒᆫ 慘況은 無ᄒᆞᆯ지로다 悲哉라 昨

日에ᄂᆞᆫ 五萬五千의 新兵을 引率ᄒ고 意氣가 揚揚ᄒ든 우롬세루 總督이 今에 其太半의

兵을 失ᄒ고 僅히 殘兵 一萬六千을 隨ᄒᆞᆷ야 城으로 遁走ᄒ야 來頭ᄅᆞᆯ 計料코자

ᄒ더라 佛軍은 勢ᄅᆞᆯ 乘ᄒ야 追擊ᄒ며 砲銃을 連發ᄒ야 其後隊ᄅᆞᆯ 襲ᄒ더니 만쥬ー아城

에 漸近ᄒᆫ즉 城中兵이 突出ᄒ야 佛軍이 奮戰激鬪ᄒ야 再次 墺軍을

大破ᄒ야ᄒᆫ즉 城中으로 逐ᄒ니 世上에서 此ᄅᆞᆯ(「센트、죠ー디」의 血戰) 이라 稱ᄒ니라 拿

破ᄒᆞᆷ이 再次 만쥬ー아 城을 圍ᄒ니 老將우롬세루ᄂᆞᆫ 疲羸困憊ᄒ 殘兵과 共히 城中에 閉

籠ᄒ야다 만本 國에서 援兵이 來ᄒᆷ만 待 ᄒᆞᆯᄯᆞᆫ이니 其狀態ᄂᆞᆫ 囚 擄로 禁錮됨과 恰 如ᄒ

며「十日野戰」도 玆에 終ᄒ니라

墺國總督이 書ᄅᆞᆯ 裁ᄒ야 援兵을 本國에 請ᄒᆷ 今에 墺國은 全力을 擧ᄒ야 第四軍을 起

67

伊太利役

世上에 此 틀로위에레르 役이라 云ᄒ니라 翌朝에 拿破崙은 凱旋의 奏樂과 共히 트렌트

府에 入ᄒ야 訓示를 發ᄒ야 人民에게 頒布ᄒ되 爾等이 反抗ᄒᄂ 行爲가 無ᄒ면 佛軍은

侵犯ᄒ이 無ᄒ고 도리혀 極力 保護ᄒ지니 爾等은 知悉ᄒ고 安堵ᄒ라 ᄒ니라

其夜 未明에 拿破崙이 陣頭에 立ᄒ야 全軍을 指揮ᄒ고 부렌타의 澗道로 急下ᄒ야 써 不

意에 우룸세루의 本軍을 襲擊코자 ᄒ니 此時에 墺將의 親率兵은 其數가 三萬이오 拿破

崙의 手下兵은 二萬에 不過ᄒᄂ 古來로 未曾有ᄒ 迅速으로써 六十哩를 進行ᄒ야 疾風

迅雷와 如히 猛勢로써 墺軍을 打擊코자 ᄒ니라

우룸세루將軍은 六日 黃昏에 싸윗드 | 트 | 윗디의 敗報를 接ᄒ고 驚愕憤悶ᄒ을 不勝ᄒᄂ

이믜 失敗ᄒ지라 來頭ᄂ 極力 設計ᄒ야 前辱을 雪ᄒ리라 ᄒ며 其夜ᄂ 穩宿ᄒ고 翌曉 未

明에 彼의 睡眠은 轟轟ᄒ 砲聲을 因ᄒ야 醒覺ᄒ얏스니 其 轟轟ᄒ 砲聲은 拿破崙이 墺軍

의 後陣을 不意에 突擊ᄒ이라 勇敢豪邁로 有名ᄒ든 老將 우룸세루도 如斯히 神出鬼沒

ᄒ야 前世에 未聞ᄒ든 戰鬥法을 當ᄒ야 百方으로 盡力ᄒ야 軍兵을 召集ᄒ며 바쓰사

노에 陣ᄒ고 佛軍을 對抗코쟈 ᄒ얏스ᄂ 然이나 神速히 無雙ᄒ 佛軍은 寸時도 彼에게 不

給ᄒ고 隊伍가 未整ᄒ 墺軍을 短兵으로 突擊ᄒ니 其 戰況의 如何ᄂ 不須多言이오 바쓰

拿破崙은神速과機敏으로써左顧右眄을不懈ᄒᆞ고恒常敵의釁隙을乘ᄒᆞ機를覘ᄒᆞ

더니今也에奧軍이先時의失敗를不懲ᄒᆞ고再次隊를分ᄒᆞ야進行ᄒᆞᆷ을探知ᄒᆞ고大喜

ᄒᆞ야곳軍旅를整齊ᄒᆞ고爲先로위에레드를守備ᄒᆞᄂᆞᆫ셔윈트뤼윗디分隊를襲擊코자

ᄒᆞᆯ새우룸세루總督의本軍이救急ᄒᆞᄂᆞᆫ其勢가夾攻을自召ᄒᆞᆷ이라僅僅히二

萬의少數로五萬五千의大兵에게夾攻을當ᄒᆞᆷ은死地에自陷ᄒᆞ과無異ᄒᆞ니然則拿破

崙은우룸세루의親率兵이其分隊의危急을聞ᄒᆞ야도卽時救急ᄒᆞ기未能ᄒᆞᆯ地에達

ᄒᆞᆯ時를待ᄒᆞ야其戰略을實行ᄒᆞᆷ이可ᄒᆞ다ᄒᆞ고於是乎佛軍은우룸세루의親率兵이로

위에레드地와大約六十哩되ᄂᆞᆫ바쓰사노地에到達ᄒᆞᆷ을計料ᄒᆞ고其進行을始ᄒᆞ야

最速力으로飮食과休息을不貪ᄒᆞ고九月四日의拂曉ᄒᆞ太陽이東山을漸漸

離ᄒᆞᆯ頃에豫期ᄒᆞᆫ處所에到達ᄒᆞ야霹靂이一墜ᄒᆞᆷ과如히奧軍을打擊ᄒᆞ니奧軍이不意

의襲擊을當ᄒᆞᆷ으로罔知所措ᄒᆞ야畢竟은佛軍의隊伍를失ᄒᆞ얏스니彼等도有名ᄒᆞ慓悍勇武의新兵

이라暫時ᄂᆞᆫ奮鬪激戰ᄒᆞ더니末能ᄒᆞ야大敗ᄒᆞ야四方으로潰

走ᄒᆞᆫ민佛軍의騎兵이劒戟을大揮ᄒᆞ며亂軍을突擊ᄒᆞ니積屍가如丘ᄒᆞ며鮮血이爛斑

ᄒᆞ야數里의原野를染ᄒᆞ더라七千의捕虜와二十門의巨砲를佛軍의得ᄒᆞᆫ바ㅣ된지라

六〇

65

墺國이第三軍을起ᄒᆞ야十日의野戰

墺國은今에第三大軍을起ᄒᆞ야一擧에佛軍을
挫折코자ᄒᆞ야不過三週에來集ᄒᆞᆫ者ㅣ五萬五千이라만쥬ㅣ아籠城兵을加ᄒᆞ면實로
七萬五千의大兵이며拿破崙도本國에서來援兵을得ᄒᆞ얏스니거우損失을補充ᄒᆞ
에不過ᄒᆞ나其揔兵數가三萬이라其二倍以上되ᄂᆞᆫ墺의大兵과對抗ᄒᆞ이甚難ᄒᆞ지라進
ᄒᆞ면만쥬ㅣ아精兵이有ᄒᆞ야今에後援兵을得ᄒᆞᆫ墺軍次突擊을機를覘ᄒᆞ며退ᄒᆞ면우
룸세루大將이有ᄒᆞ야城兵과相應ᄒᆞ야雲霞와如히墺軍을壓迫코자ᄒᆞ니拿破崙의地
位ᄂᆞᆫ實로危急ᄒᆞ니라

時ᄂᆞᆫ九月初頭라雲霞와如ᄒᆞ墺國大軍은行動을始ᄒᆞ야만쥬ㅣ아城의救援으로디로
루에서下來ᄒᆞ며總督우룸세루將軍은部下大將ᄯᅡ윗ㅣ트윗디로ᄡᅥ二萬五千兵을與
ᄒᆞ야트레ㅣ市와大略十哩相距되ᄂᆞᆫ로위에레르의要地를扼ᄒᆞ야ᄡᅥ墺軍이디로루로
亂入ᄒᆞᆷ을防禦케ᄒᆞ며親히三萬人을引率ᄒᆞ고부렌타溪澗으로出ᄒᆞ야其徑路로下ᄒᆞ
야만쥬ㅣ아를拯코자ᄒᆞ니만쥬ㅣ아堅城에ᄂᆞᆫ二萬의强兵이在ᄒᆞᆫ中에將軍이三萬의
大兵을親率ᄒᆞ고만쥬ㅣ아로向ᄒᆞ얏스니今에墺軍은五萬의大兵으로二萬의佛軍을
挾擊ᄒᆞᆷ을得ᄒᆞ니라

伊太利役

五九

호기爲호야來호이라」호디哨兵이不聽호고曰予と何如호人을不問호고一人이라

도此處로通過홈을禁止호라と將軍의令이有호니爾雖都督이라도決코通過를不許

호깃다」호쥭拿破崙이不得已호야其處로通過홈을未得호고退歸호야其翌日에拿

破崙이其時哨軍의誰人을探知호야面前에召立호고誠實히其職務에服役홈을贊賞

호며곳士官을陞叙호얏다호니라

勝戰을誇衿호と佛軍은再次만쥬ㅣ아로歸陣호니果然余等豫期와如히城中籠兵은

先時에佛軍이經營호ㅣ一切事를다破壞호고百五十門의大砲를整列호야堡壘를新築

호고多月間籠城을能堪할糧食을貯蓄호얏스며오히려一萬五千의新援兵을得호야

全然히其勢를恢復호얏스며쏘一旦敗北호얏던軍은前辱을雪코즈호야再次大兵을嘯

集호야何時에襲來호눈지實로測量키甚難호더라於是乎拿破崙은疲困한兵馬를暫

時伏兵케호야써他日에捲土重來코즈호눈激戰을準備호며兼호야만쥬ㅣ아城을遠

圍호야써持久의大策을取호니嗚呼라墺軍이兵馬를休養호고更히元氣를大振할時

와墺軍의敗兵도本國後援兵을得得할時と再次蛟龍이高天에躍호며獅子가深林에서

呪호時라호노라

호니라拿破崙이憤然호야叫呼曰「엇지無禮홈이如此호뇨此處는實로佛國의神聖

호中軍임을不知호느뇨爾는降服의請求를齎來혼墺軍의一將으로敢히中軍에入호

야佛軍都督의面前을犯코자호느뇨速去호야爾를遣혼者에게言호라五分以內에劍

을倒치아니호면一人도生還홈을未得호리라」호라此를聞호墺將은大驚失色호야

低聲으로何事를辭答코자호나拿破崙이곳降服지아니호면予는射擊호며一

件을附호必要가無호니곳降服지아니호면予는復命호즉披贏困頓홈을因호야精神

人도生還홈을未得호리라」혼디墺將이走歸호야復命호즉披贏困頓홈을因호야精神

을失호고墺兵等은威儀가凜凜혼拿破崙의風来를一見호고畢竟劍을擲호고降服호니

라其後에彼等이此事를知호고自己의兵數의比호면四分一되는小隊에게被欺호야

武勳이赫赫혼戰勝者를生擒치못호느奈何오墺國의耻辱을歷史上에遺호니라

斯호小勢에拿破崙이軍隊의勤怠를視察호기爲호야服을變호고各營을巡行홀시本支兩

路의相會處에佇立호야一哨兵이其人을全軍都督拿破崙임을全然不知호고銃劍을擬

호며叱호야曰速히退去호라命호니拿破崙이實狀을告호야曰「予는都督이라巡察

伊太利役

無ㅎ며 佛軍은 此役을「六日野戰」이라 ㅎ나라

此戰에 拿破崙은 危急ㅎ 運命을 際值ㅎ야 墺軍에게 生擒ㅎ을 免기 甚難ㅎ얏서스느 其

沈毅와 英才로써 極히 危急ㅎ 災厄을 免ㅎ야 轉禍爲福의 幸運을 得ㅎ얏스니 其厄運은

「拿破崙이 敵을 追擊ㅎ는 軍勢를 監督ㅎ면서 行ㅎ다가 一小村에 入ㅎ니 時에 失路ㅎ

야 其本隊와 相離ㅎ고 終夜토록 彷徨ㅎ던 四千의 敵軍과 拿破崙의 小兵과 邂逅ㅎ 즉 此

時에 墺軍이 만일 意를 決ㅎ고 對抗ㅎ면 拿破崙의 滅亡은 實로 墺軍掌中에 在ㅎ 天이

如斯ㅎ 偉人을 助ㅎ고 곳 旗亭을 燒ㅎ야 休戰을 報ㅎ며 同時에 一將을 佛軍에게 遣ㅎ야 降

必然ㅎ다 豫想ㅎ고 곳 旗亭을 燒ㅎ야 其 小勢를 誤認ㅎ야 佛의 大軍을 敢히 對敵ㅎ면 敗亡이

服을 請ㅎ니 拿破崙은 泰然不動ㅎ고 곳 幾旒의 軍旗를 自己 馬前에 樹ㅎ며 手兵을 集ㅎ

야 身邊을 圍繞케 ㅎ고 敵將이 伴來ㅎ라 命ㅎ얏스니 是는 實로 拿破崙의 大膽과 沈毅로

出홈쯤策이라 만일 此時에 墺軍이 佛軍의 小勢를 認識ㅎ고 意를 決ㅎ야 死戰ㅎ얏더면

拿破崙의 危急은 實로 玆에 在ㅎ나라」 故로 徹頭徹尾ㅎ 墺將으로ㅎ야 금 此 小勢로써

佛의 大軍으로 誤知케 ㅎ이러니 墺將은 軍法을 從ㅎ야 兩眼을 蔽ㅎ고 引導홈을 隨ㅎ야

拿破崙의 陣下에 至ㅎ야 布帛을 解ㅎ고 燦然ㅎ 錦旗中에 擁立ㅎ 佛軍都督의 面前에 立

61

330 나파륜전사 (상)

눈우룸셰루와 第一의 交戰이니 拿破崙에게ᄂᆞᆫ ᄀ장 注意ᄒᆞᆯ 至大至重ᄒᆞᆫ 戰爭이라 故로

拿破崙은 其 至大至重ᄒᆞᆫ 命令을 瞬時라도 他人에게 托ᄒᆞ기 不可ᄒᆞ야 幾晝夜間에 一睡

도 不成ᄒᆞᆷ을 不拘ᄒᆞ고 馬를 四方에 馳騁ᄒᆞ야 萬事를 親督ᄒᆞ니 此를 因ᄒᆞ야 驍捷으로 有

名ᄒᆞᆫ 든 拿破崙의 乘馬가 其 奔勢를 不堪ᄒᆞ야 其日에 都督의 鞍下에서 斃ᄒᆞᆫ 者ㅣ 五頭에

及ᄒᆞ얏다ᄒᆞ며 全軍은 其 少年 都督의 勇氣에 鼓動되야 凜凜ᄒᆞᆫ 軍勢ᄂᆞᆫ 可히 當치 못ᄒᆞᆯ너

라 兩軍이 相望ᄒᆞᆷ에 漸至ᄒᆞ니 時에 天이 尙未明ᄒᆞ야 曉氣ᄂᆞᆫ 肅肅ᄒᆞ며 寒風은 猛吹ᄒᆞ더

라

血戰이 始ᄒᆞ니 是ᄂᆞᆫ곳 갸ᅵ스디쌱리온 役으로 世上에 有名ᄒᆞᆫ 戰爭이며 血戰苦鬪ᄒᆞ 結

果로 壞軍이 全敗ᄒᆞ야 潰走ᄒᆞ니 佛軍은 其 敗走ᄒᆞᆷ을 追擊ᄒᆞ야 死傷이 其 數를 未知ᄒᆞ깃

스며 劇戰이 夜에 及ᄒᆞ야 止ᄒᆞ얏스니 悲哉라 先時에ᄂᆞᆫ 六萬大兵이 凜凜ᄒᆞᆫ 威風으로 凱

歌를 唱ᄒᆞ며 進行ᄒᆞ더니 今에 一睡의 夢도 未成ᄒᆞ고 僅히 六日間에 或死或擄ᄒᆞ야이믜

四萬의 大兵을 失ᄒᆞ얏스며 殘兵二萬은 疲勞落膽ᄒᆞ야 四散遁走ᄒᆞ니 此役에 敵의 六

萬大兵을 三萬兵으로 襲擊ᄒᆞ야 四萬의 敵兵을 或殺或擄ᄒᆞ얏스며 自己兵의 死傷은 七

千에 不過ᄒᆞ니 如此히 未曾有ᄒᆞᆫ 大勝戰은 全히 將帥 其人의 智略이니 其 勳功은 古今에

伊太利役

五五

看破호야或은此를突호며或은此를援케호는神出鬼沒은凡人의敢히忖度치못홀바

로畢竟支保치못호고無數호死傷者와五千의捕虜와二十門의大砲를遺棄호고隊伍

를紊亂호야遁走호는지라佛의大將쥬ㅡ노ㅣ는騎兵一隊를馳호야敗兵을追擊호서全

劍尖에貫호者와鐵蹄에蹂躪을當호者ㅣ其數가數千에至호얏다傳호더라

日暮에無數호死傷과馬匹은遍滿호야腥風에呻吟號嘶의聲을遠送호믈不厭호더라佛軍은

허疲困호야死屍와相伍호야劍戟을枕호고冷地上에偃臥호야其露宿호믈不

然이는拿破崙은一睡도不成호고周察호며思惟호되만일壞의大軍이來襲호면今日

의勝利는明日에敗北을大招흠이라호고終夜토록馬上에在호야各營을巡行호며孜

孜호야明日決戰準備에不懈호더라

갸ㅣ스디쑤리온의戰　────　로나르와相距四五哩地에一小村이有호니갸ㅣ스디쑤리온

이라壞軍의摠督우룸세루大將은메네스의敗兵과邂逅호야戰線을張호고佛軍의來

襲을待호며是夜四更에佛軍은再次行動을始호니라拿破崙은이믜壞軍파스싸노위

ㅣ를破호며메네스를逐호얏스는彼等은實로壞軍의副將에不過호나然則好敵手로

拿破崙이指目호눈者눈우룸세루摠督이라今에戰鬪準備를整頓호고來襲을苦待호

59

時는八月三日未明이라墺軍의分隊長메네스將軍은數時間前에對岸의山을越호야
砲聲이殷殷히遙聞홀뿐이러니意外에佛軍이何處로從來홈인지來襲홈을見호고愕
然호야다만喫怯홀뿐이러라是時에우룸세루總督의先隊五千人은이믜到着호얏는
故로墺軍은大約二萬五千의新兵으로써戰鬪線을張호고佛軍을對抗코자호니嗚呼
라先隊가이믜到着호얏슨즉우룸세루將軍이總軍을率호고會合홈이幾時間에不出
홀지라敵의全軍이一次會合호면彼拿破崙이當時에領率호兵數는二萬二千으로敵
軍의四萬大兵을當호기未能홀故로우룸세루將軍의一隊와會合호기以前에敵軍을
擊破치못호면全혀破軍호기未能홀故로拿破崙의閃電的手段을쏫호얏더니라
此地를토니드라稱호느니拿破崙이マ장簡單호며明白호言語로兵士에게向호야危
險싸全力을盡홀必要와戰捷에可期홀事를說호니兵士는元來壯年都督을信仰호이
大호야假令如何히危險호處所라도渠가引導호면欣然호야從호기를自願호더라戰
鬪가始호야鬨聲은天을撼호며砲聲은地를震호니此戰은實로非常호劇戰으로墺軍
이死力을出호야血戰호며馬를東西南北으로馳호야泰然히戰況
을視察홈이萁戱의進退駈引을見홈과恰如호며其炯炯호眼光은恒常各處의弱點을

伊太利役

五二

오拿破崙이如此호豪邁英偉호大將이라其全力을注호며巨資를費호야經營호만쥬
一이와兵營을棄호고샤루따西岸으로向호야彼等이夢中에도想像키未能호바ー니拿破
崙은暫時도遲緩치아니호고湖水의下便에서(南端)相會홀目的으로急進호나라拿破
崙이疾驅호니當此時호야佛軍의勝敗次果는全혀其行軍의遲速如何에在호나라詳
言호면二隊가湖의南에서相會호기以前에其分隊를各各攻擊홈이最可호니(大概
敵의全軍을三分호ー一隊를對호時는佛軍의兵勢가도리혀大호나라)大抵拿破崙이
패스따노위ー將軍이領率호分隊를打破호고其猛烈호軍勢를乘호야敵의二隊가相
會홀기以前에急走疾驅호야攻擊코즈호며急히大따호야曰「兵士여戰勝의歸호는
바는爾等의健脚에全在호니恐怖호지말지어다三日以內에敵軍은期於코潰散홀지
니戰勝의功動이有호余의部下兵士여余는信호라余는恒常食言치아니호노라爾等
이이믜余의食言이無홈을知호리라」호니佛軍은飢餓와不寐와疲勞困難을介意홈
이少無호며輕重과物品을抛棄호고疾走不息호더니夜半에及호야拿破崙은兵士로
호야금一時間의睡眠을地上에許호며自己는一瞬間도休憩홈이無호더라

와相映ᄒᆞ든佛軍이全去ᄒᆞ야隻影도不見ᄒᆞ니日로飢渴에逼迫ᄒᆞ야降服의期가將迫

ᄒᆞ믈嘆息ᄒᆞ든彼城中兵等은高塔에서瞰ᄒᆞ고寂寥無人ᄒᆞ믈을驚訝ᄒᆞ야自己의眼을不

信ᄒᆞᄂᆞᆫ者ㅣ甚多ᄒᆞ더라

佛軍이壞의分隊를大破ᄒᆞᆷ　前記ᄒᆞᆷ과如히壞軍總督우룸세루ᄂᆞᆫ拿破崙이自己를恐

怖ᄒᆞ야一次交兵이無ᄒᆞ고遁走ᄒᆞᆯ가憂慮ᄒᆞᆷ으로其歸路를防塞코자ᄒᆞ야파스노위

ㅣ將軍으로一隊를領ᄒᆞ고세루써湖의西岸을沿ᄒᆞ야行進케ᄒᆞ얏스ᄂᆞᆫ拿破崙은方今

에其全軍을舉ᄒᆞ야霹靂一聲이墜下ᄒᆞᆷ과如히進擊코자ᄒᆞᆫ곳彼壞軍一隊에在ᄒᆞ지

라天이將曉ᄒᆞ니時ᄂᆞᆫ八月一日午前十時러라佛軍은俄然히旋風과如ᄒᆞᆫ猛勢로써壞

軍分隊의中心을衝擊ᄒᆞ니不意의攻擊을當ᄒᆞ민罔知所措ᄒᆞ야捕虜가其多ᄒᆞ며壞

노위ㅣ將軍의分隊ᄂᆞᆫ潰走ᄒᆞᄂᆞᆫ지死傷의數를未知ᄒᆞᄂᆞᆫ其勢의如何를遙遠히스며砲聲이殷殷ᄒᆞ야

未能ᄒᆞ야ㅣ도로城으로向ᄒᆞ야行進ᄒᆞ든壞軍의二隊ᄂᆞᆫ湖水를隔ᄒᆞ야應戰ᄒᆞ가

遠雷와如히聞ᄒᆞ고今에비로소交戰ᄒᆞᄂᆞᆫ줄知ᄒᆞᄂᆞᆫ其勢의如何를不知ᄒᆞ며ᄯᅩ西岸의

一隊와交戰ᄒᆞ든敵의軍勢ᄂᆞᆫ果然何處로從來ᄒᆞᆷ은彼等의決코推測기未能ᄒᆞ니何也

伊太利役

五一

會ᄒᆞ니時ᄂᆞᆫ七月三十一日夜러라斥候가歸報ᄒᆞ야曰「敵은兵을三分ᄒᆞ야將次我軍을襲擊코자ᄒᆞᆫ다」ᄒᆞ니拿破崙이此報告ᄅᆞᆯ接ᄒᆞᆫ後에卽時戰略을定ᄒᆞ고決然히만쥬ㅣ아의重圍ᄅᆞᆯ解ᄒᆞ며全軍을擧ᄒᆞ야行軍準備ᄅᆞᆯ命ᄒᆞ니嗟呼라이믜二個月間을盡力ᄒᆞ야重圍ᄒᆞ얏스니勞力과資金의巨額을散費ᄒᆞ고砲壘와武庫ᄅᆞᆯ築ᄒᆞ얏스며防守籠城에疲困ᄒᆞᆫ彼城中兵等은糧盡力渴ᄒᆞ야降服ᄒᆞᆷ이장ᄎᆞᆺ旦夕에在ᄒᆞᆫ氣勢ᄅᆞᆯ不顧ᄒᆞ고今에佛軍으로ᄒᆞ야금攻圍ᄅᆞᆯ解코자ᄒᆞ니大事ᄂᆞᆫ於是乎終矣라何也오市의勢力을恢復코자ᄒᆞ야再次攻圍ᄅᆞᆯ行ᄒᆞᆯ時에ᄂᆞᆫ萬事가新準備ᄅᆞᆯ要ᄒᆞᆯ바ㅣ니라然이나甚大ᄒᆞᆫ損失을不顧ᄒᆞ고猛斷果決ᄒᆞᆷ은尋常者流等의實로未能ᄒᆞᆯ바ㅣ니此ᄂᆞᆫ拿破崙이拿破崙되ᄂᆞᆫ바ᄅᆞᆯ徵ᄒᆞ기에足ᄒᆞ니라此夜에黯雲이漠漠ᄒᆞ야咫尺을不辨ᄒᆞ니此ᄂᆞᆫ天이佛軍을爲ᄒᆞ야好機ᄅᆞᆯ與ᄒᆞ심이라瞬時ᄅᆞᆯ踟躕ᄒᆞᆷ이不可ᄒᆞ다ᄒᆞ고砲坐와銃架ᄅᆞᆯ모다燒滅ᄒᆞ고幾噸의硝藥은水底에投沉케ᄒᆞ며大砲ᄅᆞᆯ打破ᄒᆞ야火門을封鎖ᄒᆞ며鉛丸彈殼도또ᄒᆞᆫ濠中에投沉ᄒᆞ니時ᄂᆞᆫ三更이라準備ᄅᆞᆯ整齊히ᄒᆞ고全軍이凜凜히ᄭᅡ루ᄯᅡ湖의西岸을向ᄒᆞ야進軍ᄒᆞ니此ᄂᆞᆫ파스ᄯᅡ노위ㅣ의分隊ᄅᆞᆯ不意에襲擊코자ᄒᆞᆷ이니라

翌曉에至ᄒᆞ야彼軍이佛軍의陣營을遙望ᄒᆞᆫ즉昨夕ᄭᅡ지劒戟과銃砲가燦爛ᄒᆞ야夕照

와 如ᄒᆞ며 廣袤는 大約三十哩며 幅圓은 四哩와 或十二哩에 達ᄒᆞ니라 우룸세루將軍은

此湖의 北距約十五哩許 도렌트市에 陣ᄒᆞ고 六萬의 猛兵으로 佛軍을 大驚코자ᄒᆞ며 拿

破崙은 其湖水의 南距十五哩地에 在ᄒᆞ야 雙龍이 珠玉을 爭ᄒᆞᄂᆞᆫ 二大奇觀은 雲이 此를

爲ᄒᆞ야 飛騰ᄒᆞ고 風은 此를 爲ᄒᆞ야 怒號코자ᄒᆞ더라

塰軍의 新任總督 우룸세루將軍은 年齡이 八十에 勇猛大度의 老將이라 今에 隆隆ᄒᆞ야

旭日의 勢가 有혼 大軍을 檢ᄒᆞ며 微笑ᄒᆞ야日「我에게 如此 猛烈혼 精兵이 有ᄒᆞ니 豎子

拿破崙을 生擒홈은 甚히 容易ᄒᆞ다」ᄒᆞ며 拿破崙이 自己와 對敵ᄒᆞ기 甚難홈을 覺悟ᄒᆞ

隊는 파스싸 노위一將軍에게 與ᄒᆞ야 湖水西岸으로 進ᄒᆞ야써 佛軍의 歸路를 絶斷케ᄒᆞ

고 一次도 交兵ᄒᆞ기 以前에 或 遁逃홈을 憂慮ᄒᆞ야 於是乎 彼가 兵을 三隊로 分ᄒᆞ싀 其一

며 一隊는 親率ᄒᆞ고 東岸을 沿ᄒᆞ야 만쥬一아의 救援으로 進ᄒᆞ야 其山谷은 湖岸과 並進ᄒᆞ아 一隊는 메리스將軍에

게 與ᄒᆞ야 아디제 山谷로 下ᄒᆞ야 直進케ᄒᆞ며 其山谷은 湖岸과 並進ᄒᆞ아 山間에 直徑

二哩의 山脉이 隔ᄒᆞ야 水面을 見ᄒᆞ기 未能ᄒᆞ더라 如此히 三隊로 分ᄒᆞ야 進行홈에 不意ᄒᆞ다가 今에 偶然히 此 好機를 際

遠近間에 再次會集ᄒᆞ기 足ᄒᆞ나 其實은 便宜上一時分路ᄒᆞ야 進行홈에 不意ᄒᆞ다가 今에 偶然히 此 好機를 際

拿破崙의 慧敏은 一時도 敵의 動靜을 探察ᄒᆞ기에 不息ᄒᆞ다

伊太利役

四九

은天設險阻호處로其堅固호이一夫가防禦호면萬夫가莫擊호는危險호地라普通襲擊은勿論호고短兵으로急擊호는賦性이有호拿破崙도勢不得己호야持久長圍의計策을取호니라

墺國이第二軍을大起홈　墺國政府논퓨ㅣ류ㅣ總督이連戰連敗의報道를兒호고其職을不堪호이라호야우룸세루將軍으로써總督을代호고精兵六萬을發호야出征케호니是논墺國의第二大軍이러라拿破崙도坯호本國으로從호야來호야援兵을得호야總兵數가三萬이有호눈此로써엇지敵의擔軍八萬을對抗호리오兼호야伊太利南部논墺軍과同盟을繼續호야時時로援軍을墺軍에게送코자호나然이나우룸세루將軍이만쥬ㅣ아에到着호랴면最速호야도一個月은要홀지라故로拿破崙은此機를乘호야伊太利南部의敵邦을平定호야써墺軍의後援을減省코자決心호고精兵若干으로만쥬ㅣ이를圍케호며親히手兵을率호고로ㅣ마, 네ㅣ불스等의數邦을鎭壓호야써後顧의憂慮를絶코자호나라

만쥬ㅣ아에서北으로六十哩許에도렌쯔市가有호고其中間에세루타라ㅣ라논一大湖가有호니山嶽이重疊호야四面을周遭호으로深淺을難測이며淸澄透明호이琉璃

佛軍의 來襲함을 待함서 其兵數는 大凡 一萬五千으로 編成하얏스며 橋梁을 半截하야

防守가 甚히 堅固하얏스니 畢竟 佛軍의 鋒銳를 對抗치 一時間이 不過하야 潰走하니

라 是日에 拿破崙은 腦痛이 太甚흔 故로 河를 渡하야 追擊하는 戰略을 確定하야 全軍으

로써 追擊케하고 拿破崙은 其頭痛을 治療코자 河岸舊城에 入하야 洗足코자할시 當時

애 拿破崙을 隨하는 兵士는 極히 數小하더라 拿破崙이 溫水에 其足을 洗하고 將次洗코

자할際에 忽然馬蹄聲이 耳邊에 達하나 是는 壞軍의 騎兵 一隊가 城內로 闖入함이라 城

門衛兵이 急告하야曰「用意하라 壞兵이 來하다」하니 拿破崙이 晏然히 其足을 洗하

고後門에 至하야 乘馬하고 맛세나의 分隊로 向하니라 其時에 危急함이 凡人이면 大驚

失色하야 其足을 洗할景況이 無하지느 依然히 其足을 洗하고 避身함은 實로 凡夫의 敬

仰할바ㅣ니라 其後로 拿破崙의 護衛兵은 護衛兵의 必要를 感覺하고 拾年間을 兵役에 服흔 老鍊

兵五百을 撰하야 自己의 護衛兵을 編成하야 護衛케하얏스니 是는 實로 他日에 武名을

世界에 輝揚하든 彼拿破崙의 近衛兵이라 稱하는 起原이러라

[미레시오]河畔에서 敗北흔 壞軍은 민쥬ㅣ아 堅城에 投하야 大約 二萬의 大兵으로써

堅守不出하는지라 拿破崙이 壞軍을 追躡하야 城下에 至하야 城을 面하고 陣하니 其城

伊太利役

四七

로써迷夢을覺悟ᄒ라叛逆을不悛ᄒ市府도其運命이모다同一ᄒ리라ᄒ니暴民이
猛答曰바위一아의城壘가存在ᄒ기ᄉ지ᄂᆞᆫ吾等은決코不降ᄒ깃다ᄒ니라
拏破崙이곳巨砲ᄅᆞᆯ連發ᄒ야堡壘ᄅᆞᆯ破壞케ᄒ며斧鉞을揮ᄒ야柵을截倒ᄒ며同時에
全軍은洪水가汎濫ᄒ과如ᄒ猛勢로써市內에侵入ᄒ니ᄂᆞᆨ喊의聲은掀天動地ᄒ더라
暴民等은窓隙과屋上에서注雨와如히射擊ᄒ야暫時支保ᄒ얏스ᄂᆞ엇지佛國의精銳
鍊磨ᄒ兵力을對敵ᄒ리오須臾에四方으로潰走ᄒ니死者ᅵ其數ᄅᆞᆯ未知ᄒ며市長을
生擒ᄒ야拏破崙이砲殺에處ᄒ니라市中이陷落ᄒᆞ민暴民에게驅逐을當ᄒ佛國守備兵이歸來
ᄒ나拏破崙이守備隊의歸來ᄒᆞᆷ을見ᄒ고大怒ᄒ야曰「怯病者여予ᄂᆞᆫ軍隊의安全에
關ᄒ야至重至要ᄒ地를放棄ᄒ얏스니其可畏ᄒᆞᆯ實例ᄂᆞᆫ곳暴動을鎭壓ᄒ고「론바一데一」ᄂᆞᆫ再次
一次戰鬪도無ᄒ고遺棄地를僃等에게托ᄒ얏더니爾等은無力ᄒ農民의一揆ᄅᆞᆯ當ᄒ야
附ᄒ야畢竟砲刑에處ᄒ니其罪가決코不輕ᄒ니라」ᄒ고隊長을軍法會議에
今에暴動을鎭壓ᄒ야後慮가全無ᄒ에至ᄒ지라拏破崙이再次塿軍을追蹟ᄒ기爲ᄒ
安寧과秩序ᄅᆞᆯ保持ᄒ나라
야發程ᄒ지未幾日에追及ᄒ나라時에塿軍一隊ᄂᆞᆫ미레시오河岸에서堅壘ᄅᆞᆯ築ᄒ고

應ᄒᆞ니其數가三萬餘라農民等이一日內로馳集ᄒᆞ야手에劍戟을待ᄒᆞ며將次佛軍을

襲擊코즈ᄒᆞ니라大槪佛軍을崇敬ᄒᆞᄂᆞᆫ者의多數ᄂᆞᆫ都府에住居ᄒᆞ고地方에住ᄒᆞᄂᆞᆫ農

民은모다法王의敎會를尊崇ᄒᆞᄂᆞᆫ者ㅣ라故로畢竟此境에至ᄒᆞ니라嗚呼라一次征服

ᄒᆞ「론바ー데ー」의大部分은今에頑冥無智ᄒᆞᆫ僧侶等의煽動을因ᄒᆞ야再次崛起ᄒᆞ야

수에壞軍을追躡ᄒᆞᄂᆞᆫ途中에在ᄒᆞᆫ佛軍을其後로不意에突擊코즈ᄒᆞ니佛軍의危難이

瞬間에迫ᄒᆞ나라

拿破崙이미란을發程ᄒᆞᆫ後一日에「론바ー데ー」暴動의報를接ᄒᆞ고一時도遲疑ᄒᆞ이

不可ᄒᆞ다ᄒᆞ고精兵一千二百과大砲六門으로回還ᄒᆞᄂᆞᆫ것을바나스고에到達ᄒᆞᆫ卽士民八

百餘가濠를穿ᄒᆞ며壘를築ᄒᆞᄂᆞᆫ것을佛軍이곳突擊ᄒᆞ야瞬間에粉虀ᄒᆞ고放火ᄒᆞ야村

落을燒盡ᄒᆞ며鮮血이淋漓ᄒᆞᆫ劍戟을不拭ᄒᆞ고旋風과如히바위ー아城門을逼迫ᄒᆞ니

此市ᄂᆞᆫ暴民의牙營으로市의人口가三萬에及ᄒᆞ나라先是에拿破崙은兵士三百을此

에留ᄒᆞ야非常ᄒᆞᆫ事를警戒케ᄒᆞ얏스ᄂᆞᆫ暴民八千이其兵을驅逐ᄒᆞ고市內를占領ᄒᆞ야

軍備를整齊ᄒᆞ고死守코자ᄒᆞᄂᆞᆫ지라拿破崙이미란의大僧正을遣ᄒᆞ야暴民에게說諭

ᄒᆞ되곳劍戟을倒ᄒᆞᄂᆞᆫ者ᄂᆞᆫ其罪를不問ᄒᆞ리라ᄒᆞ며ᄯᅩ可怖ᄒᆞᆯ事ᄂᆞᆫ「바나스고」의前例

馬로奇麗혼鞍俱라思호야介意치말지어다至交혼親友여佛國兵士에게는過度히華

麗혼것이一物도無호다」호얏스니此等美事는唯獨此時뿐아니라屢屢히有혼故로

人人이相和호야全軍이더욱壯年都督을崇敬호며拿破崙을爲호야는一死를不惜혼

다思惟홈에至호노라

「론바ー데ー」의暴動 五月二十二日에拿破軍은미란을發호야塽軍을追躡호니라

先時에塽將퓨ー류ー가디로루로退却홀時에一萬五千의精兵을「만쥬ー아」堅城에

留陣케호야佛軍의進行을遮케호니拿破崙은以爲호되此堅城을不拔호면行進호야

敵을追호기未能호다호며塽軍은日로더욱後援兵을得호야其勢가正히强大혼지라

其莫大혼勢力으로佛軍을逆擊코즈호더라時에拿破崙은미란을發혼지一日에一大

暴動이起호니是는法王의命을奉호는僧侶等이農民을煽動홈이라僧侶等이一

農民을說論호야曰「塽國은一大軍을이믜發호야途中에在호고伊太利는將이次奮起

코즈호며英國도坯혼强大혼艦隊를開호고信者가宗敵을掃蕩호는功勳을照覽호

上帝와밋一功의天使等은天의窓戶를開호고大兵을上陸케호며

느니拿破崙의滅亡은確實호다」호쥭彼等이猛火와如히各村落에散蔓호야警鍾을

49

伊太利의 救護者로 羅馬의 隆盛과 道德이 頹敗흠을 復興ᄒ기 爲ᄒ야 ᄶ못 人生世上의

權力을 擁來ᄒ 壯年英雄으로 認識ᄒ야 至ᄒ니라 千辛萬苦를 閱盡ᄒ고 玆에 至ᄒ 佛軍

은 今에 酒池肉林과 如ᄒ 天地에 逍遙ᄒ야 其飢腸을 充ᄒ얏스며 彼等이 一個月前에 「

알쓰」山의 積雪을 踏ᄒ 以來로 數個處의 血戰苦鬪時에 風雨에 曝ᄒ며 砲彈에 破傷ᄒ

汚垢를 不忍見ᄒ 服裝을 今日ᄉ지 服ᄒ얏다가 淸潔ᄒ 新衣로 改ᄒ얏스며 靄靄ᄒ 和氣

ᄂ 佛軍의 上下에 充滿ᄒ니라 拿破崙이 於是乎 輜重을 充實ᄒ며 病院을 建ᄒ며 武庫를

築ᄒᄂ 等諸般事를 堅固케 ᄒ 計劃을 取ᄒ니라

拿破崙이 軍隊上ᄂ의 大信任을 得ᄒ야 自己의 手足과 如히 老鍊ᄒ 兵士를 運轉ᄒ이 紳

綽裕餘ᄒ바ᄂ 元來其天禀으로 得ᄒ 慧敏에 由ᄒ이ᄂ, 實은 拿破崙의 誠心과 誠意로 兵

士를 愛重ᄒᄂ 至情이 彼等을 與感케 ᄒ에 由ᄒ이니라 某日에 一兵士ㅣ 至急至緊ᄒ 書

翰을 拿破崙에게 呈ᄒ니 拿破崙이 其書翰을 閱ᄒ고 口頭로써 答ᄒ라ᄒ고 速히 復命ᄒ라ᄒ

즉 其兵士가 告ᄒ야曰「僕의 乘馬ᄂ 其疾驅를 不堪ᄒ야 閣下의 營前에서 斃ᄒ얏다」ᄒ

디 其時에 拿破崙이 맛참 馬上에 在ᄒ다가 卽時下馬ᄒ며曰「然則予의 馬를 乘ᄒ라」ᄒ

니 其馬ᄂ 都督이 乘ᄒᄂ 名馬라 兵士가 躊躇ᄒ거ᄂ 拿破崙曰「爾ᄂ 此馬가 美麗ᄒ으로 乘

破崙으로써無識ᄒᆞ다言ᄒᆞ얏스되其實은不然ᄒᆞ야鍊熟完成ᄒᆞ學者로智力과技能은

實로最高等人物班에列ᄒᆞᆯ지며또ᄒᆞ其心力은實로剛毅ᄒᆞ며嚴正ᄒᆞ紀律을依ᄒᆞ야致

鍊을受ᄒᆞ人이니라拿破崙이센트、헤레나에在ᄒᆞᆯ時에一日은其書記生에게謂ᄒᆞ야

曰一繭는正字로寫ᄒᆞ기能乎아公務에執掌ᄒᆞᄂᆞᆫ者ᄂᆞᆫ正字法에拘拘ᄒᆞᆷ이不可ᄒᆞ니何

也오余의思想은運筆보다도速寫ᄒᆞᆯᄀᆞ爲主ᄒᆞ야다만段落을記ᄒᆞᆯ瞬暇가有ᄒᆞᆯᄲᅮᆫ으로速

寫ᄒᆞ後에書記로ᄒᆞ야곰較正正書케ᄒᆞ이라ᄒᆞ니拿破崙은實로速度로써書ᄒᆞᄂᆞᆫ人

이라故로其筆跡은讀ᄒᆞ기其難ᄒᆞ야他人은勿論이고自己도間或讀ᄒᆞ기難ᄒᆞ句節이

頗多ᄒᆞ니라

[론바ー데ー]는伊太利의庭園으로[알쓰]山에서[아베나인]山ᄭᅡ지渺茫ᄒᆞ廣原이

모다開拓되야蒼蒼ᄒᆞ葡萄園이며鬱鬱ᄒᆞ果樹園이며靑靑ᄒᆞ田野며怡怡히集遊ᄒᆞᄂᆞᆫ

家畜의群은實로一見에其愛重ᄒᆞᆯ沃土됨을表示ᄒᆞ얏스며미란은首府로豪富巨商이

極히繁盛ᄒᆞ며二十二萬의人口가有ᄒᆞ야其富裕가無比ᄒᆞ極樂天地가今에拿破崙의

手中에入ᄒᆞ니라於是乎拿破崙은古來로未曾有ᄒᆞ勢働에疲困ᄒᆞ兵士에게六日間의

休憩를與ᄒᆞ니라人民은無限ᄒᆞ熱誠과悅喜로써拿破崙을歡迎ᄒᆞ며또拿破崙으로써

라 吾人은 進軍ᄒ야 敵을 服從케ᄒ야써 大名譽를 博得ᄒ며己往의 損害를 補充케ᄒ며 佛國內亂에 短劍을 磨ᄒ든 者와 吾人의 大臣을 刺ᄒ者와 쓰ー론에서 吾人의 船艦을 燒ᄒ者로ᄒ야 今戰慄케ᄒ라 報讎의 秋가己到ᄒ얏스ᄂᆞ人民으로ᄒ야 今恐怖케ᄒ이 不可ᄒ나라 吾人은 萬邦人民의 朋友며 特히 「부루ー다스」의 徒와 「시피오」의 徒는 吾人의 龜鑑을 作ᄒ고 大人君子의 朋友며 羅馬의 大寺院을 再建ᄒ야 英雄의 肖像을 復飾ᄒ며 幾百年間奴隷의 域에 沉淪ᄒ 羅馬人을 振興케ᄒ음은 實로 吾人戰勝者의 可期ᄒ結果라 於是乎 彼等羅馬人은 其子孫과 共히 一新紀元을 成ᄒ지나라 然則歐洲에 至ᄒ美ᄒ地方의 体面을 革新ᄒ야 永世不滅ᄒᄂᆞᆫ 光榮이 爾等의 占得ᄒ바ー되리라 自由로尙且全世界의 崇敬을 博得ᄒ 我佛國人民은 榮光이 有ᄒ며 平和를與ᄒ지니 如是ᄒ고 爾等이 歸國ᄒ면 爾等의 同胞ᄂᆞᆫ 爾等을 指ᄒ야言ᄒ되 「彼等은 伊太利出征軍에 偉勳이 有ᄒ人이라ᄒ지니라

拿破崙은 軍務를 經營ᄒ기에 不遑ᄒ 際에 想像ᄒ기難ᄒ迅速으로 訓令을 書ᄒ이니라 其後二十年을 經ᄒ야 셴트、헤레나 孤島에 寓ᄒ時에 此訓令의 雄文을 一讀ᄒ고 大叫ᄒ야曰「如此ᄒ야도人은오히려予로써不學無識이라言ᄒᄂᆞᆫ지」ᄒ얏스ᄂᆞ某者ᄂᆞᆫ拿

四一

더욱坏軍을追躥ᄒ야伊太利全國을掃蕩ᄒᆯ大責任이有ᄒᆞ니라)拿破崙은이에軍氣

를더욱振興發奮케ᄒ며ᄯᅩᄒᆫ伊太利人의希望을堅牢케ᄒᆯ必要를決筭ᄒ고이에一訓

令을兵士에게發ᄒ니其文에曰

兵士여爾等이急流와如히「아페나인」山을下ᄒ야爾等의行爲를妨害ᄒᄂ者ᄂ모

다壁倒ᄒ얏스며피ㅣ드몬트를坏의虐政에서拯揚ᄒ얏고미란은今에爾等의手中에

在ᄒ며佛國軍旗ᄂ「론바ㅣ데ㅣ」原野에서飜揚ᄒ고바루마,몬데니의兩公이爾

等에게哀乞ᄒ얏스며曩者에ᄂ傲然히爾等을威脅ᄒ든敵軍도今에爾等의鋒銳를

防禦ᄒᆯ一壘도無ᄒ고沼溜ᄒ포ㅣ,디시아,아쓰씨等의洪河도爾等을防止ᄒ기一

日도未能ᄒ얏스며伊太利의許多ᄒ令城鐵壁도爾等에게ᄂ「알쎈」山과如히柔軟

無力ᄒ지라如此히連戰連勝의快報ᄂ歡喜를帶ᄒ야本國에聞ᄒ면政府ᄂ全國에

ᄒᆞ야爾等의偉勳을祝ᄒ라然즉爾等의兩親과良妻와姉妹와親友ᄂ爾等의効

績을歡欣ᄒ며爾等의名譽를贊歎ᄒᆯ지라然則爾等兵士여이의行ᄒᆯ事가甚大ᄒᆞᄂ

然이ᄂ當行ᄒᆯ事도尙且大焉ᄒᆷ을知ᄒᆯ지어다만일吾人으로玆에止ᄒᆯ진ᄃᆡ吾人의

子孫은吾人을日ᄒ야戰勝의術을知ᄒᄂ戰勝의改良ᄒᄂ法을未知ᄒᆷ이라言ᄒᆯ지

45

흥파如호中에도嚴然히橋上에突立호야精兵과混同호模樣은一稚兒와恰如호얏다

호며一壞將은腕을抱호고罵호야曰「彼無辜漢은誰也오彼漢은打擊에打擊을加호

이可호니何也오誰가曾往에彼와如호兵法을用호얏는뇨彼는戰鬪의法規를不知호

고今日은吾人의後隊를襲호며明日은側面에서顯出호며其次日은吾人의前面에出

호니如此히戰規를侵犯호는者는決코容恕호기不可호다」호얏스니一壞將은不知호이

甚호도다拿破崙은戰鬪法도不知호는軍事上에一新紀元을開호깃다

言호人이라拿破崙은鴻鵠이冲天에翺翔호니燕雀의端倪홈으로엇지及호바-리오今에「론

바-데-」는拿破崙의占領호바-되얏스며敗軍은潰散호야디로루로遁走호니라

「론바-데-」公화-디난르는其壯麗호首府를敵에게護與호고其夫人과共히遁逃

호얏스니時는五月十五日이라피트몬트의第一戰(卽몬데놋트役以後一個月)이러

라

伊太利役

佛軍이「론바-데-」의廣原을略홈　佛軍의旗幟가向호는바는前後로敵이無호지

라아쓰따河畔의血戰에도無事히佛軍의勝利로歸호며積積호「론바-데-」의廣原

도今에拿破崙의手中으로歸호니라　(然則都督은玆에서安穩홈을得호야否也-

라

帥를隨ᄒᆞ야來ᄒᆞ라）ᄒᆞ니騎兵이盛宴에赴ᄒᆞ과如히欣然히應命ᄒᆞ고砲烟과彈雨를
冒ᄒᆞ며劍을揮ᄒᆞ야敵의寨中에突入ᄒᆞ야瞬間에銃砲를奪ᄒᆞ야써敵軍
을反擊ᄒᆞ니라

初에最危險을冒ᄒᆞ고橋梁을通過ᄒᆞ야第一先登은란누將軍이며其次에拿破崙이
란누ᄂᆞᆫ單騎로猛然히壤軍陣中에突入ᄒᆞ야縱橫數次에敵兵을無數斬殺ᄒᆞ며一軍旗
를得ᄒᆞ얏ᄂᆞ딕此時에敵丸이飛來ᄒᆞ야乘馬가傷ᄒᆞ얏스며數個白刃이頭上에閃ᄒᆞ얏
스되彼ᄂᆞᆫ畏怯지아니ᄒᆞ고電光이一閃에敵의騎將數名을斬ᄒᆞ고緩緩히本陣으로歸
ᄒᆞ니라

壤軍이佛軍의如此히血戰을應ᄒᆞ야死守ᄒᆞ얏스ᄂᆞ其勢가猛酷ᄒᆞᆷ으로能히支保기未
能ᄒᆞ야捕虜二千과砲二十門을敵에게遺ᄒᆞ며二千五百의人命과四百의馬匹을失ᄒᆞ
고敗走ᄒᆞ니佛軍의死傷도大略相同ᄒᆞᄂᆞ拿破崙의報告에ᄂᆞᆫ死傷이四百에不過ᄒᆞ다
ᄒᆞ니라（壤人의言에ᄂᆞᆫ佛軍이勝利라ᄒᆞᆫ은四千의人命을失ᄒᆞ고得ᄒᆞᆷ이라）ᄒᆞ니大槪
自己의兵은鏖殺을當ᄒᆞ야도其不然ᄒᆞᆷ을報ᄒᆞᆷ은戰勝者의兵略이니라
此役에從事ᄒᆞᆫ一老將이言ᄒᆞ야曰此日에拿破崙의容態ᄂᆞᆫ實로奇妙ᄒᆞ니彈丸이雨注

勇力ᄒᆞ야橋梁으로突進ᄒᆞ니苦待ᄒᆞᄃᆞᆫ壞軍은此ᄅᆞᆯ見ᄒᆞ고大小의銃砲ᄅᆞᆯ一齊히發射ᄒᆞ니佛軍의先隊가沒死ᄒᆞ야積屍가如陵홈으로後軍의進擊에妨害가有홈에至ᄒᆞ야ᄉᆞ勇進不退ᄒᆞᄂᆞᆫ佛軍은雨霰과如히降ᄒᆞᄂᆞᆫ鐵彈鉛丸을畏避ᄒᆞ고少無ᄒᆞ고猛進ᄒᆞ야橋中에僅達ᄒᆞ니是時에甚히激烈ᄒᆞᆫ射擊을受ᄒᆞ야勇進不退ᄒᆞᄂᆞᆫ佛軍도暫時進行을停止ᄒᆞᄂᆞᆫ지라拿破崙이此ᄅᆞᆯ見ᄒᆞ고곳軍旗ᄅᆞᆯ親히指揮ᄒᆞ며란누、맛세나、벨제ᅳ의諸將을隨ᄒᆞ야陣頭에跳立ᄒᆞ야大叫曰「爾等은我ᄅᆞᆯ隨ᄒᆞ라」ᄒᆞ며硝烟이漲天ᄒᆞ야晝夜를不分ᄒᆞᆯ危險을冒ᄒᆞ고驅進ᄒᆞ야大將이其危險을不拘ᄒᆞ고如是猛進ᄒᆞᄂᆞᆫ것은全軍이엇지勇氣가無ᄒᆞ리오再次勇氣ᄅᆞᆯ鼓舞ᄒᆞ야突進ᄒᆞ며一便으로ᄂᆞᆫ騎兵이壞의後軍을衝ᄒᆞ니全軍이急流奔下ᄒᆞᄂᆞᆫ形勢로써橋梁을通過ᄒᆞ야對岸平地에到達ᄒᆞ며勇氣가益益大振ᄒᆞ야突進ᄒᆞ니壞軍이激戰死鬪로써防禦ᄒᆞᄂᆞᆫ佛軍은勇進奮往ᄒᆞ야砲彈을稚兒가弄作ᄒᆞᆫ雪丸과如히視ᄒᆞᄂᆞᆫ바ᅵ라轟雷가地ᄅᆞᆯ撼ᄒᆞ며閃電이空을劈ᄒᆞᄂᆞᆫ砲戰이正酣ᄒᆞᆯ時에敵의遊軍이不意에要塞에서佛軍을砲擊ᄒᆞ니一將校가倉皇히來到ᄒᆞ야拿破崙에게告ᄒᆞ야曰「敵이다시砲擊을始ᄒᆞ얏ᄉᆞ니彼ᄅᆞᆯ沉默케홈必要가有ᄒᆞ다」ᄒᆞᆫ딕拿破崙曰「沉默케ᄒᆞ리라」ᄒᆞ고곳麾下의騎兵一隊ᄅᆞᆯ召ᄒᆞ야曰「爾等은將

伊太利役

三七

激勵ᄒᆞ나라 拿破崙은 此際에 數千의 死傷이 有ᄒᆞᆷ을 知ᄒᆞᄂᆞ 元來 自己의 生命도 鴻毛보

다 輕케 見거든 況 他人의 生命이리오 今에 將次 獲得코자ᄒᆞᄂᆞ 目的物에 ᄂᆞᆫ 如何ᄒᆞ 高價

로도 買得코자ᄒᆞᄂᆞᆫ 人이라 大槪 一見ᄒᆞ미 如此ᄒᆞᆫ 冒險無謀의 計劃을 試코자ᄒᆞᄂᆞᆫ 人은

兩軍中에 拿破崙 一人 以外에 他人은 無ᄒᆞ다 思惟ᄒᆞ노라 拿破崙이 秘密히 騎兵을

命ᄒᆞ되 上流 三哩處에 去ᄒᆞ야 塽軍의 守備가 不完全ᄒᆞᆷ을 探知ᄒᆞ고 河를 渡ᄒᆞ야 곳塽軍

의 後 陣을 襲擊ᄒᆞ라 ᄒᆞ며 同時에 拿破崙은 其于 兵을 攻擊點에셔 最近ᄒᆞ 街路에 埋伏

ᄒᆞ야셔 好機의 到來를 待케ᄒᆞ니 時ᄂᆞᆫ 旣히 日夕이라 太陽은 「디로루」山西에 沒ᄒᆞ야

四方이 寂寥ᄒᆞ며 田舍에 幽景을 圍繞ᄒᆞ얏스며 河水에 漣波가 不起ᄒᆞ야 萬籟가 俱寂ᄒᆞ

더라

塽軍을 遙望ᄒᆞᆯ즉 旗幟와 隊伍가 動搖ᄒᆞ나 是ᄂᆞᆫ 先時에 命派ᄒᆞᆫ 騎兵이 攻擊을 始ᄒᆞ미러

라

拿破崙은 元來 戰脉의 一搏一動을 能識ᄒᆞᄂᆞ 兵機의 達人이라 今에 塽軍의 旗幟와 隊伍

가 動搖ᄒᆞᆷ을 遙見ᄒᆞ고 思惟ᄒᆞ되 此ᄂᆞᆫ 自己가 派遣ᄒᆞᆫ 騎兵이 襲擊을 開始ᄒᆞᆷ이라 認悉ᄒᆞ

고 急히 喇叭手를 命ᄒᆞ야 行軍을 吹케ᄒᆞ니 喇叭聲을 應ᄒᆞ야 全軍이 雲霞의 起ᄒᆞᆷ과 如히

初에 퓨ー류ー는 云호디 此險路를死守홈이可호다호야橋梁을切斷호기容易호는故

意로不斷호얏스니其橋는幅이三十呎으로全長이二百「야ード」에達호는故로佛軍

이此橋로通過코자호믈을希望호는바ー라만일佛軍이此橋로通過호면滅亡이

必然호다信홈이러라) 拿破崙은卽時壞軍과相對호야一切大砲를列호고飛丸이

雨와如히中間으로馳驅往來호며兵士와共히大砲를運轉호야써壞兵이橋梁을毀損

코자호는者를射擊케호며將校를集合호야곳橋梁을襲擊홀決心을傳호니各將校가

모디其冒險이太甚홈을驚訝호며將校中에至剛至猛혼者도此計劃을畏怖호야모다

實踐기未能호다호더라

一將校曰「如此劇烈호發射를冒호고彼狹橋를通過코자홈은不可能事ー라」호니拿

破崙이大呌호야曰「何事가未能호리오如此혼言語는佛國言語에無호다」호니其自信

力으로容易히他人의言動을因호야變動치아니호는人이라各將校의同意를未得홈을

不拘호고六千의精兵을選호야彼等에게嚴格혼軍紀的能辯으로說論호야써彼等의

自信과熱心을鼓動호야死地에臨코자호는勇氣를生케호며또혼彼等에게對호야此

計劃에伴호는危險을說明호며其奏功의如何를依호야必然可期혼榮光을述호야써

伊太利役

40

伊太利役

을向ᄒ야射擊ᄒ며總督은大軍을率ᄒ고敵軍의近來ᄒ믈乘ᄒ야突擊ᄒᄉ其勢가猛

烈ᄒ佛軍의吶喊을當ᄒ야支保기未能ᄒ믈察ᄒ고奔逃ᄒ니此小戰에塿兵의捕虜가

二千以上에達ᄒ니라

아쓰ᄯᅡ河畔로디小村에서血戰ᄒ

地에서塿의後軍을狙擊ᄒ니라黃昏時에疲傷ᄒ塿軍의　佛軍은短兵으로急히塿軍을追擊ᄒ며砲隊눈高

村에到達ᄒ야곳아쓰ᄯᅡ河를渡ᄒ야퓨ㅣ류ㅣ의木軍과相會ᄒ야이아쓰ᄯᅡ河畔의로디小

를追ᄒ야即時村內로侵入ᄒ야雨와如히來ᄒ눈塿軍의砲擊을屋壁後에서避ᄒ며都

督의命令如何믈待ᄒ니라拿破崙은自信力이過人ᄒ야一身의危險은介意ᄒ이全無

ᄒ人이라砲丸銃彈이如雨ᄒ中에立ᄒ야依然히河岸의形勢믈偵察ᄒ니라（此時믈

當ᄒ야佛軍의地位가가쟝危險ᄒ秋ㅣ라何也오塿軍은其數가實로壹萬六千이니一

萬二千예步兵이오四千은騎兵으로成ᄒ얏스며ᄯᅩ巨砲二十門을分列ᄒ야對岸에

戰鬪線을張ᄒ얏스며其前面에整列ᄒ砲口눈總히橋梁을向ᄒ야射擊ᄒ기易ᄒ고上

下에建築ᄒ砲臺눈此狹路側面을射擊ᄒ기에易ᄒ며ᄯᅩ操銃에奇巧ᄒ數千人은各樞

要地에隱匿ᄒ야橋梁에接近ᄒ눈者믈向ᄒ야鐵丸을暴雨와如히發ᄒ기易ᄒ더라最

39

倍勝한 敵의 大軍이 眼前에 在하며 流勢가 猛烈한 大河를 渡코자하는 佛軍은 實로 至難

且難한 事ㅣ라 然이나 勇往敢爲의다 만 知進無退하는 彼拿破崙은 奮然하야 위아렌샤

로 行進하야 壞軍의 最要害處로 渡코자하는 形勢를 示하니 壞軍이 此를 見하고 兵力을

中堅에 集合하야써 佛軍의 來襲이 遲緩하믈 苦待하더니 拿破崙의 希望한 바는

決코 此處로 渡코자 흠이아니오다 만其形勢를 敵軍에게 示하야써 勢力을 中堅에 集合

케하고 其隙을 乘하야 他處로 渡코자흠이라 大抵拿破崙은 秘密히 暗夜를 乘하야 可驚

할 神速으로 川을 廻하야 三十六時間에 八十哩를 進行하는 河上船舶을 다 奪取하야 渡

하나라 先是에 全軍을 分하야 進行코자할 際에 拿破崙이 各分隊로 嚴令하야 兵을 豫定한 時

刻에 豫定한 處所로 全軍이 必會하기를 命하얏더니 其處所에 達흠을 當하야 豫定

니 一人도 不及이 無한지라 今에 爾等은 伊太利「이―엔」花園으로

有名히 富饒한 론바―데―廣原에 會集하라 하얏더라

伊太利役

壞將 뷰―류―노위아렌시에 在하야 城壁을 修繕하며 準備에 汲汲하더니 拿破崙이 暗

夜를 乘하야 河를 渡하야 來襲흠을 聞하고 憤悶흠을 不勝하야 곳 全軍을 進하야 拿破崙

과 相接코자하더니 未幾에 兩軍의 先鋒이 흠ㅣ피오에서 相會하야 來襲코자하는 佛軍

三二

은人民을救濟者가아니오反使人民으로盜賊을成케ᄒᆞ이라國威을擔荷ᄒᆞ며法律

을一遵ᄒᆞᄂᆞᆫ予ᄂᆞᆫ道德과名譽를爲ᄒᆞ야勵行ᄒᆞ고敢히躊躇ᄒᆞᆯ바ᅵ無ᄒᆞ며予ᄂᆞᆫ坐盜

賊의名으로써爾等의偉勳이有ᄒᆞᆫ名譽를汚損케ᄒᆞᆷ을不許ᄒᆞ고剽掠의行爲가有ᄒᆞᆫ

者ᄂᆞᆫ射殺ᄒᆞᆷ을不惜ᄒᆞ노니爾等은此를体ᄒᆞᆯ지어다

아ᅵ年少勇將의言은實로千古의香이로다

拿破崙은「사루디니아」王國과有利ᄒᆞᆫ條約을締結ᄒᆞ고兵氣가益益振興ᄒᆞᆷ을乘ᄒᆞ야

곳塽軍이整備치못ᄒᆞ殘兵을追躡ᄒᆞᆯᄉᆡ塽軍은푸ᅵ류ᅵ總督이率ᄒᆞ고포ᅵ河를越ᄒᆞ

야退陣ᄒᆞ고壘를築ᄒᆞ며濠를穿ᄒᆞ고援兵이來ᄒᆞᆷ을待ᄒᆞᄂᆞᆫ中이러라

拿破崙은몬저「파루마」州로入ᄒᆞ니「파루마」公國은同盟軍에叅與ᄒᆞ야共히佛國의

敵이라人口가五十萬에不出ᄒᆞᄂᆞᆫ小國으로佛軍의來襲ᄒᆞᆷ을聞ᄒᆞ고大驚ᄒᆞ야平和를

拿破崙에게請ᄒᆞ니拿破崙은快諾ᄒᆞ고銀貨五十萬弗과軍馬千六百頭와米穀諸物을

多數히供給케ᄒᆞ니라

都督이塽軍을追躡ᄒᆞ야포ᅵ河를涉ᄒᆞᆷ塽軍은次第로本國援兵을得ᄒᆞ야總兵數가

四萬으로泪泪ᄒᆞᆫ포ᅵ河의急流를隔ᄒᆞ야佛軍과相對ᄒᆞ얏스니兵數가自己의兵數와

三二一

等이 獲得한 囚虜는 其數가 實로 一萬五千이며 其他死傷者ㅣ一萬이니 感謝하노라

今日ᄭᅥ지 爾等은 崎嶇險惡한 山間에서 奮戰苦鬪하야 各其勇氣를 顯彰하얏ᄉᆞᄂᆞ니 此

偉大한 功績에 對하야 何等 報酬도 未得하고 今也에 爾等은 포루란드와 라인兵과 對

抗하니 爾等은 萬事에 缺乏을 感하리라 爾等은 自己의 需要를 自己가 自供하며 露營

은戰鬪에 ᄆ장緊要한 大砲가 無하고도 戰鬪에 得勝하얏ᄉᆞ며 橋梁을 不架하고 河川

을涉하얏고 靴가 無하고 行進을 命하얏ᄉᆞ며 麵包를 未得하고 廣大한 原野에 露營하

얏ᄉᆞ니 其苦楚는 不言이라 可想이라 共和政의 숚兵과 自由의 鐵騎로 如斯한 偉業을 能成

하얏ᄉᆞᄂᆞᆫ 可爲할 事가 尙存하니 事爲를 成就하기를 願하ᄂᆞᆫ者ㅣ有하다하ᄂᆞ

ㅣ린도 尙今爾等의 手裏에 未入하얏ᄉᆞ며 미란도 亦然이나 窃聞하니 偉士여쓰

中에 勇氣가 己衰하야 알부、아베나인山嶺으로歸하기를 願하ᄂᆞᆫ者ㅣ有하다하ᄂᆞ

予는 此를 不信하며 몬데늣트、미레시모、몐쏘ㅣ、몬트위ㅣ의 戰勝者는 尙進하야

佛國의 名譽를 擴充顯彰코자하ᄂᆞᆫ 熱誠이 有함을 確信하노라 然이나 予가 再次爾等

을戰地로嚮導하기 以前에 爾等이 一心遵奉하기를切望하ᄂᆞᆫ 一條件이 有하니 無他

라爾等이 救濟한 人民을 保護하야 不法의 行僞를 鎭壓함이라 如此히 不僞하면 爾等

伊太利役

三一

사루디니아」王의 使節을引見홀時에 威儀가凛凛호며 大膽으로請求호야曰「사루디

니아」王이 和議를請求호는 證據로「알부鍵」이라稱호고니、드루드나, 아레기산쯔

리아의三城을佛軍에게讓與호라호되乞和使者ㅣ自謂호되其請求를應호면「사루

디니아」王國의國力을擧호야全혀他에게委홈과無異호다호며逡巡躊躇호야未決

호나拿破崙이憤然호야曰「爾는本旨를誤홈이라條件을附홈이予를爲호야行홈이

오貴國을爲홈은아니니爾는맛당이予가本國政府의名義로써爾에게命호는法律을

聽從호라不然이면予의砲壘를建築호는事를約호니은쓰—ㄴ府는忽然猛火로化홀쑨이라」

盟을脫호고三城을讓與호는事를即時에締結홀식「사루디니아」王은畢竟墺太利同盟을脫케

호되從前호야拿破崙의決算호바ㅣ—나라피一르몬트役前에拿破崙의第一希望을脫호든

바를이의成就호얏스면第二의希望을成홈이可호니墺太利軍을追躡호야鏖殺홀計

割을講호고兵氣를興奮振作케홈이必要호故로左開訓令을兵士에게頒布호니라

兵士여爾等은十五日以內에六回의凱捷을歌호며二十一旒의軍旗와五十五門의

巨礮와幾個의要害處를得호얏고ㄱ장豐饒호地方피一르몬트를征服호얏스며爾

三〇

帝王의虐政을大憤ᄒᆞ는人民等은拿破崙을歡迎ᄒᆞ야新共和政府를組織코자ᄒᆞᆷ에至

ᄒᆞ니英國公使와奧國公使가엇지袖手傍觀ᄒᆞᆯ時리오不得已ᄒᆞ야兩公使가國王에게

拿破崙은決코現今의勢力을長久히持續ᄒᆞ기未能ᄒᆞᆷ으로써漸時王都를移ᄒᆞ야抵死

爲限ᄒᆞ고決戰을計圖ᄒᆞᆷ이得策이라勸告ᄒᆞᄂᆞᆫ王이到底히壯年都督의破竹의勢를抵

抗기未能ᄒᆞᆷ을察ᄒᆞ고使節을拿破崙에게遣ᄒᆞ야乞和ᄒᆞ나라

拿破崙은乞和使가來到ᄒᆞᆷ을聞ᄒᆞ고心中에暗喜ᄒᆞ나何也오拿破崙은今에ᄀᆞ장危險

ᄒᆞᆫ位置로進入ᄒᆞᆷ을知ᄒᆞᄂᆞᆫ바ᅵ니라同盟軍이一次敗ᄒᆞ얏스ᄂᆞᆫ其兵數ᄂᆞᆫ尙今도自己

軍보다數倍가되며又首府와其他樞要地에排置ᄒᆞᆯ可足ᄒᆞᆫ大砲와輜重準備가無ᄒᆞ

며懸軍萬里에本國後援兵을得ᄒᆞ기未能ᄒᆞ야小軍의準備도不完全ᄒᆞ며反此ᄒᆞ야同

盟軍은軍資가有足ᄒᆞ며軍氣ᄂᆞᆫ日日增加ᄒᆞ며糧食은無盡藏이라形勢의不同ᄒᆞᆷ이如

斯ᄒᆞ니「사루디니아」王의平和請求를得ᄒᆞᆷ은質로至大ᄒᆞᆫ幸福이라後日에拿破崙이

言ᄒᆞ야曰「사루디니아」王이和議를予에게請求ᄒᆞᆯ時에彼ᄂᆞᆫ오히려許多ᄒᆞᆫ堅城高壘

가有ᄒᆞ얏스니만일予가連戰連捷ᄒᆞᆷ으로足ᄒᆞ다不謂ᄒᆞ고尙進ᄒᆞ야彼等의城壁을押

領코자ᄒᆞᄂᆞᆫ慾心이起ᄒᆞ얏더면萬事가다玆에서終ᄒᆞ얏다」ᄒᆞ니라然이ᄂᆞᆫ拿破崙은

야「가루사 리아」河畔으로 退陣ᄒ야 滔滔ᄒ 大河로 前壁을 作ᄒ니 佛軍이 再次追

襲ᄒ야 翌日夕景에「가루사 리아」에 達ᄒ니 오작 一個橋梁이 有ᄒᆯ 이라 然이ᄂ「

사루디니아」軍은 彼陣地를 死守ᄒᆯ 形勢가 自顯ᄒ며 兼ᄒ야 援軍이 急行來到ᄒᆯ 模樣

이 有ᄒᆫ 故로 於是乎佛軍의 地位ᄂ 大危急ᄒᆯ지라 是夜로 將校가 相會ᄒ야 戰略을 議ᄒ

서 討論數刻에 畢竟明日早朝에 軍卒의 損失 如何를 不顧ᄒ고 進擊ᄒ기로 一決ᄒ야 東

方이 未明에 戰鬪隊를 編成ᄒ고 橋梁으로 進行ᄒ야 一大決戰을 試코자ᄒ야더니 萬萬

意外에「사루디니아」軍은 風聲鶴唳에 恐慄ᄒ야 前夜에 이믜 逃亡ᄒ얏ᄂᆫ지라 此處ᄂ

實로 拿破崙이 苦慮深思ᄒ던바 ᄂᆫ 業己逃去ᄒ얏스니 其兵士의 幸運을 喜悅ᄒ며 悠

悠히 橋梁을 過ᄒ야 日光이 西天에 掛ᄒᆯ 時에 몬드 위 에서 再次敗兵을 追及ᄒ야 攻擊ᄒ

니「사루디니아」軍은 死로써 限ᄒ고 奮鬪ᄒ얏스ᄂ 其勝利ᄂ 畢竟佛軍에게 歸ᄒ야 ᄒ

라「사루디니아」軍은 軍卒二千과 大砲八門과 軍旗十一旒를 遺棄ᄒ고 遁竄ᄒᆫ지라

拿破崙이 追躡ᄒ야 제ᅳ라스 또 ᅳ를 占領ᄒ니「사루디니아」王國의 首府 쓰ᅳ린파二

十哩相距地러라

「사루디니아」王이 和를 拿破崙에게 請ᄒᆷ　　於是乎府中의 騷擾混雜이 太甚ᄒ며 또ᄒ

얏스느 然이느 其位置는 ᄆ장危急ᄒ니 自己의 兵力보다ᄆ장優勢되는 敵軍의게 圍ᄒ

야不日內에 攻擊을 當케될지라 然則其進退驅馳가 곳못神變과 如ᄒ야야不可思議홀ㅣ閃

電的駿速으로써 敵軍의 集合을 妨害ᄒ며 其數가 完成ᄒ기以前에 全軍을 擧ᄒ야 其分

隊를 擊破홈이 必要ᄒ며 不然이면 自己의 滅亡은 當然홈이니 一日을 緩慢ᄒ거느 一時

를 躊躇ᄒ면 全軍을 挽ᄒ기 未能홈에 至ᄒ니라

拿破崙이 進軍ᄒ야 쎄ᅟ모로 山上에 到ᄒ니 是時에 墺軍과 「사루디니아」軍이 他日에 再

次相會ᄒ야 戮力으로써 佛軍을 對抗코자ᄒ야 今에 相別ᄒ고 各其準備地로 向ᄒ니 是

는 實로 拿破崙에게는 千載一遇의 好機라 猶豫ᄒ야 瞬間이라도 遲緩홈이 不可ᄒ다ᄒ

고 全軍을 二에 分ᄒ야 山徑으로 下ᄒ샤 一隊는 오ㅣ제로ㅣ 墺軍을 追擊케ᄒ

며 一隊는 親率ᄒ고 首府 쓰ㅣ린으로 向ᄒ는 「사루디니아」軍을 追ᄒ야 세위아에 至ᄒ

니 「사루디니아」軍은 疊을 高케ᄒ며 濠를 深케ᄒ고 精兵八千으로써 佛軍의 來襲을 待

ᄒ니 時는 四月十八日이라 兩軍이 卽時砲擊을 開始ᄒ야 終日砲聲의間絶홈이 無ᄒ

硝煙이 漠漠ᄒ야 日色이 無光ᄒ더라 此夜에 佛軍은 劍戟으로 枕ᄒ야 睡眠ᄒ고 翌曉에

再次開戰을 期ᄒ얏스느 然이느 「사루디니아」軍은 怯病이 大發홈으로 夜間에 遁走ᄒ

伊太利役

二七

決心이如斯호면寸時를躊躇호리오뭇猛進突擊홀心이如潮호야四月十三四兩日의

戰鬪가特히激烈호니라一次敗走호墺軍과「사루디니아」兩軍이援兵과相會호야一

은뻬싸ー에營호고一은미레시모에陣호야共히堅砦를據호며險峻을扼호고勇氣를

皷호야佛軍을邀호니其勢는甚히猛烈호야大石이轉下흠과如호故로敢히接近흠者

一無호야다만萬雷가地에서湧호고炎烟이漲天호며吶喊의聲과叫喚의音이寸時도

不絶호눈拿破崙은馬를硝烟血雨間으로驅馳호야麾下兵士의模範을示케호며揮刀

皷舞호야激勵호니都督으로如此호거든全軍이엇지奮發치아니호리오故로第二戰

에도勝利를再次佛軍에게歸호니라뻬싸ー에營호墺軍이大砲를抛호며輜重을棄호

고三千의俘虜를佛軍에게附與호야隊伍를紊亂호야遁走호얏스며미레시모에陣호

얏든「사루디나이」軍도또호全혀敗衄호야畢竟千五百人은戮을倒호고佛國軍門에

投降호니拿破崙은實로天이造成호戰鬪兒라恒常寡로써衆을勝호며無經驗으로써

經驗을當호야三日間에血戰苦鬪가大凡三次라然이눈三戰에三勝을得호야破竹의

勢로써敵軍을掃蕩호니隣近에눈敵影이頓無호니라

拿破崙은이의第一戰에得勝호얏스며第二뻬싸ー의役과第三미레시모戰에得勝호

31

如斯히 疲困이 莫甚ᄒᆞᆫ 軍隊에게 寸時의 休憩를 不給ᄒᆞ고 直時 旋風이 枯葉을 飛揚ᄒᆞᄂᆞᆫ 勢로써 同盟軍을 襲ᄒᆞ야 前後左右로 一齊히 攻擊ᄒᆞ니 吶喊의 聲은 天을 掀ᄒᆞ고 苦痛의 소ᄅᆞᄂᆞᆫ 地를 震ᄒᆞ며 遍野ᄒᆞᆫ 死屍ᄂᆞᆫ 追擊ᄒᆞᄂᆞᆫ 馬蹄에게 蹂躪이 되고 巨礮의 軍輪이 所過에 傷者의 骨肉을 粉碎ᄒᆞ니 是ᄂᆞᆫ 實로 慘恨ᄒᆞᆷ이 一大阿鼻地獄과 無異ᄒᆞ더라 墺軍은 不意에 一大襲擊을 當ᄒᆞ야 全軍이 畢竟 支保ᄒᆞ기 未能ᄒᆞᆯ지라 蒼皇之餘에 三千의 死傷者와 幾門의 大砲와 幾旒의 軍旗를 遺棄ᄒᆞ고 四方으로 奔竄ᄒᆞ야 恥辱의 踪跡을 피ᅳ르몬트 野에 遺ᄒᆞ얏스니 是ᄂᆞᆫ 實로 拿破崙이 統督ᄒᆞᆫ 以後 第一戰鬪로 未曾有ᄒᆞᆫ 名譽를 擔荷케 ᄒᆞᆫ 第一 凱旋ᄒᆞ며 後日에 墺帝에게 對ᄒᆞ야 傲然自矜ᄒᆞ야 曰「予의 名聲은 몬데 놋트役에서 始ᄒᆞ얏다」ᄒᆞ니라

墺太利敗軍이 援兵과 相會ᄒᆞ야「사루디니아」의 都府 미란을 防守ᄒᆞ기 爲ᄒᆞ야 몌씬ᅵ로向ᄒᆞ야 遁走ᄒᆞ얏스며「사루디니아」軍도 ᄯᅩᄒᆞᆫ 同盟軍은 墺太利의 敗北됨을 聞ᄒᆞ고 其 都府 미란으로 入ᄒᆞ기 爲ᄒᆞ야 미레시모로 退陣ᄒᆞ니 敵軍이 各各 分離ᄒᆞᆫ은 拿破崙의 希 望ᄒᆞᆷ에 合ᄒᆞᆷ이라 英氣가 冲天ᄒᆞᆫ 拿破崙은 疲羸負傷ᄒᆞᆫ 軍隊에게 僅히 一二時間을 休憩 케ᄒᆞ고 英氣가 未挫ᄒᆞᆷ을 乘ᄒᆞ야 兵氣가 阻喪코ᄌᆞᄒᆞᄂᆞᆫ 敵軍을 追擊기로 決心ᄒᆞ니이믜

伊太利役

是乎不得己ᄒ야 地中海의沿岸의山으로迂回ᄒ야平坦혼地로出ᄒ기를決心ᄒ얏스

니時運을際會ᄒ얏스며機會를得ᄒ나라鵬翼을一振ᄒ야一擊을壞軍에試코ᄌᄒ니

壞軍은戰略과防禦의術이果이何如오

몬데ᄂᆞ트。떼로。미레시모戰 壞軍大將퓨-류-ᄂᆞᆫ軍을三隊로分ᄒ야中軍을親

率ᄒ고몬데ᄂᆞ트小村에陣ᄒ니其兵數ᄂᆞᆫ實로一萬以上에達ᄒ니라時ᄂᆞᆫ四月十一日

夜에陰雲이黯濃ᄒ야咫尺을不辨이며疾風이大作ᄒ야暴雨가如注ᄒ기로狹隘險惡

혼道路에泥濘이深陷ᄒ야此暗夜에行軍ᄒ기甚難ᄒᄂᆞᆫ拿破崙은此를介意ᄒ이少無ᄒ고勵聲

으로軍隊를鼓舞ᄒ야此暗夜에疾風暴雨를冒ᄒ고拿險惡山路를經ᄒ며氾濫혼河川

을涉ᄒ야壞軍이春眠에困憊ᄒ야故鄕事를夢ᄒᄂᆞᆫ間에行進ᄒ니時ᄂᆞᆫ四月十二日이

라東天이微紅을漸帶ᄒ야曉코자ᄒᆯ時너이오잔보이ᄂᆞᆫ몬데ᄂᆞ트後陣에最近혼高

臺ᄲᅮᆫ이라其上에突立ᄒ야將次一大打擊을試코자ᄒᆞ며敵의大軍을俯瞰ᄒᄂᆞᆫ一年少

將軍은곳英雄의意氣가更히軒昂ᄒ야天을冲코자ᄒᄂᆞᆫ都督拿破崙이러라

其駿速ᄒ이閃電보다도甚速ᄒ야拿破崙은敵의偵察을避ᄒ고今에全혀敵軍을包圍ᄒ

니라

離히지幾晝夜에睡眠은勿論이고喫飯도忘置히얏스며寸閑이有히면各兵士를躬訪

히야其驅馳에苦難힘을滿腔의同情을表히며自己의計劃을細細히彼等에게說明히

더라時는正히孟春을際히야「알부」山上의白雪과瞠瞠호山脉은儼然히彼等破崙과墺

軍외中間에立히니라拿破崙은此山背에서兵을檢히고進히야運動을始히니勝敗의

決히이瞬間에在히야冒險的進軍힘을難免이며兼히야其運動은マ장神速敏捷힘을

要히는故로此를因히야莫大호損失은元來期히는바ㅣ며如何호障碍라도排除치아

니히면不可히니라豫定히야時刻에各分隊는各各別路를取히야豫定호處所에到着히

야實行치못히면快樂과人命을損失히이莫大히며山嶽과沼澤을不擇히고步行에未熟히야

寸步를進行히기未能호者는不得已落後히며輜重車는路中에抛棄히며大砲도抛棄

히야不顧히고沛然호暴雨와紛紛호積雪을冒히며山獄과沼澤을整齊히며晝夜를凜凜호勇

分히며喫飯과睡眠을忘置히야酷寒을忍耐히고熱心으로隊伍를整齊히며晝夜를凜凜호勇

氣로進行히니妙哉라一年少都督이如斯호信任과威權을全軍에게行힘은勿論이고

其慧敏호奇智와超凡호能力과天賦호堅忍力이有호人이아니오鬼神이라謂히깃도

다또「알부」山의巉崖를超코즈히서驅馬가無히며購買코즈히야도資金이無히니於

二三

28

伊太利役

二二

榮을反照ᄒᆞ이無ᄒᆞᄂᆞ憂慮홈을休ᄒᆞ라余ᄂᆞᆫ地球上最富饒ᄒᆞ都府로爾等을引導ᄒᆞ

기爲ᄒᆞ야玆에來ᄒᆞ얏노라豐饒ᄒᆞ州郡과華麗ᄒᆞ都府도幾日이不過ᄒᆞ야爾等의所

佳ᄅᆞᆯ成ᄒᆞ리라然則富貴와名譽와榮光은다爾等에게在ᄒᆞ리니伊太利出征軍兵士

여爾等은進行ᄒᆞ야勇氣가無乎아」ᄒᆞ니라

奇異라謂치말지니라血誠이所到에敵이無ᄒᆞ나니라如斯히勇壯不敵ᄒᆞᄂᆞᆫ訓令은喇叭

의警聲과如히耳朵ᄅᆞᆯ衝ᄒᆞ야彼等이自身을忘置ᄒᆞ고振出ᄒᆞ야平生의希望과信任을

다ᄒᆞ야都督의馬前에서死ᄒᆞᄂᆞᆫ光榮을得코자ᄒᆞ야至ᄒᆞ야伊太利出征軍의旗色이一

新ᄒᆞ니라先時에ᄂᆞᆫ疲羸悄悄ᄒᆞᄂᆞᆫ兵士가슈에勇將軍의熱腸으로迸出ᄒᆞ勳聲에感ᄒᆞ

야戰心이勃勃ᄒᆞ니當此時ᄒᆞ야拿破崙이自己의全軍을擧ᄒᆞ야塊軍의分隊ᄅᆞᆯ襲擊ᄒᆞ

고其勝勢ᄅᆞᆯ乘ᄒᆞ야敵을粉蓙ᄒᆞ戰略을取ᄒᆞ니敵數ᄂᆞᆫ八萬이오麾下兵은三萬에不下

ᄒᆞ더라

全軍이整齊ᄒᆞ야곳進行을始ᄒᆞ니라各將校도今에敢往不屈ᄒᆞᄂᆞᆫ年少都督의勇氣와

多智ᄅᆞᆯ認識ᄒᆞ고彼의精神으로知ᄒᆞ며彼의熱心과堅忍을自己의熱心

과堅忍으로知ᄒᆞ에至ᄒᆞ니라拿破崙이絕大ᄒᆞ神速과堅忍으로東馳西驅에馬鞍을不

27

利出征軍의第一運動은軍事上一新紀元을開ᄒ리라吾人은霹靂과如히墜下ᄒ며霹

歷과如히敵軍을擊破ᄒᆯ지라敵軍이吾人의戰法에攪亂되야方策을施設ᄒ기未能ᄒ

고遁竄ᄒ미朝暾을迎ᄒᄂᆫ夜陰과恰似케ᄒᆯ뿐이라ᄒ니渠ᄂᆫ經驗이無ᄒ고經驗이

有ᄒ者물當코자ᄒ며自己의戰鬪法으로써軍事上一新紀元을開ᄒᆫ다大談ᄒ니何等

膽腕인지

此役에拿破崙의決算ᄒ바ᄂᆫ(第一。)사루디니아王으로壞太利와同盟을破케ᄒᆯ事와

(第二)壞太利軍을鏖殺ᄒᄂᆫ壞軍으로ᄒ야금援을라인河兵에게救케ᄒ야써佛蘭西

共和國을向ᄒ야進軍ᄒᄂᆫ兵力을減殺케ᄒᆯ事와(第三)王政의回復을爲名ᄒ고푸루

ᄉᆞᆫ家를援助ᄒ야써俗權을大振ᄒᄂᆫ法王을屈服케ᄒᆯ事等이러라

拿破崙이第一의訓令을發ᄒᆷ　拿破崙이第一로訓令을發ᄒᆯ서各聯隊의兵士를召集

ᄒ야凜然히其訓令을期讀ᄒ야曰

「兵士여爾等은糧食이無ᄒ며衣服이無ᄒᄂᆫ政府ᄂᆫ爾等에게與ᄒ責任이重大ᄒᆷ

을知ᄒ고도一物도爾等에게報酬ᄒ기未能ᄒ고如此히僻濕陰惡ᄒ山間에籠케ᄒ

니爾等의勇氣를稱讚ᄒᆷ을마지아니ᄒ노라如此히僻地ᄂᆫ爾等의武器에對ᄒ야光

伊太利役

二一

伊太利役

을記ᄒᆞ야曰「余ᄂᆞᆫ新任都督이쓰ᅵᄅᆞᆫ市ᄅᆞᆯ通過ᄒᆞ야任地로赴ᄒᆞᆷᄋᆞᆯ知ᄒᆞ고哭余의同僚ᄅᆞᆯ新任都督에게紹介ᄒᆞᆷ며坐舊誼ᄅᆞᆯ敍코자歡迎ᄒᆞ야旅舘ᄋᆞ로入ᄒᆞᆫ後에다시訪問ᄒᆞ니旅舘門戶가開放ᄒᆞ얏기로親誼가甚厚ᄒᆞᆫ友人이라卽時入室ᄒᆞ야握手ᄒᆞ야敍懷코자ᄒᆞ얏스ᄂᆞ니其凜然ᄒᆞ야不可侵ᄒᆞᆯ威嚴ᄋᆞᆫ余ᄅᆞ금畏縮ᄒᆞ야敢히近接치못ᄒᆞ얏다」

ᄒᆞ니無斁少都督과余가將次指揮監督코자ᄒᆞᄂᆞᆫ老將校와最始의會見ᄋᆞᆫ奇觀ᄋᆞᆯ呈ᄒᆞ얏ᄋᆞ리라櫛風沐雨에許多生死ᄅᆞᆯ經過ᄒᆞ얏스며其紀念ᄋᆞ로癍痕이斑斑ᄒᆞᆫ老兵等이危急存亡의秋ᄅᆞᆯ際會ᄒᆞ얏ᄂᆞᆫᄃᆡ本國「베레구도리ᅵ」政府에서少年都督ᄋᆞᆯ對ᄒᆞ야勸告코ᄅᆞ試驗ᄒᆞ니拿破崙이赫然히排斥ᄒᆞ고高聲大呼ᄒᆞ야曰「諸氏여戰鬪ᄒᆞᄂᆞᆫ術ᄋᆞᆫ尙今幼稚ᄒᆞ도다試思ᄒᆞ리兩敵이서로戰鬪ᄒᆞᆯ處所ᄅᆞᆯ約束ᄒᆞ고進軍ᄒᆞ야脫帽敬禮ᄒᆞᆯ지라「諸君이여自此로發砲ᄒᆞᆷ라」言ᄒᆞᆯ時代ᄂᆞᆫ이믜過去ᄒᆞ도다吾등ᄋᆞᆫ敵의軍隊ᄅᆞᆯ四分五裂케ᄒᆞ고波濤와如히大隊ᄅᆞᆯ壓擊ᄒᆞ야彼等ᄋᆞ로써彼等ᄋᆞᆯ紛碎케ᄒᆞᆷ이可ᄒᆞ며敵의將師ᄂᆞᆫ經驗이有ᄒᆞᆫ者라ᄒᆞ니本都督의幸運이라彼等ᄋᆞᆯ利ᄒᆞᆯ者ᄂᆞᆫ彼等의經驗이아니라余의言ᄋᆞᆯ記憶ᄒᆞ라彼等ᄋᆞᆫ곳其兵書ᄅᆞᆯ盡燒ᄒᆞ고所措ᄅᆞᆯ未知ᄒᆞᆷ에至ᄒᆞ리不遠ᄒᆞ도다諸氏여伊太

強盛ᄒᆞ더라

拿破崙이니ᄂᆞ스伊太利出征軍陣營에到達ᄒᆞ야兵士ᄅᆞᆯ占撿ᄒᆞ니其數가三萬에不過ᄒᆞ지라三萬의兵士ᄂᆞᆫ決코少數라言ᄒᆞ기未能ᄒᆞᄂᆞ此로써敵國의同盟軍八萬과對敵ᄒᆞ믈得ᄒᆞ리오其中에도兵氣ᄂᆞᆫ沮喪ᄒᆞ얏고軍馬ᄂᆞᆫ寒氣에疲斃ᄒᆞ얏스며兵器中의王이라謂ᄒᆞᆯ大砲ᄂᆞᆫ全無ᄒᆞ다ᄒᆞ야도可ᄒᆞᆯ慘狀을呈ᄒᆞ니라少年都督은此ᄅᆞᆯ見ᄒᆞ고도氣色을不變ᄒᆞ며儼然히各將校ᄅᆞᆯ召集ᄒᆞ야軍事會議ᄅᆞᆯ開ᄒᆞ니各將校ᄂᆞᆫ모다干軍萬馬의勞ᄅᆞᆯ積ᄒᆞ야軍功이赫赫ᄒᆞᆫ勇士ᄲᅮᆫ이라今에一壯年이自己等을摠督코자ᄒᆞᆷ을聞ᄒᆞ고心中에輕侮ᄒᆞᆷ이頗深ᄒᆞ더니一次相會ᄒᆞ야ᄂᆞᆫ決코輕侮ᄒᆞᆷ이不可ᄒᆞᆷ을認識ᄒᆞ얏고畢竟에ᄂᆞᆫ許多ᄒᆞᆫ老功將士로ᄒᆞ야금驚嘆悅服케ᄒᆞᆷ에至ᄒᆞ니라「메세나、오ᅵ제로ᅵ、쎼루ᅵ리에ᅵ、란누等武勳이赫赫ᄒᆞᆫ人도ᄯᅩ會議席에列ᄒᆞ얏다가散會ᄒᆞᆯ서一將校가欣然曰「都督이實로吾人을引導ᄒᆞ야名譽好運의地로達케ᄒᆞᆯ將帥라」ᄒᆞ니라

데구레ᅵᄂᆞᆫ巴里에在ᄒᆞᆯ時에拿破崙과相知ᄒᆞ야交情이ᄀᆞ장親密ᄒᆞ더니拿破崙이伊太利出征軍都督으로任ᄒᆞᆯ時에맛참彼ᄂᆞᆫ쓰ᅵ론府에在ᄒᆞ나라後年에彼가當時模樣

伊太利役

伊太利出征軍의 都督을 命홈　今에 伊太利出征軍都督의 大任을 拜호니 時年이二十

六이라 政府에셔 拿破崙에게 謂호야曰「如此호 重任을 一身에 擔荷호고 多數의 老鍊

將校를 指揮監督호기에 눈年少軟弱의 愛가 不無호다」호니 拿破崙이 答호야曰「一年

以內에 余는 老成호 將校를 成호리니 不然호면 死홀뿐이라」호얏스며 갈노 - 氏도 또호

謂호야曰「余輩는 다만 兵士의 指揮를 托홀뿐이라 何也오 我軍은 全혀準備가

缺홀뿐아니라 其準備를 整齊호 軍資도 給與호기 未能호다」호니 拿破崙은 正襟호고

對호야曰「余는 兵士를 得호면 足호고 他物은 請홀바 - 無호며 其結果는 余가 其責任

을 全혀 擔當홀깃다」호니라

拿破崙이 麾軍호야巴里를 出發호니 時는千七百九十六年春三月二十七日이라 疲弊

困頓호야 助力이 少無호 伊太利出征軍幕營에 到達호니라 先時에 此軍이 豊饒호 地方

에 據호얏더니 敵의게 被逐호바 - 되야 今에「아루부스」山麓의 荒寥不毛호地에 屛息

호야 四面으로 敵의 掩襲홈을 受호며 飢寒의 莫甚호이千萬危急호야坎心中에 在호야

스며 反此호야 敵軍(卽墺太利兵)은 富裕豊滿호 都府에 陣호며 或은 溫暖膏腴호 山側

에 營호야 要害를 扼호고 險難에 據호며 兼호야 糧食의 豊饒홈이 如山호야 其勢가 즈못

23

意를表ㅎ는者는다만英吉利、墺太利、伊太利等國의諸州뿐이라於是乎「떠―레구도리―」政府는此機를乘ㅎ야大力을盡코자ㅎ고爲先伊太利出征軍의將帥로補코자ㅎ나라先是에政府는三大軍을組織ㅎ야一은쥬―루단將軍이領率ㅎ야삼풀、메―스二河邊에備置ㅎ고一은모로―將軍이率ㅎ야라인、모셰루兩河邊으로向ㅎ고伊太利出征軍이라稱ㅎ는一團의都督은시에레―將軍이라伊太利方面으로侵入코자ㅎ는墺太利、새루디니아同盟軍을打破ㅎ기爲ㅎ야進發ㅎ이러라시에레―將軍은豪膽으로能戰ㅎ나惜哉라材略이缺乏ㅎ야徒然히「아루부스」山麓니―스의僻地에屛息屯營ㅎ야一次도能戰ㅎ기未能ㅎ고다만本國政府에軍費와馬匹을頻請ㅎ야만일此等의付送이無ㅎ면再次回軍ㅎ야「디에노아」海岸을抛棄ㅎ깃다大言ㅎ나於是乎바라―大驚ㅎ야曰彼疲羸困憊ㅎ伊太利出征軍은拿破崙이아니면此를運用ㅎ야利導ㅎ기未能ㅎ다ㅎ고會議ㅎ야曰「拿破崙으로伊太利出征軍의大任을專托코자ㅎ노라不然ㅎ면拿破崙은吾人의指揮를不待ㅎ고自進ㅎ리라」ㅎ나라

第二章　伊太利役

伊太利役

同情을表ᄒᆞ기에不忘ᄒᆞ니某公爵의夫人이常謂ᄒᆞ야曰拿破崙一個의力을依ᄒᆞ야死
地에서救濟ᄒᆞ家族이寶로一百以上에至ᄒᆞ얏다ᄒᆞ며其千金의身을自屈ᄒᆞ야貧人과
病者를慰問ᄒᆞ며薪炭과食料를分與ᄒᆞ야自己의安佚과快樂을不顧ᄒᆞ더라
拿破崙은如此히紛骨靈身의全力을擧ᄒᆞ야國內의安寧을計圖ᄒᆞ얏스ᄂᆞ當時에戰爭
의餘毒이尙存ᄒᆞ야到處에飢饉이掀天ᄒᆞ며遊民의小暴動이恒常不息ᄒᆞ야兵力이아
니면容易히鎭撫키難ᄒᆞᄂᆞ際에肥大ᄒᆞ야寸步를難行ᄒᆞ고說諭ᄒᆞ야鎭撫ᄒᆞ기에全力ᄒᆞ야
將次黨民이解散코자ᄒᆞᆯ際에拿破崙은兵力ᄒᆞ야頻繁히黨民
을煽動ᄒᆞ야拿破崙을抵抗코ᄌᆞᄒᆞ며大呼曰「渠等은義氣揚ᄒᆞᄂᆞ我等을不恤ᄒᆞ며
渠等은美衣善饌에肥柔安眠ᄒᆞᄂᆞ我等은飢寒을不堪ᄒᆞ야死境에至ᄒᆞᆯ다」ᄒᆞ니拿破
崙이卽時謂ᄒᆞ야曰「可愛ᄒᆞᆯ女子여爲先予를見ᄒᆞ라我汝間의誰가肥大ᄒᆞ지言ᄒᆞ라」
大抵予의身軀ᄂᆞᆫ甚히瘦瘠ᄒᆞ야風采가哀然ᄒᆞ다ᄒᆞ니其婦가此言을聽ᄒᆞ고不意에抱
腹絶氣ᄒᆞ니羣集ᄒᆞ얏던黨民도其諧謔ᄒᆞᆷ을悅服ᄒᆞ야無事히解散ᄒᆞᆷ을得ᄒᆞ니라
如此ᄒᆞ야歷史上에有名ᄒᆞᆫ巴里의暴動은拿破崙의絶大ᄒᆞᆫ氣力과絶大ᄒᆞᆫ敏捷과絶大
ᄒᆞᆫ慈恕로써鎭定ᄒᆞ야今也에ᄂᆞᆫ靜謐로歸ᄒᆞ니라然則外難은果如何오當時佛國에敏

21

時에 各處堡壘에서 敵兵을 向ㅎ야 射擊ㅎ니 於是乎 暴民은 措手不及ㅎ야 敢히 抵抗치

못ㅎ고 畢竟은 四分五裂로 潰散ㅎ니 拿破崙은 兵을 分ㅎ야 追擊홀시 其日 沒ㅎ기 前에

暴民을 全혀 鎭定ㅎ니라

今에 革命政府는 國內의 敵讎를 殄ㅎ고 基礎를 漸漸鞏固케ㅎ고 자ㅎ야 玆에 其組織을

變更ㅎ기로 一次ㅎ니라 十月二十六日에 革命政府（卽國民議會）는 其政權을解ㅎ며

다시 行政總官五名을置ㅎ기로 次定ㅎ고 바리-로 其長官을 推選ㅎ야시-쎄-ㅣ와 갓

노-ㅣ等으로 共히 大政을 司쾌ㅎ며 拿破崙은 其勳功의 偉大홈을 因ㅎ야 時히 內國軍總

督의 次席으로 陞進ㅎ야더니 未幾日에 摠督바리-는 軍事上에 鍊熟치못ㅎ다ㅎ야 內

國軍摠督의 印綬를辭ㅎ니 其重大호 責任이「고루시가의 年少士官」에게 歸ㅎ니라

當此時ㅎ야 飢餓의 惡魔는 巴里街頭에 橫行ㅎ야 工業과 製造가 擧皆全廢ㅎ고 貧者는

道路에서 饑ㅎ며 富者는 邦을 棄ㅎ고 出ㅎ니 法律制度가 何를爲ㅎ야 此世에 在홈인지

다만 拿破崙部下의 軍隊는 益益히 蠹烈호 砲聲으로써 萬事를 指揮響導홈이 有홀뿐이

러라

拿破崙은 恒常都府의 各處를巡邏警戒ㅎ며 軍律을 嚴施홈과 同時에 人民을 慰ㅎ야

을因홈이니余로써此重任을命호면再次此等干涉이無홈을希望호노라」호니議員

等이靜聽호고바라ㅣ로總大將을拜호며拿破崙으로次將을任호고一切軍事눈拿破

崙에게專任호며別로干涉과抑制홈을不爲호기로決定호니時눈千七百九十五年十

月三日夜半이라傳言에彼等暴民이天明을待호야「쥬ㅣ이레리ㅣ宮」을襲擊호다호

니如此危急을當호야寸時도遲緩치못홀지라拿破崙은駿速히命令을騎兵隊將무

래ㅣ에下호야巴里를距호五里의地사푸론原野에赴호야其砲廠에貯置호大砲五十

門을輓回호지未幾에暴動民의一隊가己到호얏스니大砲눈이믜拿破崙의掌

中에歸호後ㅣ러라危機가瞬間에在호니嗚呼危哉라拿破崙은五千의常備兵을分호

야府內要地를占領케호며擔十字街頭에눈幾門의大砲를備호고敵의行路를扼호며

「쥬ㅣ이레리ㅣ宮」周圍의橋上에도幾門의大砲를排列호야河岸을堅守호며宮庭에

堡壘를築호야大砲를整列호고嚴肅히敵의來襲홈을待호더라

四日曉頭에暴民은雲霞와如히巴里의狹路로侵入호야새니르노ㅣ루街에達호야拿

破崙은一隊를親率호고此處에戰線을張호나라當時에暴民等은一門의大砲도無호

고開戰호며拿破崙은幾門의大砲를連放호야侵入호눈暴民의集合處를射擊호며同

19

고政權을奪코자ᄒᆞ니라大凡「쥬ー이ᄅᆞ리ー宮」은當時革命政府(國民議會)의所在

宮이라於是乎政府ᄂᆞᆫ매ㅣ將軍이暗劣ᄒᆞ야其任의不當ᄒᆞᆷ을知ᄒᆞ고後任者ᄅᆞᆯ得코

자ᄒᆞ야議會ᄅᆞᆯ開ᄒᆞ고商議ᄒᆞ야議員中有勢力者바리ー ᄂᆞᆫ前日쓰ー론府에在ᄒᆞ야親

히拿破崙의爲人을詳知ᄒᆞ며其後에相會ᄒᆞᆫᄃᆡ로其少年才智를愛重ᄒᆞᄂᆞᆫ바ー라今

也에此大任을證善ᄒᆞᆫ者ᄂᆞᆫ拿破崙以外에適任者ー無ᄒᆞ다思ᄒᆞ고同僚다리엔과갓노

와協議ᄒᆞᆫ後一般議員에게告ᄒᆞ야曰「予ᄂᆞᆫ諸僚가得코자ᄒᆞᄂᆞᆫ適任者를推薦ᄒᆞ노니

此人은一毫도儀式에拘碍치아니ᄒᆞᄂᆞᆫ고로ᄅᆞ루시가의一少年士官이라」ᄒᆞ니라

此一言은곳拿破崙의運命을一次이아니라곳佛蘭西의運命을一次ᄒᆞ이러라拿破

崙은此日에「오데온」의劇場에在ᄒᆞ더니暴動이大起ᄒᆞᆷ을聞ᄒᆞ고馳來ᄒᆞ야親히其實

況을目擊ᄒᆞ고今에議會席에서決議의如何를速知코자ᄒᆞ야議會席에서傍聽ᄒᆞ더니

於是乎拿破崙을迎接ᄒᆞ고매ㅣ將軍의退却에關ᄒᆞᆫ事를問ᄒᆞ니拿破倫이沼沼言

辯ᄋᆞ로其實況과將來에可取ᄒᆞᆯ計劃을論陳ᄒᆞ야ᄡᅥ議會員諸人의心을滿足케ᄒᆞ니於

是乎拿破崙으로ᄡᅥ매ㅣ의軍을代督케ᄒᆞ니라

伊太利役前의拿破崙

拿破崙이拜命ᄒᆞᄂᆞᆫ同時에請求ᄒᆞ야曰「매ㅣ將軍의行進은國民代議士某의妨害

호니 他日 幸運을 遭遇홈이 엇지 偶然호다호리오

渠가 其計劃을 實行호기 前에 忽然 荷蘭駐在軍의 砲兵指揮官으로 補

命호니라 蛟龍이 雲雨를 得호면 엇지 池中物이리오 風雲을 際會홈이 不遠호리로다

巴里의 暴動 當此時호야 佛國은 外로 戰利를 得홈이 多호며 內로 國內가 稍稍히 靜謐

홈에 歸호 故로 革命政府(國民議會)는 內政의 改革을 行코자 호느 人民의 不服호는 者

一甚多호야 騷擾가 頗甚호 中에 도 王政黨의 一派는 此機를 乘호야 革命政府를 顚覆코

자 檄文을 四方에 宣布호야 暴動을 煽動호니 於時乎 國內의 不平徒가 響聲而應호야 不

過一瞬間에 來集호者ㅣ 四萬이라 老將싸니간으로 統帥를 推選호니 其勢가 甚히 猖獗

호지라 當時에 革命政府는 巴里附近에 五千의 常備兵과 數百의 砲兵이 有홀뿐이라 如

此寡少호 兵士로 其勢가 其히 猛烈호 四萬의 暴民을 鎭壓코자 홈은 甚히 危險호느 冗豫

홀時日이 아닌 故로 不得已 將머누ㅣ로 總督을 拜호야 暴民을 鎭壓코자 홈이 메누ㅣ將

ㅣ의 兵이 루ㅣ위에 레누에서 對陣호서 其軍律이 嚴肅호며 軍勢가 整齊홈을 一戰도 不

軍이 見고호 退却호니 是故로 暴民은 勢力을 益得호야 一擧에「쥬ㅣ이레리ㅣ宮」을 襲擊호

二二

17

驍將쥬ー노는卽其人이니라

새오루세오의陷落　拿破崙이戰功을依ᄒ야砲兵指揮官으로陞任ᄒ야「니ー스」伊

太利出征軍에赴ᄒ야命令을受ᄒ고卽時赴ᄒ야伊太利로侵入ᄒ야方略을獻議ᄒ니其議

가採用되야「사루디니아」軍을고루、디、덴트에서退却케ᄒ고사오루세오룰陷ᄒ

니是는佛軍이伊太利內地로進入ᄒ야要路룰開ᄒ이니라

時에彼는千七百九十四年七月二十八日의事變을遭遇ᄒ이로베스빌ー等山嶽黨輩

가非望을計劃ᄒ다가畢竟捕縛을當ᄒ야死刑에處ᄒ니拿破崙은平素로브터山嶽黨

파結好ᄒ뿐아니其兄이該黨과結托ᄒ바ー로禁錮에處ᄒ얏더니關係가少無ᄒ믈

辯解ᄒ고數日後에解放ᄒ믈을繼得ᄒ얏스니爾來로暫時地位롤未得ᄒ空然히光陰을

울虛送ᄒ믈을歎ᄒ니是는彼룰爲ᄒ야不幸ᄒ나一大蹉跌과如ᄒ나、轉禍爲福의奇運을遭

遇ᄒ니라拿破崙이今에本國에셔採用ᄒ이無ᄒ믈憤怒ᄒ야곤스란디노ー플로往ᄒ

야土耳其政府에仕코자決心ᄒ고其友人에게語ᄒ야曰「妙ᄒ다「고루시가」一卒로

他日제ー루ー사렘國王을成ᄒ면엇지可치아니오」ᄒ니嗚呼라蛇ᄂ寸身으

로意氣가人을呑ᄒ느니渠가今也에失意落膽ᄒ이如此ᄒ고도其志意가오히려如此

伊太利役前의拿破崙

一一

룰危急케ᄒᆞ이니ᄎᆞ라리此政圍룰撤回ᄒᆞ얀만不如ᄒᆞ다思惟ᄒᆞ고畢竟此旨룰政府에告

ᄒᆞ니라然이ᄂᆞ此書가政府에達ᄒᆞ기前에쓰ㅣ론府룰陷落ᄒᆞ니政府ᄂᆞᆫ兵士의陳情書

룰接見ᄒᆞ얏스ᄂᆞ何許人의僞作으로信ᄒᆞ며兵士도ᄯᅩᄒᆞ自己等이軍略에不敏ᄒᆞᆷ을自

嘆ᄒᆞ니라

好機會룰得ᄒᆞᆷ으로拿破崙은全力을盡ᄒᆞ야小디부리루다루룰射擊ᄒᆞ며무ㅣ론은一

隊룰率ᄒᆞ고城壁에躍上ᄒᆞ야守兵을鏖殺ᄒᆞ고乘勢ᄒᆞ야卽時陣營을設ᄒᆞ며쓰ㅣ론

戒ᄒᆞ기에着手ᄒᆞ얏더니果然決筭ᄒᆞᆷ과如ᄒᆞ야其翌朝에英國艦隊ᄂᆞᆫ畢竟港灣ᄒᆞᆯ醫

防守ᄒᆞ기未能ᄒᆞᆷ을思ᄒᆞ고載兵解纜ᄒᆞ니於是乎佛軍은兵不血刃ᄒᆞ고쓰ㅣ론府城을

陷落ᄒᆞ니라

此役에拿破崙은砲烟間에서一傳書룰作코자ᄒᆞ야人을呼ᄒᆞ즉一壯下士官

이來ᄒᆞ야執筆ᄒᆞ고拿破崙의言을書ᄒᆞ시適其時에敵의砲丸이飛來ᄒᆞ야壯年下士官

의傍에落ᄒᆞ며土砂가飛揚ᄒᆞ야彼의身邊을掩蔽ᄒᆞ니壯年下士官이莞爾ᄒᆞ며謂ᄒᆞ야

曰「美哉라土砂여我의身을掩蔽ᄒᆞᆷ은佛國을爲ᄒᆞᆷ이라」ᄒᆞᄃᆡ拿破崙이彼의豪膽沈毅

룰贊賞ᄒᆞ며恒常彼의行爲에注意ᄒᆞ니當時에誰가豫知ᄒᆞ리오後日拿破崙의麾下에

己ᄒᄂ時機己晩이라奈何오

拿破崙이高慮에登ᄒ야敵軍의位置를熟察ᄒ즉其陣地附近에濠渠가甚히長ᄒ고ᄯᅩ

深ᄒ며樹木이茂盛ᄒ야掩蔽ᄒᆞᆯ認識ᄒ고卽時手兵을命ᄒ야其渠底로潛行케ᄒ

야敵軍과接近ᄒᆫ즉英軍의大將오, ᄒ라將軍은自己의兵士가來ᄒ야其渠底로認ᄒ고漸漸

接近이來ᄒ나佛軍이候然ᄒ襲擊ᄒ야敵將오, ᄒ라ᄅᆞᆯ生擒ᄒ나나此時에拿破崙은其

將帥ᄅᆞᆯ失ᄒ고罔知所措ᄒ야左馳右走에隊伍를失ᄒ고退走ᄒ나니라於是乎英軍은再次其堡壘의準

其腿部에鎗傷을受ᄒ얏든時에某人이其危險ᄒᆞᆷ을冒ᄒ고擔去ᄒ니此時에拿破崙은後에

拿破崙部下의驍將으로後世에著名ᄒ무ᅵ론이러라於是乎拿破崙의材能을知ᄒ고專혀從事케

備에着手ᄒ니라時에總督갈ᅵ트ᅵᄂᆫ罷職을當ᄒ고쥬ᅵ싀미에ᅵ將軍으로써代ᄒ

니쥬ᅵ싀미에ᅵ將軍은膽大ᄒ며將略이有ᄒ야拿破崙은益益勉勵ᄒ야軍備를整頓ᄒ기에汲汲

ᄒ며無益ᄒ干涉을不爲ᄒ니於是乎平拿破崙은益益勉勵ᄒ야軍備를整頓ᄒ기에汲汲

ᄒ더라쓰ᅵ론을攻圍ᄒ지四個月에至ᄒ야營內에糧食이缺乏ᄒᆞᆷ을告ᄒ며兵士ᄂᆫ漸

次로不平의色이有ᄒ며尙且彼等은拿破崙의眞意를未解ᄒᄂ故로拿破崙이쓰ᅵ론

府와相距가稍遠ᄒ一小ᄃᆞ부리루다루에對ᄒ야準備에砭砭ᄒᆞᆷ은無用의業이오前途

伊太利役前의拿破崙

九

築케ᄒᆞ시 親히 監督ᄒᆞ야 衣帶를 不解ᄒᆞ며 睡眠과 飮食을 全혀 不念ᄒᆞ고 工事를 急成기

에 汲汲ᄒᆞ야 稍稍히 完成ᄒᆞᆯ期에 至ᄒᆞ미 彼二「말포스구」堡壘後面橄欖의 森林이 鬱鬱

蒼蒼ᄒᆞᆫ곳에 도 對抗ᄒᆞᆯ堡壘를 築ᄒᆞ되 秘密히 速成ᄒᆞ야 彼로ᄒᆞ야금未知케ᄒᆞ니라 大

槪拿破崙이 其處에 堡壘를 築ᄒᆞᆫ바ᅳᄂᆞᆫ他日에 彼가래、ᄉᆞ라스海角을 襲擊ᄒᆞᆯ時에 爲

先其處에서「말포스구」堡壘를 沈히 射擊ᄒᆞ야 敵을 牽制ᄒᆞ야써라、ᄉᆞ라스와 相助ᄒᆞ기

未能케ᄒᆞ이라 然이ᄂᆞ不幸히 其計劃은 愚將某의 障碍를 因ᄒᆞ야 實行ᄒᆞᆷ에 未至ᄒᆞ얏스

며 一日은 數人의 愚將等이 各處를 巡察ᄒᆞ고 此處에 至ᄒᆞ야 一堡壘가 新成ᄒᆞᆷ과 幾門의

大砲가 整列ᄒᆞᆷ을 見ᄒᆞ고 大疑訝ᄒᆞ야 衛兵에게 此堡壘가 完成ᄒᆞᆫ後幾日을 經ᄒᆞ얏ᄂᆞᆫ야

問ᄒᆞᆫ즉 八日前에 完成ᄒᆞᆫ旨로 荅ᄒᆞ니 彼等이 聞ᄒᆞ고 此兵士를 命ᄒᆞ야 卽時射擊ᄒᆞ케ᄒᆞ이라ᄒᆞ니 於是

整列ᄒᆞ고 今日ᄭᅡ지 一回의 發火가 無ᄒᆞᆫ즉 此利器를 廢物로 歸케ᄒᆞᆯ日이 如此히 多數의 大砲를

乎拿破崙의 深謀遠慮의 存在ᄒᆞᆷ을 推察치못ᄒᆞ고 此兵士를 命ᄒᆞ야 來侵ᄒᆞ니 拿破崙은手兵을

의 一隊ᄂᆞ 其射擊을 應ᄒᆞ야 猛然히 疾風과 如히 突喊ᄒᆞ야 來侵ᄒᆞ니 拿破崙은手兵을

率ᄒᆞ고 死를限ᄒᆞ야 救援코자 馳走ᄒᆞ얏스ᄂᆞ 時期가이믜 運晩ᄒᆞ야 拿破崙은手兵을

에게 被奪ᄒᆞ야 其火門을 釘ᄒᆞᆷ으로 再用기 未能ᄒᆞ니 拿破崙이 此를見ᄒᆞ고 慣慨ᄒᆞᆷ을 不

13

에不在ᄒᆞ고更進ᄒᆞ야갈ᅵ트ᅵ를說誘ᄒᆞ야攻圍에關ᄒᆞᆫ方針을一變코자ᄒᆞᆷ에在ᄒᆞ니

라

拿破崙의計劃이果然如何오其計劃을今日에觀察ᄒᆞᆫ즉至簡至明ᄒᆞ야一點의過失이

無ᄒᆞᄂᆞ其時에此로써彼愚將갈ᅵ트ᅵ를悅服케ᄒᆞᆷ은容易ᄒᆞᆫ事ᅵ아니러라彼가갈ᅵ

트ᅵ에게謂ᄒᆞ야曰一閣下의目的은英軍으로ᄒᆞ야금쓰ᅵ론府를撤去케ᄒᆞᆷ에在흔지

라然이ᄂᆞ敵兵을城內에서擊破ᄒᆞᆷ은容易ᄒᆞᆫ事가아니며方略을一變ᄒᆞ야港灣을面ᄒᆞ

야堡壘를起ᄒᆞ야써敵艦의潆泊所를射擊ᄒᆞ면英艦은必然拔錨ᄒᆞᆯ지니然則英國陸軍

도또흔退去ᄒᆞᆷ은明白ᄒᆞ다」ᄒᆞ며또手를擧ᄒᆞ야쓰ᅵ론府와相對ᄒᆞᆫ一海角을指ᄒᆞ야

曰「彼라,쓰라스海角을取ᄒᆞ라然則不過二日에쓰ᅵ론府ᄂᆞᆫ陷落되리라」ᄒᆞ니라

라,쓰라스海角은쓰ᅵ론府와地中海間의往來를連絡ᄒᆞᆫ狹路를一眸中에瞰下ᄒᆞᄂᆞᆫ

高燥의要害로人이呼ᄒᆞᆫ小ᄂᆞᆯ부라루다루라稱ᄒᆞᄂᆞ니其要地됨을可知러라然이ᄂᆞ

英軍의慧敏으로몬저其海角의至要ᄒᆞᆷ을認識ᄒᆞ고堡壘를極力建築ᄒᆞ니라

拿破崙은敵의用意가如是嚴重ᄒᆞᆷ을見ᄒᆞ며一擧에拔ᄒᆞ기未能ᄒᆞᆷ을思ᄒᆞ고敵壘와對

抗ᄒᆞ기足ᄒᆞ堡壘를建築코자決心ᄒᆞ고兵士를獎勵ᄒᆞ야라,쓰라스後面에堡壘를建

七

軍의重圍를受ㅎ고後援은未到ㅎ며糧食이不續ㅎ믈因ㅎ야畢竟支保ㅎ기難ㅎ믈察

ㅎ고海路로佛國에歸ㅎ얏스니是는實로「天成의戰鬪兒」拿破崙의第一從軍이러라

其後에英國이援兵을바오리ㅣ에게送ㅎ야拿破崙의一家를다島外로逐出ㅎ니於是

平擧家가佛國마루세ㅣ유에至ㅎ야留ㅎ니라爾來로拿破崙은고루시가를思慕ㅎ는

念을絕ㅎ고佛國으로써其故鄕과곳치思ㅎ믈에至ㅎ니라

쓰ㅣ론의陷落　拿破崙이쓰ㅣ론征討軍에從軍케되미가루도ㅣ陣營에赴ㅎ니가루

도ㅣ는本性이驕傲ㅎ고兵事를未知ㅎ야拿破崙을待遇ㅎ이甚冷ㅎ며助力을不要ㅎ

다大言ㅎ는지라拿破崙이軍營을巡視ㅎ야仔細히兩軍의配置를觀察ㅎ즉佛軍의配

置가失宜ㅎ지라敵은二個의堅壘를府의一角에起ㅎ고他一角에는「마루포스구」라

稱ㅎ는脆弱ㅎ一小壘를設ㅎ얏스며佛軍의堡壘를見ㅎ즉大砲는다敵壘의近距離地

에在ㅎ니大概彼等은舊來의法을墨守ㅎ야敵丸의攻擊을受ㅎ믈近距離에在ㅎ야彼를

射擊코자ㅎ이는是는實로目的이無ㅎ고丸子만虛費ㅎ뿐이라於是乎拿破崙은親히

諸將校를召集ㅎ고彼等을論ㅎ야各部의大砲를集合ㅎ야全혀陣列을變改케ㅎ야彼

는二百門의大砲를一號令下에運轉發射케ㅎ는威望을示ㅎ얏스니彼의大目的은此

六

崙이곳其人이러라

彼가七歲時에其父를隨ᄒᆞ야佛國首府巴里에赴ᄒᆞ얏다가歸ᄒᆞ後에(푸리엔누)兵學

校에入ᄒᆞ야(時年이十歲라)學業이大進ᄒᆞ며特히敎師의信用을博得ᄒᆞ고其推薦을

由ᄒᆞ야巴里帝國兵學校로入學ᄒᆞ야(時年이十四라)螢雪의勞를積ᄒᆞᆷ이三年이러라

千七百八十五年八月에(時年이十六이라)砲兵騫尉를拜ᄒᆞ얏스며千七百八十七年

에副尉로陞進ᄒᆞ야(위아란스)分營에成ᄒᆞ다가千七百九十二年에正尉로累進ᄒᆞ나라

翌年夏에得暇ᄒᆞ고고루시가島에歸ᄒᆞ야其慈母를見ᄒᆞ시時에고루시가島의老將배

오리ᅳ는本島가佛國에게倂呑됨을深恨ᄒᆞ고其獨立을計圖ᄒᆞ다가未成ᄒᆞᆷ을憤歎ᄒᆞ

야無理로고루시가島로써英國에獻코자ᄒᆞ니拿破崙도恒常고루시가의獨立됨을切

望ᄒᆞ다가未成ᄒᆞᆷ을見ᄒᆞ고此島를英國에獻納홈보다依然히佛國에附庸케홈이可ᄒᆞ

다思ᄒᆞ고斷然히反對ᄒᆞ야佛國營兵을撥助코자ᄒᆞ니佛國大將셰리셋

디가臨時로拿破崙을護國軍砲隊의指揮官으로補ᄒᆞ야써老將바오리ᅳ가島民을煽動ᄒᆞ

케ᄒᆞ니大槪此要衝은首府아사시오附近에在ᄒᆞ니라老將바오리ᅳ가首府城을拔

야大兵을起ᄒᆞ야防守ᄒᆞ니拿破崙이奮鬪激戰ᄒᆞ야一戰에此를陷落ᄒᆞ얏스ᄂᆞ만일敵

五

伊太利役前의拿破崙

10

못호時에殄滅코자計圖호며壞太利、普魯西、和蘭、西班牙、英吉利의諸國은同盟을

形成호고佛國共和政府를向호야開戰을宣言호니彼歐洲全土를震蕩호야一大爭亂의

端이於是乎起호니라

今也에同盟諸國은陸海軍을起호야佛國으로侵入코자호며國內에서도또호過激호

革命을非타호는徒가甚多호中에特히쓰ー론府民은其非를唱홈이太甚호야同盟軍

中의英軍을誘引호야府內에入호後에陸海軍으로守備를嚴케호고革命軍과對敵코

자호나라쓰ー론府는地中海에面호야要港이어늘此地가一旦에同盟軍에게占領호바

ー되니革命軍의困難은形言기難호지라故로革命政府는가루도ー로써쓰ー론征討

軍總督을拜호고急히陷落홈을命호야發行케호니라

世界의偉人拿破崙은絕世호智略과勇氣가有호人이ニ風雲을際會호機를未得호야

호갓轗軻落拓으로小地에潛蟄호더니此時에가루도ー에게被選홈으로써쓰ー론征討

軍을從호야砲兵若千을率호고出戰호니時年이二十六이러라

拿破崙의初陣　千七百六十九年八月十五日에地中海一孤島고루시가、아사시오

府의貴族쟈ー스、표나발르와其妻레지시아、라모리니間에一嬰兒를生호니拿破

9

鬪兒」가 斯世에 生ᄒᆞᆫ 時勢를 一瞥ᄒᆞ라 彼「戰鬪兒」가 負擔ᄒᆞᆫ 天職을 思ᄒᆞ면 其悽絕慘

絕의 活劇도 ᄯᅩ 第十九世紀의 新天地를 現出케 ᄒᆞᆯ바로 生ᄒᆞᆷ이니라

彼「戰鬪兒」가 宇宙의 大志를 抱ᄒᆞ고 南溟烟波의 深處로 去ᄒᆞᆷ以來 七十有餘星霜에 歐

洲의 天地를 一變케 ᄒᆞ니라 歐洲의 國家ᄂᆞᆫ 科學과 經濟와 鐵甲艦의 力을 因ᄒᆞ야 其區劃

을 定ᄒᆞ고 비로소 第十九世紀의 武裝的 平和를 現ᄒᆞ얏ᄂᆞᆫ지라 鳴呼라 엇지 「戰鬪兒」 拿破崙의 一

ᄒᆞ며 學術과 技藝도 因ᄒᆞ야 蔚然大起ᄒᆞ얏ᄂᆞᆫ지라 文物이 因ᄒᆞ야 燦然ᄒᆞᆷ을 致

掃를 因ᄒᆞᆷ이라 不謂ᄒᆞ리오 何故오 眞正ᄒᆞᆫ 平和와 燦然ᄒᆞᆫ 文物은 鐵火間으로 出ᄒᆞᆷ이니

라

第一章 伊太利役前의 拿破崙

歐洲大爭亂의 發端 權力平均의 四字로 歐洲天地를 管理ᄒᆞᆷ이 極히 微弱ᄒᆞᆫ 外觀的

으로 安靜ᄒᆞᆫ 平和를 裝飾ᄒᆞᆫ 時에 俄然히 其中間에서 一大事變이 起ᄒᆞ니 （即「푸루똔」

王家의 顚覆이라） 佛國皇帝 루이十六世가 革命黨에게 被害ᄒᆞᆫ 事實에 急激ᄒᆞᆫ 現象은

實로 歐洲天地를 震撼ᄒᆞ며 攪拌ᄒᆞ지라 故로 列國君主ᄂᆞᆫ 此로써 自國에 至大ᄒᆞᆫ 關係가

有ᄒᆞ다ᄒᆞ며 其君主에게 最痛激ᄒᆞᆫ 影響이 及ᄒᆞᆯ가 恐怖ᄒᆞ야 共和政体의 根基가 堅固ᄒᆞ처

伊太利役前의 拿破崙

三

緒言

을爲ᄒ야豫言홈이라驀然히아루부스의絶嶺으로브터伊太利의平原으로急轉直下

ᄒ니壤軍이비록精銳ᄒᄂᆞ엇지當ᄒ리오彼「戰鬪兒」의鋒銳ᄂᆞᆫ疾風이林木을捲홈과

如ᄒᆞ니라伊太利와埃及을征服ᄒ고歸ᄒ야佛國의內政을刷革ᄒᆞᆯ식茅年이不過

에弱홈이變ᄒ야强홈을成ᄒ얏스니其肅然홈이無聲千里에一鳥의嗚이無ᄒᆞᆯ長林과

如ᄒᆞᆯ도다가이로를陷落ᄒᆞ며마도릿드를拔去ᄒ고羅馬를略擊ᄒ야敵이「水와土」를來獻

케ᄒᆞᆷ에至ᄒ얏스니誰가彼「戰鬪兒」의火와如히侵掠ᄒᆞᄂᆞᆫ禍를免ᄒ리오ᅵ다ᅵ루

ᅵ戰에臨ᄒ야敵의大軍을介意치아니ᄒ고神氣가閑然ᄒ야敵의老將외린돈을呼ᄒ

야世界第二의大將이라稱ᄒ얏스니英姿颯爽의氣로宇宙를併呑코자ᄒᆞ면尋常ᄒ豪

俊傑士의未能ᄒᆞᆯ바ᅵᄂᆞ오작彼「戰鬪兒」ᄂᆞᆫ危地에臨ᄒ야도畏怯홈이無ᄒ고天을信

ᄒ야不疑ᄒᆞ며其風采ᄂᆞᆫ堂堂ᄒ야不動홈이山과如ᄒ니라

史家에活眼炯識의士가不少ᄒᆞᄂᆞᆫ拿破崙을評斷홈에至ᄒ야ᄂᆞᆫ彼의天職을看破ᄒ기

未能ᄒ고호곳「戰鬪兒」의一擧手一投足의影響은慘劇으로認ᄒ야彼로써殘酷暴慢

ᄒ다ᄒᆞ며吾人도歐洲에서拿破崙戰爭을因ᄒ야十數年間에幾千萬의精靈으로漠漠

ᄒᆫ原野場의靑艸로化케ᄒᆞᆷ을認ᄒᆞ니仁義의所爲라稱ᄒ기未能ᄒ도다然이ᄂᆞ彼「戰

7

拿破崙戰史 上

劉 文 相 譯述

緒言

天은十八世紀의人心이萎靡不振흠을照鑑ᄒᆞ시고古今絶大絶偉흔英雄을降ᄒᆞ사霹靂一聲에十九世紀의長空一碧과皎月千里의別世界를現出케ᄒᆞ얏스니嗚呼ㅣ라天이拿破崙을降ᄒᆞ심이엇지偶然흠이리오

非常흔事爲를行코자ᄒᆞ면非常흔英雄을要ᄒᆞ며非常흔英雄은非常흔事爲를擧ᄒᆞ야써天의寵命을完全케ᄒᆞᄂᆞ니拿破崙은實로「天成의戰鬪兒」로出世흠이니라

北米合衆國은絢纊흔革命의文이灼然히挂흔時라歐洲一角(西北의一角)에는革命의黑氣이鬱然沖天ᄒᆞ야路易王은刑塲의一驚魂을成ᄒᆞ며同盟軍은其事變이容易치아님을看破ᄒᆞ고此를鎭壓ᄒᆞ기爲ᄒᆞ야其事에困難ᄒᆞ며外로는敵寇가轟轟히侵犯ᄒᆞ야危機가一髮과瞬息間에在흔時에自驚ᄒᆞ는狂濤가捲起ᄒᆞ야彼「天成의戰鬪兒」는傲然히其風雲을攪亂ᄒᆞ니라

孫子ㅣ曰疾如風ᄒᆞ며徐如林ᄒᆞ며侵如火ᄒᆞ며不動如由라ᄒᆞ니嗚呼라是눈彼拿破崙

5

二

3

拿破崙戰史上卷目次

目次

一

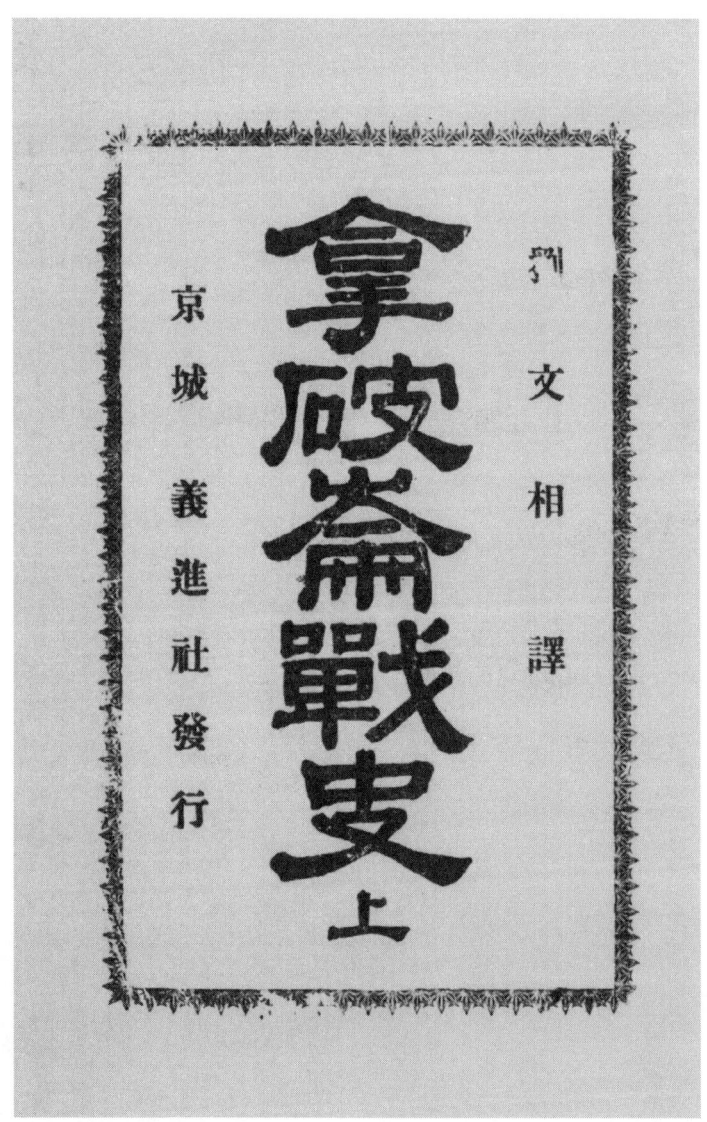

拿破崙戰史 上

閔
文相 譯

京城 義進社 發行

1

영인자료

拿破崙戰史 上

• 『나파륜전사 상』

유문상 역, 의진사 발행, 1908

여기서부터 영인본을 인쇄한 부분입니다. 이 부분부터 보시기 바랍니다.

유석환

성균관대학교 동아시아학술원을 졸업했고, 현재 성균관대학교 대동문화연구원의 연구
교수로 재직 중이다. 주요 논저로 「식민지시기 책시장의 동향과 지식·문학의 관계」,
「한국문학 및 독서문화사 연구의 새로운 미래를 향하여」, 「지식문화사의 근현대와 삼
천리사의 출판활동」, 『완역 태극학보』(공역), 『완역 서우』(공역), 『이주홍일기』(공편),
『대한제국기 학술장의 조감도』(공저) 등이 있다.

근대계몽기 서양영웅전기 번역총서 14

나파륜전사 (상)
: 난세의 영웅 나폴레옹 전쟁기

2025년 4월 25일 초판 1쇄 펴냄

옮긴이 유석환
발행인 김흥국
발행처 보고사

책임편집 이경민
표지디자인 김규범

등록 1990년 12월 13일 제6-0429호
주소 경기도 파주시 회동길 337-15 보고사
전화 031-955-9797
팩스 02-922-6990
메일 bogosabooks@naver.com
http://www.bogosabooks.co.kr

ISBN 979-11-6587-847-4 94810
         979-11-6587-833-7 (세트)
ⓒ 유석환, 2025

정가 24,000원
사전 동의 없는 무단 전재 및 복제를 금합니다.
잘못 만들어진 책은 바꾸어 드립니다.

이 책은 2018년 대한민국 교육부와 한국연구재단의 지원을 받아 수행된 연구임
(NRF-2018S1A6A3A01042723)